Männer sind wie Schuhe

HERA LIND

Männer sind wie Schuhe

Roman

Weltbild

Besuchen Sie uns im Internet:
www.weltbild.de

Genehmigte Lizenzausgabe für Verlagsgruppe Weltbild GmbH,
Steinerne Furt, 86167 Augsburg

Umschlaggestaltung: Atelier Seidel – Verlagsgrafik, Teising
Umschlagmotiv: plainpicture, Hamburg (© Hasengold),
www.thinkstockphotos.de, Maria Seidel
Gesamtherstellung: GGP Media GmbH, Pößneck
Printed in the EU
ISBN 978-3-86365-556-3

2016 2015 2014 2013
Die letzte Jahreszahl gibt die aktuelle Lizenzausgabe an.

Für meine wundervollen Wanderschuh-Freundinnen:
Monika und Brigitte,
die auch in Pumps eine tolle Figur machen!

PROLOG

Männer sind wie Schuhe.

Sie können uns größer und schöner wirken lassen, unsere positiven Seiten unterstreichen. Sie können uns bei Wind und Wetter über Stock und Stein tragen. Sie können uns den Rücken stärken, uns wunderbar wärmen und Halt geben. Sie können solide sein, aus unverwüstlichem Material. Sie können so kostbar sein, dass wir für sie auf vieles andere verzichten.

Oft wissen wir schon von Weitem, dass wir sie unbedingt besitzen wollen. Oder wir sehen sie an einer anderen Frau und könnten sie dafür erschießen. Andere sehen wir im Regal und wissen, dass wir sie niemals haben können. Von ihnen träumen wir bis ans Ende unseres Lebens.

Manchmal sind sie uns eine Nummer zu groß, dann wirken wir vergleichsweise plump. Wir riskieren ständig, sie zu verlieren, versuchen, so würdevoll wie möglich damit auszusehen, machen uns aber einfach nur lächerlich.

Andere sehen fantastisch aus, hinterlassen aber böse Spuren. Doch trotz der Schmerzen gehen wir mit ihnen weiter: Weil wir mit ihnen in der Öffentlichkeit gut dastehen. Weil wir einfach keine Besseren finden oder weil wir sie nun mal an der Hacke haben. Obwohl wir schon schlechte Erfahrungen mit ihnen gemacht haben und die Wunden gerade erst verheilt sind, kommen wir immer wieder in Versuchung, ihnen noch eine Chance zu geben.

Mit wieder anderen halten wir es nicht lange aus. Schon nach kurzer Zeit werfen wir sie in die Ecke und verfluchen sie. Oft fragen wir uns im Nachhinein, wie wir ausgerechnet an sie geraten konnten.

Wenn sie spitz sind und einen schlanken Fuß machen, hat man zwar aufregende Momente mit ihnen, aber im Alltag bewähren sie sich nicht. Die Bequemen wiederum sind meistens flach und langweilig. Die gefallen unserer Mutter.

Manche sind alt und ausgetreten. Irgendwann hilft dann auch die größte Liebe nicht mehr, und wir müssen sie schweren Herzens entsorgen.

Männer sind wie Schuhe.

Die perfekten sind nicht leicht zu finden. Aber wenn wir sie gefunden haben, wollen wir sie gleich anbehalten.

LOTTA

»Nebenan sitzt schon wieder der Bäckermeister!« Nach zögerlichem Klopfen steckte meine Sekretärin Brunhilde Zweifel ihren Kopf mit der grau melierten Kurzhaarfrisur zur Tür herein. Ihre Stimme klang verschwörerisch, und sie verdrehte genervt die Augen. »Sie wissen schon, der Gerngroß!«

»Ich kann jetzt nicht!« Mir brach der Schweiß aus. »Schicken Sie ihn weg. Sagen Sie ihm, ich bin in einer wichtigen Besprechung.«

»Frau von Thalgau.« Die Sekretärin zwängte ihre füllige Gestalt durch den Türspalt und parkte sie quasi im eingeschränkten Halteverbot zwischen Tür und Angel.

»Frau Zweifel, bitte! Sie sehen doch: Ich bin nicht allein.«

Ja, das tat sie allerdings. Wohlwollend ließ sie ihren Blick über den männlichen Besucher gleiten, der bei mir im Büro saß. Ihr Gesicht sprach Bände: Was für ein Prachtexemplar!, sagte es anerkennend. Und ich konnte ihr nur stumm recht geben. Der Soloflötist von den Wiener Philharmonikern war mir regelrecht zugeflogen! Sein Name war Christian Meran. Er hatte sich in unsere abgelegene Kleinstadt verirrt wie eine Nachtigall an einen Froschtümpel. Brunhilde Zweifel stand Bewunderung, aber auch Neid in den Augen.

»Liebe Frau Zweifel!«, sagte ich würdevoll. »Bitte! Tür zu und kein Bäckermeister heute!«

Heute war ein besonderer Tag, das spürte ich. Ein seltsames Gefühl keimte in mir auf, so ein leichtes, angenehmes Prickeln, das mich in diesen nach Bohnerwachs und Schülerschweiß riechenden Räumlichkeiten schon lange nicht mehr heimgesucht hatte. Vielleicht sogar noch nie.

Brunhilde Zweifel schüttelte bedauernd den Kopf. »Der Bäckermeister ist … Sie wissen ja, nicht abzuschütteln.« Ein Recht, das sich Brunhilde ebenfalls herausnahm.

»Frau Zweifel. Bitte. Das ist Ihr Job. Schicken Sie ihn weg. Ich möchte jetzt nicht gestört werden.« Mein Blick wanderte unmissverständlich zur Tür. Am liebsten hätte ich ihre unförmige Gestalt eigenhändig wieder nach draußen geschubst. Aber sie sah mich an, als hätte ich einen Teller Kekse vor mir und würde mich weigern, ihr einen davon anzubieten.

»Wie gesagt, ich bin nicht zu sprechen. Für NIEMANDEN!«, zischte ich nachdrücklich, um meinen Gast Christian Meran gleich darauf strahlend anzulächeln. Der verfolgte den kleinen Disput interessiert, und um seine Mundwinkel zuckte es amüsiert. Mir wurde plötzlich schwach in den Knien.

»Und jetzt gehen Sie. Tür – von – außen – zu!«

»Aber Frau von Thalgau«, widersprach Frau Zweifel energisch. »Jeden kann ich wegschicken. Auch den amerikanischen Präsidenten. Aber den – den kriegen keine zehn Pferde aus dieser Musikschule! Sie wissen ja: der penetranteste Vater der ganzen Stadt.«

Ich wusste nicht, was ich sagen sollte. Es war mir peinlich, so ratlos zu sein!

»Er will, dass seine Viktoria beim Konzert heute Abend neben dem Wiener Philharmoniker auf der Bühne sitzt!«

»Woher weiß er denn überhaupt, dass der Wiener Philharmoniker hier ist?«

»Keine Ahnung, aber Sie wissen ja: Er hört das Gras wachsen!«

Das Grinsen des Wiener Philharmonikers wurde immer breiter. Aber was der schöne Fremde nicht wissen konnte: Frau Zweifel hatte leider recht. Ich hatte noch nie in meinem Leben mit einem penetranteren Menschen zu tun gehabt als mit

Bäckermeister Gerngroß. Der war felsenfest davon überzeugt, seine Tochter Viktoria habe mit ihrer Klarinette das Zeug zum Weltstar, doch ich würde ihr Talent aus Bösartigkeit oder Ignoranz einfach nicht anerkennen. Aber es gibt Momente im Leben, die kommen nicht wieder. Und das war so einer.

»Frau Zweifel, sagen Sie dem Bäckermeister, ich bin heute Morgen mit Blaulicht abgeholt worden. Ihnen wird schon irgendwas einfallen.« Ich schickte ein Lachen hinterher, das eine klitzekleine Spur zu schrill geriet.

»Der Bäckermeister hat Ihre Stimme schon gehört. Er wartet auf dem Flur und weiß, dass Sie im Hause sind.«

Ich stand entschlossen auf: »Der Bäckermeister hat jetzt keinen Termin.« Mit diesen Worten schloss ich energisch die Tür. Brunhilde Zweifel konnte gerade noch ihre wogenden Weichteile in Sicherheit bringen.

»Es tut mir leid«, sagte ich endlich wieder an Christian Meran gewandt und schluckte nervös. »Das sind so die Probleme einer Kleinstadtmusikschulleiterin.«

»Lassen Sie den Bäckermeister doch rein!« Der Flötist lächelte mich aufmunternd an. »Wenn er frische Brötchen dabeihat?«

»Sie kennen den Herrn nicht«, sagte ich dumpf. »Aber wenn Sie ihn kennen, machen Sie lieber eine Nulldiät.«

Der Bäckermeister litt eindeutig unter Größenwahn, was seine Tochter Viktoria anbelangte. Dabei war die Zwölfjährige wirklich begabt, und ich mochte das Mädchen auch sehr. Aber ihr Vater war das reinste Brechmittel. Die arme Vicki hätte wirklich einen anderen Vater verdient, nach allem, was sie schon hatte durchmachen müssen.

»Ich bin beeindruckt, wie Sie das hier alles managen!« Und das sagte ausgerechnet Christian Meran, die »goldene Flöte«! Ich hatte sie schon oft im Fernsehen gesehen, also alle beide, den Mann und seine Flöte, ganz groß in Nahaufnahme. Der Mann musizierte nicht nur hinreißend, er sah auch noch außergewöhnlich gut aus. Christian Meran hatte volles dunkles Haar, das ihm beim Spielen in die Stirn fiel wie in der Shampoowerbung. Und nun saß er hier bei mir in dieser muffigen Musikschule und war bereit, heute Abend spontan im Konzert mitzuspielen! In meinem Schülerkonzert! Ich lehnte mich Halt suchend ans Fenster. Meine roten Haare, die sich heute noch weniger bändigen ließen als sonst, umloderten förmlich mein Gesicht. Und das war schon rot genug vor lauter Aufregung.

Draußen ragte der weihnachtlich beleuchtete Kirchturm von Heilewelt in den Himmel. Schnee fiel lautlos auf das Blechdach der gegenüberliegenden Sparkasse und blieb dort liegen wie Puderzucker. So schön der Anblick auch war, erinnerte er mich doch an meine Hausfrauenpflichten. Jetzt hatte ich es noch nicht mal mehr geschafft, für den morgigen Heiligabend einzukaufen! Geschweige denn Vanillekipferl und Zimtsterne zu backen wie jede andere Hausfrau in Heilewelt. Mein Leben verlief hektisch bis chaotisch, ich tanzte auf mehreren Hochzeiten gleichzeitig. Aber welche berufstätige Mutter tut das nicht? Dafür hatte ich einen echten Wiener Philharmoniker in unsere Musikschule locken können! Und nicht nur irgendeinen, sondern DEN Soloflötisten! Man kann eben nicht alles haben. Die Herren der Schöpfung beschimpft auch keiner als schlechte Hausmänner, nur weil sie beruflich aufgehalten werden. Hätte mein Lebensgefährte Jürgen Immekeppel beispielsweise Penelope Cruz für einen Bauspar-Werbespot in seine Sparkasse gelockt, hätte ICH da auf seinen Haushaltspflichten bestanden? So nach dem Motto: Wo warst du, warum hast du nicht eingekauft und gekocht? Warum haben die Kinder Rotznasen, und wo sind die Geschenke? Warum steht der Baum noch nicht, und was guckst du so gestresst? Nur von uns Frauen wird das alles erwartet. Berufstätig, eine tolle Mutter und Hausfrau sein, super aussehen und immer gute Laune haben. Die Welt ist so was von unfair!

Aber Moment mal, warum schaute mich dieser Flötist denn so belustigt an? Hatte ich etwa Selbstgespräche geführt? Ich räusperte mich verlegen und klammerte mich an den Heizkörper hinter mir. Oh Gott! Heute Abend war DAS Konzert. Das Konzert, von dem die ganze Stadt seit Wochen sprach, ach, was sage ich: seit Monaten. Und ich hatte mich noch nicht mal geschminkt und meine tausend Sommersprossen abgedeckt, wo doch dieser schöne Musikus hier war. Leider auch der unsägliche Bäckermeister! Auf einmal herrschte Totenstille. Das Klimpern und Geigenkratzen, das Tröten und Blasen der Übenden schien wie auf Kommando verstummt zu sein. Nur mein Herzklopfen war weithin zu hören.

»Also … wo waren wir stehen geblieben?« Ich fuhr mir nervös über die Stirn. »Wie gesagt, ich bin überglücklich, dass Sie in unsere schöne kleine Stadt Heilewelt gekommen sind und uns bei unserem Konzert heute Abend unterstützen wollen.«

Ich fröstelte und schwitzte zugleich. Wir hatten überhaupt noch nicht über das Honorar geredet! Es würde hoffentlich nicht fünfstellig sein?! Panik erfasste mich. Dieser Weltklassemusiker war sicher nichts anderes gewöhnt. Ich würde mir seine goldene Flöte nie leisten können! Auch wenn die Heilewelter Sparkasse der Sponsor der Musikschule war – genauer gesagt mein Lebensgefährte Jürgen Immekeppel, der Direktor ebenjener Sparkasse –, musste ich mit diesem Geld gut haushalten.

»Es macht mir Spaß, mit Kindern zu musizieren«, erwiderte Christian Meran lächelnd. »Erstens liebe ich ›Peter und der Wolf‹. Und zweitens … unter so charmanter Leitung!«

Er schenkte mir einen vielsagenden Blick, und mein Magen zog sich plötzlich ganz komisch zusammen.

»Ich habe Sie während der Proben beobachtet«, sagte er mit einem warmen Unterton. »Mit welchem Temperament und mit welch ansteckender Begeisterung Sie da ein Orchester aus hundert Kindern dirigieren!« In seinen braunen Augen lag

Anerkennung. »Diese Kleinstadt kann sich glücklich schätzen, Sie zu haben.«

Ich machte den Mund auf, aber kein Ton kam heraus. Das hatte noch niemand zu mir gesagt. Im Gegenteil. Alle ließen mich immer spüren, wie dankbar ich sein müsse, diese Musikschule leiten zu dürfen. Mit dem Geld der Heilewelter Sparkasse, bei der ich dafür einen riesigen Kredit aufgenommen hatte. Verlegen massierte ich mir die Schläfen. Unfassbar, dass mir dieser Weltklassemusiker tatsächlich so zauberhafte Komplimente machte. Wenn der wüsste, was das für ein täglicher Nahkampf war! Die Schüler bekam ich inzwischen gut in den Griff – wenn nur die überehrgeizigen Eltern nicht wären! Ich dachte da vor allem an einen ganz bestimmten Bäckermeister, der im Begriff war, mir meinen Wiener Philharmoniker wegzunehmen. Er würde ihm viel Geld bieten, damit er seiner Vicki Privatstunden gab und sie dann als Meisterschülerin … Abrupt schüttelte ich den Kopf.

»Ich weiß gar nicht, ob wir uns das überhaupt leisten können«, brachte ich schließlich krächzend hervor. Besser, man sprach die unangenehmen Dinge sofort an. »Unser Budget ist ebenso klein wie unsere Stadt«, stotterte ich mit glühenden Wangen.

Christian Meran gluckste. »Machen Sie sich wegen der Gage mal keine Sorgen. Ich sehe das als Benefiz-Auftritt. Morgen ist schließlich Weihnachten.« Er bekam jede Menge entzückende Lachfältchen, als er schelmisch hinzufügte: »Früher war ich bei den Pfadfindern, und unser Motto war: ›Jeden Tag eine gute Tat.‹«

Mein Herz machte einen nervösen Hopser, und ich strahlte wie ein Honigkuchenpferd. Er spielte umsonst! Wie cool war das denn! Ich konnte mein Glück kaum fassen. Das machte unser Konzert zum Jahrhundert-Event! Das war etwas ganz anderes als das Gequietsche aus spuckedurchtränkten Schülerflöten, das ich meinem Publikum sonst zumutete! Am liebsten wäre ich dem Mann um den Hals gefallen! »Sie machen das gratis?«

Der Wiener Philharmoniker schielte auf den Briefkopf auf dem Schreibtisch, um meinen Namen noch einmal zu lesen: »Liebe Frau … von Thalgau, es ist mir ein Vergnügen! Nachdem ich hier in der Nähe einen Meisterkurs abgehalten habe, kann ich auch noch einen Abend dranhängen.« Er sah mich aus seinen dunkelbraunen Augen warmherzig an. »Als ich auf der Durchreise Ihr Plakat sah, dachte ich: Toll, dass Sie als Direktorin einer Musikschule so ein anspruchsvolles Konzert auf die Beine stellen. Das unterstütze ich gern.«

Oh Gott, dachte ich. IST der süß! Den würde ich gern näher kennenlernen. Aber die Nachtigall war zu spät zum Froschtümpel gekommen. Da schwamm schon jede Menge Laich drin herum, ein Froschkönig schwang bereits das Zepter, und ich alte Kröte … Ich musste mich dringend zusammenreißen! Schließlich war ich Mutter von drei kleinen Kindern! Und in festen Sparkassendirektor-Händen!

Der Flötist war noch nicht fertig: »Sie haben begabte Schüler.«

Ja!, dachte ich. Besonders die Klarinette spielende Tochter vom Bäckermeister. Der mich bestimmt gleich nerven wird bis zum Wahnsinn. »Na ja, all das habe ich nur aufbauen können, weil die Stadtsparkasse von Heilewelt diese Musikschule großzügig unterstützt!« Ich wies mit dem Kinn auf das Haus gegenüber mit dem grellen Sparkassenschild. Und dem Plakat »Wir sichern Ihren Kindern eine Zukunft«. Dort saß jetzt mein Lebensgefährte Jürgen Immekeppel an seinem Schreibtisch und kümmerte sich um seine Zahlen. Ich hatte ihn noch nie etwas anderes tun sehen. Na, gut, von ein paar wenigen Ausnahmen einmal abgesehen.

»Großartig«, sagte der Querflötist. Er hatte ein entzückendes Grübchen am Kinn. »Sie haben da was auf die Beine gestellt, was man dieser … ähm … abgelegenen Kleinstadt gar nicht zutrauen würde.«

»Kleinstadt ist ja noch geschmeichelt für Heilewelt«, beeilte ich mich zu sagen. »Eigentlich ist das eher eine Nachkriegssiedlung vom Reißbrett, die im Lauf der Jahre an die fünfzig Dörfer eingemeindet hat.« Ich rieb mir verlegen die eiskalten Hände. »Aber die Arbeit hier macht wirklich Spaß. Ich kann schalten und walten, wie ich will, habe engagierte Lehrer, hoch motivierte Eltern« – was erst recht geschmeichelt war, wenn man an den größenwahnsinnigen Bäckermeister dachte –, »und es gibt vielversprechenden Nachwuchs.« Ich ertappte mich dabei, wie ich versuchte, das Gespräch in die Länge zu ziehen.

Christian Merans Lippen kräuselten sich freundlich. »Sogar Ihre drei Kinder sind mit dabei, wie ich dem Programmheft entnommen habe?«

Ich errötete noch mehr. »Na ja, meine Zwillinge hauen auf Triangel und Trommel herum, und Paul, mein Achtjähriger, spielt schon ganz ordentlich Cello.«

»Da ist Ihr Mann sicher mächtig stolz auf seine Familie.«

»Ja. Das ist er.«

Ich überlegte gerade, ob ich es doch noch schaffen würde, einen Gänsebraten im Supermarkt zu erbeuten, als es klopfte. Ich wusste es! Der Größenwahnsinnige. Der Bäckermeister. Am liebsten hätte ich ihn umgebracht. Noch lieber hätte ich noch stundenlang mit diesem gebildeten und überaus gut aussehenden Flötisten geplaudert.

Frau Brunhilde Zweifel zwängte sich erneut zur Tür herein. »Frau von Thalgau, er lässt sich nicht abwimmeln!«

Nein. Das hatte er noch nie getan. Im Gegenteil. Ich musste den Beckenboden anspannen, um das Wutpipi zu unterdrücken. Und da stand er auch schon, mit seinem starren Blick und der Hitlerfrisur. Seine unverwechselbare Gestalt überragte meine Sekretärin wie ein Leuchtturm eine dicke Düne.

»Lodda, nur zwei Minudn!«, schnarrte er in seinem scheußlichen fränkischen Dialekt.

Meine Halsschlagader pulsierte. Warum hatte es ihn nur ausgerechnet zu uns nach Niedersachsen verschlagen müssen? Und wie konnte er es wagen, einfach so hereinzuplatzen? Und mich »Lodda« zu nennen wie eine … dahergelaufene Fußballergattin? Jetzt, wo ich wirklich wichtigen Besuch hatte? Zwei Minuten bedeuteten bei ihm zwei Stunden. Er würde uns gleich einen Vortrag über das unglaubliche Talent seiner Tochter halten, darüber, dass sie eine sensationelle Weltkarriere hinlegen und damit Millionen und Abermillionen verdienen könne. Geld, das doch letztlich der ganzen Stadt, dem ganzen Land, ja dem Universum zugutekäme. Ich war mir sicher, dass er seit dem Unfalltod seiner Frau wahnsinnig geworden war. Im Grunde musste man Mitleid mit ihm haben. Erschöpft drückte ich den Rücken durch.

»Gerngroß, das geht jetzt nicht!« Seinen Vornamen hatte ich vor langer Zeit als unnützes Wissen verbucht. Ich hatte echt Wichtigeres im Kopf! Leider duzten wir uns, wie das zwischen den meisten Eltern und mir so üblich war. »Du siehst doch, ich bin in einer Besprechung! Mit einem Wiener Philharmoniker!«

Doch davon ließ sich der Bäckermeister nicht abschrecken. Im Gegenteil. Jetzt hatte er ein neues Opfer gefunden.

»Des passt mir ganz genau. Des will ich ja grad erraichn. Des mer mit den internationalen Stars zusammenarbeidn. Da samma ganz vorrn dabai!« Er steckte meinem Gast die fleischige Hand hin: »Gerngroß. Ich bin der Vadda von der Viktoria. Die Vicki spielt die Klarinedde. Haben Sie die schon bemerkt?«

»Ich weiß nicht …«

»Die Vicki kann man gar nicht übersehen, die sitzt nämlich …«

»Gerngroß!«, zischte ich und ballte die Hände heimlich zu Fäusten.

»Ich mach die besten Bauernkrapfen im Umkreis von hundert Kilometern. Außerdem bin ich CDU-Mitglied und wär fast schon mal Börchermaister von Heilewelt geworden.«

Ich verdrehte genervt die Augen. Das wäre definitiv das Aus für unsere liebe Kleinstadt gewesen. Bäckermeister Gerngroß würde nicht mal davor zurückschrecken, einen Weltkrieg anzuzetteln, wenn seine Viktoria dadurch Karriere machen konnte. Mein Blick glitt ebenso Hilfe suchend wie wütend zu Brunhilde Zweifel, aber die hatte sich bereits mit erstaunlicher Wendigkeit aus der Gefahrenzone gebracht.

Christian Meran warf mir einen verständnisvollen Blick zu. »Auf Ihre Krapfen bin ich gespannt«, sagte er höflich zum aufgeregten Bäckermeister. »Und auf Ihre Tochter Vicki natürlich auch. Ich wollte sowieso gerade gehen.« Er griff nach seinem Flötenkoffer und wandte sich zur Tür.

Am liebsten hätte ich den Koffer genommen und ihn dem Bäckermeister über den Schädel gezogen! Er hatte es tatsächlich geschafft, meinen Besuch zu vertreiben!

Freundlich lächelnd gab Christian Meran mir die Hand: »Frau von Thalgau, wir sehen uns ja heute Abend im Konzert. Die Tempi haben wir besprochen, und wenn Sie so dirigieren, wie Sie die Musikschule leiten, werden wir nicht in Turbulenzen kommen.«

Ich wollte aber mit diesem Mann in Turbulenzen kommen! Allzu gern! Doch wer kommt in Heilewelt schon in Turbulenzen, wenn er drei Kinder und einen biederen Sparkassenleiter zu Hause hat? Der Einzige, der mir hier Turbulenzen machte, war ein größenwahnsinniger Bäcker, der sein behindertes Kind der Weltöffentlichkeit zum Fraß vorwerfen wollte. Aber das war doch kein Grund, einen Kinderstar aus ihr zu machen? Wenn Heilewelt ein Froschtümpel war, dann war der Bäckermeister der lauteste Frosch mit der größten Kehlkopfblase. Irgendetwas in mir sträubte sich dagegen, sein vom Schicksal gebeuteltes Mädchen ins grelle Scheinwerferlicht zu zerren. Der Bäckermeister sollte lieber weiterhin kleine Brötchen backen – was er wirklich gut konnte – und hinter seinen Ofen gehen!

Gern hätte ich die filigrane Flötistenhand länger festgehalten, doch wieder wurde ich vom Bäckermeister verdrängt.

»Sagn S' mal.« Der Bäckermeister hinderte den Flötisten am Gehen und klopfte ihm jovial auf die Brust: »Sie sind doch bei einem Weltklasseorchester. Sie haben doch die besten Kontakte.«

Christian Meran schaute mich fragend an. Ich verdrehte die Augen. Ich wusste genau, was jetzt kam.

»Meine Vicki ist was ganz Besonderes. Man könnt sie weltweit vermarkten und richtig Kohle mit ihr machen. Sie sitzt nämlich …«

»Sie sitzt im Orchester«, unterbrach ich ihn mit schneidendem Ton. »Wie viele andere Kinder auch.«

»Ja, aber sie spielt ausgesprochen gut Klarinedde. Und sie ist eben anders als die anderen. Des kommt gut rüber. Auch wer klassische Musik nicht mag, schaut hin, wenn des Mädel spielt.«

»Gerngroß!« Ich konnte mich gerade noch zurückhalten, ihm eine Stimmgabel an den Kopf zu werfen.

»Bildhübsch isse. Blonde lange Haare, ganz zartes Mädchen, wiegt kaum vierzig Kilo. Was könn mer denn da machn?«

Christian trat instinktiv einen Schritt zurück. »Das wird Frau von Thalgau Ihnen sicher sagen können. Schließlich ist sie die Direktorin dieser Musikschule.« Er zuckte hilflos mit den Achseln, als er mein wütendes Gesicht sah.

»Naa, die unterstützt mich net!« Der Bäckermeister war aufrichtig erbost. »Meine Vicki ist das Beste, was diese Musikschul zu biedn hat. Heilewelt könnte weltweit berühmt werden! Wir könnten die internationale Presse kriegn! Aber die Lodda will des net!«

»Ich will nur deine Tochter nicht in die Öffentlichkeit zerren, Gerngroß! Die soll hier eine schöne Kindheit haben, nach alldem, was ihr widerfahren ist!«

Christian Meran sah von einem zum anderen. Was ist ihr denn widerfahren?, schienen seine braunen Augen besorgt zu fragen. Außer diesem Vater? Kann es da noch eine Steigerung geben?

Der Bäckermeister wischte meine Einwände beiseite. »Sie als Profi müssen doch ihr Talent und ihr Vermarktungspotenzial erkennen. Des hat mit Mitleid nix zum tun! Die Vicki spielt heut Abend die Ende.«

»Das Ende?«, versuchte Christian Meran das Fränkische zu korrigieren.

»Die Ente«, übersetzte ich. »Nein, sie spielt die Katze. Die KATZE, Gerngroß. Die Oboe ist die Ente.«

»Wieso Mitleid?«, fragte Christian irritiert. »Wenn sie so begabt ist und so gut spielt?«

»Ihre Mutter ist bei einem Autounfall ums Leben gekommen«, sagte ich mit belegter Stimme. »Und sie selbst wurde schwer verletzt.«

»Ende, Katse, des is doch wurscht!« Gerngroß baute sich vor Christian Meran auf: »Meine Vicki ist hochbegabt, auch ohne Beine! Mer ham en Test machn lassn, da war se drrraai! Da konnt se schon ›Alle maine Entchen‹ auf dem Klavier spieln! Fehläfrai!« Er packte Christian Meran an den Schultern. »Und jetzt nach dem Unfall könn mer se ganz toll vermarktn, das wär ein subber Image für die Musikschul. Da käm richtig Kohle rein.«

»Gerngroß!«, zischte ich warnend. »Es reicht.«

Der Bäckermeister klammerte sich am Flötisten fest: »Ich möcht Ihr fachmännisches Urteil einholn. Schaun S' sich des Madla an. Wie s' dasitzt. Ein Publikumsmagnet. Alle guggn nur auf meine Vicki. Sie muss zu ›Weddn dass‹!«

›*Wetten, dass?*‹ Christian Meran war sichtlich irritiert. »Als was?«

»Als Klarinettistin«, sagte ich trocken. »Die Noten lesen kann.«

»Meine Tochtä hat das Zeug zum Weltstar!« Der Bäckermeister packte den Flötisten am Ärmel. »Sie könne das doch bestimmt arrangiern! Sie kenne doch sichä den Gottschalk und die ganzen Leut vom ZDF!«

»Äh … nein.« Christian Meran machte sich sanft los und trat noch einen Schritt zurück. Mehr ging nicht, denn dann kamen ich und das Fenster.

»Gerngroß, du vertreibst mir noch unseren wirklichen Weltstar«, stammelte ich betont fröhlich. »Nachher fliegt unser Vogel davon, noch bevor das Konzert begonnen hat!«

»Ach was! Ich lass mich nicht mehr ausbremsen von dir, Lodda! Du willst ja das Potenzial meiner Tochter net anerkenne!« Wütend funkelte mich der Bäckermeister an. »Du tust so, als wär sie irgendeine dahergelaufene kleine Schülerin wie alle andern, die von Tudn un Blasn keine Ahnung ham!« Ich schämte mich entsetzlich. Ich spürte, wie es in mir brodelte.

»Gerngroß, lass unseren Gast los!«

»Der will net kapiern! Genau wie du, Lodda! Mei Madla kann Weltkarriere machn! Aber nur solang se noch so klein ist! Die muss man JETZT vermarkten, JETZT! Später, wenn se aussieht wie alle anderen Rollstuhlfahrer, ist unser Pulver verschossen!« Er wandte sich erhitzt an den Flötisten, der sich hinter meinem Schreibtisch in Sicherheit gebracht hatte, während Frau Zweifel entsetzt durch den Türspalt spähte: »Ich hab schon alle Bäckerei-Großmärkte und Backwaren-Konzerne mit im Boot! Wenn meine Vicki erst berühmt ist, gibt es das Vicki-Mohn-Hörnchen, das Vicki-Vollkorn-Brötchen und das Vicki-Schwatzbrot in jedem Supermarkt! Für den Knochenaufbau! Da steig mer ganz groß in die Werbung ein!«

»Gerngroß, das ist dermaßen deplatziert und geschmacklos …« Ich schluckte.

»Vitamin B!« Der Bäckermeister hieb mit der Faust auf den Tisch. »Beziehunge! Meine Vicki braucht den Auftritt bei Weddn dass! Mit den Wiener Philharmonigern! Des lässt sich doch sichä ainrichtn! Sie kriegen von mir dafür lebenslang die Berliner gratis!«

»Wie? Die Berliner Philharmoniker?« Christian Meran war wirklich schlagfertig.

»Nein, Sie Witzbold. Die Berliner Krapfen!«

Ich atmete schwer. Mir war die Situation völlig entglitten.

Christian Meran winkte ab: »Ach nein, vielen Dank. Ich versuche doch, in Form zu bleiben …«

»Jetzt stellen S' sich doch nicht so stur!«, fiel ihm der Bäckermeister ins Wort. »Ich verköstige Ihr gesamtes Orchester lebenslang mit allen Backwaren, die Sie wollen. Vorausgesetzt, ihr lasst meine Vicki mit euch auftreten!«

Das artete fast in ein Handgemenge aus. Frau Zweifel überlegte bestimmt schon, die Polizei zu rufen. Ich schob mich zwischen die beiden Männer und versuchte meinen Gast zu schützen. Der legte mir beruhigend die Hand auf die Schulter.

Erklärend drehte ich mich zu Christian Meran um: »Sie ist zwölf, und sie sitzt im Rollstuhl.«

»Ja, des isses ja gerade!« Der Bäckermeister raufte sich die Haare. »Kapiert des denn niemand hier in dieser verschissenen Kleinstadt? Mit den richtigen Partnern kann man die ideal vermarkten. Da kriegen wir viele Prominente mit ins Boot! Alle wollen doch was für behinderte Kinder tun, jetzt packen wir die Promis am Kragen!«

»Nur weil deine Vicki behindert ist, macht sie noch lange keine Weltkarriere!«

»Aber dieses Contergankind mit die kurzn Ärmchen! Der Sänger! Und die blinde Corinna! Behinderung sells!«

»Gerngroß, es REICHT!«

»Ich werde ganz sicher ein Ohr für Ihre Tochter haben.« Christian Meran zog seinen Anzug glatt und klopfte dem Bäckermeister tröstend auf die Schulter. »Aber aufgrund einer Behinderung pflegen die Wiener Philharmoniker niemanden einzustellen.«

»Weil die dumm sind!«, regte sich der Bäckermeister auf. »Wer will denn so einen Haufen langweiliger Männer im Frack fiedeln sehen? Ein blondes zartes Geschöpf im Rollstuhl dagegen …«

»Herr Meran, danke, dass Sie sich die Zeit genommen haben«, machte ich dem Spuk endgültig ein Ende.

Christian Meran schaffte es bis zur Tür. Bevor er ging, sagte er: »Bis heute Abend also. Und jetzt ruhen Sie sich so kurz vor dem Konzert noch ein bisschen aus.« Gelassen drehte er sich zum Bäckermeister um: »Kommen Sie, lassen wir die Dame allein.« Dankbar sah ich zu, wie Gerngroß hinter ihm her trottete, während mir mein Retter vielsagend zuzwinkerte.

ANITA

Nebenan schepperte das Gartentor. Ich schluckte und wagte nicht aufzublicken. Mist! Da kam Ursula Kobalik aus der Nachbarvilla angestapft. Sie würde doch jetzt nicht … Warum musste sie denn immer … Ja, hatte die denn überhaupt kein … Da war sie schon.

»Wo ist er denn mal wieder, dein treuer Göttergatte?« Meine resolute Nachbarin aus der Villa schräg oberhalb unseres Hauses kam durch die offen stehende Terrassentür herein und steckte ihre Nase neugierig in meinen Kühlschrank. Ganz so, als würde Christian sich dort vor ihr verstecken!

Ich sah sie ratlos an. »Kann ich dir behilflich sein?« Irgendwie störte es mich, dass die robuste Ursula so tat, als gehörte ihr das Haus. Sie war meine Nachbarin, hielt sich sicherlich auch für meine Freundin. Aber wann hatte ich eigentlich vergessen, sie darauf hinzuweisen, dass es auf der Hausvorderseite auch eine Klingel gab?

»Hast du keinen Champagner da?«

»Doch, natürlich«, erklärte ich würdevoll. »Hier.« Ich öffnete den Getränkekühlschrank, der in die Bar integriert war. »Dom Perignon oder Moët & Chandon?« Ich drehte mich um und holte tief Luft. Ich würde sie ohnehin nicht so bald wieder loswerden, also konnte ich sie mir auch schöntrinken. »Ich hätte hier auch noch eine Piper Heidsieck, die hat Christian von einem Konzert mitgebracht. Oder einen ganz ordinären Mumm, den hat ihm eine Schülerin nach einem Meisterkurs geschenkt.« Irgendwie schaffte ich es, mir ein strahlendes Lächeln abzuringen.

Ursula lehnte sich erfreut an die Arbeitsplatte und rieb sich die Hände. »Och, gib mal her, was offen ist.« Dann ließ sie sich mit ihrem ausladenden Hintern auf einen Barhocker sinken und sah sich suchend um: »Ist er wieder auf Konzerttournee?«

»Ja, was denkst denn du!« Ich seufzte. »Einen Tag vor Heiligabend ist mein lieber Mann leider immer noch unterwegs.«

»Und du Arme musst hier ganz allein den Weihnachtsbaum aufstellen?«

»Also, wenn Christian bis morgen Vormittag nicht zurück ist …« Ich schenkte der neugierigen Ursula ein Glas Champagner ein und prostete ihr zu. »Fröhliche Weihnachten jedenfalls.«

»Du, ich schick dir meinen Jarek rüber, der macht das!« Im Nu hatte Ursula Kobalik ihr Handy aus den Untiefen ihrer kaschierenden Gewänder gezogen und schrie hinein: »Jarek, wenn du bei uns drüben fertig bist, kommst du gleich rüber zu Frau Meran und stellst ihr den Baum auf! Aber zieh dir vorher die Stiefel aus, ihr Parkett ist schon geputzt!«

Sie grinste mich triumphierend an und leerte ihr Glas auf einen Zug. »Wer ist denn deine Putzfrau? Die ist ja wirklich klasse!«

»Also, ehrlich gesagt, habe ich das selbst gemacht.«

»Spinnst du? Du putzt selbst?«

»Na ja, meine letzte Perle hat mich verlassen.«

»Wieso hat die dich verlassen?«

Ursula Kobalik stützte die Hände in ihre massigen Hüften und sah mich an wie ein General einen kleinen Gefreiten, der nicht anständig gegrüßt hatte. Für den Moment schien es ihr die Sprache verschlagen zu haben.

»Sie hat geheiratet«, entschuldigte ich meine treue Perle Annegret. »Ihr Mann möchte nicht, dass sie putzt.«

»Was ist denn das für ein eingebildeter Schnösel?« Wütend steckte sich Ursula eine Zigarette an und qualmte mir die Küche voll. »Den Leuten geht's einfach zu gut!« Auf ihren Wangen erschienen hektische rote Flecken. Erneut wühlte Ursula Kobalik nach ihrem Handy und schnauzte hinein: »Olga? Du kommst mir bitte zum Putzen! Nein, nicht bei mir, sondern bei meiner Nachbarin, Frau Anita Meran! Die hellgelbe Villa rechts neben uns! Du weißt schon, die mit den Bremer Stadtmusikanten im Garten!«

Die Skulptur war ein Geschenk der Kobaliks gewesen. Zum Einzug. Sie fanden das stilvoll. Die Bremer Stadtmusikanten aus Marmor. Weil Christian ja Flötist war.

»Aber ich brauche gar nicht unbedingt …«

»Pscht!« Ursula Kobalik legte ihren Finger auf die Lippen und bedeutete mir, sie nicht zu unterbrechen. »Ich weiß, dass morgen Heiligabend ist!«, schnauzte sie weiter ins Handy. »Aber diese arme Frau wurde von ihrer Putzfrau verlassen! Ja, was soll sie denn da machen! Was? Ja, meinetwegen, bring deine Schwester mit. Aber nur für den groben Dreck, den Rest machst du.« Triumphierend hielt sie mir ihr Glas hin, das ich gleich wieder füllte. »Hunde und Putzfrauen«, sagte sie zufrieden, »brauchen den gleichen klaren Ton.«

Moment mal! Wieso organisierte Ursula Kobalik mein Leben? Ich hatte sie schließlich nicht darum gebeten! Mir fiel kurzfristig keine Antwort ein. Ich legte den Kopf schräg wie ein Hund oder vielleicht auch wie eine Putzfrau, die nicht genau verstanden hat, was sie tun soll.

»Es soll doch alles wunderschön sein, wenn dein Mann wiederkommt!« Ursula Kobalik grinste breit, sodass ich einen Blick auf ihre weiß gebleichten Zähne werfen konnte. Mütterlich tätschelte sie mir die Schulter: »Du brauchst doch morgen Zeit, dich selbst schön zu machen. Also nicht, dass du nicht schön WÄRST! Aber ich wette, für deinen Christian machst du das ganze Programm: Beine rasieren, Duftmaske, Maniküre, Pediküre, Haare schön, Möpse schön …« Sie lachte fett.

»Ach, Ursula!« Ich lachte auch. Was blieb mir auch anderes

übrig? »Meinst du, das mache ich nur an Weihnachten und Ostern?«

»Nee. Ick weeß ja, dass de früher mal Model warst.« Wenn Ursula Kobalik ihre Vornehmheit vergaß, verfiel sie wieder in ihren Berliner Dialekt. »Und 'n Topmodel gleich dazu! Wenn ick heute die Heidi Klum und diese kleenen ordinären Jänse im Fernsehen sehe, denn denk ick imma, die hätten mal die Anita sehen sollen, als se jung und ledig war, wa!«

Sie lachte, dass ihr Doppelkinn schwabbelte. »Na ja, und jetzt sind deine Gören schon so hübsch wie de Mutta, wa! Die Große hat ja 'n Buuuusn! Det is ja der Hamma!«

Sie warf einen Blick auf unseren Konzertflügel, auf dem die gold gerahmten Fotos von unseren Töchtern standen: Grazia, die gerade strahlend ihren Golfpokal entgegennahm, und Gloria, die ganz verliebt ihr Pferd streichelte. »Wo sind se denn, die zwee Küken?«

»Bei ihren Freunden«, sagte ich lahm. »Vorglühen.«

»Wat issn det?« Ursula Kobalik nahm die Champagnerflasche und bediente sich einfachheitshalber selbst.

Das, was du gerade tust!, dachte ich leicht genervt. Aber ich traute mich nicht, das zu sagen. Ursula meinte es gut, das wusste ich, und sie hatte es auch nicht gerade leicht mit ihrem Wolfgang. So kam sie immer mal wieder auf ein Schwätzchen vorbei. Leider ging sie nie freiwillig. Ich musste mir immer einen Trick einfallen lassen, um sie wieder loszuwerden. Sie zog fragend eine Braue hoch, sodass ich mich gleich wieder wie in der Schule fühlte. Ein bisschen ertappt irgendwie.

»Wat machen die Mädels?« Ihre Stimme hatte einen entrüsteten Unterton.

»Sie trinken sich warm«, erwiderte ich lasch. »Für eine Party.«

»Und det erlaubste?!«

Ich kniff die Lippen zusammen. »Sie sind sechzehn und vierzehn, also was soll ich ihnen da noch verbieten? Außerdem vertraue ich ihnen.«

»Aba Sex ham se keenen, wa?!«

»Natürlich nicht«, erwiderte ich hastig. Also, alles musste Ursula Kobalik ja nun auch nicht wissen! Wenn sie allerdings weiterhin scheinbar zufällig sämtliche Schubladen öffnete, wie sie das gern beim Plaudern tat, würde sie bestimmt noch die Pille meiner Ältesten finden. Die ließ sie nämlich völlig ungehemmt überall herumliegen, genau wie ihren Nagellack, ihre Stringtangas und ihre Hygieneartikel. Wir waren ein moderner Frauenhaushalt – warum auch nicht? Deswegen störte es mich auch so, dass gleich ein fremder Jarek und morgen eine fremde Olga hier anrücken würden, um »unseren Dreck wegzumachen«. Das konnten wir selbst. Oder, um bei der Wahrheit zu bleiben: ICH selbst. Ich hatte ja sonst nichts zu tun.

»Das wäre auch fatal, wenn du jetzt schon Großmutter würdest«, sagte Ursula Kobalik und nahm das Foto von Christian und mir von der antiken Truhe, auf dem wir mit der Fürstin Seyn oder nicht Seyn auf dem Wiener Opernball zu sehen waren. »Dann hätte det schöne Leben hier ein Ende.«

»Aber Ursula, wo denkst du hin!« Ich schenkte ihr erneut das Glas voll, während ich immer noch beim ersten war.

»Ick wünsch dir jedenfalls nich so ’n überfressenen Enkel, wie ick een hab.« Ursula prostete mir fröhlich zu. »Meine Tochter hat sich gerade scheiden lassen, und nun steht se mit ihrem dicken Bengel quasi auf der Straße. Jetzt müssen wir ein Haus für sie finden.« Sie winkte ab, als sei das kein Thema für mich. »Und wo isser nu, der schöne Christian?« Ursula Kobalik musterte mich kontrollsüchtig.

»In irgend so einem Kaff namens Heilewelt«, sagte ich matt. »Da gibt er heute Abend noch ein Konzert in einer Musikschule.«

»Wat? In so einem Provinznest? Hat der det nötig?« Fragend rieb Ursula Kobalik Daumen und Zeigefinger aneinander. »Geht es euch etwa so schlecht?«

»Quatsch! Er fand den Namen lustig. Heilewelt.« Ich leerte

hastig mein Glas. »Erst dachte ich, den Namen hat er sich nur ausgedacht, um mich zum Lachen zu bringen. Du weißt ja, wie Christian ist.«

»Na klar. Immer ’n lockeren Spruch auf den Lippen.«

»Aber es gibt diesen Ort wirklich. Und da er auf dem Weg lag, dachte er, er tut noch was Gutes.«

»Aha«, sagte Ursula Kobalik. »Na, Hauptsache, der Lauser kommt morgen pünktlich zum Fest.«

Der Lauser! Ich schluckte trocken. Aber sie war nun mal eine typische Berlinerin mit Kodderschnauze. Die reden so. Sie meinte es nicht böse, also überhörte ich es einfach.

»Natürlich«, sagte ich resigniert und hielt fragend die leere Flasche hoch. »Sollen wir noch eine aufmachen?«

LOTTA

Um fünf vor acht stand ich in meiner Künstlergarderobe, bereit für den Auftritt. Hundert aufgeregte Kinder saßen bereits auf der Bühne und stimmten ihre Instrumente. Ich verzog schmerzlich das Gesicht. Wie viele Möglichkeiten es doch gab, einen Ton zu verfehlen! War ich froh, dass ich wenigstens einen Profi dabeihatte! Christian Meran würde das Konzert auf jeden Fall retten, selbst wenn alles aus den Fugen geriet. Wenn er seinen »Vogel« so bravourös spielte, wie ich ihn aus dem Fernsehen kannte, konnten die anderen die reinste Kakofonie anstimmen. Nervös trippelte ich vor dem Spiegel herum und versuchte, meine Rückseite zu betrachten: Schließlich war es dieser Anblick, den das Publikum im Saal von mir bekommen würde. Wie sagte meine Mutter Margot immer? Du müsstest dich mal von hinten sehen, Kind! Kaschiere deinen Hintern. Mutter Margot meinte es nicht so: »Es ist ja nur zu deinem Besten. Man muss auch mal ein bisschen Kritik einstecken können.« Und das tat ich zur Genüge: Von Mutter Margot steckte ich Kritik ein, seit ich denken, sprechen und Tränen runterschlucken konnte. Und versuchte ihr mit meinen fünfunddreißig Jahren immer noch zu gefallen. Ihr etwas anderes abzuringen als »berechtigte Kritik«, für die ich »dankbar sein« könne. Ein banger Seufzer entrang sich meiner Brust. NEIN, ich war kein Model. Mein Hosenanzug von C &A hatte Größe vierzig. Na und? Und der länger geschnittene Blazer konnte meine, sagen wir mal, weiblichen Rundungen auch nicht komplett verbergen. Mein Hintern hielt zu mir – mit einer Treue und Loyalität, die mir nicht einmal meine nächsten Verwandten entgegenbrachten. Hatte ich mir da nicht zu viel zugemutet? Würden wir dieses schwierige Stück wirklich schaffen? Immerhin würde die örtliche Presse anwesend sein. Justus Schaumschläger vom *Heilewelter Tagblatt* wuselte jetzt schon in seiner unsäglichen Lederjacke hier herum und machte Fotos. Alle Eltern und Kinder zusammengenommen, die bereits im überfüllten Saal saßen, waren bestimmt nicht halb so aufgeregt wie ich. Das war das erste wirklich große Konzert in meiner eigenen Musikschule, und ich wollte es allen beweisen. Nicht zuletzt Jürgen Immekeppel, meinem Lebensgefährten, der mir damals den Kredit für meine Musikschule gewährt hatte.

Als es klopfte, zuckte ich unwillkürlich zusammen. Oh Gott, jetzt bitte nicht irgendein Kind: »Frau von Thaaaaalgau, meine Geigensaite ist gerissen«, oder: »Ich kann mein Cello nicht finden!«, oder: »Meine Oma hat keinen Sitzplatz!«, oder: »Ich muss noch mal aufs Klo!« Cool bleiben. Ich war hier die Chefin. Ich räusperte mir die Angst von den Stimmbändern: »Herein?«

Wehe, wenn das jetzt wieder der Bäckermeister war! Der brachte es fertig, noch eine Minute vor dem Auftritt zu nerven! Ich würde ihn mit meinem Dirigentenstab erdolchen! Doch zu meiner Überraschung war es Jürgen. Er trug zur Feier des Tages seinen etwas knapp sitzenden braunen Sparkassenanzug mit dem blasslila Hemd und der grauen Krawatte. Er hatte sich einen akkuraten Seitenscheitel gezogen, was ihn noch biederer aussehen ließ als sonst. Irgendwie machte auch er einen erstaunlich nervösen Eindruck, was er rührend ungeschickt zu verbergen suchte. Sein Gesicht glänzte vor Schweiß. Mit ihm waren noch ein Dutzend gelbe Sparkassenluftballons zur Tür hereingequollen. »Wir sichern Ihren Kindern eine Zukunft.« Und ein riesiger Blumenstrauß. Was sollte ich denn jetzt damit? Ach, er meinte es ja nur gut. Mutter Margot hätte gesagt: »Kind, stell die Blumen höflich in die Vase und bedank dich damenhaft. Nach so einem Mann kannst du dir alle zehn Finger ablecken!«

»Na, mein rattenscharfes Weib!«, begrüßte mich Jürgen bemüht cool.

Offensichtlich wollte er auf diese Weise meinem Lampenfieber entgegenwirken. Komisch, dass er damit genau das Gegenteil bewirkte! »Alles fit im Schritt?«, fragte er salopp.

Er wollte mich lässig an sich ziehen, aber seine vielen Luftballons und Blumen waren im Weg. Loriot hätte seine helle Freude gehabt. Und ich hatte im Moment überhaupt keinen Nerv für schlüpfriges Wortgeplänkel! »Ähm, hallo Jürgen, ich dachte, du sitzt schon im Saal?« Ich hatte gleich ein schwieriges Konzert zu dirigieren, und den Text des musikalischen Märchens würde ich auch sprechen. Wie ging der noch gleich?

»Peter hatte das Gartentor offen gelassen, und der Großvater hielt ein Schläfchen, woraufhin die Ente neugierig zum Teich watschelte, und der Vogel …« Warum geriet mein Herz an dieser Stelle plötzlich ins Stolpern? Ich würde alles falsch machen!

»Du hast mir hoffentlich in der ersten Reihe vier Plätze reserviert?« Jürgen wischte sich den Schweiß von der Stirn. »Für mich und die Luftballons?«

Ich schenkte ihm ein nervöses Lächeln. »Ich habe es Frau Zweifel gesagt, ja. Wieso brauchst du denn so viel Platz für die Luftballons?«

»Weil du die ja nach dem Konzert verteilen sollst!« Jürgen griff nach meinem Arm. »Du weißt doch, dass das die beste Werbemaßnahme für meine Sparkasse ist! ›Wir sichern Ihren Kindern eine Zukunft!‹«

»Jürgen, ich habe im Moment keinen Sinn für deine Luftballons. Bitte! In drei Minuten beginnt die Vorstellung. Sei so lieb und lass mich jetzt …« Ich machte mich sanft los. Jürgen hatte noch nie ein Gespür für meine Künstlerseele gehabt. So liebevoll wie möglich wollte ich ihn zur Türe hinausschieben.

Mein Herz polterte vor Angst. Gleich würde ich da rausgehen! Die Heilewelter Bürger würden höflichen Applaus spenden, und dann würde ich den Dirigierstab heben, die volle Konzentration meiner hundert Kinder heraufbeschwören. Wir hatten ein ganzes Jahr hart geprobt. Und ein Weltstar beehrte uns!

»Ich habe dir noch etwas Wichtiges zu sagen.« Ich spürte Jürgens bohrenden Blick, obwohl ich den Kopf bereits abgewandt hatte. Oh, bitte nicht. Bitte nicht jetzt! Nicht schon wieder. Er würde doch nicht ausgerechnet jetzt … Ich schluckte einen dicken Kloß herunter. Wir hatten das Thema doch schon so oft besprochen!

Auf einmal ging Jürgen auf die Knie. »Lotta«, stieß er atemlos hervor. »Ich habe dich schon oft gefragt, und jetzt frage ich dich wieder.« Er wischte sich den Schweiß von der Stirn, sodass die Luftballons kurzfristig sein Gesicht verdeckten. »Willst du meine Frau werden?!«

Ich blickte auf sein gerötetes Gesicht hinab und konnte nicht anders: Ich war gerührt von seiner hilflosen Art, mit der er mir genau im falschen Moment, am falschen Ort, mit den absolut falschen Worten einen Heiratsantrag machte. Hätte ich doch heute bloß nicht diesen Wiener Philharmoniker kennengelernt! Ich kam mir vor, als stünde ich mit peinlichen Schnürschuhen vor der Auslage einer Designerschuhboutique … Meine Kehle war wie ausgedörrt. »Jürgen«, sagte ich beschwörend. »Können wir das nachher besprechen?« Irgendwie schaffte ich es, mein Lächeln nicht aus dem Gesicht rutschen zu lassen.

»Nein, können wir nicht!« Trotzig stemmte sich Jürgen wieder hoch, wobei seine Gelenke laut knackten. »Ich will es nämlich nach dem Konzert öffentlich machen! Das wäre doch eine tolle Gelegenheit!« Wieder klammerte er sich an meinen Arm. »Ich komme mit den Luftballons auf die Bühne und … Lotta, jetzt sag doch was! Die Sparkasse und die Musikschule sind

Partner! In Liebe vereint! Die Leute WARTEN darauf! Es macht wirklich einen besseren Eindruck, wenn wir verheiratet sind! Das ist solide, und dann vertrauen die Leute uns auch ihre Bausparverträge an! Und jetzt um Weihnachten können wir noch eine Menge davon abschließen! Der Saal ist voller Großeltern, und die schenken so was!«

Ein vertrautes Gefühl von Resignation machte sich in mir breit. Wieso prickelte es einfach nicht, wenn ich von Jürgen einen Heiratsantrag bekam? Wir hatten drei entzückende Kinder, Paul und die Zwillinge Stella und Luna, die das Schicksal uns als Zugabe beschert hatte. Wir kamen miteinander aus und konnten uns aufeinander verlassen. Zu Hause im Borkenkäferweg unterstützte mich meine Mutter, die früher eine Haushaltsschule geleitet hatte und sich auf diese Weise selbstverwirklichen konnte. Außerdem hatten wir neuerdings einen Au-pair-Jungen aus Südafrika. Er hieß Caspar. Warum sollten wir das ändern? Ich meine, besser konnte es nicht werden. Nur schlechter! Wie oft hört man von Leuten, die zusammen einigermaßen glücklich waren, bis sie auf die dämliche Idee kamen, zu heiraten? Kurz darauf trennen sie sich meist, und dann geht das Elend los. Jäh zog ich die Notbremse.

»Jürgen, wir sind doch schon zusammen! Und ich bin doch auch irgendwie deine Frau seit acht Jahren. So wie es ist, läuft es doch prima!«

Und doch wollte ich mir ein letztes Zipfelchen Freiheit bewahren. Nicht, dass ich auf jemand anderen wartete, nein, Blödsinn! Wer sollte denn da schon kommen. Aber es MUSSTE doch einfach nicht sein. Man soll an seinem Glück nicht rütteln. Schließlich waren wir ein modernes Paar, jeder mit einem eigenständigen Beruf und Einkommen. Man muss sich doch nicht gegenseitig als Versorgungsinstitut betrachten! Außerdem platzte meine Blase gerade vor Aufregung. Ich schielte zur erbarmungslos tickenden Uhr an der Wand hinüber. Ein kurzer Einkehrschwung zum Panik-WC musste noch drin sein, bevor ich auf die Bühne eilte! Hach, dass Jürgen das auch nie kapierte! Er kannte mich doch nun schon so lange! Ich suchte ihn doch auch nicht in seinem Sparkassensitzungssaal auf und nötigte ihn vor seinen Kunden, mich zu heiraten!

Ich bemühte mich, gefasst zu bleiben. »Jürgen, das ist wirklich rührend von dir, aber ich finde nicht, dass wir anderen zuliebe heiraten sollten! Auch das Wort ›solide‹ haut mich jetzt nicht gerade vom Hocker.« Ich wollte nicht solide sein. Schnürschuhe sind solide. Ich fing seinen betroffenen Blick auf. Er war wirklich furchtbar enttäuscht. »Tut mir schrecklich leid«, sagte ich so zerknirscht wie möglich. »Aber ich habe jetzt dafür einfach keinen Kopf!« Meine Hände zitterten, als ich ihm tröstend über die kratzige Wange strich. »Vielleicht ein andermal.«

»Du hältst dir ein Hintertürchen offen!« Jürgens Augen füllten sich mit Tränen. »Hast du mich denn gar nicht ein bisschen gern?!«

Oh Gott, nicht schon wieder. Nicht JETZT! Ich merkte, wie ich gereizt wurde, ohne es zu wollen. Ich HATTE ihn gern. Er war mein Lebensgefährte. NATÜRLICH hatte ich ihn gern! Ohne ein bisschen Gernhaben kriegt man ja auch keine drei Kinder. Aber ich wollte ihn nicht heiraten, jedenfalls nicht jetzt. Und schon gar nicht den Einwohnern von Heilewelt zuliebe.

»Bitte, Jürgen!«, stieß ich schließlich hervor. »Wir besprechen das alles später«, beschwor ich ihn, als ich schon wieder kräftige Männerschritte vor der Tür hörte. Wenn das jetzt der Bäckermeister war, der wollte, dass ich seine Vicki vermarktete, dann …

Es klopfte kurz und kräftig an die Tür. Wenn Jürgen mich doch wenigstens vor diesem Kerl beschützen würde! Aber er klammerte sich bloß verletzt an seine Luftballons.

Es klopfte eindringlicher.

»Herein!«, stieß ich drohend hervor.

Es war jedoch Christian Meran in Frack und Fliege, der seinen Kopf zur Tür hereinstreckte. Als er sah, dass ich wieder mal nicht allein war, sagte er schnell: »Oh, Entschuldigung, ich wollte nicht stören.«

»Sie stören doch nicht«, rief ich fast erleichtert aus. »Darf ich vorstellen? Herr Meran, mein ... äh, also DER Soloflötist von den Wiener Philharmonikern ... Und das ist mein ... ähm ... Sponsor. Jürgen Immekeppel. Von der städtischen Sparkasse Heilewelt.«

»Ah«, sagte Christian Meran, und seine Augen funkelten schelmisch, als er den Pulk Luftballons sah. »Das ist also der berühmte Partner, der Frau von Thalgau so tatkräftig unterstützt.«

»Finanziell«, murmelte ich und tat so, als müsse ich mich räuspern.

Die beiden gaben einander die Hand, und ich zupfte mir vor dem Spiegel noch schnell ein paar Strähnen zurecht. Mutter Margot verglich meine Haare gern mit »angefaultem Stroh«, was mich nicht gerade froh stimmte. »Wir müssen dann wohl mal!«, sagte ich an Jürgen gewandt und wies mit dem Kopf auf die Wanduhr: »Es ist schon fünf nach acht, und da drinnen brummt es bereits wie in einem Wespennest!«

»Dann Hals- und Stimmbruch«, machte Jürgen gute Miene zum bösen Spiel und rang sich ein verbittertes Lachen ab: »Oder wie sagt man in eurem Fall?!«

»Toi, toi, toi«, erwiderte Christian schlicht und hielt mir galant die Tür auf. »Und niemals Danke sagen, denn das bringt Unglück. Aber das wissen Sie ja sicherlich.«

ANITA

Als Ursula endlich weg war, saß ich erschöpft an der Hausbar. Sie hatte mir noch endlos von ihrer geschiedenen Tochter Rosie erzählt, die diesmal mit ihnen Weihnachten feiern würde, weil sie kein Haus mehr hatte. Von ihrem dicken Enkel Raffael, der mit acht Jahren schon fünfundsechzig Kilo wog und gleich nach den Feiertagen zu einer Fastenkur für adipöse Kinder ins Burgenland geschickt werden würde. »Aber vorher kriegt der Junge noch ne anständje Weihnachtsjans!«, verkündete Ursula unerbittlich. Dann erzählte sie mir ausführlich von dem tollen Anwalt, den die Tochter bei ihrer Scheidung gehabt hatte. Ein echt scharfer Hund namens Ralf Steiner (ich gähnte heimlich hinter vorgehaltener Hand). Danach waren die Prostatabeschwerden ihres Mannes Wolfgang Kobalik dran. (Ich hörte anstandshalber auf zu gähnen.) »Weißt du, Kindchen, det mitm Sex is ooch nüscht mehr«, hatte sie mir nach dem x-ten Glas anvertraut, doch bevor sie nun fragen konnte: »Wie ist es denn mit euch?«, hatte ich zu meinem üblichen Trick gegriffen und meiner Ältesten heimlich unter der Bar eine SMS geschickt: »Ursula-Alarm!« Anschließend hatten wir die Nummer abgezogen, die wir immer abzogen, wenn ich meine Nachbarin loswerden wollte: Prompt rief Grazia mich an und bat, augenblicklich abgeholt zu werden. In diesem Punkt hielten wir eisern zusammen.

»Ach, ich soll dich abholen, Süße?«, flötete ich erleichtert ins Telefon. »Ja wo bist du denn, mein armer Schatz? Was, in dieser üblen Gegend? Na, da mache ich mich doch gleich auf den Weg! Entschuldige, Ursula, aber ich müsste jetzt …«

»Ja, kannste denn noch fahn?«, hatte Ursula Kobalik schwankend gefragt, nachdem ich sie in die klirrende Kälte hinausgeschoben hatte. Dann war ich vor ihren Augen in die Garage gegangen, nur um unbemerkt wieder ins Haus zu schlüpfen. Dort ließ ich die Rollläden herunter und schmückte den Baum, den Jarek mir inzwischen aufgestellt hatte. Ich nahm die mattsilbernen Kugeln, die Christian letztes Jahr von seiner Japantournee mitgebracht hatte. Sie sahen sehr stilvoll aus. Immer wieder brachte er tolle Antiquitäten, kostbare Teppiche, schöne Gemälde und allerhand alte Instrumente von seinen Reisen mit. Aber Ursulas bohrende Fragen, wo er denn sei, warum er sich denn einen Tag vor Weihnachten noch in der Provinz herumtreiben müsse und ob er denn gar keine Sehnsucht nach seiner schönen Frau und seinen hübschen Töchtern habe, fraßen sich in meine einsame Seele. Die Lichter des Weihnachtsbaumes verschwammen vor meinen tränenblinden Augen, als ich mir schon zum dritten Mal den zweiten Satz meines Lieblingsflötenkonzerts von Poulenc anhörte:

Unser Stück. Unsere erste gemeinsame Nacht.

Dieses Stück hatte er mir damals immer wieder vorgespielt. Im Luxushotel in Bangkok. Auf seiner goldenen Flöte. Eingehüllt in die Seidendecke hatte ich mit angezogenen Beinen auf dem Bett gesessen, Champagner geschlürft und das exklusive Privatkonzert genossen. Damals hatte ich von klassischer Musik noch nicht das Geringste verstanden. Erst nach und nach war sie mir etwas vertrauter geworden. Christians Solostücke kannte ich alle. Heute gab er den Vogel aus »Peter und der Wolf«. Ich sah regelrecht vor mir, wie er den ganzen Saal verzückte mit seinem lebendigen Spiel. Mir entfuhr ein abgrundtiefer Seufzer. Christian zog es einfach nicht nach Hause. War ich ihm zu langweilig geworden? Er war so jungenhaft verliebt gewesen, damals in Bangkok. Der Anblick seines schlanken durchtrainierten Körpers hatte mich mindestens ebenso entzückt wie sein Flötenspiel. Im Grunde hatte ich mich schon in den Mann verknallt, als ich ihn in der ersten Klasse der Boing 737 zum ersten Mal sah. »Der gehört mir!«, hatte ich der Kollegin zugezischt, die sich daraufhin anderen Passagieren zugewandt hatte.

»Darf ich zum Start Ihr Handgepäck verstauen?« Ich hatte die Hände ausgestreckt und ihn mit meinem schönsten Lächeln angesehen.

Er hatte seinen Flötenkasten an die Brust gedrückt und zwinkernd erwidert: »Bis jetzt hat noch niemand gemerkt, dass da eine Kalaschnikow drin ist! Und ausgerechnet Sie wollen sie mir wegnehmen?«

Wir waren ins Gespräch gekommen, und ich hatte während des Nachtfluges immer wieder seine Nähe gesucht.

»Eine Flöte? Wirklich? Was für eine?«

»Eine Zauberflöte.«

»Wo spielen Sie denn?«

»Bei den Wiener Philharmonikern. Gestern in Singapur, morgen in Bangkok, übermorgen in Tokio.«

»Und heute?«

»Heute haben wir frei …«

Ja, so hatte das alles angefangen. Wir hatten uns auf Anhieb total ineinander verknallt. Immer wieder hatte er mich mit seinen dunklen Augen angesehen und gesagt: »Du bist meine Traumfrau! Du arbeitest zwar als Stewardess, könntest aber ein Topmodel sein!«

Ja, Christian stand auf große blonde schlanke Frauen. Bald darauf jobbte ich tatsächlich als Model und war ein Jahr bei einer Agentur in New York. Dort bekam ich als Tagesgage locker meine fünftausend Dollar. Christian vergötterte mich und begleitete mich zu meinen Jobs, wann immer er konnte. Aber er hatte weltweit Auftritte, und ich fühlte mich als Stewardess letztlich sicherer. Denn Schönheit vergeht bekanntlich. Als ich an diesem Abend vor Weihnachten in den Spiegel sah – und das öfter, als mir guttat –, verschwammen darin zwei Anitas. Beide waren zwar noch immer schlank und blond, aber eine davon war eben doch sichtbar zweiundvierzig. Natürlich gab ich mir Mühe, mein »Kapital« zu pflegen. Doch inzwischen kostete mich mein Aussehen eindeutig mehr, als es mir einbrachte. Und Stewardess war ich schon lange nicht mehr.

Zum Glück verdiente Christian bei seinen Wiener Philharmonikern als Soloflötist genug, um uns diese Villa mit den Bremer Stadtmusikanten davor und das Leben darin ermöglichen zu können. Eine Villa, die wir übrigens den Kobaliks zu verdanken hatten. (Was hatten wir den Kobaliks eigentlich nicht zu verdanken?!) Deswegen waren wir ja auch Nachbarn. Sie, Wolfgang und Ursula, waren nämlich »Freunde und Förderer« der Wiener Philharmoniker, was bedeutete, dass sie das Orchester finanziell großzügig unterstützten. Wolfgang hatte sich in Berlin mit einer Firma für Privathonorar-Rechnungswesen für Ärzte, Anwälte und Steuerberater eine goldene Nase verdient und sich jetzt in Wien mit seiner dritten Gattin Ursula zur Ruhe gesetzt. Als Freunde und Förderer konnten sie an vielen Konzerttourneen teilnehmen, hatten freien Eintritt bei den Premieren und trieben sich natürlich gern auf den Gala-Empfängen herum, die zu Ehren der Wiener Philharmoniker gegeben wurden. Sprich, die lieben Kobaliks hatten sich auf diese Weise in die feine Wiener Gesellschaft eingekauft. Und weil die beiden so ein Helfersyndrom hatten, hatten sie uns auch gleich ihre Nachbarvilla vermittelt.

»Anita, da müsst ihr zuschlagen! So wat Feinet kriegt ihr in janz Wien nicht mehr! Wir regeln das für euch, wir kennen den Makler!«

Wir hatten uns auf besagter Japantournee kennengelernt, wo sie als Freunde und Förderer mitgefahren waren. Wolfgang hatte in der Bar des Luxushotels eine Runde nach der anderen ausgegeben, und Ursula hatte sich um mich gekümmert. Ich glaube, sie hatte auf Anhieb einen Narren an mir gefressen.

Vielleicht, weil sie sich immer so eine Tochter gewünscht hatte. Ihre eigene, Rosie, war wenig glamourös. Bei ihr hörte sich der Berliner Akzent noch schrecklicher an als bei Ursula. Und wie der dicke Bengel sprach, wollte ich mir gar nicht erst vorstellen.

Unsere Mädchen dagegen hatten einen richtig charmanten Wiener Akzent. Gloria und Grazia besuchten das französische Lycée und spielten Harfe und Oboe. Gloria hatte ihr eigenes Pferd bei den Lipizzanern, und Grazia war Mitglied im angesagten Golfclub Süßenbrunn. Wir hatten ein Premierenabonnement in der Wiener Staatsoper und kauften grundsätzlich nur bei den exklusivsten Designern Wiens. Meine Töchter wollten später auch modeln. Wir waren eine Traumfamilie. Aber so eine heile Welt kann auch Risse bekommen. Wann das geschehen war, wusste ich nicht zu sagen. Aber darüber wollte ich jetzt nicht nachdenken. Wie sagt Scarlett O'Hara in »Vom Winde verweht« immer so schön? »Verschieben wir es auf morgen!« Traurig räumte ich die leeren Gläser in die Spülmaschine. Ich wusste nur eines, nämlich dass ich bei der nächsten neugierigen Frage von Ursula Kobalik in Tränen ausgebrochen wäre.

LOTTA

Ich war schweißgebadet, als ich mich endlich tief verbeugte und den Beifall aus dem überfüllten Festsaal entgegennahm. Was für ein Glücksmoment! So etwas hatte diese Kleinstadt noch nicht erlebt! Christian Meran hatte seiner goldenen Querflöte Töne entlockt, die diese Musikschule noch nie gehört hatte. Als ich ihn bat, sich zu verbeugen, sprangen die Leute von ihren Sitzen auf. Da standen wir, Hand in Hand – Christian Meran und ich –, und verbeugten uns immer wieder. Der Jubel schwoll zu einem Pfeifen und Kreischen an, als meine drei Kinder aus dem Orchester nach vorn liefen und mir den bereits bekannten überdimensionalen Blumenstrauß überreichten, an dem viele gelbe Luftballons befestigt waren. »Wir sichern Ihren Kindern eine Zukunft!« Das wäre der Moment gewesen, in dem wir unsere Verlobung hätten bekanntgeben müssen. Eine winzige Sekunde lang zögerte ich. Ich brauchte nur die Hand zu heben, und dann würde der Beifall verstummen. Ich brauchte Jürgen nur das Zeichen zu geben, auf die Bühne zu kommen. Dann würde er die Stufen hinaufkeuchen, besitzerstolz den Arm um mich legen und laut verkünden: »Die Heilewelter Sparkasse und die Heilewelter Musikschule werden ihre erfolgreiche Partnerschaft nun auch noch mit dem Bund der Ehe besiegeln!« Und dann würde der brechend volle, festlich beleuchtete Saal noch mehr toben …

Nein. Der Moment war alles andere als perfekt.

Es war Christian Meran, mit dem ich auf der Bühne stand und mich verbeugte. Er strahlte und genoss den Applaus genauso wie ich. Er beklatschte anerkennend meine Schüler, darunter auch die zarte, schmale Viktoria im Rollstuhl, die wirklich beeindruckend tonrein Klarinette gespielt hatte. Ich ließ den Blick über das Publikum schweifen: In der ersten Reihe applaudierte stehend mein Lebensgefährte Jürgen Immekeppel. Er hatte stolz alles gefilmt und fuhr sich jetzt mit einem zerknüllten Taschentuch über die glänzende Stirn und die stoppeligen Wangen. Ein paar Taschentuchfusseln blieben darin hängen. Neben ihm saßen meine Eltern, die zwar nicht euphorisch klatschten, aber immerhin anwesend waren. Ich hatte auch schon Konzerte erlebt, da war Mutter Margot kopfschüttelnd durch den Mittelgang rausgegangen. Immerhin tippten ihre Zeigefinger wiederholt aneinander, und das war schon fast zu viel an Anerkennung. Mein Vater Dietrich nickte mir wohlwollend zu, während er sich die Ohren zuhielt. Er hasste Lärm jeder Art. Mutter Margot sprach bereits mit einer Dame hinter ihr. Es war Frau Ehrenreich, unsere Nachbarin. Wahrscheinlich spendete sie ihr das einzig seligmachende Sakrament kompetenter Konzertkritik.

Seitlich von der Bühne stand natürlich Bäckermeister Gerngroß, der so laut »Bravo, Vicki!« und »Zugabe, Klarinedde« brüllte, dass andere schon missbilligend zu ihm hinübersahen.

Das Blitzlichtgewitter der örtlichen Presse zuckte über unseren Köpfen, und immer wieder rief Justus Schaumschläger, der Fotograf und Reporter des *Heilewelter Tagblatts*: »Bitte noch mal alle Hand in Hand verbeugen, bitte die Blumen nicht vor die Gesichter, bitte die Solisten noch mal nach vorn, und die drei Thalgau-Kinder! Überreicht eurer Mutti noch mal den Strauß. Ja, so ist es schön! Und bitte der Wiener Philharmoniker noch mal ganz in groß. Schön strahlen und lachen! Ja, legt mal den Arm um eure Mutti … und der Wiener Philharmoniker bitte auch.« Als Jürgen mit seinen Sparkassenluftballons auch auf die Bühne kommen wollte, winkte Schaumschläger ab. »Bitte nur die Künstler … Ja, aber ganz dicht zusammen! Mal Wange an Wange, ruhig mal ein Küsschen! Der Flötist und die Dirigentin bitte!«

Aus den Augenwinkeln sah ich das belustigte Grinsen im Gesicht des Flötisten, das immer näher kam, während er den Arm um mich legte.

Bäckermeister Gerngroß wollte auch noch seine Viktoria ins Bild schieben, aber die wehrte sich und schlug mit ihrer Klarinette nach ihm. Ich mochte das Mädchen.

Ich war erschöpft bis zum Umfallen, aber auch glücklich wie schon lange nicht mehr. Die Lichter des Weihnachtsbaums verschwammen vor meinen Augen, als mir Tränen der Dankbarkeit und Erleichterung kamen. Immer wieder drückte ich die Hände meiner lieben Mitwirkenden, und ganz besonders drückte ich die Hand von Christian Meran. Ich umarmte meinen Flötisten noch ein letztes Mal herzlich, und dann ging endlich der Vorhang zu.

Hunderte von aufgeregten Kinderbeinen trappelten ins Foyer, wo es bereits verführerisch nach Gerngroß' frischen Krapfen duftete. Bald war ich von allen möglichen Eltern umringt. »Ja, Ihre Klara hat das großartig gemacht, Herr Doktor Heimschmidt. Nächstes Jahr kann sie sicherlich schon die erste Geige spielen.« »Danke, dass Sie mir Ihren Sohn für das dritte Horn zur Verfügung gestellt haben, Frau Apothekerin. Ich weiß, er hätte eigentlich heute Nachtdienst gehabt.« »Ja, Mäuschen, dein Bild vom Wolf und den Jägern war das allerschönste! Hast du gesehen, wie groß wir es auf die Leinwand geworfen haben, als die Pauken die Schüsse spielten? Und bist du denn noch gar nicht müde?« »Auf Wiedersehen, Herr Bürgermeister. Ja, ein Foto. Mit Ihrer Gattin. Gern.« »Sie haben recht, Herr Stadtrat, der Wiener Philharmoniker war ein Glücksgriff. Es ist der Heilewelter Sparkasse zu verdanken, dass wir es geschafft haben, den zu bekommen! Ja, vielen Dank, ich werde es ausrichten!«

Natürlich kam jetzt auch der Bäckermeister auf mich zugestürzt, bevor ich es in meine Garderobe schaffte. »Was ist jetzt, Lodda? Was sagt der Wiener Philharmonigä zu meiner Vicki?«

»Er sagt, deine Vicki hat das hervorragend gemacht! Sehr weicher Ton, und den Rhythmus exakt getroffen! Für eine Zwölfjährige sehr beachtenswert.«

»Du weißt, was ich mein! Die Weltkarriere! Ich hab des ZDF schon angerufen und einfach mal den Hörer draufgehalten, als die Vicki dran war …«

»Später, Gerngroß, später.« Der hatte sie doch nicht alle! Meine eigenen überdrehten Kinder hingen an meinem Rockzipfel: »Mami, Mami, dürfen wir Krapfen?« Und Jürgen hielt mit seiner Videokamera auf uns drauf. »Toll gemacht, meine rattensch… ähm … Supermutter, ganz toll!« Ich war ihm dankbar, dass er das peinliche Adjektiv in diesem Rahmen wegließ. Zumal meine Eltern in Hörweite standen. In diesem Moment platzte mit lautem Knall auch schon der erste Sparkassenluftballon.

»Der Wolf ist tot, hahaha!«, rief irgendein Witzbold mit einem Bier in der Hand.

Ich presste die Blumen an meine Brust und sehnte mich plötzlich auch nach einem großen Bier. Ich war am Verdursten. Vor dem Konzert hatte ich vorsichtshalber nichts mehr getrunken – es hätte keinen guten Eindruck gemacht, wenn die Dirigentin mal schnell zum Pipimachen verschwunden wäre! Aber jetzt hatte ich einen ganz trockenen Mund.

Die Leute drängten sich bereits um die Getränkestände, plauderten, winkten, lachten und riefen einander Glückwünsche zu. Einige waren dabei, ihren Nachwuchs schon wieder warm einzupacken.

»Vergiss nicht, allen Kindern zum Abschied einen Luftballon in die Hand zu drücken«, raunte Jürgen mir verschwörerisch zu. »Und lass den Eltern gegenüber ganz unauffällig das Wort Bausparvertrag fallen! Das ist das Mindeste, was du jetzt für mich tun kannst!«

Herrje, ich kam mir schuldig vor. Andererseits wollte ich in diesem Moment einfach keine Werbung für seine Sparkasse machen! Ich wollte nur kurz meine Ruhe! Nur ganz kurz!

»Lodda, was ist jetzt mit meiner Vicki? Der Flötenspieler! Was sagt er? Wo ist er? Kann ich ihn jetzt endlich in Ruhe sprechen? Er hat es versprochen!«

»Jetzt nicht, Gerngroß! Später!« Suchend schaute ich mich um.

»Nein, ich lass dich nicht davonkomme! Des Konzert is vorbei! Ich hab mich taktvoll zurückgehalten!« Das meinte er ernst! Gerngroß und taktvoll! »Ich will den Flötenspieler sprechen!«

»Ich glaube, er ist schon abgereist«, sagte ich müde. Hoffentlich war dem so, in seinem eigenen Interesse. In meinem leider nicht. Ich hätte mich so gern noch von ihm verabschiedet. Und bedankt. Und noch einmal tief in seine braunen Augen geschaut.

»Das geht nicht, Lodda! Du hast es mir versprochen! Was meinst du, warum ich die gefräßige Meute hier gratis mit Krapfen vollstopf? Eine Hand wäscht die andere!«

Ich versuchte, ihn zu überhören, und drehte mich selbst suchend um. War Christian wirklich schon gefahren? Ich spürte so ein merkwürdiges Ziehen.

»Du musst Paul morgen für die erste Schulstunde eine Entschuldigung schreiben«, schrie mir Jürgen ins Ohr. »Der kommt morgen früh nicht aus den Federn! Da vorn steht die Lehrerin! Ergreif die Gelegenheit beim Schopf und gib ihr gleich noch für alle Kinder Luftballons mit!«

Ich fühlte seine Hand auf meinem Rücken, die versuchte, mich durch die Menge zu schieben wie der Bäckermeister sein Kind im Rollstuhl. Ich bockte wie ein störrischer Esel. Warum konnte Jürgen das nicht selbst machen? Wenigstens in diesem Moment? Ich hatte doch tausend Leute zu verabschieden! Während ich noch Hände schüttelte, stand plötzlich

Christian Meran vor mir. Wie aus dem Boden gestampft. Mit einem Bier.

»Hier!«, sagte der Flötist. »Nehmen Sie einen großen Schluck!« Er hielt mir seine bereits geöffnete Flasche hin.

»Aber das ist doch Ihres!«, stammelte ich.

»Die Lehrerin«, raunte mir Jürgen zu. »Lauf hin! Gleich ist sie weg!«

»Lotta, sprich jetzt endlich ein Machtwort!«, keifte Mutter Margot an meinem anderen Ohr. »Keine fettigen Krapfen mehr! Die Kinder kotzen uns heute Nacht noch die Betten voll!«

»Frau von Thaaaalgau?«, fragte ein nasebohrendes Kind. »Wann ist die nächste Proooooobe? Meine Oma kann mich nämlich nicht faaaaahrn, die hat einen wehen Aaaaaarm!«

»Frohe Weihnachten, Frau von Thalgau! Und guten Rutsch! Wann darf meine Katharina Ihnen mal was auf der Bratsche vorspielen? Sie kann jetzt schon vier leere Saiten, nicht wahr, Katharina?«

»Machen wir nächstes Jahr Carmina Buraaaana?«

»Krieg ich nächstes Jahr auch ein Soooloooo?«

»Lotta! Sie geht! Nun lauf ihr doch nach!« Jürgen drohte, mir seinen ganzen Pulk Luftballons umzuhängen.

Ich sah in Christian Merans dunkelbraune Augen. Stand Mitleid darin? Oder ein Hauch von Spott?! Er hatte jedenfalls Lachfältchen um seine Augen.

»Ah, da sind Sie ja!«, drängte sich Gerngroß dazwischen. »Also, ich hab hier mal ein Konzept ausgearbeitet, während Sie da vorn rumgeflödet haben.« Er wedelte mit einem voll beschriebenen Blatt Papier, das den Krapfen gefährlich nahe gekommen sein musste. »Wenn ich meine Vicki ins Fernsehen krieg, sind Sie an allen weiteren Einnahmen zu fünfzig Prozent beteiligt! Da springt eine saftige Provision für Sie raus, da brauchen Sie nie mehr selbst zu flödn!« Der Bäckermeister drängte meinem armen Wiener Philharmoniker sein mit Fettflecken übersätes Konzept auf, doch der hob abwehrend die Hände mitsamt der Bierflasche.

Ich wäre am liebsten im Erdboden versunken.

In meinem linken Ohr begann es schrill zu pfeifen. Das war der Stress. In diesem Moment wünschte ich mir sehnsüchtig einen verständnisvollen Menschen, der mich kurz abschirmt und mir ein Bier reicht, ohne mich zu einer Heirat zu drängen oder durch die Menge zu schubsen, damit ich Luftballons verteile.

Und genau da stand er! Direkt vor mir! Plötzlich verstummte das Pfeifen, und ich hörte nur noch seine ruhige tiefe Stimme.

»Sie nehmen den ersten Schluck!« Seine braunen Augen sahen mich an, als wären wir ganz allein auf der Welt.

»Aber …«

»Prost! Sie haben das toll gemacht, und Sie können stolz auf sich sein.«

»Kind!«, zischte Mutter Margot tadelnd. »Du wirst doch hier in aller Öffentlichkeit nicht aus der Flasche trinken! So wird aus dir nie eine Dame!«

»Ja, also … gern!« Ich setzte die Flasche an den Mund und nahm einen köstlichen kalten Schluck Bier. Dann gab ich sie Christian Meran zurück, und er trank weiter. Ein kleiner kollegialer Kuss auf Umwegen sozusagen. Ein frommer Wunsch, mehr natürlich nicht.

»Geben Sie mir zwei Minuten!«, mischte sich dreist Bäckermeister Gerngroß ein. »Mein Konzept hat Hand und Fuß. Ich bin nämlich ein genialer Geschäftsmann. Wir nehmen Bill Gates mit ins Boot! Der will ja unbedingt was Gudes tun mit seiner Kohle! Hat er selbst in einem Interview gesagt!«

Ich hasste ihn! ICH HASSTE IHN!

»Lotta! Jetzt essen die Kinder DOCH WIEDER Krapfen! DU musst es wissen!«, rief Mutter Margot tadelnd. »Das ist NICHT gesund um diese Uhrzeit!«

»Die Lehrerin! Sie zieht schon ihren Mantel an!« Jürgen zerrte an meiner Schulter. »Nun renn ihr schon nach! Gib ihr ganz beiläufig die Luftballons!« Mir wurde schwindelig, und die Beine wollten unter mir wegsacken. Auf einmal rannte ich. Aber nicht der Lehrerin nach. Sondern Hand in Hand mit Christian Meran durch eine grüne Eisentür. Halb zog er mich, halb sank ich hin. »Notausgang!« Ich weiß gar nicht, wer von uns auf die Idee gekommen war, aber auf einmal standen wir allein im schwach beleuchteten Treppenhaus, das zur Parkgarage führte. Unten hörten wir Autotüren schlagen und Reifen quietschen.

»Hier, trinken Sie das aus!«

»Aber ich kann Ihnen doch nicht Ihr Bier wegtrinken!«, widersprach ich lahm.

»Ich hab noch eins!« Verschmitzt grinsend zauberte Christian noch eine Flasche hervor und öffnete sie geschickt am Treppengeländer. Plopp! Ich sah so etwas wie jungenhaften Übermut in seinen Augen aufblitzen. Seit wann war ich eigentlich so unverfroren, auf einem Treppenabsatz Bier aus der Flasche zu trinken, während draußen mein Lebensgefährte, Mutter Margot und meine Kinder nach mir suchten? Ich trank. Dieser Christian war einfach hinreißend! Und so ganz anders als mein rührend ungeschickter Jürgen Immekeppel mit seinen platzenden Luftballons und seinen fragwürdigen Kosenamen. Wenn ich ihn bat, mich nicht »rattenscharfe Supermutter« zu nennen, hieß ich eben »Puschelchen«, »Speckhälschen«, »Schneckchen« oder »Gänsefürzchen«. Bis dann die »zuckersüße Sahneschnitte« dran war. Er wollte so cool sein wie eine leichte Riemchensandalette, war aber so plump wie ein ausgelatschter Pfadfinderschuh.

»Prost, rothaarige Lotta!«, sagte Christian plötzlich mit rauer Stimme und strich mir mit dem Handrücken eine vorwitzige Locke aus der Stirn. Ich hatte das Gefühl, als würden alle meine Sommersprossen explodieren. »Du bist viel zu schade für die Provinz. Weißt du das?«

Aus seinem Mund klang das einfach nur ... gut. Durch meine beschlagene Brille starrte ich ihn wie hypnotisiert an. »Mehr, schrie der kleine Häwelmann. Leuchte, alter Mond, leuchte!«

»Prost, braunäugiger Christian«, stammelte ich und zitierte in Gedanken aus Goethes »Faust«: Könnt' ich zum Augenblicke sagen: Verweile doch, du bist so schön! »Ich muss zurück ...« Lahm zeigte ich mit der Bierflasche auf die Tür. »Die warten schon auf mich!« Ungeschickt versuchte ich die schwere Eisentür zu öffnen.

»Du musst überhaupt nicht zurück«, widersprach Christian und zog mich einfach neben sich auf die kalte Treppenstufe. »Du brauchst jetzt einen Moment für dich. Kapiert das da drin denn keiner?«

»Ähm ... nö.«

»Der biedere Sparkassenmensch mit den gelben Luftballons ist ja fast so nervig wie der Bäckermeister mit seiner Vicki! Und die robuste Dame, die deine Kinder erziehen will, hätte wohl am liebsten selbst auf der Bühne gestanden, was? Meine Güte, was hast du da für unsensible Leute an der Backe.«

Ich lächelte beschämt. »Bis auf den Bäckermeister sind das meine Angehörigen!«

»Oh.« Christian presste die Lippen zusammen. »Entschuldige, das konnte ich ja nicht ahnen.«

»Sie sind heute Abend alle etwas aufgeregt. Ist ja auch ein großer Tag.«

»Beim Beifall hat sich die Dame mit der Turmfrisur nach hinten umgedreht«, bemerkte Christian. »So als hätte sie dir den Erfolg gar nicht gegönnt.«

»Ach, das war sicher nur Zufall«, murmelte ich verlegen. »Meine Mutter hat nur Frau Ehrenreich begrüßt, unsere Nachbarin.«

»Zollen die dir überhaupt Respekt als Künstlerin?«, sagte Christian sanft.

»Na ja«, räusperte ich mich und spürte, wie ich am ganzen

Hals rote Flecken bekam. »Respekt, also ich weiß nicht … Ich bin doch nicht die Hauptperson, das sind doch die Kinder. Ich bin nur eine kleine Musikschulleiterin, die froh sein kann, dass die Sparkasse ihr so einen großzügigen Kredit …«

»Ja, aber dass du in deiner Funktion auch noch Luftballons verteilen sollst …? Wen interessieren denn heute Abend Bausparverträge?«

»Hm«, machte ich und drückte gedankenverloren die kühle Bierflasche an meine Wange. Christians Worte waren Balsam für meine Seele. Und die breitete ihre Flügel aus. Wie der kleine Vogel, so als flöge sie nach Haus.

»Du bist keine kleine Musikschulleiterin. Du bist eine außergewöhnlich talentierte Dirigentin und Musikpädagogin!« Christian strahlte mich an. »Ich habe noch nie eine solche Begeisterung im Saal erlebt!«

»Das liegt an dir«, murmelte ich und war plötzlich rettungslos verknallt in den Mann.

»Du hast diese Begeisterung entfacht«, widersprach mir Christian. »Du allein!«

Ich sah ihn an, und auf einmal kam die ganze Anspannung der letzten Wochen in mir hoch. Am liebsten hätte ich mich Trost suchend an seine Hemdbrust geworfen. »Aus dir wird nie eine Dame!«, hörte ich Mutter Margot missbilligend zischen. »Wirf dich dem Mann bloß nicht so plump an den Hals!«

Doch! Wollte ich! Die Nachtigall sollte mich aus dem Froschtümpel ziehen! Schnell nahm ich noch einen großen Schluck Bier.

»Im Grunde hätte dein Sponsor dir diesen unsäglichen Bäckermeister vom Leib halten müssen!«

Ich kicherte. »In Heilewelt verteidigen sich die starken Frauen selbst!«

Mir machte dieses verbotene kleine Rendezvous im Treppenhaus der Heilewelter Stadthalle einen Riesenspaß. Und es wurde immer besser.

»Bietest du auch Selbstverteidigungskurse an? Das würde zu dir passen.«

Christians Hand strich wie zufällig über meinen Rücken, und ich lehnte mich unwillkürlich ein wenig zurück. Ob er wohl bemerkt hatte, dass er mich duzte? Innerlich schnurrend hielt ich die Augen geschlossen und blinzelte nur einmal kurz, um mich davon zu überzeugen, dass ich das Ganze nicht träumte.

»Dein Sparkassenmensch ist nicht sehr musisch veranlagt oder??«

»Na ja, er denkt eben eher pragmatisch«, versuchte ich meinen Jürgen zu verteidigen.

»Aber sonst seid ihr ein gutes Team?« Christian Meran sah mich so forschend an, dass ich ganz schnell auf die weißen Treppenstufen schauen musste.

»Jürgen ist Sparkassendirektor, und ohne seinen Kredit …«

»Hättest du bestimmt eine andere Bank gefunden. Bei deinem Talent!«

»Da hätte Jürgen aber entschieden sein Veto eingelegt.«

Christian Meran sah mich mit einer Mischung aus Belustigung und Zuneigung an. Ich wusste nicht, wohin das führen sollte. Mein Herz schlug immer lauter.

»Aha«, meinte Christian amüsiert. »Ein Veto-Einleger also.«

»Nein, doch, er, also Jürgen … Er lebt nun mal eher in seiner Zahlenwelt.«

»Wir sichern Ihren Kindern eine Zukunft! Kümmert er sich auch um die Kinder, oder ist das dein Bereich?«

»Ähm … wir haben seit Neuestem einen Au-pair-Jungen aus Südafrika. Der betreut sie, weil wir ja beide arbeiten.«

Christian lachte. »Und gegen diesen Hausmann hat er kein Veto eingelegt?!«

»Au-pair-Männchen!«, korrigierte ich ihn. »Nicht Hausmann. Also zuerst natürlich schon. Aber dann konnte ich ihn überzeugen, dass Kinder auch männliche Vorbilder brauchen.

Wenn sie sehen, dass auch Penisträger den Tisch abräumen, den Abfalleimer rausbringen und ein Hemd bügeln können, kann ihnen das nur guttun.«

»Penisträger.« Christian musterte mich belustigt.

»Ja.« Ich nickte ernst. »Sonst lernen Kinder das ja nie! Wenn das immer nur eine Frau macht … Außerdem ist Caspar schwul.«

Was für unzusammenhängendes Zeug purzelte mir denn da aus dem Mund? Das war das Bier auf nüchternen Magen! Und die Erleichterung nach der gelungenen Aufführung. Ich begann in meinem dünnen Hosenanzug zu zittern. Sofort legte Christian mir seinen körperwarmen Frack um die Schultern. Ich schmiegte mich ein bisschen hinein. Er roch herrlich.

»Auch nichtschwule Penisträger sind zu Hausarbeit fähig«, konterte Christian. »Ich selbst habe es schon mit Erfolg ausprobiert. Einkaufen. Putzen. Es funktioniert. Ich glaube, ich habe sogar schon mal ein Bett gemacht.«

»Dann bist du ja was ganz Besonderes«, erwiderte ich vielsagend.

Plötzlich nahm er meine eiskalte Hand. »DU bist was ganz Besonderes, Lotta aus Heilewelt.«

Gib mir mehr davon!, jubilierte ich insgeheim. Sprich aus, was in Heilewelt keiner glauben will.

»Ach was«, wiegelte ich bescheiden ab. »Ich bin bloß eine ganz normale …«

»Psssst!« Christians Zeigefinger lag auf meinen Lippen. Dann sahen mich seine braunen Augen eindringlich an. »Du weißt es wirklich nicht, was?«

»Ähm … was?« Im Zweifelsfall weiß ich nie etwas.

»Du weißt gar nicht, was für einen natürlichen Charme du besitzt.«

Christians Finger lag immer noch auf meinen Lippen, und ich genoss die intime Berührung, obwohl sie verboten war. Geschmacklos!, hätte Mutter Margot gesagt. Kaum ist der Vorhang gefallen, drückst du dich mit deinem prominenten Gast in schmuddeligen Treppenhäusern herum. Als Mutter von drei Kindern! Als Lebensgefährtin des Sparkassendirektors, dem du deine ganze berufliche Existenz verdankst. Schäm dich was!

»Bist du glücklich hier in Heilewelt?« Endlich nahm er die Hand weg.

Ich holte tief Luft. »Klar.« Meine Augen klebten am Flaschenhals. Mist, war das Bier etwa schon alle? Ich hätte dringend Nachschub gebraucht. Wo sollte das hinführen? Ich musste sofort aufstehen und durch diese eiserne Notfall-Tür zurückgehen, zurück in meinen chaotischen Alltag, zurück zu meiner Familie, meinen Freunden, meinem ungeschickten, aber liebenswerten Lebensgefährten. Der wollte schließlich nur mein Bestes. Und ich sture Egoistin wollte es ihm einfach nicht geben!

»Was hat dich eigentlich hierherverschlagen?«, fragte er fast mitleidig.

»Ich glaube, meine Geburt«, sagte ich schlagfertig. »Ich bin hier einfach so reingerutscht.« Hahaha. Ich fand mich ziemlich witzig dafür, dass ich schon so betrunken war.

»Ach, und ich hatte schon befürchtet, du hättest hier eingeheiratet«, sagte Christian.

»Ich bin nicht verheiratet«, murmelte ich.

»Oh. Wilde Ehe also. Du Schlimme!«

»Jürgen hat mir kurz vor dem Konzert einen Heiratsantrag gemacht«, gestand ich mit glühenden Wangen. »Aber in dem Moment bist du reingeplatzt.«

Stille. Christian rückte ein Stück von mir ab und starrte mich schuldbewusst an.

»Und … hättest du Ja gesagt?«

»Nein.«

Christian lächelte erleichtert, wobei wieder so ein Funkeln in seine Augen trat.

»Du brauchst einen richtigen Partner«, sagte er.

»Das IST er ja. Mit seinem Kredit …«

»Das meine ich nicht. Einen, der sich MENSCHLICH kümmert.«

Obwohl ich genau wusste, was er damit sagen wollte, sah ich ihn fragend an. Wie sagte meine beste Freundin Sophie immer so schön? Männer müssen sein wie gutes Haarspray: Halt geben, aber nicht kleben.

»Wenn ich zu Hause bin, kümmere ich mich um meine Frau«, sagte Christian. »Ich mache jeden Handgriff, den ich ihr abnehmen kann, bringe ihr morgens den Kaffee ans Bett und abends das Glas Rotwein zum Kamin!«

Ich starrte ihn mit offenem Mund an. Kam er von einem anderen Stern?

Christian zog ein Foto aus seiner Brieftasche und zeigte es mir. Oh Gott! Ich kniff die Augen zusammen. Auf dem Bild war sie bezaubernd schön! Sie war ein MODEL, sie war perfekt! Natürlich hatte dieser Mann eine Traumfrau. Sie war ein Schwan und ich eine Gans. Was hatte ich rothaarige Kleinstadtpomeranze mir eigentlich eingebildet? Dass er eines Tages MIR Kaffee ans Bett und Rotwein zum Kamin bringen würde? Zumal ich a) gar keinen Kamin hatte und b) KEIN BISSCHEN ZU HABEN WAR!!!! Mutter Margot hockte wie eine schwarze Krähe auf meiner Schulter und krächzte: Du-bist-nicht-zu-haben-und-dich-will-auch-niemand! Du kannst froh sein, dass du den gediegenen Sparkassendirektor hast, den du gar nicht verdienst! Ohne seinen großzügigen Kredit wärst du eine ganz einfache Klavierlehrerin, die mit mittelbegabten Mittelstandskindern in muffigen Wohnzimmern Etüden spielt! Dann stündest du NICHT auf der Bühne der Stadthalle, würdest NICHT dirigieren und moderieren, hättest KEINEN Beifall und wärst NICHT in der Zeitung! All das verdankst du Jürgen!

Mir fiel das Herz nicht nur in die Hose, sondern laut polternd sämtliche Steinstufen hinunter. Bis zur Tiefgarage. Ein paar Minuten lang hatte ich mich geschmeichelt gefühlt. So verstanden, so … besonders! Natürlich hatte er eine Frau. Eine, die er auf Händen trug und verwöhnte. Eine, mit der er sich auf internationalem Parkett sehen lassen konnte. Eine, mit der er sich nicht im Treppenhaus der Stadthalle von Heilewelt verstecken musste.

»Sie ist wirklich … wunderschön!« Auf einmal fühlte ich mich wie ein Trampeltier. »Wie heißt sie?«

»Anita.« Christian ließ ihren Namen auf der Zunge zergehen wie eine zart schmelzende Praline. »Na ja, sie war früher mal Model«, fuhr er nicht ohne Stolz fort und verstaute das Bild wieder in seiner Brieftasche. »Und das hier …« Seine langen, feingliedrigen Finger verschwammen vor meinen Augen. »… sind meine Töchter Grazia und Gloria.«

Ich musste kurz blinzeln und tief durchatmen. Das eine schlanke Mädchen umarmte ein Pferd, das andere, größere, einen Golfpokal. Beide Töchter hatten das gleiche Lächeln wie die Königinmutter, dazu seine braunen Augen und sein Grübchen am Kinn. Und ich? Ich passte eben zu meinem molligen Sparkassenfrosch im viel zu engen, unmodischen Anzug und den praktischen Schnürschuhen. Schuster, bleib bei deinen Leisten!, hätte mein Vater jetzt trocken bemerkt.

»Die sind wirklich hübsch. So groß und schlank und blond …«

»Ja, sie kommen ganz nach ihrer Mutter«, sagte Christian stolz und steckte die Fotos wieder zurück.

Meine drei Kinder waren rothaarig wie ich und rundlich wie Jürgen. Eher so eine Mischung aus Karlsson vom Dach und Pippi Langstrumpf.

Wir saßen so dicht nebeneinander, dass kaum noch eine Briefmarke zwischen uns passte. Verstohlen verschlang ich ihn mit meinen Blicken: Seine Augen waren dunkelbraun-schwarz gesprenkelt, seine Nase kräftig, seine Lippen voll und … ähm … sehr geübt, wie ich wusste. Nicht weiterdenken jetzt!, ermahnte ich mich. Wahrscheinlich schielte ich schon, so wie ich ihn anstarrte.

Wie naiv BIST du eigentlich?, hörte ich wieder Mutter Margot sagen. Glaub JA NICHT, dass er verliebt in dich ist. Du bist gar nicht sein Kaliber. Er ist ein international gefragter Wiener Philharmoniker. Und du bist eine Musiklehrerin. Mit roten Haaren, Sommersprossen und Brille. Höchste Zeit, dass ich durch die grüne eiserne Tür zurück in mein wahres Leben huschte. Aber vorher vielleicht noch eine klitzekleine Frage. Nur damit die liebe Seele ihre Ruhe hatte.

»Ihr seid also … glücklich verheiratet?«, fragte ich mit belegter Stimme und setzte überflüssigerweise die leere Flasche an den Mund.

»Wir sind schon achtzehn Jahre verheiratet«, sagte Christian und nahm mir die leere Flasche aus der Hand. Das war jetzt nicht unbedingt die Antwort, die ich hören wollte, deshalb schaute ich ihn weiterhin an.

»Im Großen und Ganzen ist es okay.«

»Im Großen und Ganzen?«

»Wir haben ein tolles Haus in einem der schönsten Bezirke Wiens.« Er grinste spitzbübisch und fügte hinzu: »Bei uns im Garten stehen die Bremer Stadtmusikanten. Falls du uns mal besuchen kommst …«

»Äh, wohl eher nicht.« Was sollte ich denn in Wien? Seine Frau würde mich nur mitleidig ansehen. Oder mir ihre Chanel-Handtasche um die Ohren hauen. Hastig stand ich auf und klopfte mir den Hintern ab.

Christian zog mich wieder herunter. Dabei geriet ich ins Wanken und wäre fast auf ihn draufgefallen. Meine Brille verrutschte, und ich griff reflexartig danach, sodass ich seine blütenweiße Hemdbrust berührte. Eine Sekunde lang fragte ich mich, ob er sein Hemd selbst gebügelt hatte. »Oh, ups, Entschuldigung!«, stotterte ich verlegen. »Entschuldige, aber ich muss jetzt wirklich …«

»Verweile doch, du bist so schön!«, flüsterte Christian Meran.

Hatte ich das nicht gerade selbst gedacht?

»Trink wenigstens noch dieses Bier aus, bevor du wieder in die Höhle des Löwen gehst.« Er reichte mir auch noch seine Flasche. Es war noch ein letzter Schluck drin.

Ich trank ihn dankbar aus und fühlte mich erneut fast ein bisschen wie frisch geküsst. Ich wischte mir grinsend über den Mund: »Ach, hatte ich einen Durst! Danke. Du hast mich gerettet.« Ich musste jetzt los. Meine Kinder brauchten mich. Wahrscheinlich kotzten sie längst. Was MACHTE ich überhaupt noch hier!

»Es hat mir wirklich Spaß gemacht, mit dir zu spielen.«

»Ja. Mir auch. Es war mir eine Ehre.«

Klar. Er hatte nur mit mir gespielt. Was sonst? Trotzdem saßen wir immer noch Händchen haltend da und schauten uns an, als wüssten wir nicht so recht, wie wir diese Szene jetzt stilvoll zu Ende bringen sollten. Also gab ich ihm einen verlegenen Abschiedskuss auf die Wange, woraufhin meine Brille schon wieder beschlug, sodass ich ihn nur noch verschwommen sah. Dann drehte er plötzlich den Kopf, unsere Lippen trafen sich, und wir küssten uns aus Versehen auf den Mund. Dafür allerdings recht ausführlich. Ich saugte mich regelrecht an ihm fest und wusste nur eines: Das war der beste Kuss meines Lebens, und ich wollte ihn gern noch ein wenig in die Länge ziehen. Leider ging in diesem Moment mit lautem Quietschen die bescheuerte Notfalltür auf.

»Huch! Ach, HIER seid ihr! Ihr werdet schon überall gesucht! Wir waren doch noch gar net fertig mit unserer Besprechung über die Weltkarriere von der Vicki!«

»Ups … Hallo, Herr Gerngroß! Ich habe Herrn Meran nur ins Parkhaus begleitet!« Hastig wischte ich mir über den Mund und nahm ziemlich peinliche Lippenstiftspuren auf Christians

Hemdkragen wahr. Der Bäckermeister sah aus wie ein Goldfisch, der soeben sein sicheres Aquarium verlassen hat und nun auf dem Trockenen liegt. Er machte den Mund mehrmals auf und wieder zu.

Das war der erste und einzige Moment in meinem Leben, in dem ich den Bäckermeister sprachlos erlebte.

ANITA

Christian musste kurz ins Schlafzimmer gekommen sein und gemerkt haben, dass Gloria bei mir schlief. Daraufhin hatte er sich geräuschlos in ihr Zimmer verzogen. Irgendwie hatte sich das so eingespielt, dass meine Vierzehnjährige immer noch bei mir Unterschlupf suchte, wenn ihr Papa nicht da war. Und er war eben fast nie da! Dann krabbelte Gloria mit ihren eiskalten Giraffenbeinen zu mir ins Bett und schmiegte sich an mich. Mein Bett war nämlich immer kuschelig warm. Christian hatte mir vor vielen Jahren als Überraschung eine warme Heizdecke unter das Laken gelegt. Damit hatte er mir meine erste Nacht ohne ihn versüßt. Natürlich ist eine Heizdecke etwas für einsame alte Omas. Man assoziiert damit rosa Flanellnachthemden, Haarnadeln und ein Gebiss im Glas. Von diesem Anblick war ich zum Glück noch Lichtjahre entfernt. Trotzdem war ich begeistert gewesen über sein originelles Geschenk und benutzte es seitdem fast täglich. Oft vermisste ich Christian gar nicht mehr so schmerzlich, wenn ich in mein vorgewärmtes Bett schlüpfte, in einem Kitschroman schmökerte oder mit meiner Jüngsten kuschelte und kurz vor dem Einschlafen noch ein bisschen fernsah. Irgendwann lernt man, sich gegen sinnlose Sehnsucht zu wappnen. So ein warmer Männerfuß wird gern überschätzt: Es hängt ja noch eine Menge dran. Eine Heizdecke dagegen ist warm, sagt nichts, greift nicht nachts rüber, wenn man gerade eingeschlafen ist, und man kann sie ausschalten, wenn sie zu heiß wird. Auch Gloria war eine angenehme Bettgefährtin. Aber tagsüber wurde sie schwer von Hormonen gebeutelt. Liebesbekundungen, bei denen sie mir fast die Rippen brach, wechselten sich mit Phasen ab, in denen sie ihren Aggressionen freien Lauf ließ. Ich stellte mir ihr Gehirn als Großbaustelle vor, in der gerade eine Abrissbirne wütet. Einerseits wollte ich Tag und Nacht für sie da sein, sie einfach nur festhalten und vor sich selbst beschützen. Andererseits wusste ich, dass sich dieses zerzauste Küken weiterentwickeln musste. Noch sah es sich als graues Entlein, dabei war der zukünftige weiße Schwan schon gut zu erkennen. Gloria hatte bereits Schuhgröße einundvierzig und war fast eins achtzig groß. Ihre seidigen blonden Haare, die sich zu ihrem grenzenlosen Ärger bei Feuchtigkeit sofort lockten, föhnte sie dreimal täglich in eine andere Richtung und zerrte so daran, dass mir ganz weh ums Herz wurde.

»Mama, so kann ich unmöglich zur Schule gehen. Ich sehe total beschissen aus! Bitte schreib mir eine Entschuldigung. Wegen Hässlichkeit kann meine Tochter heute nicht am Unterricht teilnehmen.«

»Nein, mein Schatz, du bist wunderschön! Du bist das schönste Kind der Welt!«

»Ach, Mama, das sagen alle Mütter, die ihre Kinder lieben!« Tür zu, knall, bumm, stampf! Kühlschrank auf, peng!, wieder zu … »Und zu essen haben wir auch nichts im Haus!«

»Nein? Aber der Kühlschrank ist doch randvoll!«

»Aber nicht mit Sachen, die ICH mag!«

Komisch. Gestern bei Ikea hatte sie sich noch klaglos zwanzig Köttbullar-Hackbällchen in den Mund gestopft, mit den Worten: »Ach, wenn mein Busen doch wenigstens so groß wäre wie so ein Köttbullar! Dann würde ich tausend davon essen!«

»Kind, da werden die nicht ohne Umwege landen … Leider!«

»Ach, Mama, das Leben ist so ungerecht! Warum muss Grazia solche Dinger haben, und ich bin flach wie ein Brett?«

Tja. Das wusste ich auch nicht zu beantworten. Manchmal stehen Leute am Ententeich und werfen jeder Ente gezielt ein Bröckchen zu. Aber wenn sie keine Lust mehr haben, werfen sie den ganzen Rest nach einem unschuldigen Tier, das dann mit der ganzen Pracht gar nichts anzufangen weiß. So muss es bei meiner Tochter Grazia gewesen sein: Gott hatte einfach keine Lust mehr gehabt und den Rest seines Busen-Füllhorns über ihr ausgeschüttet, ohne auch nur das Geringste für ihre kleine Schwester übrig zu lassen. Grazia begegnete diesem Überfluss mit trotzigem Selbstbewusstsein: So, bitte! Das habe ich und werde es mitnichten verstecken. »Hallo!«, sagte sie gern und zeigte auf ihre Augen. »Hier bin ich!«

Dieses gesunde Selbstbewusstsein hatte sie von Christian. Der hatte sich längst daran gewöhnt, im Kinderzimmer zu schlafen. Er kam so oft spät von seinen Konzerten zurück, dass er es sogar selbst praktischer fand. Hätte Ursula Kobalik mir wirklich die Frage gestellt: »Na, wie sieht et denn bei euch aus mit 'm ehelichen Liebesleben?«, hätte ich wahrheitsgemäß antworten müssen: »Nicht mehr so toll.«

Heute kam Christian erst gegen Mittag gut gelaunt und ausgeschlafen aus Glorias Zimmer. Er hatte ein frisch gewaschenes, selbst gebügeltes weißes Hemd an. Seine dunklen gelockten Haare waren noch feucht vom Duschen im rosa gekachelten Kinderbad.

»Morgen, ihr Süßen!«

»Morgen, Papa!«, riefen die Mädchen, wanden sich aus seiner Umarmung und machten sich am Kühlschrank zu schaffen.

»Morgen, Christian«, sagte ich knapp.

»Ihr habt ja schon den Baum aufgestellt!«

»Das war der Jarek. Du warst ja nicht da!« Glorias Stimme klang vorwurfsvoll. Sie angelte sich das Nutellaglas aus dem Regal und setzte sich rittlings auf einen Barhocker. Wie ein Kätzchen leckte sie sich morgenmuffelig die Nougatcreme vom Finger.

»Papa, wann gehst du wieder?« Grazia zerteilte eine Grapefruit und schob mir eine Hälfte hin. Dabei warf sie ihre langen blonden Haare über die nackte Schulter, sodass ihr frischer Knutschfleck am Hals gut zu sehen war. Sollte das eine Provokation sein? Ich warf ihr einen mahnenden Blick zu.

»Warum?« Christian legte die Stirn in Falten. »Wollt ihr mich schon wieder loswerden?«

»Nee, ich meine ja bloß, wegen Benni. Wenn du weg bist, kann ich mit ihm Bescherung feiern.«

»Ist wohl nicht großartig was mit Weihnachten?« Christian klang enttäuscht. »Ich bin die ganze Nacht durchgefahren, um wenigstens den Nachmittag des Vierundzwanzigsten mit euch verbringen zu können!«

»Hättste dir sparen können«, nuschelte Gloria mit nutellaverschmiertem Mund. »Wir haben alle noch was vor. Ich muss noch zur Weihnachtsfeier in den Reitstall. Grazia will bei Benni im Golfclub Bescherung machen, und Mama will bestimmt wieder so ne Schnulze im Fernsehen gucken.«

»Ich habe überhaupt noch nichts vor«, sagte ich schnell. »Heute ist Heiligabend!«

»Du weißt aber, dass ich abends im Stephansdom das Weihnachtsoratorium spielen muss?«, entgegnete Christian schuldbewusst. »Komm doch mit, Anita!«

Er nahm meine Hand, doch ich zog sie ruckartig zurück. Plötzlich wurde mir schmerzlich bewusst, dass Christian wirklich viel zu selten zu Hause war! Ursula Kobalik hatte einen Stachel in meine Seele gesetzt: Er liebte mich nicht mehr! Ich war ihm nicht mehr attraktiv genug! Noch nicht mal an Weihnachten hatte er Zeit für seine Familie! Und mit ins Konzert gehen, wie ein Regenschirm in der Ecke stehen und warten, bis es vorbei ist? Nein danke! Ich hatte keine Lust auf stundenlang eiskalte Kirche! Der Stephansdom war so düster, und dieses Weihnachtsoratorium von Bach so langweilig! Ich hatte es schon tausendmal gehört. Außerdem gab es in so einem endlosen Kirchenkonzert nichts zu trinken. Viel lieber wollte ich zu Hause gemütlich im Warmen sitzen, bei einem Glas Rotwein vielleicht, fernschauen und irgendwann müde auf meine Heizdecke sinken.

»Anita! Du wusstest, dass du einen Musiker heiratest. Ich verdiene unser Geld mit diesen Konzerten!«

»Das letzte hast du einfach so umsonst gemacht«, brauste ich auf. »Du hättest einen ganzen Tag eher nach Hause kommen können.«

»Als Berufsmusiker habe ich auch eine Verpflichtung dem Nachwuchs gegenüber«, verteidigte sich Christian. »Mit Kindern ohne Gage zu spielen, ist Ehrensache. Wenn es nur eines von ihnen fürs Leben prägt, hatte das gestern einen Sinn.« Sein Gesicht nahm einen ganz eigentümlichen Ausdruck an: »Weißt du eigentlich, wie schön das gestern war?«

»Ach ja? Was soll an so einem piefigen Kleinstadtkonzert schön gewesen sein?« Mein Ton war patziger als beabsichtigt. »In einer Musikschule mit Laien?«

»Die Dirigentin war großartig!«, erklärte Christian begeistert. »Sie hat die Handlung so anschaulich erklärt, dass auch die letzte schwerhörige Oma es noch verstanden hat. Es war so rührend!« Er lächelte warm. »Ihre eigenen drei Kinder haben auch mitgespielt. Der Junge Cello und die kleinen Zwillinge Trommel und Triangel.« Er dirigierte ein paar Takte mit dem Eierlöffel und pfiff sein Vogel-Motiv. »Es waren hundert Kinder beteiligt, sogar ein behindertes Mädchen im Rollstuhl. Sie konnte sehr gut Klarinette spielen.« Nun schüttelte er lachend den Kopf: »Ihr Vater, ein größenwahnsinniger Bäckermeister, hat die arme Dirigentin und mich so genervt, dass …«

Aha! Das hörte sich ja sehr vertraut an. Nach verschworener Gemeinschaft. Eifersucht rumorte in meinen Eingeweiden.

»Der Bäckermeister wollte seine Tochter unbedingt bei den Wiener Philharmonikern unterbringen und dachte, ich könnte die Kleine bei *Wetten, dass* als Stargast einschleusen. Armer Trottel!«

Ich verzog das Gesicht. »Und mit solchen Dumpfbacken gibst du dich ab?«

»In einer Kleinstadt menschelt es halt.«

Christian sah mich an, als sei ihm das gerade erst aufgegangen.

»Sie waren alle so begeistert bei der Sache!«

Er schlug sein Ei auf, und ich betrachtete seine langen schlanken Finger, die mich einst so hypnotisiert hatten.

»Wisst ihr, wenn wir mit den Wiener Philharmonikern spielen, ist immer alles perfekt. Aber so eine Begeisterung wie gestern in dieser Musikschule habe ich noch nie erlebt.«

»Du hast es doch wirklich nicht nötig, in so einem Kaff zu spielen«, knurrte ich. »Hier musste ein fremder Pole den Baum aufstellen, den mir die Kobalik aufs Auge gedrückt hat! Wenigstens an Weihnachten könntest du doch mal zu Hause sein!«

»He, Leute, hört doch auf zu streiten, das ist ja voll ätzend!« Grazia fiel über ihre halbe Pampelmuse her. »Der Papa verdient hier die Kohle!« Strafend sah sie mich an. »Du arbeitest ja nicht mehr, Mama. Also mach dem Papa keine Szene.«

»Ja, ich weiß!«, giftete ich. »Wir verdanken Christians toller Flöte dieses schöne Haus, unsere schönen Kleider, unser sorgloses Leben …« Ich warf die Hände in die Luft und lief in meinem seidenen Morgenmantel gereizt auf und ab. »Ich will nicht immer wieder vorgehalten bekommen, dass ich nichts mehr verdiene, seit ich bei der Lufthansa aufgehört habe!«

»Aber Anita!« Christian packte mich bei den Schultern und drehte mich zu sich herum. »Das habe ich dir noch nie vorgeworfen! Was soll denn der Quatsch? Dafür hast du unsere Töchter großgezogen! Du bist eine wunderbare Mutter, und das sage ich allen, die es hören wollen oder auch nicht!«

Er verstummte abrupt.

»Erst gestern Abend habe ich noch so von dir geschwärmt!«

Er drückte mir einen Kuss auf die Stirn, der wahrscheinlich auf meinem Mund hätte landen sollen, wenn ich nicht den Kopf gesenkt hätte. Ich schämte mich. Im Grunde wusste ich sehr wohl, wie stolz Christian auf mich war! Er gab regelrecht mit mir an! Wahrscheinlich hatte er sogar wieder irgendwelchen Landpomeranzen mein früheres Model-Foto gezeigt.

»Ja, und das freut mich auch«, sagte ich etwas versöhnlicher gestimmt. »Es ist nur so, dass du nur noch unterwegs bist, während ich zu Hause hocke. Die Kobalik hat schon rumgestichelt, wann du endlich kommst und warum ich schon wieder allein bin …«

»Wollen wir tauschen?«, fragte Christian und hielt mir eine frisch gebrühte Tasse Kaffee unter die Nase. Er schob mir einen Stuhl unter und strich mir übers Haar. »Ich bleibe zu Hause und versorge die Mädels, und du fliegst wieder mit der Lufthansa.«

Er meinte das ernst. Es war keine Spur von Häme in seiner Stimme.

»Wir können uns längst selbst versorgen!«, eilte ihm Gloria zu Hilfe.

»Mama, echt, ich fänd das toll, wenn du wieder arbeiten würdest!«, sagte auch Grazia.

Ich nahm einen Schluck Kaffee und sah meine Familie zweifelnd an: »Die würden mich in meinem Alter nie mehr einstellen. Ich bin zwanzig Jahre raus …«

»Vielleicht nicht mehr als Chef-Stewardess in der ersten Klasse auf Langstreckenflügen«, räumte Christian ein. Er legte mir einen knusprigen Toast mit Kirschmarmelade auf den Teller. »Hier! Beiß mal kräftig ab, dann sieht der Morgen schon ganz anders aus.«

»Ja, aber als Saftschubse in der Holzklasse bei irgendeinem Billigflieger mag ich auch nicht wieder anfangen!« Ich schloss die Augen und genoss mein Frühstück. »Außerdem würde ich nicht annähernd so viel verdienen wie du bei den Wiener Philharmonikern!«

»Und du würdest deinen Schönheitsschlaf nicht mehr bekommen, Mami!« Gloria gab mir einen Kuss mit ihrem nutellaverschmierten Mund. »Gell, Mami, das Ausschlafen am Morgen gefällt dir schon!«

Hm. Das war jetzt ein bisschen unschön gepetzt. Christian musste nicht unbedingt wissen, dass Gloria seit ein paar Monaten morgens alleine aufstand. Und Grazia samt ihrem Benni auch. Sie frühstückten sowieso in der Schule! Was sollte ich da um sechs Uhr in der Küche rumstehen, wenn sie sich doch sowieso eine halbe Stunde schminkten und dann auf ihren langen Beinen im Minirock davonstaksten? Selbst ein Pausenbrot hatten sie sich streng verbeten! Oberspießig! Geht gar nicht! Was sollte ich als Mutter also frühmorgens dem Glück meiner Kinder im Weg stehen? Nein, meine Mädels gingen lieber zum Pausenbüffett ihres französischen Lycée, um mit den anderen Elevinnen frische Croissants zu verspeisen und Café au lait zu schlürfen. Wer da Schrot und Korn auspackte, konnte gleich einpacken. Da blieb ich doch lieber im Bett!

»Also? Darf der Rattenfänger von Hameln weiter durch die Straßen ziehen, ohne dass du ihm böse bist?« Christian legte mir einen zweiten Toast auf den Teller und goss mir Kaffee nach. Er war so fürsorglich, dass ich mich schon selbst nicht mehr mochte.

»Ja, aber ausgerechnet an Weihnachten …«, schmollte ich noch ein bisschen nach. Wieder hörte ich die Kobalik sagen: »Muss er denn sojar an Weihnachten in die Provinz fahren? Hat er denn gar keene Sehnsucht nach seiner schönen Frau und seinen hübschen Töchtern?«

Andererseits: Hatten wir denn noch Sehnsucht nach ihm? Wir hatten uns an seine Abwesenheit dermaßen gewöhnt, dass wir seine Anwesenheit kaum noch zu schätzen wussten.

Schuldbewusst schmiegte ich meine Wange in seine Hand, mit der er mir liebevoll übers Haar gestrichen hatte, und er nahm die seltene Zärtlichkeit freudig auf.

»Kinder, wenn ihr jetzt mal ein bisschen spielen geht, können die Mami und ich … ähm … unsere Weihnachtsbesprechung abhalten.« Christians Mundwinkel zuckten, als er meine Hand nahm und mit dem Ehering spielte. Dabei warf er einen verstohlenen Blick auf seine Rolex. »Eine halbe Stunde hätte ich noch.«

»Iiih!«, machte Grazia und bearbeitete ihre Pampelmuse, dass es spritzte. »Ne schnelle Nummer!«

»Bäääh! Wie widerlich!«

Mist. Aus. Verpatzt, die Szene.

»Ich sprach doch nur von den Geschenken«, tat Christian unschuldig.

»Nein, Papa, du redest von SEX«, sagte Gloria verächtlich. »Ich gehe nie wieder in dieses Bett, wenn ihr …«

»Ich müsste auch noch einige Weihnachtsvorbereitungen treffen«, sagte ich schnell.

So auf Kommando wollte ich nicht. Wie sollte ich denn da in Stimmung kommen? »Geh du ruhig flöten!« Ich stand auf und warf die Serviette auf den Teller.

»Du bist mir doch nicht böse?«

»Natürlich nicht. Schließlich verdienst du unser Geld.«

»Ach, Mami, lass ihn doch!« schnurrte Gloria. »Auch wenn Papa weg muss, machen wir es uns trotzdem schön.« Sie grinste breit.

»Wenn ich euer ganzes Schminkzeug sehe und eure Klamottenberge … Heute Nacht habe ich fast dein Bett gar nicht gefunden, vor lauter Spitzenhöschen, Spaghettiträgerhemdchen und …« Christian hob die Serviette und hielt ein Fläschchen Nagellack in die Höhe: »Wo man geht und steht, Frauenkram! Im Bad ist kaum noch Platz für mein Rasierzeug!«

»Aber es ist gut, wie es ist«, sagte Gloria zufrieden. »Papa schickt das Geld nach Hause, und wir haben hier eine prima Mädels-WG, ohne dass jemand nervt.«

»Dann geh ich jetzt flöten und versuche, euch nicht zu nerven«, sagte Christian und sah mich schulterzuckend an.

Ich wandte sofort den Blick ab, woraufhin er die Achseln zuckte, sich einen Apfel von der Anrichte nahm und hineinbiss.

LOTTA

Ich sah durch das Küchenfenster nach draußen und atmete tief durch. Bitte anschnallen! Es ging los. Heiligabend, sechzehn Uhr. Mutter Margot schleppte mit theatralischer Geste die Weihnachtsgans im Römertopf an.

»Wissen Sie, Frau Ehrenreich, unsere Lotta macht sich nicht mal an Weihnachten die Mühe, für ihre Familie zu kochen!«, entschuldigte sie mein hausfrauliches Fehlverhalten über die Hecke hinweg, wo Frau Ehrenreich noch schnell ein paar Blätter harkte.

Meine Mutter fühlte sich immer bemüßigt, sich bei anderen für mich zu entschuldigen. Dabei hatte ich sehr wohl gekocht! Heute Morgen war ich noch in den Supermarkt gerast und hatte einen Großeinkauf gemacht, mit allen drei Kindern, die mit dem Einkaufswagen Roller fuhren und ihn nichts ahnenden Kunden in die Hacken rammten. Ich hätte schon was Essbares zusammengebrutzelt, nur eben keine Gans! Wie hätte ich das auch noch bewerkstelligen sollen? Ich hatte gestern ein Konzert in der ausverkauften Stadthalle dirigiert! Wäre ich ein MANN, säße ich jetzt selbstzufrieden mit Filzpantoffeln und der Zeitung im Sessel und genösse meine wohlverdiente Ruhe. So wie Opa Dietrich.

Nachmittags hatten Jürgen und ich noch in aller Eile bei der Tankstelle an der Ecke drei Fahrräder gekauft. Erst hatte Herr Sparkassendirektor entschieden sein Veto eingelegt und mir versichert, ER würde bestimmt keine Radtouren mit ihnen machen, aber ich hatte ihm versprochen, das zu übernehmen. Sie würden sich so darüber freuen! Eine Art Mountainbike mit

Wimpel für Paul und zwei rosa Fahrräder mit Stützrädern für die Zwillinge. Zum Glück war Jürgen dann noch eingefallen, dass ich die drei Fahrräder über die Musikschule von der Steuer absetzen kann. Mein Jürgen war der Meinung, dass Väter den Kontakt zu Kindern, die noch nicht lesen und schreiben können, auf ein Minimum begrenzen sollten. Bis um drei hatte er deshalb in seiner Sparkasse gesessen und war dann ganz zerstreut nach Hause gekommen.

»Wie, kein Baum?«

»Du hattest mir versprochen, dass wir heute gemeinsam einen kaufen!«, sagte ich ungehalten. »Ich kann ihn schlecht allein schleppen!«

Hastig hatte Jürgen seine Eltern angerufen, und die hatten nun in ihrem schlammgrünen Opel Astra, auf dessen Hutablage ein bedenklich dreinblickender Wackeldackel ihr Einparkmanöver bewachte, einen letzten krummen Baum herbeigeschafft. Leider brachten sie auch ihren ewig kläffenden Mischlingsköter Leffers mit, der so hieß, weil ihn jemand vor dem gleichnamigen Modehaus ausgesetzt hatte. Und der brachte wiederum meine lärmempfindlichen Eltern zur Weißglut. Überhaupt konnten sich die vier älteren Herrschaften untereinander nicht besonders gut leiden. Ich mochte Jürgens alte Mutter Lenchen Immekeppel eigentlich recht gern. Eine gutmütige, hilfsbereite Frau, die stets bemüht war, alles richtig zu machen. Dabei hatte sie keine Chance. Ihr Gatte Walter kanzelte sie ab, wann immer er konnte.

»Was willst du denn mit dem Lametta?!«

»Den Baum schmücken?«

»Aber doch nicht mit dem grässlichen Sauerkraut!«

Auch wenn ich Opa Walters Art nicht gerade liebenswürdig fand, musste ich ihm insgeheim recht geben: »Ich finde den Baum auch ohne Lametta schön.«

»Nein, nein, das war der letzte Baum, den der Straßenhändler schon wieder auf seinen Trecker geworfen hatte!«, verteidigte sich Oma Lenchen. »Ohne Lametta sieht der nach nichts aus!«

»Wir können ja erst mal Kerzen draufmachen«, schlug ich vorsichtig vor. Wie kam es eigentlich, dass ich in meinem eigenen Haus nichts zu sagen hatte? Wann hatte ich vergessen, Grenzen zu setzen und meine Angehörigen, die hier schließlich nur zu Besuch waren, in ihre Schranken zu verweisen?

Am liebsten hätte ich den Baum jetzt selbst geschmückt, nur mit den Kindern!

»Aber keine ECHTEN!«, befahl meine Mutter und stach mit einer langen Gabel in die Gans. »Du bringst es fertig und steckst noch das Haus in Brand.«

»Da lege ich aber ganz entschieden mein Veto ein!«, sagte Jürgen von seinem Laptop aus. Er hatte ihn auf den Esszimmertisch gestellt und arbeitete sich noch durch lange Zahlenkolonnen.

»Muss das denn sein! Am hochheiligen Weihnachtsfest!«, sagte Opa Dietrich tadelnd. Er selbst wäre nie im Leben auf die Idee gekommen, sich zu erheben und einen einzigen Handgriff zu tun. Dafür kommentierte er die der anderen umso lieber.

»Jürgen, du könntest mit mir in den Keller gehen und nach den elektrischen Kerzen suchen«, schlug ich vor.

»Ich habe hier noch etwas zu erledigen.« Ohne von seinem Computer aufzusehen, scrollte sich Jürgen durch seine Formulare. »Gestern haben doch noch ein paar Eltern Bausparverträge für ihre Kinder in Auftrag gegeben.« Er sah kurz auf: »Als Weihnachtsgeschenk. Das muss alles noch bis zur Bescherung fertig werden.«

»Ich kann mit in den Keller gehen!«, erbot sich das steinalte Lenchen und suchte schon nach ihrem Stock.

»Nein, du brichst dir nur die Haxen«, sagte Walter barsch.

Ich wollte auf keinen Fall mit dem alten Oberstleutnant in den Keller gehen.

»Wenn die Kinder das bisher nicht erledigt haben, frage ich mich, was wir hier eigentlich sollen!«, sagte Vater Dietrich missbilligend und starrte wie immer in den auf stumm gestellten Fernseher.

»Tja!«, machte Margot von ihrem Backofen aus, hinter dem sie sich verschanzt hatte. »Dass Weihnachten dieses Jahr auf den 24. Dezember fällt, hat die liebe Lotta nicht gewusst.« Dabei übergoss sie die Gans so vehement mit heißem Fett, dass ich mir vorstellte, sie würde mich damit übergießen. »Es ist wirklich eine Schande, dass MEINE Tochter nicht kochen kann! Wie stehe ich denn da vor den Leuten! Alle sind bei mir in die Haushaltsschule gegangen und machen heute Abend eine perfekte Gans! Und hier sollte es FRIKADELLEN geben!« Ihre Augen wurden schmal: »Im Übrigen hat mir Bäckermeister Gerngroß heute etwas sehr Interessantes erzählt.«

Mir wurde glühend heiß. Vor meinen Augen tanzten schwarze Punkte. »Was dieser Mann so daherschwätzt, interessiert hier keinen Menschen!«, zischte ich scharf. Meine Hände zitterten, als ich nach dem Kellerschlüssel suchte.

»Wieso nicht? Er meinte, dass seine Viktoria noch Weltkarriere machen wird«, sagte meine Mutter scheinheilig. »Mithilfe dieses Wiener Philharmonikers wird sie es bis ganz nach oben schaffen. Bei *Wetten, dass* wird sie auftreten. Und Werbeverträge in Millionenhöhe bekommen.« Sie schnaubte verächtlich.

Ich empfand einen derartigen Hass auf diesen fränkischen Bäckermeister, dass heute unmöglich Weihnachten sein konnte.

»Junge, mach jetzt mal das Ding aus«, bat Lenchen, an Jürgen gewandt. »Hilf mir lieber mit dem Baum.«

»Ich kümmere mich gleich um die Kerzen«, erwiderte Jürgen geistesabwesend. »Nur noch diesen einen Vertrag hier …«

Caspar, mein neuer Au-pair-Junge deckte ganz selbstverständlich den Tisch. Ich sah ihn dankbar an. Außer mir wusste niemand, dass er schwul war. Heimlich gab er mir süße Modetipps und zeigte mir Outfits aus der *Cosmopolitan*. Doch von denen konnte ich nur träumen. Tolle Modegeschäfte gab es bei uns in Heilewelt nicht. Nur runtergesetzte Pullöverchen aus reiner Schurwolle, in Blö und Beige, die Margot nicht müde wurde, mir anzupreisen. »Eins-a-Qualität, kaschiert und macht schlank!« Am besten noch mit einem Korsett drunter, wie Oma Margot es trug. Und mit Kittelschürze drüber. Wie gern wäre ich mit meinem neuen Verbündeten Caspar einmal in die Großstadt gefahren, um mich schick einzukleiden. Irgendwo nach Oldenburg, Hannover, Braunschweig oder Osnabrück. Alles Weltstädte, die in ein bis zwei Autostunden zu erreichen waren. Aber dafür war bis jetzt keine Zeit gewesen. Außerdem: Wer sollte sich dann um die Kinder kümmern? Ich warf Caspar einen bedauernden Blick zu. Der arme Bursche hatte sich Weihnachten in Heilewelt bestimmt ganz anders vorgestellt. Aber was nicht war, konnte ja noch werden. Mit etwas Verspätung würden wir gleich wie eine große harmonische Familie um den Tisch sitzen und Oma Margots Weihnachtsgans essen. Dann würden die Kinder ihre Fahrräder entdecken und damit begeistert im Borkenkäferweg herumfahren. Alle vier Großeltern würden lachen und jauchzen, und Jürgen würde seine unvermeidliche Videokamera auf das Idyll richten. Die Nachbarn würden uns darum zu beneiden.

Tja, Frau Ehrenreich, da schauen Sie!

»Frohe Weihnachten allerseits«, sagte ich fröhlich und verteilte Sektgläser. »Wir können uns doch schon mal ein bisschen warm trinken!«

»Schon wieder Alkohol!«, mäkelte Oma Margot. »Hast du nicht noch genug von gestern?«

»Ich will auch, ich will auch!«, bettelten die Kinder.

»Wasser aus dem Kran reicht«, sagte Oma Margot.

»Jürgen, würdest du mir bitte helfen?« Ich hielt meinem Lebensgefährten die Sektflasche hin, doch der beachtete mich gar nicht, sodass Caspar herbeisprang und behände die Flasche öffnete.

Ich schenkte schwungvoll ein, und es schäumte. Die Kinder klatschten, und ich verbeugte mich spaßeshalber.

»Sie braucht schon wieder Beifall!«, stichelte Oma Margot. »Hatte wohl gestern nicht genug davon!«

»Das war ein SEHR schönes Konzert!«, verteidigte mich Lenchen kopfwackelnd.

»Du hast doch gar nichts gehört!«, wies Opa Walter sie zurecht. »Du hattest ja dein Hörgerät nicht mit!«

»Aber der lustige Vogel, den der Flötenspieler geblasen hat, den habe ich gehört!«, beharrte Lenchen.

»Die hohen Frequenzen kriegt sie gerade noch mit«, erklärte uns Walter.

»Wo sind eigentlich die Konzertplakate, die ich gestern von der Sparkassen- und Musikschultür mitgebracht habe?«, fragte Jürgen. »Wir wollten sie doch rahmen und aufhängen. Das wäre mein Weihnachtsgeschenk an dich gewesen, Lotta.«

»Da hab ich aus Versehen Kartoffeln drauf geschält«, tat Oma Margot überrascht. »Ich konnte ich ja nicht wissen, dass das kein Altpapier war.«

»Oh!« Jürgen sprang auf. »Wo sind sie? Vielleicht kann man sie noch retten?«

»Ich könnte sie bügeln!«, rief Lenchen hilfsbereit.

»Ich habe sie schon draußen in die Tonne gestopft«, sagte Oma Margot.

»Na, macht ja nichts«, sagte ich schnell. »Kinder, wie sieht's aus? Wollen wir unser Musikstück für die Bescherung noch mal üben?«

»Bitte nicht!«, rief Opa Dietrich und hielt sich die Ohren zu. »Ich habe ja gestern schon alles hören müssen.«

In dem Moment kam eine E-Mail herein. Jürgens Laptop machte ping!

Jürgen las sie mit gerunzelter Stirn.

»Dieser Lärm«, rief Opa Dietrich angewidert. »Muss das sein?«

»Also, was ist jetzt mit den Christbaumkerzen?«, rief Opa Walter. »Ein richtiger Mann fackelt nicht lange! Mit einer so schönen Frau gehe ich gern in den Keller.«

Ich wunderte mich, dass Jürgen nicht entschieden sein Veto einlegte, aber der war viel zu sehr mit seiner E-Mail beschäftigt.

»Wo hast du denn den Thymian?«, kam es giftig aus der Küche. »Natürlich hat sie überhaupt keinen Thymian. Bilde dir nicht ein, dass ich MAGGI an die teure Weihnachtsgans tue! Aber meine Tochter ist ja größenwahnsinnig. Dabei müsste sie eigentlich wissen, wo sie hingehört. Spätestens wenn sie verheiratet ist und Kinder hat. Aber Lotta kann ja noch nicht mal diese Reihenfolge einhalten!«

»Ja, was ist jetzt eigentlich mit eurer versprochenen Verlobung?« Opa Walter klopfte mir gönnerhaft auf die Wange. »Ich war gestern extra dafür im Konzert! Gell, Jürgilein?« Er klopfte seinem Sohn ebenso gönnerhaft auf die Wange. »Da hast du mir ja leere Versprechungen gemacht!«

»Lotta, kommst du mal kurz mit mir nach draußen?« Jürgen klappte seinen Laptop zu und nahm die Brille ab. In seinen Augen stand das blanke Entsetzen.

ANITA

Es war kurz nach zehn, als Christian von seinem Weihnachtsoratorium nach Hause kam. Ich hatte vor Stunden mit den Mädchen allein gegessen, meine Gans war mir hervorragend gelungen, aber außer Gloria wollte niemand etwas davon probieren. Grazia war gerade auf Grapefruit-Diät, und ich hatte einfach keinen großen Appetit. Nach der Bescherung waren beide Mädchen zu ihren jeweiligen Clubs aufgebrochen, um ihre Freunde zu treffen. Ich hatte dem Rotwein zugesprochen und mich durch das langweilige Fernsehprogramm gezappt. Erst dabei wurde mir klar, wie alt und einsam ich schon sein musste. Frauen über vierzig sind unsichtbar, hatte mir mal eine Freundin gesagt. Ich stand also kurz davor, unsichtbar zu werden! Ach, darüber wollte ich heute nicht mehr nachdenken. Ich kämpfte schon mit dem Schlaf, als mein Mann im Wohnzimmer stand.

»Merry Christmas, Anita!«, sagte er fröhlich, als er mich allein vor dem Kamin sitzen sah. »Jetzt habe ich eine knappe Stunde Zeit, bevor ich zur Christmette muss.«

»Ich wollte gerade ins Bett.« Ich erhob mich leicht schwankend. »Gans steht im Kühlschrank. Die kannst du dir in der Mikrowelle warm machen.«

»Ach, komm schon, Anita!« Christian zog den Mantel aus und legte seinen Flötenkasten auf den Flügel. Er streckte seine Hände nach mir aus und versuchte, mich wieder in den Sessel zu drücken. »Setz dich doch noch kurz zu mir!«

»Ich bin müde.«

Warum hatte ich nur keine Lust, ihm Gesellschaft zu leisten? Waren wir uns wirklich schon so fremd geworden? Früher hatte ich mich doch immer so auf ihn gefreut! Ja, achtzehn Jahre mit einem Berufsmusiker können einen ganz schön desillusionieren. Berufsmusiker kommen und gehen zu den unmöglichsten Zeiten. Wenn man gerade rechtschaffen müde ist und nichts anderes will, als sich die Decke über die Ohren ziehen, kommen sie aufgekratzt nach Hause. Aber morgens, wenn man frühstückt, liegen sie noch scheintot im Bett. Ich hatte es nie geschafft, mich seinem Rhythmus anzupassen – wie denn auch, solange die Kinder früh aufstehen mussten! Jetzt allerdings war Heiligabend. Und morgen konnten wir ausschlafen. Seufzend raffte ich mich auf und folgte ihm in die Küche.

»Soll ich dir was von dem Gänsebraten warm machen?«

»Nein, ich mach das schon. Setz dich einfach hierher und erzähl mir was.« Christian machte sich bereits pfeifend an Kühlschrank und Herd zu schaffen. Es war »Herrscher des Himmels, erhöre das Lallen« aus Bachs Weihnachtsoratorium und passte hervorragend zu meiner Verfassung. Christian schenkte mir ein weiteres Glas Wein ein und sich selbst auch eines. »Prost, meine wunderschöne Frau!«

»Prost. Frohe Weihnachten.« Das klang richtig verbittert. Ich war nur einfach so oft allein! Wieder hörte ich, wie Ursula Kobalik sagte: »Na, wo treibta sich denn wieder rum, der Lauser? Lässta seine schöne Frau alleene?«

»Gehst du mir fremd, Christian?« So, jetzt war es heraus. Ich fuhr mir nervös durch die Haare.

Christian stellte abrupt das Glas ab und sah mich an.

»Wie kommst du denn darauf?« Er klang aufrichtig entsetzt.

»Ich weiß nicht«, krächzte ich verlegen. »Du bist nie da, vielleicht gibt es längst eine andere.« Ich verschränkte abwartend die Arme. »Und wenn du mal auftauchst, musst du gleich wieder weg. Vielleicht bin ich nicht mehr attraktiv genug für dich.« Ich versuchte das möglichst sachlich zu sagen, aber meine Stimme klang wackeliger als beabsichtigt. Vielleicht waren das schon die Wechseljahre, die mir diese merkwürdigen Stimmungsschwankungen bescherten. Meine Mädchen waren von Hormonen gebeutelt, vielleicht war ich das ja auch? Vielleicht war ich auf dem besten Wege zu vertrocknen? Wenn ich ehrlich war: Ich hatte gar kein Bedürfnis mehr, mit Christian zu schlafen! Jedenfalls nicht unter diesem ständigen Zeitdruck! Heute Morgen hatte er mir eine halbe Stunde eingeräumt! Wie in einem Stundenhotel! Bei diesem Gedanken hätte ich am liebsten hemmungslos geheult.

Christian starrte mich nur an. Dann schloss er die Augen und schüttelte den Kopf.

»Schau mich mal an, Anita.« Er wartete geduldig, bis ich mich dazu überwinden konnte. »Ich habe Dienst, wurde für die Mitternachtsmette eingeteilt wie viele meiner Kollegen auch. Du kennst sie alle, und ihre Frauen sind heute Abend auch allein. Oder aber sie gehen mit ins Konzert. Doch das willst du ja nicht.«

»Wenn du was am Laufen hast, kannst du es mir ruhig sagen.« So! Der Ball war wieder auf seiner Seite.

Sein Blick glitt amüsiert an mir herab.

»Du bist die schönste Frau, die ich mir wünschen kann!« Christian lächelte, und um seine Augen bildeten sich tausend kleine Fältchen. »Was ist denn nur in dich gefahren?« Er kam um den Kuchentresen herum und küsste mich. »Ups«, sagte er erschrocken. »Wie viele Gläser Wein hattest du denn schon?«

»Was soll denn das heißen?« Ich hauchte mir verlegen in die Hand. »Ist das hier eine Alkoholkontrolle?« Eine Träne kullerte mir über die Wange, und ich wischte sie zornig weg. Ich wollte jetzt nicht vor Christian heulen, verdammt!

»Nein, ist ja schon gut.«

Christian tat so, als hätte er nichts bemerkt. Anscheinend wollte er mir Zeit geben, mich zu fangen. Er klapperte geschäftig mit den Tellern herum und schob sich eine Portion in die Mikrowelle. Dann lehnte er sich abwartend an die Arbeitsplatte und nahm einen Schluck Wein.

»Es war übrigens ein sehr stimmungsvolles Konzert. Der Stephansdom war bumsvoll. Die Predigt des Erzbischofs war allerdings zu lang. Vierzig Minuten über den Weltfrieden.«

Irgendwie hatte ich das Gefühl, dass er unbedingt das Thema wechseln wollte.

»Sei mir nicht böse, aber das Gelaber über den Bischof interessiert mich ebenso wenig wie das über deine Landpomeranze mit dem Schülerkonzert.«

So, das hatte gesessen. Auf diese Weise hatte ich wenigstens ein wenig Würde zurückgewonnen. Der Drang zu weinen war Trotz gewichen.

»Wieso bist du so kratzbürstig?«

»Tut mir leid, Christian«, sagte ich so zerknirscht wie möglich, als ich merkte, wie er zusammengezuckt war. In meinem Kopf drehte sich schon alles. Konnten wir nicht morgen weiterreden? Oder übermorgen?

»Schon gut.«

»Also, erzähl ruhig von der Predigt«, lenkte ich ein.

»Ach lass. Es interessiert dich ja doch nicht.« Mein Mann nahm einen Schluck Wein und sah mir forschend in die Augen. »Geh ruhig ins Bett, wenn du so müde bist.« Er sah auf die Uhr. Innerlich stellte er sich bestimmt schon auf seine Christmette ein.

»Bist du mir dann auch nicht böse?« Ich liebäugelte tatsächlich mit meinem vorgewärmten Bett und dem kuscheligen Kissen.

»Ich könnte dir auch noch ein bisschen Gesellschaft leisten«, sagte Christian mit rauer Stimme. »Falls mein Bett heute frei ist?«

»Gloria kann jeden Moment zurück sein.«

Warum hatte ich einfach keine Lust? War es der Alkohol,

der mich so bleiern machte? Früher hatte er mich enthemmt, erotisiert.

»Gloria könnte zur Abwechslung mal wieder in ihrem eigenen Bett schlafen.« Christian kam um den Tresen herum und strich mir die Haare aus der Stirn. »Komm, ich bring dich ins Bett!«

Seine Augen glänzten im Schein der Kerze, die er angezündet hatte. Er pustete sie aus, nahm mich bei der Hand und führte mich die Treppe hinauf. Willenlos ließ ich mich mitziehen. Früher war mir weich in den Knien, weil ich mit ihm schlafen wollte. Heute war mir weich in den Knien, weil … weil ich einfach nur schlafen wollte. Na gut, ich konnte ja DABEI schlafen. In dem Moment machte die Mikrowelle ping.

»Deine Gans ist fertig.« War das Erleichterung, die da in meiner Stimme mitschwang?

»Ich habe im Moment mehr Lust auf etwas anderes«, murmelte Christian und sah mich forschend an. »Alles in Ordnung?«

Nein! Ich hatte keine Lust! Ich wollte schlafen! Wie konnte ich ihm das nur klarmachen? Wenn man keine Lust auf Sex hat, tut es auch ein kleiner Streit.

»Aber ich nicht! Ich will nicht zur Verfügung stehen, nur weil der hohe Herr mal für eine Stunde zu erscheinen geruht«, presste ich trotzig hervor. Das war ungerecht, und das wusste ich auch. Kaum war es ausgesprochen, bereute ich es auch schon.

Christians atmete hörbar aus. »Okay.« Krampfhaft versuchte er, sich seine Enttäuschung nicht anmerken zu lassen. »Dann … Schaffst du es allein ins Bett?«

»Natürlich! Tu doch nicht so, als wäre ich total besoffen!« Ich stolperte weiter die Treppe hinauf und sah mich noch einmal nach ihm um. »Ich bin einfach nur müde. Ich habe den ganzen Abend allein rumgesessen und bin jetzt einfach nicht in Stimmung.« Halt, was tat ich denn da! Ich liebte ihn doch!

Trotzdem fand ich nicht die Kraft, kehrtzumachen. Morgen!, dachte ich. Verschieben wir es doch auf morgen.

»Verstehe.« Er sah auf seine Uhr. »Ich mach dann noch einen Abendspaziergang.«

Mit diesen Worten griff er nach seinem Mantel und knallte die Haustür hinter sich zu.

LOTTA

Wann hatten wir das letzte Mal einen Abendspaziergang gemacht? Wahrscheinlich vor der Geburt der Kinder. Nein, danach auch noch. Ich erinnerte mich vage, dass ich mich mit schwangerem Bauch am Arm von Jürgen durch die Schrebergärten geschoben hatte. Er war fast geplatzt vor Stolz, und ich vor Schwangersein. Besonders bei den Zwillingen. Später waren wir jeder mit einem Kinderwagen durch die Schrebergärten gezogen. Solange die Kleinen noch schliefen. In trauter Zweisamkeit, plaudernd, planend. Doch dann kam die mühsame Zeit der Dreirädchen, Stöckchen, Steinchen, Pfützen, Murmeln und Bällchen. Spazierenstehen mit Trotzanfällen. Die Kinder stritten, fielen hin, machten sich schmutzig, weinten, wollten Aufmerksamkeit, ließen kein zusammenhängendes Gespräch mehr zu, und Jürgen legte immer öfter entschieden sein Veto ein. Spätestens da war ich nur noch allein mit den Kindern unterwegs. Für Jürgen war das zu mühsam, zu unproduktiv, zu langweilig, zu alltäglich geworden. Er hatte wahrlich Besseres zu tun.

»Ja glaubst du denn, ich als Sparkassenleiter habe Zeit, mit den Kindern Murmeln durch den Matsch zu rollen, wenn ich Millionen bewegen kann? Dagegen verwahre ich mich ganz entschieden!«

Jürgen war ein Mann, der sich gern verwahrte, und die Kinder waren Frauensache. Obwohl ich mit meiner Musikschule genauso viel Arbeit hatte wie er mit seiner Sparkasse, war das selbstverständlich mein Job. Und ich genoss es sogar, mit den Kindern allein unterwegs zu sein. Wenn Jürgen nicht dabei war, konnte ich viel besser auf sie eingehen, mit ihnen singen, springen, albern sein. Jürgen wollte, dass ich ihm konzentriert zuhörte. Wenn er mit mir sprach, ging es immer um Geldgeschäfte, Steuern, Bausparverträge, Kreditabzahlungen. Klar, dass Kinder bei so etwas stören. Die setzte er gern kurzerhand vor ein Video, damit sie Ruhe gaben. Oder drückte ihnen ein Elektrospielzeug in die Hand. Für mich war es der reinste Drahtseilakt: Die Kinder und er, dazwischen der metertiefe Abgrund.

Nun denn. Jetzt, am Heiligen Abend, gingen wir zum ersten Mal seit Jahren wieder spazieren. Und zwar zu zweit. Ich genoss es, auszuschreiten und die kalte klare Winterluft in meine Lungen zu pumpen. Ansonsten war es fast unheimlich still. Nur unsere Schritte waren zu hören und das Keuchen des Hundes, der an der Leine zerrte. Die Großeltern und die Kinder hatten wir mit der Bemerkung vertröstet, noch mal beim Christkind vorbeischauen zu müssen.

»Was ist denn los, Jürgen?« Besorgt hakte ich mich bei ihm ein. »Alles in Ordnung mit deinen Aktien?«

»Ich habe da soeben eine E-Mail bekommen«, begann Jürgen mit bebender Stimme. Sein Atem blieb in weißen Wolken in der Luft stehen, bevor er sich im Nebel auflöste.

»Von wem denn?«, fragte ich so beiläufig wie möglich. Nachdem Leffers in die Rabatten gekackt hatte, blieb ich stehen und sammelte seine Bescherung mithilfe eines Taschentuchs auf.

»Es war eine anonyme Mail.« Zu meinem Erstaunen blinzelte Jürgen plötzlich aufsteigende Tränen weg.

»Eine anonyme Mail?«

»Von einem Freund, der es gut mit mir meint.«

Ich warf die Köttel in den nächsten Abfalleimer. »Und? Was Weihnachtliches?« Ich dachte an so einen Kettenbrief, den man vierzigmal weiterschicken muss und den man auf keinen Fall unterbrechen darf, weil sonst ein Wunder in Pakistan nicht geschieht oder so. Ich selbst schickte solche erpresserischen Nachrichten übrigens NIE weiter. Wahrscheinlich war deshalb in Heilewelt auch noch nie ein Wunder geschehen.

»Na ja, mein Weihnachtsfest ist jedenfalls gründlich verdorben!« Jürgens Stimme schwankte bedenklich zwischen Katastrophe und Selbstmitleid. Er zog die Nase hoch.

»Es tut mir leid, dass ich nicht dazu gekommen bin, diesmal alles schön herzurichten«, verteidigte ich mich sofort. »Das Konzert gestern war aufwendiger, als ich dachte, und nachdem wir völlig überraschend den Wiener Philharmoniker bekommen haben, musste ich mich um den auch noch kümmern.«

»Ja.« Jürgen blieb plötzlich stehen und sah mich aus tränenumflorten Augen an. »Und ob du das hast.«

»Wie meinst du das?«

»Der anonyme Mensch schreibt, du hättest den gestern nach dem Konzert im Parkhaus geküsst. Ihr wart beide halb nackt und hattet Bierflaschen in den Händen.«

Mein Herz setzte einen Schlag aus. Mindestens. Ich vergrub die Hände in den Manteltaschen. Der Köter zerrte so sehr an daran, dass mir fast das Futter eingerissen wäre. Bäckermeister Gerngroß!, dachte ich. Ich bringe dich um. Ich ertränke dich in deinem Rührteig. Ich erstickte dich mit deinen Speckkrapfen. Ich erschlage dich mit deinem Rührbesen. Ich verbrenne dich in deinem Backofen. Was Hänsel und Gretel können, kann ich schon lange. Ich atmete scharf aus. Ruhig bleiben. Demütig bleiben. Kleine Brötchen backen.

»Wir … haben uns noch im Treppenhaus verabschiedet«, beteuerte ich mit halbwegs fester Stimme. »Er hat mir ein Bier gereicht, und wir haben ein bisschen geplaudert.«

Noch während ich das sagte, spürte ich eine ungeheure Empörung in mir aufsteigen. Wie konnte dieser charakterlose Bäckermeister meinen armen Jürgen so verletzen!

»Jetzt weiß ich auch, warum du mich nicht heiraten willst«, jammerte Jürgen selbstmitleidig. »Du hast ein Verhältnis. Und ich blöder Trottel geh noch vor dir in die Knie!« Er stieß ein bitteres Lachen aus, das eher wie ein Schluchzer klang. Er war bis ins Mark gekränkt.

Oh Gott, das hatte ich doch nie gewollt! Nicht eine Sekunde war mir in den Sinn gekommen, er könnte jemals etwas von meinem kleinen Flirt im Parkhaus erfahren! Das hatte er wirklich nicht verdient, so rührend ungeschickt er sich seit Jahren um mich bemühte. Jetzt half nur noch eine Vollbremsung und leugnen, was das Zeug hält. Ich sah meinen Lebensgefährten flehend an und packte ihn am Arm.

»Das ist doch Blödsinn!« Ich lachte eine Spur zu schrill. »Das eine hat mit dem anderen nicht das Geringste zu tun!«

»Das sehe ich aber anders! Ich bin doch nicht blöd, Mann!« Jürgen fuhr sich zornig durch die Haare.

»Wir kannten uns ja bis gestern überhaupt nicht!«, versicherte ich hastig. »Wir sind uns vorher noch nie begegnet!« Verzweifelt rang ich die Hände. »Bitte, das musst du mir glauben!«

Leffers wühlte und scharrte und zog dermaßen an der Leine, dass ich ihn am liebsten an die nächste Straßenlaterne gebunden hätte und einfach weitergegangen wäre.

»Ja, aber gestern, als ich dir den Heiratsantrag gemacht habe, stand er plötzlich feixend in der Tür und hat alles verdorben!« Jürgen wischte sich eine Träne weg.

»Gestern war einfach nicht der richtige Zeitpunkt!« Ich streichelte seinen Arm. »Zwei Minuten vor dem Konzert! Ich musste mich konzentrieren!«

»Ja? Auf den Flötenheini!«

»Nein! Auf hundert Kinder im Orchester!«

»Aber zwei Minuten nach dem Konzert WAR der richtige Zeitpunkt!« Jürgen stieß ein bitteres Lachen aus. »Dich im Parkhaus mit ihm herumzudrücken wie eine billige …!«

»Quatsch, Jürgen, jetzt reicht's aber. Es war NICHTS!«

»Da habe ich aber etwas ganz anderes zugetragen bekommen!«

Gerngroß!, dachte ich. Du mieses Schwein, das ist also deine Rache. Nie hätte ich geglaubt, dass er meinem Jürgen an Heiligabend eine solche Mail schickt, nur um nicht in Vergessenheit zu geraten. Damit war mein Familienfrieden dahin.

»Wie stehe ich denn jetzt DA!« Jürgen raufte sich die Haare. »Ihr seid gesehen worden, wie ihr euch knutschend im Treppenhaus herumgewälzt habt! Und ich Trottel verteile ahnungslos meine Bauspar-Luftballons!« Er wimmerte jetzt fast. »Weil wir ja solide Partner sind, auf die Heilewelt sich verlassen kann!« Seine Stimme brach.

Oh Gott, er tat mir so leid! Mein Herz zog sich schmerzlich zusammen, und in meinen Ohren rauschte das Blut. »Von Herumwälzen kann überhaupt keine Rede sein!«, ereiferte ich mich.

Leffers, der Köter, wollte sich allerdings sehr wohl herumwälzen. Ich musste über ein Stück maulwurfdurchpflügte Wiese hinter ihm her hoppeln, damit sich die Leine nicht allzu sehr verhedderte.

»Ich will die Wahrheit wissen: Wie lange geht das schon zwischen euch? Hm?« Jürgens Augen bohrten sich in meine.

»Herr Meran ist gestern spontan nach Heilewelt gekommen, weil er ganz in der Nähe einen Meisterkurs gegeben hat!«, beteuerte ich. »Wir kannten uns nicht! Es war Zufall!«

»Oh, Meisterkurs!«, höhnte Jürgen »Und? Bläst er gut?«

So kannte ich meinen Jürgen gar nicht. »Jetzt mach mal halblang!«, zischte ich entsetzt.

»Aber küssen tut er gut!«

Na ja, da konnte ich ihm schlecht widersprechen, also schwieg ich lieber. Der Gedanke an diesen Kuss ging mir nicht mehr aus dem Kopf, sosehr ich ihn auch zu verscheuchen versuchte. Er hatte mich natürlich bis in den Schlaf verfolgt, sodass meine Lippen förmlich brannten, als ich heute Morgen aufgewacht war.

»Ich mache dir einen Heiratsantrag, und zwei Stunden später küsst du einen anderen. So liegen die Dinge also!« Als ich nach seiner Hand greifen wollte, machte er sich ganz steif. »Deshalb hast du abgelehnt. Nicht weil du wegen des Konzertes nervös warst!«

Ich presste die Lippen zusammen. Selbst der Köter hörte auf zu kläffen, um die Antwort nicht zu verpassen. Er lag auf dem Rücken, hatte alle viere von sich gestreckt und lauschte. Jürgen hatte einen Tropfen an der Nase. Ich suchte nach einem Taschentuch, aber meine Tempos waren schon für die Hundeköttel draufgegangen. »Jürgen!«, sagte ich und schüttelte ihn wie einen Dreijährigen. »Sei jetzt nicht albern. Wir haben uns sehr freundschaftlich im Parkhaus verabschiedet, mehr nicht.« Hastig wandte ich mich ab, weil mich wieder so ein süßes Ziehen überrollte.

»So. Freundschaftlich.« Ich konnte seine bohrenden Blicke förmlich im Rücken spüren.

»Ja!« Ich sah ihm reumütig ins Gesicht. »Komm, Jürgen. Lass es gut sein.«

»Du willst ihn sicher wiedersehen. Dagegen lege ich entschieden mein Veto ein!«

Ein heimeliger Geruch nach Kaminfeuer kam aus einem der Häuser herübergeweht. Es roch nach Zuhause, nach Wärme und Geborgenheit. Ich wollte kein weiteres Unheil heraufbeschwören.

»Aber nein!« Beschwichtigend hob ich die Hand. »Manchmal ist man nach einem Konzert so erschöpft und erleichtert, dass man die dümmsten Sachen tut. Hättest DU mir ein Bier gebracht, hätte ich DICH umarmt! Ehrlich!«

Argwöhnisch versuchte Jürgen zu ergründen, ob die von mir gezeigte Reue wirklich aufrichtig war. Sein versteifter Rücken wurde weich. Ich glaubte so etwas wie Verständnis in seinem Blick lesen zu können. Er sah mich aus feuchten Augen an und zog die Nase hoch.

»Jürgen, bitte! Es war so eine Art Ausrutscher, nimm es einfach nicht ernst«, buhlte ich weiter um Verständnis. Meine Stimme war schon ein wenig heiser, weil ich so eindringlich auf ihn einredete. Andererseits musste ja nicht jeder in unserer Siedlung mitkriegen, worüber wir sprachen. »Ich will ihn gar nicht wiedersehen! Ehrlich!«

Plötzlich wurde mir bewusst, welche Melodie mir seit gestern durch den Kopf ging: »Ich will euch wieder sehen, und euer Herz soll sich freuen.« Das war so ziemlich die schönste Sopran-Arie, die ich kannte, aus dem Brahms-Requiem. Ich bekam Gänsehaut, riss mich aber gleich wieder zusammen.

»Jürgen. Es tut mir wirklich leid, dass du so eine bescheuerte … äh … anonyme Mail bekommen hast, aber könntest du dir bitte mal die Nase putzen? Ich habe auch nicht die geringste Ahnung, von wem die sein könnte, aber du kannst dir ganz sicher sein, dass ich Christian NICHT wiedersehen werde.«

»Christian heißt der Knabe also.« Jürgen wischte sich mit dem Mantelärmel unbeholfen über die Nase. »Bestimmt telefoniert ihr heimlich. Aber da lege ich entschieden …«

»Nein, tun wir nicht«, zischte ich empört. »Ich habe ja noch nicht mal seine Nummer.«

»Die ist ja wohl leicht rauszukriegen!« Jürgen stieß ein verächtliches Lachen aus. »Meran in Wien! Da schaut man nur mal kurz ins Internet!«

Ich blickte hastig zu Boden, weil ich mich ertappt fühlte. Ja, das war eigentlich naheliegend.

»Warum sollte ich?« Verärgert zog ich Leffers zu mir heran, der in einem Vorgarten unbedingt einen Maulwurf ausgraben wollte. »Obwohl es die Höflichkeit gebietet, mich bei ihm zu bedanken«, sagte ich plötzlich trotzig. »Er hat schließlich ohne Gage gespielt.« Ich konnte nicht verhindern, dass mit einem Mal Zorn in mir aufwallte.

»Und warum tut er das wohl? Weil er scharf auf dich ist!« Jürgen schlug sich mit der flachen Hand vor die Stirn. »Und du auch auf ihn!«

Oje, oje. Ich wollte irgendetwas Unbekümmertes, Neutrales sagen, aber mir fiel nichts ein. Ich überlegte fieberhaft. Plötzlich wurde mir bewusst, dass Jürgen recht hatte. Ich hatte mich tatsächlich in Christian verknallt. Und das nicht zu knapp. Aber das war doch völlig undenkbar, ausgeschlossen! Wenn Jürgen doch nicht so auf diesem Thema herumhacken würde! Ich sehnte mich nach Alleinsein, Stille, Nachdenken. Am liebsten wäre ich einfach davongerannt, aber das ging natürlich nicht. Nicht zuletzt, weil mich der verhaltensgestörte Köter mit seiner Leine regelrecht gefesselt hatte.

»Warum sagst du nichts?«

»Was soll ich denn sagen?« Ich versuchte, mich zu befreien. »Du glaubst mir ja doch nicht!« Wütend funkelte ich ihn an. Warum hielt ER nicht die Leine und kämpfte mit diesem störrischen Vieh? Es war doch der Hund SEINER Eltern! Typisch. Wieder mal Frauensache.

»Der VOGEL! Der kleine Vogel geht dir im Kopf herum!« Seine Augen loderten.

Ich ahnte schon, was gleich kam, und beschwor ihn innerlich, es nicht auszusprechen: »Am liebsten hättest du sofort mit ihm gevögelt, nachdem er so gut den VOGEL gespielt hat! Gell?! Gib's doch zu!«

Schamesröte schoss mir ins Gesicht. »Du hast recht!«, stieß ich mit hochroten Wangen hervor. »Im Parkhaus. Auf der Treppe. Das ist nämlich genau meine Art!«

Jürgen raste mittlerweile vor Eifersucht. Würde er mir jetzt eine kleben?

»Das gibst du also zu? So leicht bist du rumzukriegen? Nur weil dir einer schöne Augen macht und dir ein Bier reicht? Der weiß halt, welche Töne er flöten muss, um naive Landfrauen zu beeindrucken. Ich selbst bin einfach zu ehrlich für so was!«

»Jürgen, ich ...« Ich hätte jetzt auch gern mal entschieden mein Veto eingelegt, aber das war sein Text. Frauen entschuldigen sich lieber.

»Es tut mir alles so leid! Trotzdem: Du steigerst dich da echt in was rein!«

»Ein gewisser Herr hat alles mit eigenen Augen gesehen! Und ausgerechnet an Heiligabend muss ich das erfahren. Das ist wirklich zum Weinen!«

»Ein gewisser Herr hat auch einen Charakter zum Weinen!«

»DU musst gerade von Charakter sprechen!«

»Ja, ja. Es tut mir leid. Du tust mir leid. Ein gewisser Herr tut mir leid.«

Ehrlich gesagt, hielt sich mein Mitleid in Grenzen. Wut mischte sich mit Verachtung für alle selbstmitleidigen und größenwahnsinnigen Idioten dieser Welt.

»Du hast dich also in diesen Flötisten verliebt.« Jürgens Stimme bebte. »Du bist also bereit, unsere Familie zu zerstören.«

Ich sah sein Gesicht im fahlen Schein der Straßenlaterne. Es war bleich und wächsern.

»Schwachsinn!«, schnaubte ich. »Außerdem ist er verheiratet.«

»So! Da hast du dich bereits erkundigt? Nach deinen Chancen?«

»Nein. Er hat es mir erzählt und mir ein Foto von seiner Frau gezeigt.«

»Und das schreckt dich nicht ab? Du küsst einen VERHEIRATETEN Mann?«

Ja, dachte ich schuldbewusst. Lieber einen verheirateten Prinzen aus dem fernen Märchenland als einen unverheirateten Frosch aus dem heimischen Tümpel. Es war ja auch nur einmal. Ein kurzer, flüchtiger … Abschiedskuss. Aber das zählte nicht für den verletzten Jürgen, der sich wie ein Trottel vorkam und auch so benahm. Da fiel mir etwas ein. Zu meinen Gunsten.

»Du warst doch SELBST verheiratet, als wir uns kennenlernten!« Ich versuchte es mit einem versöhnliches Lachen.

»Weißt du noch? Ich kam mit Oma Margot in deine Sparkasse, um einen Kredit zu beantragen. Und du meintest, wir sollten das alles bei einem Abendessen zu zweit besprechen. Noch am selben Abend hast du mich geküsst. Obwohl du noch verheiratet warst!« Die Worte sprudelten nur so aus mir heraus wie bei einer eifrigen Schülerin, der ganz plötzlich ihr Text wieder eingefallen ist. Ja, und ich hatte ihn zurückgeküsst. Bei so einem Kredit mit so günstigen Zinsen …

»Also gegen diesen Vergleich verwahre ich mich entschieden«, empörte sich Jürgen. »Ich hatte damals längst beschlossen, mich scheiden zu lassen. Die Anwälte saßen schon in den Startlöchern.«

Tja, das konnte ich von meinem Christian nun wirklich nicht behaupten. Der hatte mir keinerlei Scheidungsabsichten mitgeteilt, im Gegenteil. Er hatte mir ganz stolz Fotos von Frau und Kindern gezeigt. Das war nun wirklich ein ganz klares Signal gewesen: Wir sind eine glückliche Familie. Eine uneinnehmbare Bastion. Da fährt die Eisenbahn drüber. Und der Kuss war … nun ja, versehentlich inniger als geplant. Jeder Spatz findet mal ein Korn. Oh Gott, dieser Kuss. Wie Gretchen am Spinnrad fühlte ich mich. »Sein Händedruck, und ach, sein Kuss!« Meine Verliebtheit füllte mich aus wie Helium Jürgens Luftballons. Ich durfte nicht mehr an Christian denken. Denk lieber an die Luftballons mit der soliden Aufschrift, Lotta! »Wir sichern Ihren Kindern eine Zukunft.« Ich war wieder in Heilewelt. Und da gehörte ich hin.

»Also, um diesem unerfreulichen Gespräch ein Ende zu bereiten«, sagte ich und lenkte unsere Schritte wieder in Richtung Borkenkäferweg, wo vier Großeltern, drei Kinder und ein schiefer Weihnachtsbaum auf uns warteten: »Ich hatte vor dem Konzert keinerlei Kontakt zu Christian Meran und werde auch jetzt keinen mehr zu ihm haben. Ich fand ihn nett und habe mich zugegebenermaßen ein bisschen herzlicher bei ihm bedankt, als das üblich ist. Und dafür möchte ich mich bei dir entschuldigen.« Ich hakte mich bei Jürgen unter und drückte versöhnlich seinen Arm.

»Du gibst es also zu.«

»Ja, ich gebe es zu.«

»Was gibst du zu? Dass du in ihn verliebt bist?«

»Nein, dass ich da einen Schritt zu weit gegangen bin. Ich hatte mich einfach nach ein bisschen Zuwendung gesehnt.« Die Worte waren heraus, bevor ich es verhindern konnte. Ich schaute zu ihm hoch und strich mir die widerspenstigen Haare aus dem Gesicht, die mir bei dem feuchten Wetter schon wieder in den Augen hingen.

»Ach so! Und bei uns kriegst du die nicht?!«

Inzwischen standen wir schon mit Leffers vor unserem Gartentor. Jürgen zeigte vorwurfsvoll auf unser Doppelhaushälfte-Kleinod mit den vergitterten Fenstern im Erdgeschoss. »Da drin warten deine Eltern, die alles für dich tun. Deine Schwiegereltern, die dich vergöttern, und deine drei Kinder, die dich brauchen. Von mir ganz zu schweigen! Heiraten wollte ich dich!« Ihm brach die Stimme. »Aber du wirfst dich in die Arme eines anderen. Knutschst im Parkhaus herum, während ich dich im Foyer verzweifelt suche und mich zum Affen mache.« Er schniefte schon wieder: »So ist es also um unsere Beziehung bestellt. Na toll. Frohe Weihnachten!«

Jürgen sah aus wie ein riesengroßer beleidigter Junge.

»Hör mir zu, Jürgen! Bitte!« Hach! Hatte ich denn gar kein Taschentuch mehr? Doch, hier in der hintersten Manteltaschenecke fand ich noch ein zerfriemeltes. Das war mindestens schon dreimal in der Reinigung. Ich hielt es ihm hin. Er nahm es und zerpflückte es vollends. Was sollte ich denn noch sagen? Also noch mal von vorn. Gebetsmühlenartig. »Ich war nach dem Konzert sehr erschöpft, wollte einen Moment für mich sein und weder von diesem Bäckermeister belabert werden noch deine Sparkassenluftballons verteilen«, versuchte ich mich zu rechtfertigen.

»So! Aber mein Geld konntest du gut gebrauchen!« Jürgens Stimme schwankte schon wieder bedenklich. »Ich möchte mal wissen, wieso ich mich von Imke habe scheiden lassen, wenn mir ein paar Jahre später das Gleiche wieder passiert!«

»Aber das ist doch völliger Blödsinn! Wie kannst du mich nur mit deiner geldgierigen Imke vergleichen?« Jetzt stampfte ich wütend mit dem Fuß auf. Leffers fing sofort an zu kläffen. »Du hast mir das Geld nicht gegeben, damit ich damit shoppen gehe, sondern als Kredit für die städtische Musikschule!«, regte ich mich auf.

»In der du andere Männer küsst!«

»Jürgen«, versuchte ich es noch einmal mit Ruhe und Gelassenheit. »Ich habe dir das erklärt und mich entschuldigt. Können wir jetzt bitte wieder reingehen?«

»Versprich mir, dass du ihn nie wiedersiehst«, beharrte Jürgen und packte meine Handgelenke. Automatisch ballte ich die Hände zu Fäusten. »Versprich es.«

»Ja, gern!«, sagte ich leichthin. »Ich sehe ihn nicht wieder.«

Schade!, dachte ich. Ich hätte ihn gern für nächstes Jahr wieder engagiert. Für »Carmina Burana«. Aber bis dahin würde sich Jürgen bestimmt wieder abgeregt haben …

»Schwör es!«

»Na gut, ich schwöre.« Unwillkürlich kreuzte ich Zeige- und Mittelfinger.

»Beim Augenlicht deiner Kinder.« Jürgens Gesicht kam gefährlich nahe an meines heran. Der Tropfen an seiner Nase wurde lang und länger. Gleich würde er sich abseilen. Aber das Augenlicht meiner Kinder wollte ich weiß Gott nicht bemühen.

»Kinder, kommt doch rein!«, rief die gutmütige Lene von drinnen. Sie versuchte, die Haustür zu öffnen, schaffte es aber nicht, den Schlüssel herumzudrehen. Ungeschickt fummelte sie am Schloss herum, bis die Alarmanlage losging und mit dem hysterischen Leffers um die Wette heulte.

»Was MACHST du denn! Du machst ja die HAUSTÜR kaputt«, hörte ich Opa Walter schimpfen. »Du bist aber auch zu nichts zu gebrauchen!«

»Macht doch die ALARMANLAGE aus!«, hörte ich Opa Dietrich verzweifelt flehen. »Dieser LÄRM!«

»Bringt den Köter zum Schweigen!«, keifte Oma Margot. »Am HEILIGEN ABEND! Was sollen denn da die NACHBARN denken!«

Tja, Frau Ehrenreich. Bei uns ist immer was los.

Ich wollte schnell hineinschlüpfen und dem peinlichen Lärm ein Ende bereiten.

»Beim Augenlicht deiner Kinder!«, beharrte Jürgen und presste meine Fäuste gegen seine Brust.

»Nein! Lass mich los! Spinnst du? Ich habe es versprochen und damit BASTA!«, zischte ich, als wir auch schon wieder im Hausflur standen.

»Na, Kinderlein, habt ihr euch schön ausgesprochen?« Opa Walter zwinkerte verständnisvoll mit den Augen. »Gell, Kleines?« Er tätschelte mir gönnerhaft die Wange. »Lebensfreude ist das Wichtigste. Und die gibst du dem Jürgilein mit deiner frischen, herzlichen Art. Du bist die Sonne in seinem Leben.«

»Mama! Papa! Wo wart ihr denn? Wir wollen endlich die Bescherung!«, maulten die Kinder

»Erst wird gegessen. Wascht euch die Hände, und der Opa liest aus der Bibel!« Oma Margot knallte den Suppentopf auf den Tisch. »Das gilt auch für Sie«, herrschte sie den armen Caspar an. »Oder kennen Sie keine Bibel, da wo Sie herkommen?«

Wir nahmen uns an den Händen und beteten: »Komm, Herr Jesus, sei unser Gast, und segne, was du uns bescheret hast.«

Leffers verzog sich vorsichtshalber unter den Tisch. Er wollte nicht gesegnet werden.

ANITA

»Na, Kindchen? Frohe Weihnachten!« Ursula Kobalik stand mit einem Päckchen in der Verandatür und wollte mir schon wieder das Sakrament ihrer Anwesenheit spenden. Sie schaute irritiert auf mich herunter: »Wat machste denn da?«

»Pilates.«

»Aber doch nicht an Weihnachten?« Ursula Kobalik stieg über mich drüber, die ich auf meiner Gymnastikmatte lag und gerade mit eingezogenem Bauch die gestreckten Beine kreisen ließ.

»Warum nicht?«, keuchte ich, stur weiterkreisend. Schweißtropfen standen mir auf der Stirn. Ich war ungeschminkt und hatte strähnige Haare. Vielleicht würde sie wieder gehen.

»Ja, ist denn dein lieber Gatte immer noch nicht da?«

»Doch. Er war da, ist aber schon wieder weg.« Tja, gestern am Heiligen Abend war er noch mal spazieren gegangen, und heute Morgen war er entweder noch nicht da oder nicht mehr. Ich hatte einen Kater und versuchte gerade, ihn wegzuturnen. Wütend trat ich in die Luft.

»Dass der aber auch immer seine schöne Frau alleene lassen muss. Hoffentlich lohnt sich det. Aber eena muss ja det Haus hier abbezahlen, wa.«

Ursula wuchtete das Päckchen auf den Tisch und starrte einen Moment in den Fernseher, wo Barbara Becker mit ihrer Trainerin Tanja anmutig vorturnte. »Det sieht ja abartig aus! Wozu machste det denn?«

»Das tut mir wahnsinnig gut!« Ich richtete mich auf und wischte mir den Schweiß von der Stirn. Es hatte keinen Zweck weiterzuturnen, denn Ursula Kobalik machte keine Anstalten, sich wieder zu empfehlen. Es war mir peinlich, im Sport-BH und knappen Höschen vor ihr auf dem Boden zu liegen wie ein Marienkäfer. Das war dann doch ein bisschen zu intim. Aber weil ich so geschwitzt hatte, hatte ich leichtsinnigerweise die Terrassentür offen gelassen. Da hatte sie gleich Lunte gerochen und war rübergewatschelt. Wie die neugierige Ente aus »Peter und der Wolf«. Warum hatte ich auch das Gartentor offen gelassen?

»Mach du nur weiter, lass dich nicht stören«, sagte Ursula Kobalik zwar, meinte es aber nicht so. Wenn doch zufällig ein Wolf vorbeikäme und sie fräße! Dann könnte sie in seinem Bauch weiterquaken. »Nützt'n det wat?« Sie griff nach der DVD-Hülle und musterte das Cover.

»Ja, also mir schon.« Ich rollte die Matte zusammen und stellte sie in die Ecke. »Danach fühle ich mich immer viel besser.«

Das könnte dir auch nicht schaden, dachte ich mit einem Seitenblick auf ihre wogende Fülle. Dann hättest du auch nicht mehr solche Langeweile.

Ursula Kobalik öffnete den Kühlschrank, entnahm ihm eine Flasche Champagner und ließ sich schnaufend in meinen Fernsehsessel fallen. »Aber det jeht ja jaaanich! Det der Kerl dich sogar heute alleene in deim eijenen Saft schmorn lässt. Ist doch Weihnachten!«

Na ja, in seinem Saft hatte eher ICH ihn schmoren lassen. Gestern. Keine Ahnung, was da in mich gefahren war. Ich schüttelte den Kopf.

»Er ist schon wieder auf einer Probe.« Das Glas Champagner, das sie mir reichte, lehnte ich ab. »Du weißt ja – das berühmte Neujahrskonzert der Wiener Philharmoniker!«

»Ach ja, klar, da gehen wir ja ooch hin.« Sie trank einen Schluck. »Prost, Kindchen. Ick frag mich nur, wohin det noch führn soll mit deinem ewig abwesenden Jötterjatten. Nich, dat der ne andere hat. Da würd ich aber schon hellhörig an deiner Stelle! Und die Kinder sind ooch nich da?!«

Doch, die schlafen noch. Aber das werde ich dir nicht auf deine neugierige Nase binden. Denn dann wirst du Türen öffnen und siehst als Erstes Grazia in den Armen ihres Beischläfers Benni und zweitens Gloria in Christians Bett. Beides wird dich zu weiteren unpassenden Bemerkungen und Schlussfolgerungen verleiten.

»Du, es ist alles im grünen Bereich«, sagte ich leichthin. »Ist es okay für dich, wenn ich ganz schnell unter die Dusche springe?«

Vielleicht würde sie dann wieder gehen, und ich könnte weiterturnen. Ich würde kurz das Wasser anstellen, durch den Badezimmertürspalt spähen und einfach auf meine Matte zurückkehren, sobald sie weg war. Trick siebzehn funktionierte aber heute nicht.

»Aba klaa, Kindchen! Wenn de danach Zeit hast, dein Jeschenk auszupacken … Eena muss dir ja heute die Einsamkeit vertreiben!« Mein Schweigen missdeutend, schlürfte Ursula behaglich ihren Champagner.

Meine Lippen waren fest zusammengepresst, als ich mich endgültig von meiner Gymnastikmatte verabschiedete. Mist!, dachte ich und sprang leise fluchend unter die Dusche. Das Telefon klingelte. Das musste Christian sein! Erleichterung keimte in mir auf.

»Soll ick ranjehn?«

»Ja, sag Christian, ich kann ihn sofort abholen!«, antwortete ich und suchte blind nach einem Handtuch. Dann konnte ich Trick siebzehn doch noch anwenden! Selbst Christian kannte ihn und spielte gerne mit. Notfall, sofort kommen, Kobalik-Alarm! Jetzt freute ich mich regelrecht auf ein Versöhnungsmittagessen mit anschließendem Versöhnungsbeischlaf. Beherzt drehte ich den Strahl noch einmal auf kalt. So, blöder kleiner Kater – husch, hinweg mit dir! Ich scheuchte ihn aus dem geöffneten Badezimmerfenster. Nun war ich hellwach und frisch. Für Christian. Ein guter Zeitpunkt für einen Neuanfang. Als ich wenig später im Badehandtuch mit Turban aus der Dusche kam, hielt Ursula mir vielsagend den Hörer hin.

»Für dich!« Mit theatralischer Geste deckte sie die Muschel ab.

Ja logisch, Ursula. Das ist schließlich keine Überraschung. ICH wohne hier, nicht du.

»Nicht Christian?« Fieberhaft suchte ich nach dem nächsten Trick.

»Ein Herr Immekeppler oder so ähnlich! Aus Heilewelt! Von irgendeiner Sparkasse!«

Hä? Heute? Wollte der mir was verkaufen? Das lief gerade ganz und gar nicht nach Plan. Ich räusperte mich verlegen. »Für MICH?« Ich zeigte auf meine Brust, die ich mühsam mit dem Badehandtuchknoten verdeckte. Warum rief der mittags am ersten Weihnachtsfeiertag bei mir an? Ich starrte Ursula ratlos an. Sie beäugte mich mit unverhohlener Neugier. Sollte ich sie mit der Hand verscheuchen wie eine streunende Katze? Oder wäre sie dann tödlich beleidigt? Aber wenn mich ein Mensch aus HEILEWELT sprechen wollte, war es vielleicht doch besser, wenn sie blieb? Irgendwie fühlte ich mich plötzlich verunsichert.

»Ja?«, sagte ich in den Hörer.

»Guten Tag, mein Name ist Jürgen Immekeppel«, drang eine ziemlich aufgeregte Männerstimme an mein Ohr. »Es tut mir leid, dass ich Sie heute an Weihnachten stören muss!«

Tja, da war er heute schon der Zweite, der das musste. Stille. Mein Geduldsfaden war bis zum Zerreißen gespannt. »Ja?«

Ursula Kobalik hielt ihren Kopf dicht neben den meinen, um mitzuhören. Da sie aus dem Mund stank, stellte ich einfach auf laut.

»Haben Sie einen Moment Zeit?« Hatte ich?

Ursulas Blick hing gebannt an mir. Sie nickte.

»Ja.«

Der Mann klang so, als sei etwas wirklich Schlimmes passiert. Hätte ich Christian nicht schon gesehen, hätte ich geglaubt, er hätte dort einen Unfall gehabt oder eine Sparkasse überfallen. Aber er war ja gut gelaunt und heil nach Hause gekommen, ja, er hatte sogar mit mir schlafen wollen.

»Tja, ähm, also es ist mir unendlich peinlich, aber ich bin der Lebensgefährte von Lotta von Thalgau.«

»Ja?« Die kannte ich nicht. Nur Lotta aus der Krachmacherstraße.

»Meine Frau ist die Direktorin der Musikschule hier in Heilewelt.«

»Ja?«, sagte ich hilflos. War das die mit dem improvisierten chaotischen Konzert?

»In der Ihr Mann vorgestern bei ›Peter und der Wolf‹ mitgespielt hat.«

»Ja?« Ursula gab mir einen wissenden Stoß zwischen die Rippen, und mir entfuhr unwillkürlich ein Schreckenslaut.

»Ähm … sind Sie allein?«, flüsterte der Mann am anderen Ende der Leitung, als handelte es sich um eine Verschwörung.

Da Ursula Kobalik mich erneut in die Rippen stieß und heftig nickte, log ich: »Ja.« Bisher war ich recht einsilbig gewesen. Ich hatte sechsmal »Ja« gesagt. Sonst nichts. Vorsicht ist die Mutter der Porzellankiste.

»Tja, ich habe lange überlegt, ob und wie ich es Ihnen sagen soll …« Die Stimme des Fremden am anderen Ende der Leitung brach. Weinte der etwa?

»Ja?« Sieben.

»An Heiligabend erreichte mich die Mail eines, ähm, sagen wir mal Freundes, der es gut mit mir meint, und … Sind Sie noch dran?«

»Ja.« Acht.

»Und dieser Herr … na ja, der Name tut nichts zur Sache, ist ein, sagen wir mal, Kunde meiner Frau …«

»Ja?« Neun. Ännchen von Tharau hatte also einen guten Bekannten. Das kommt sogar in Kleinstädten vor.

»Ja, und der ließ mich wissen, dass ... So schwer es mir auch fällt, Ihnen das mitteilen zu müssen ... Ausgerechnet an Weihnachten ...«

»Ja?« Zehn. Mein Gott!, dachte ich. Spuck's aus! Mein Herz klopfte inzwischen so wild, dass sich der Knoten meines Handtuchs löste und ich es mir mit einer Hand zuhalten musste.

»Er hat jedenfalls beobachtet, wie meine Frau und Ihr Mann eine sehr, ähm, intime Begegnung ...« Er schluckte. »Im Treppenhaus. Sie haben zusammen Bier getrunken und ... Also, ich sag es jetzt einfach frei heraus: Sie haben sich geküsst.«

Das musste ich erst mal verdauen.

Um Ursula Kobaliks Mundwinkel zuckte es, als müsste sie sich mühsam bremsen, nicht laut zu rufen: Na siehste, Kindchen, ick happes jewusst! Sie stieß mich diesmal dermaßen fest und triumphierend zwischen die Rippen, dass es schon richtig wehtat. Mein Herz tat einen dumpfen Schlag, und ich musste mich setzen. Ursula Kobalik hielt mir ihr Glas Champagner hin und legte mir eine Wolldecke über die Schultern. Dabei fror ich gar nicht. Mir brach eher der Schweiß aus.

»Überrascht Sie das?«, fragte Herr Immekeppel. »Ich meine, tut der das öfter?«

Ursula nickte heftig wissend und machte eine Handbewegung, als wollte sie jemanden ohrfeigen.

»Ja, ähm, ich meine, nein. Ich weiß nicht.« Unsicher schaute ich Ursula Kobalik an, die heftige Grimassen schnitt. Was sollte ich denn jetzt sagen? Mein Herz hämmerte, und mein Mund war wie ausgedörrt. Ich war mit dieser Situation komplett überfordert! Außerdem: Ich kannte diesen stotternden Menschen da am Telefon doch gar nicht! Wie kam der dazu, mich anzurufen und mir solchen Blödsinn zu erzählen? Ich wollte ihn einfach nur elegant loswerden. Aber wie? Ich öffnete den Mund, aber mir fiel nichts Passendes ein, also klappte ich ihn wieder zu.

»Ich möchte nur wissen, wie ich Ihren Mann einschätzen muss«, erklärte Herr Immekeppel indessen eifrig wie ein Kriminalkommissar. Vielleicht machte er sich Notizen.

»Wie … einschätzen?«, fragte ich verwirrt.

»Nun ja, Sie müssen verstehen: Ich hatte meiner Frau gerade einen Heiratsantrag gemacht, und sie hat abgelehnt …«

Ursula hörte gar nicht mehr auf, mich mit Rippenstößen zu malträtieren.

»Ihrer … Frau?«

»Na, also meiner bisherigen Lebensgefährtin. Wir haben drei kleine Kinder, und Ihr Mann gefährdet hier eine ganze Familie!«

Der Mann stieß ein merkwürdiges Geräusch aus. War das ein Schluchzen? Ich zuckte zusammen. Ursula Kobalik war total von den Socken.

»Ich muss über diesen Mann alles wissen!«, unterbrach der ungebetene Anrufer unsere ratlose Stille. »Ich brauche Ihre Hilfe! Wir sitzen doch in einem Boot!«

Mein Herz setzte aus. War das hier vielleicht eine Finte? Das konnte doch gar nicht ernst gemeint sein! Fragend sah ich Ursula an, doch die hielt bemüht die Luft an, um nur keinen Piepser von sich zu geben. Drei kleine Kinder? Also das würde Christian nie tun! Er ließ vielleicht seinen Charme spielen, flirtete auch mal, und ich wollte auch nicht ausschließen, dass er möglicherweise auf der einen oder anderen Konzertreise … Ich schluckte. So genau wollte ich das auch gar nicht wissen. Aber eine heile Familie würde er nie zerstören. Außerdem, wie war das noch gleich? Eine heile Familie lässt sich gar nicht zerstören! Warum konnte ich das dann nicht sagen?

»Bitte, ich will mir nur ein Bild von Ihrem Mann machen

können«, bedrängte mich der Mann am Telefon. »Ist er ein notorischer Schwerenöter?«

Ich schüttelte stumm den Kopf, während Ursula Kobalik triumphierend nickte.

»Oder meint er es etwa ernst mit meiner Lebensgefährtin? Dann müsste ich nämlich Gegenmaßnahmen ergreifen.« Der Mann klang plötzlich richtig gefährlich.

»Gegenmaßnahmen?«

»Dann würde ich einen Detektiv auf ihn ansetzen. Oder ihm sonst wie einen Denkzettel verpassen.«

Bitte? Der war doch nicht ganz dicht! Ich presste die Hand vor den Mund. Dann würde hier so eine Art Matula im Garten stehen und sich hinter den Bremer Stadtmusikanten verstecken. Sehr witzig! So langsam glaubte ich an einen schlechten Scherz.

»Aber vielleicht sind SIE ja bereit, mir Auskunft über ihn zu geben«, beharrte der Anrufer. So verunsichert und aufgeregt er auch wirkte: Es schien ihm todernst zu sein.

Tja, war ich das? Eigentlich nicht. Was sollte ich einem Wildfremden Auskunft über meinen Mann geben? Na, der hatte Ideen!

»Meine Frau scheint sich jedenfalls Hals über Kopf in ihn verliebt zu haben, auch wenn sie das heftig abstreitet«, erklärte dieser Immekeppel. Ursula Kobalik hielt noch immer die Luft an. Gleich würde sie platzen.

»Ich will meine Lebensgefährtin ja auch nur vor einer großen Dummheit bewahren. Sie ist so leicht zu beeinflussen, so leicht zu blenden!« Er lachte traurig. »Sie gehört hierher, zu mir, nach Heilewelt.«

Er tat mir leid. Und alles, was er sagte, tat mir richtig weh. Aber ich verstand immer noch nicht, warum er mich anrief! Konnte er das nicht mit seiner Frau klären?

»Sie müssen mir helfen, eine Katastrophe abzuwenden! Bitte!«

»Ja.« Ich konnte wirklich nichts anderes sagen. So ein Telefonat hatte ich noch nie geführt.

»Sie wollen doch Ihre Familie auch nicht zerstören!«

»Nein.« Woher wusste der von meiner Familie? Ich rieb mir fröstelnd über die nackten Arme. Vielleicht war das ein Trickbetrüger, der rausfinden wollte, ob und wann mein Mann zu Hause war? Oder war der von *Versteckte Kamera*? Vielleicht wurde ich hier nur vorgeführt, vor einem Millionenpublikum, das sich lachend auf die Schenkel schlug? Vielleicht war Ursula Kobalik der Lockvogel? Bestimmt!, schoss es mir durch den Kopf. Das würde zu ihr passen. Die hatte doch immer solche Langeweile. Und mischte gern irgendwo mit, um sich interessant zu machen. In einer plötzlichen Aufwallung reichte ich Ursula den Hörer. »Sag du was!« So. Jetzt war der Ball bei ihr.

»ICH?« Ursula tat entsetzt. »Was soll ICH denn dazu sagen? Das steht mir doch gar nicht zu!«

Ein zögerliches Klopfen an der Tür ließ uns beide aufblicken.

»Hallo? Jemand zu Hause?«

In diesem Moment entdeckte ich Wolfgang Kobalik in der Terrassentür. Wahrscheinlich wollte er schauen, wo sein liebendes Weib geblieben war. Oder er war der andere Lockvogel. Und das war jetzt punktgenau sein Auftritt.

»Ich wäre einfach nur sehr dankbar für eine Auskunft«, kam es gleichzeitig aus dem Hörer. »Damit ich meine Frau wieder zur Vernunft bringen kann.«

Ursula winkte sensationslüstern ihren Gatten herbei.

»Können Sie mir nicht irgendwas NEGATIVES über Christian Meran sagen? Damit sie aufhört, für ihn zu schwärmen. Manchmal muss man Verliebten einfach die Augen öffnen. Ich will meine Frau ja nur vor sich selbst schützen!« Er lachte wieder so selbstmitleidig.

»Etwas Negatives?«, fragte Ursula Kobalik. Verhörte ich mich da, oder schwang tatsächlich so etwas wie Freude in ihrer verrauchten Stimme mit?

»Oh ja, das können wir!«, rief Wolfgang Kobalik und stieß ein joviales Lachen aus. »Von dem können wir ein Lied singen!« Er beugte sich vertrauensvoll vor und sprach in den Hörer: »Hallo, ick bins, der Nachbar von nebenan. Kobalik mein Name. Wat kann ich für Sie tun?«

Meine Rippen schmerzten plötzlich heftig, ich musste husten, mir wurde schlecht. Die amüsierten sich hier auf meine Kosten! Inzwischen klebten wir zu dritt an dem Hörer.

Die Stimme des Unbekannten sagte beflissen: »Ja, hallo, Immekeppel. Sparkassenleiter aus Heilewelt.« Er räusperte sich verlegen. »Es geht um meine Lebensgefährtin und Ihren, ähm … Nachbarn, Herrn Meran. Die beiden haben sich wohl … Ich sagte es bereits zu Frau Meran.« Er räusperte sich heiser. »Wir hatten heute Nacht furchtbaren Streit. Meine Lebensgefährtin hat mir im Zorn gesagt, sie könne sich vorstellen, mit Christian Meran zusammenzuleben. Sie nannte mich einen Spießer und Langweiler, Christian Meran dagegen sei ein toller, interessanter, witziger und einfühlsamer Mann.« Seine Stimme brach.

»DAS hat sie gesagt?« Wolfgang Kobalik schlug sich mit gespielter Entrüstung auf die Schenkel.

Ganz klar: ein abgekartetes Spiel. Man gab sich gegenseitig das Stichwort. Ich würde einfach gar nichts mehr sagen. Sollten sie ihre komische Nummer doch allein aufführen. Unauffällig suchte ich nach der Kamera, die die beiden Spaßvögel vielleicht hatten installieren lassen. Silvester würden sie uns das womöglich auf ihrer Party vorspielen und sich dabei auf unsere Kosten kaputtlachen.

»Wolfjang, mach du det.« Ursula überreichte ihm mit großer Geste den Hörer.

»Also, was wollen Sie wissen?«, stellte sich Wolfgang ahnungslos. »Wie können wir die Situation entspannen?«

Er tat total männlich-diplomatisch, so als ginge es mindestens um den Weltfrieden. Er sprach sofort wieder Hochdeutsch.

Aha, dachte ich. Sie zögern es heraus, um die Spannung zu steigern. Das war die Rache für meinen Trick siebzehn. Jetzt verarschten sie MICH.

Der besorgte Herr Immekeppel aus Heilewelt wiederholte sein Anliegen: Er wolle Informationen über Christian Meran, um ihn seiner Lebensgefährtin auszureden. »Der Mann muss doch auch Schwächen haben! Ich weiß, dass er gut aussieht. Aber ist er vorbestraft? Oder wenigstens verschuldet? Ich will sie ja nur beschützen! Sie ist so naiv, dass sie auf jeden Weiberhelden reinfällt, der ihr ein Bier reicht und schöne Augen macht!«

»Na jaaaaa!«, sagte Wolfgang Kobalik hochzufrieden. »Also grundsolide ist er natürlich nicht. Alkohol ist bei Berufsmusikern immer im Spiel. Da hat er Ihre Frau also gefügig gemacht. Hm, det is ja 'n Ding.«

Endlich hatte er auch mal eine Sprechrolle. Das Sprechen übernahm nämlich sonst immer Ursula.

»Ja, als Weiberheld könnte man ihn schon bezeichnen.« Wolfgang Kobalik steckte sich genüsslich eine dicke Zigarre an und spuckte einen Tabakkrümel auf mein frisch geputztes Parkett. Ursula hatte ihm bereits meinen Fernsehsessel unter den Hintern geschoben.

Ich stand da und wusste nicht, ob ich lachen, weinen oder einfach weglaufen sollte. Das Gespräch dauerte mir eindeutig zu lange. Am besten, ich unterbrach es sofort. Ich holte tief Luft und griff nach dem Hörer, aber die Kobaliks genossen dieses Interview, als wären sie live bei der Verleihung des goldenen Tratschweibs. Furchtbar, was sie da über meinen Mann zum Besten gaben! Nein. Von mir würde nichts kommen. Mit einem kleinen Schaudern hörte ich mir dieses merkwürdige Telefonat an.

»Ja, wenn Sie mir bitte einfach mal den Charakter des Herrn Meran schildern würden«, bat Herr Immekeppel. »Ich weiß, dass meine Frau sich da in was Fatales verrennt, wenn ich sie nicht warne!«

»Er ist sehr von sich überzeugt«, sagte Wolfgang Kobalik mit tiefer Stimme. »Hält sich für einen Mann von Welt.«

»Genau DAS hat meine Frau gestern im Streitgespräch auch gesagt!«, erregte sich Herr Immekeppel. »Dass der ein Mann von Welt sei im Gegensatz zu mir.«

»Tja, das kann ich schlecht beurteilen«, brummte Wolfgang Kobalik jovial.

»Dabei isser jar keena!«, schrie Frau Kobalik plötzlich schrill dazwischen, was ich äußerst deplatziert fand. Was zu weit geht, geht zu weit!

»Der macht immer auf selbstbewusst und lässig und männlich, der weeß jenau um seine Wirkung. Det is klaa, det Ihre Frau dem verfalln is!«

»Dann macht er das wohl öfter?«

»Wat jetz jenau?«

»Na, Frauen den Kopf verdrehen?«

»Det machta imma.«

»Besonders bei so naiven Mädels vom Lande.«

»Da hatta noch ne Schangse.«

Wie jetzt? War das Ganze etwa doch kein Spaß? Die Kobaliks waren doch auf fast allen Reisen dabei. Sie hatten es also beobachtet und mir nie etwas davon gesagt?!

Herr Immekeppel schien über diese Informationsflut sehr erleichtert zu sein. »Sie müssen wissen, dass meine Lebensgefährtin noch nie aus Heilewelt rausgekommen ist.« Er kicherte nervös. »Im Moment hat sie so eine Phase, wo sie einfach mit dem Haushalt, den Kindern und der Musikschule überfordert ist. Klar, dass sie da anfällig ist für so einen Blender.«

Das musste ein geschmackloser Scherz sein, das ging gar nicht anders. Schluss, aus, vorbei: Wenn die das im Fernsehen senden wollten, würde ich aber vorher den Sender verklagen. Ich fand das alles nicht mehr witzig.

»Ja, da haben Sie sicher recht!«, brummte Herr Kobalik und zog schmatzend an seiner Zigarre. »'n rischtja Blenda! Det isser!«

Ursula nickte, dass ihr Doppelkinn wackelte. »Wissen Sie, wie wir den immer heimlich nennen, mein Mann und ich? Blendax-Män!« Sie lachte fett.

Das tat weh. Auch wenn es nur ein Scherz sein sollte: Ich wollte das nicht hören!

»Und so schön, wie er immer tut, isser ja nun oooch nich, wa, Uschi!«

»Ja, also ick war zum Beispiel total enttäuscht von seine Beene«, fing Uschi den Ball auf. »Wir warn da mal in Thailand zusammen am Strand. Sonst sieht man den Christian ja immer nur im Frack, und da sieht er schnieke aus. Aber in Schooots, neee, det sind ja janz krumme dicke Beene!«

Christian war ein leidenschaftlicher Skifahrer und Bergsteiger, ja, und zugegeben: Er hatte so viel Muskeln in den Waden wie Frau Kobalik Speck in den Oberarmen.

»Tja, ähm, das ist natürlich Geschmackssache«, hüstelte Herr Immekeppel verlegen. »Ich dachte da eher an fundiertere Informationen. Wie sieht es denn mit seiner Kreditwürdigkeit aus?«

»Ach je«, sagte Herr Kobalik. »Der Christian ist mehr so ein Lebemann, der über seine Verhältnisse lebt.«

»Also so gar nicht bodenständig, wie Sie det wohl sind«, fügte Ursula Kobalik hinzu.

Wolfgang Kobalik ließ inzwischen Asche auf meinen Teppich fallen. Die Luft war zum Schneiden dick wegen seines Zigarrenqualms, und mir war schon total schlecht.

»Ick will Ihnen mal was sagen«, wurde Wolfgang Kobalik nun vertraulich: »Der musste sich dat Jeld für sein Haus zum großen Teil bei mir leihen, so schlecht haushaltet der.«

Mir zog sich das Herz zusammen. Also fair war das nicht, wie Wolfgang das jetzt darstellte: Die Kobaliks hatten uns dieses Haus hier vermittelt – ja es uns regelrecht aufgedrängt! Wolfgang hatte immer wieder onkelhaft versichert, dass er gern bei der Finanzierung behilflich sei.

»Also, ich bin in Gelddingen natürlich sehr korrekt«, sagte Herr Immekeppel am anderen Ende der Leitung. »Meine Frau ist da ein bisschen chaotisch, sie hat da gar nicht den Überblick. Sie hat sogar schon mal aus Versehen einen sechsstelligen Scheck zum Altpapier getan!« Jetzt kicherte er halb mitleidig, halb schadenfroh. »Sie ist so mit ihrer Musikschule beschäftigt …«

»AUWEIA!«, entfuhr es Kobalik. »Da wäre der Christian der JANZ FALSCHE! Wenn DER 'n Scheck in die Finger kriegt, wirft er das Geld gleich zum Fenster raus. Der würde sich sofort ne Rolex dafür kaufen.«

Das musst du gerade sagen, Kobalik!, dachte ich entrüstet. Du würdest drei Rolexe nebeneinander tragen, wenn deine Frau dich nur ließe.

»Er wäre also völlig ungeeignet für meine Lebensgefährtin?«, fragte Herr Immekeppel hoffnungsfroh. »Sie will sich von mir einfach nicht sagen lassen, was gut für sie ist! Sie hat nämlich hier in Heilewelt durchaus einen Ruf zu verlieren! Sie macht sich noch unglücklich!«

»Na, und der Christian erst!«, freute sich Herr Kobalik. »Wir gehören nämlich zu den Freunden und Förderern der Wiener Philharmoniker, wenn Sie wissen, wat ick meene. Ein Wort von mir zum Vorstand, und der kann seine Flöte packen.«

»Das könnten Sie doch tun!«, schlug Herr Immekeppel eifrig vor. »Nur so als kleiner Warnschuss! Damit er merkt, dass er zu weit gegangen ist!«

»Ja, und Sie könnten Ihrer Frau auch einen kleinen Denkzettel verpassen«, beteiligte sich Wolfgang Kobalik an der Verschwörung. »Da wird Ihnen doch sicherlich was einfallen. Sie sind doch ein kluger Kopf.«

»Noch erfreut sich meine Frau hier in Heilewelt großer Beliebtheit«, sprudelte es nur so aus Herrn Immekeppel hervor, dem dieses Gespräch immer mehr Freude zu machen schien. »Aber das kann sich natürlich ganz schnell ändern! Sie hat bisher völlig skandalfrei gelebt! Tja! Was können wir nur machen, um sie zur Vernunft zu bringen?«

»Beschädigen Sie ihr Image«, sagte Kobalik. »Dasselbe tun wir hier mit Meran!«

Also wie absurd war DAS denn? Hatte dieser Immekeppel seine Frau gefesselt und geknebelt und gezwungen, sich das Telefonat anzuhören? Oder stand sie genau so verwirrt in der Ecke wie ich? Wieso regelten eigentlich andere Menschen unsere Angelegenheiten? Warum schaffte ich es nicht, den Kobaliks den Hörer aus der Hand zu reißen und diesem Immekeppel zu sagen, was ich von Petzen halte? Der gab den Berliner Plaudertaschen hier jedenfalls immer neue Stichworte.

»Jeder hier kennt und schätzt sie, sie hat die volle Unterstützung der Heilewelter Presse, und ich stärke ihr mit meiner Sparkasse den Rücken. Es wäre doch unendlich schade, wenn sie durch eine Liebschaft mit so einem … unsoliden Menschen all das zerstören würde.«

»Na, das können Se laut sagen! Zumal der Christian überhaupt keine erfolgreiche Frau neben sich ertragen könnte. Der braucht eene, die brav zu Hause auf ihn wartet.«

Ich zitterte unter meinem Frotteehandtuch. Hatten Sie etwa vergessen, dass ich auch noch da war?!

»Wie sieht se denn aus, Ihre Frau?«, wollte Herr Kobalik wissen.

»Sie ist eher klein, sommersprossig und rothaarig!«, gab Herr Immekeppel Auskunft. »Sie kann ihre Haare kaum bändigen. Ihre Mutter Margot nennt sie immer Drahthaarterrier.«

Er kicherte wieder halb mitleidig, halb schadenfroh. »Und eine Brille trägt sie auch.«

»Nee, da können Sie beruhigt sein!«, lachte Wolfgang Kobalik schnaubend. »Der steht nur auf große blonde Models!«

»Also nicht, dass meine Lebensgefährtin nicht auch hübsch wäre auf ihre Art …«

»Na, ick meen ja bloß! Wenn da eine nicht aussieht wie Claudia Schiffer oder die Dings, wie heißt denn die? Na sach schon, Uschi, dann passt sie nicht in sein Beuteschema.«

Ich wollte mich am liebsten in Luft auflösen.

»Ja, der Christian. Det is so ne Marke für sich!«, rundete Wolfgang Kobalik das Telefoninterview ab. »Eine beeindruckende Erscheinung, ein toller Hecht, witzig und ein begnadeter Künstler. Also die Flötentöne kann er, hahaha, aber der meint es nie und nimmer ernst mit Ihrer Frau!«

»Ich bin ja so erleichtert! Vielen Dank für die Auskunft«, sagte Herr Immekeppel höflich.

»Na, hoffentlich hilft Ihnen det«, brummte Herr Kobalik, Rauch ausstoßend. »Sonst sind wir gerne jederzeit behilflich.«

»Ich denke, ich kann jetzt auf meine Frau einwirken«, gab sich Herr Immekeppel zuversichtlich. »Nochmals danke für Ihre Kooperation.«

Mir kam es vor, als hätten sich Eltern und Lehrer über zwei ungeratene Kinder unterhalten und ihre Erziehungsmethoden aufeinander abgestimmt. Man wünschte sich noch gegenseitig frohe Weihnachten und bedankte sich für das interessante Gespräch. Herr Immekeppel entschuldigte sich nochmals, am Weihnachtstag gestört zu haben. Mit einem Blick auf die Uhr stellte ich fest, dass das Gespräch über eine Stunde gedauert hatte.

»Und grüßen Sie bitte nochmals die liebe verehrte Frau Meran«, säuselte Herr Immekeppel beflissen. »Es war sehr nett von ihr, dass sie ihre Freunde für eine solch ehrliche Auskunft herangezogen hat. Ich denke, auf diese Weise können wir beide unsere Familien retten.«

»Aba imma!«, sagte Wolfgang in onkelhaftem Ton. »Jeden Tag eine gute Tat. Den Spruch hab ich übrigens von Christian Meran.«

Ich schloss die Augen und schüttelte den Kopf. Dieses Weihnachten wollte ich am liebsten für immer vergessen.

LOTTA

»Also, dieses Weihnachten will ich für immer vergessen!« Laut aufseufzend lehnte ich mich auf dem schwarzen Biedermeiersofa meiner Freundin Sophie zurück und schloss die Augen. Sophies Söhne Clemens und Max gingen auch zu mir in die Musikschule, und Sophie und ich waren allerbeste Freundinnen geworden. Wenn ich zu jemandem Vertrauen hatte, dann zu ihr. Es war einer dieser kurzen grauen Tage »zwischen den Jahren«, und ich fühlte mich hundeelend. Dankbar nahm ich einen Schluck von dem Glühwein, den Theresa gebracht hatte. Theresa war die Haushälterin mit der gestärkten Schürze. Wenn ich Sophie nicht so gern gehabt hätte, hätte ich sie wohl vor Neid erwürgt. Sie hatte einfach alles: ein strahlendes Lachen, schwarz glänzende Haare, zwei süße Söhne, die freiwillig Geige und Klavier spielten, eine geschmackvoll eingerichtete Villa und das Beste: einen reichen Ehemann namens Bodo, der sie einfach in Ruhe ließ! Der mehrfache Millionär war Rollmopsfabrikant und immer unterwegs. Hier gab es keine Oma Margot, die ständig im Mittelpunkt stehen wollte, keinen ewig nörgelnden Opa, der missmutig in der Ecke saß, keine Schwiegereltern, keinen kläffenden Köter und keinen weinerlichen Mann, der sie bedrängte. Deshalb hatte ich mich mit den Kindern einfach zu ihr geflüchtet, nachdem die Stimmung bei uns zu Hause endgültig im Keller war. Bei Sophie würde meine heimliche Verliebtheit genauso aufblühen dürfen wie ihre Weihnachtssterne auf den Fensterbänken. Doch auch die würden in wenigen Tagen entsorgt werden. Seufzend sah ich durch die riesigen Panoramafenster in den parkartigen Garten hinaus. Hinter einem Zaun sah ich Sophies Pferde grasen. Rechts lag verwaist der Tennisplatz und links die private Driving-Range. Überall in den Bäumen hingen bunte Lichterketten, und auch hier im Haus war alles liebevoll geschmückt. Es duftete nach Sophies köstlichen Vanillekipferln und Zimtsternen, nach Glühwein und Kakao, nach Nestwärme und Kaminfeuer, nach leben und leben lassen. Sophie ließ mich einfach »nur hier sitzen«. Fast fühlte ich mich schon wie Opa Dietrich: Ich sitze, also bin ich noch. Ganz allmählich fiel die Anspannung der letzten Tage und Nächte von mir ab.

»Es sieht alles wunderschön aus, Sophie. Du hast so einen tollen Geschmack! Du schaffst es, so viel Gemütlichkeit und Wärme zu verbreiten!«

Warum wollte MIR das nicht gelingen? Ich hatte einfach kein Händchen für so was!

»Aber Lotta!« Sophie strahlte mich herzlich an. »Dafür kannst du viele andere Sachen! Vor ein paar Tagen hast du ein sensationelles Konzert dirigiert! Du hast ganz Heilewelt Prokofjew nahegebracht! Du hast die Kinder dieser Stadt für immer geprägt! Die meisten spielen ein Instrument! Sie üben jetzt schon für deine ›Carmina Burana‹ im nächsten Jahr, weil sie unbedingt dabei sein wollen. Das soll dir erst mal einer nachmachen!«

Ach, tat das gut! Offensichtlich war ich doch zu irgendwas nütze. Aber die ständige »berechtigte Kritik« von Oma Margot und Jürgens kulturelles Desinteresse hatten ihre Spuren hinterlassen.

»Trotzdem, ich bin eine miserable Hausfrau.«

»Du kannst vielleicht keinen Kuchen backen, aber dafür hast du ja deine Mutter.« Sophie lachte. »Wenn ich es so recht bedenke, ist Jürgen viel eher ihr Typ als deiner.« Sie grinste mich entwaffnend an. »Er ist einer der Männer, von denen die Generation unserer Mütter immer geträumt hat.«

»Gediegen, zuverlässig und solide«, sagte ich nickend. »Diese Eigenschaften besingt sie gern.«

»Aber du verdienst dein eigenes Geld«, stellte Sophie fest. »Da muss doch noch mehr sein!«

»Wir ergänzen uns eben: Er ist der Vernünftige, und ich bin die Chaotin. Sagt Oma Margot immer.« Ich hörte selbst, wie wenig überzeugend das klang. »Pippilotta wäre sonst gar nicht lebensfähig«, zitierte ich sie erneut und verzog das Gesicht. »Wie du weißt, habe ich schon mal einen sechsstelligen Scheck zum Altpapier getan! Du kannst dir nicht vorstellen, wie Jürgen sich aufgeregt hat. Dabei war es ein Verrechnungsscheck.«

Sophie ließ ihr Glas leise an meines klirren: »Prost, Pippilotta! Beim nächsten Mann wird alles anders!«

»Ach, komm!« Ich grinste resigniert: »Du weißt doch, dass nur Romane so heißen.«

Sophie zwinkerte mir zu. »Du bist erst Mitte dreißig! Vielleicht kommt die große Liebe noch!« Schelmisch tippte sie auf ihren Ringfinger: »Du bist nicht verheiratet!«

»Hallo? Sophie? Ich hab drei Kinder. Der Zug ist abgefahren.«

»Für Männer gilt diese Regel aber nicht«, meinte Sophie vielsagend. »Die können Kinder haben, so viel sie wollen: Wenn sie sich neu verlieben, sind sie ganz schnell weg!«

»Ja. Männer dürfen so etwas ungestraft, Frauen dagegen werden als Hexen verbrannt.« Fröstelnd rieb ich mir die Arme. Nie, niemals würde ich es wagen, meinen Froschtümpel zu verlassen.

»Und die Männer sind nach wie vor Helden. Boris Becker, Til Schweiger, Franz Beckenbauer, Udo Jürgens, Fritz Wepper, Arnold Schwarzenegger ...«

Die nächste halbe Stunde vertrieben wir uns damit, prominente Männer aufzuzählen, die sich trotz angeblicher Traumfamilie und demonstrativ vor sich hergetragener christlicher

Werte einfach die Freiheit genommen hatten, sich einer neuen Liebe zuzuwenden und neue Kinder in die Welt zu setzen. Und das, ohne dafür auch nur im Geringsten von der Öffentlichkeit geächtet zu werden.

»Freundin, das Leben ist lebenswert!«, sang Sophie gut gelaunt und prostete mir zu.

Nachdenklich drehte ich mein Glas: »Deines vielleicht. Meines ist eine ziemliche Katastrophe.«

Sollte ich ihr von dem unwürdigen Streit erzählen, den ich in der Nacht mit Jürgen gehabt hatte? Bei dem ich Dinge ausgesprochen hatte, die ich nie hatte sagen wollen? Aber all das nur, weil Jürgen mich so provoziert hatte mit seiner übertriebenen Eifersucht. Mit seinen geschmacklosen Unterstellungen. Mit seiner kränkenden Wortwahl. Ja, genau, es war ganz allein seine Schuld! Später. Vielleicht. Vorher brauchte ich noch ein weiteres Glas Glühwein.

»Hast du schon Zeitung gelesen?«

Sophie wollte mich unbedingt aufheitern.

»Eine zweiseitige Lobeshymne auf dein Konzert! Du bist in aller Munde! Schau mal!« Sie schlug mit der flachen Hand auf das *Heilewelter Tagblatt*, das sie bereits an der richtigen Stelle aufgeschlagen hatte. »Da ist ein zauberhaftes Bild von dir! Du strahlst so viel Charme aus, dass …«

»Ach, Sophie, jetzt übertreibst du aber!«

»Hier steht, dass sich die Anmeldungen für die Musikschule verdoppelt haben! Das ist keine Schmeichelei, das sind Tatsachen! Ich zitiere: ›Beispiellose Musikbegeisterung bei Jung und Alt …‹«

»Stimmt doch gar nicht.« Ich wurde vor Freude ganz rot. Sophie konnte so neidlos gönnen! Oma Margot hätte auf dieser Seite Kartoffeln geschält. Ach, mir war so danach, mein Herz auszuschütten! Wenn nicht bei meiner geliebten Sophie, bei wem dann?

»Weihnachten war einfach beschissen«, hob ich an. Anschließend redete ich mir alles von der Seele, erzählte die ganze Misere vom sogenannten Fest der Liebe. Vertrauensvoll beugte ich mich vor: »Hast du den Flötisten gesehen?«

»Der bei ›Peter und der Wolf‹ so bezaubernd den Vogel gespielt hat?« Sophies Augen leuchteten. »Wie hätte ich den übersehen sollen!«

»Wie findest du den?« Plötzlich überzog mich eine Gänsehaut, und mein Herz machte einen nervösen Hopser. Ich sah mich wieder auf der kalten Treppenstufe zur Parkgarage sitzen. In seiner Frackjacke. Ich roch ihn noch. Und spürte seinen Händedruck. Und ach, sein Kuss …

Sophie wärmte ihre Hände am Glühweinglas und sah mich versonnen an. Ihre Augen schimmerten ganz merkwürdig. »Ich habe gesehen, wie du ihn während des Konzerts angesehen hast. Keine weiteren Fragen.«

»Ich hab ihm seine Einsätze gegeben.« Errötend vertiefte ich mich in mein Glas.

»Ja, ja«, machte Sophie und zog ein Bein auf den Sessel. »Sehr spezielle Einsätze. Mit den Fingerspitzen. Nicht mit dem Taktstock.«

»So einen seltenen Vogel darf man schließlich nicht verscheuchen«, verteidigte ich mich und spürte, wie die Röte über meine Wangen kroch. »Aber natürlich ist er längst wieder weggeflogen.«

»Du hast dich in ihn verknallt.« Das war eine Feststellung und keine Frage.

»Hm«, machte ich und pustete in mein Glas. Meine Brille beschlug, sodass sie mir nicht direkt in die Augen sehen musste. »Leider ist es nur einseitig.«

»Natürlich. Weil du ja so hässlich bist, so nichtssagend und langweilig.« Sophie sah mich herausfordernd an. »Und Jürgen hat das mitgekriegt.«

Ich erwiderte ihren Blick. »Gerngroß hat es ihm gemailt. An Heiligabend.«

»Gerngroß? Der Bäckermeister? Ist der bescheuert?! Wie kommt der denn dazu, der größenwahnsinnige Idiot?« Meine feine Sophie konnte durchaus deutlich werden. »Ach, ich kann es mir schon denken«, brauste sie auf. »Du hast dich geweigert, seine querschnittsgelähmte Viktoria bei *Wetten, dass* zu vermarkten und den Wiener Philharmonikern als Stargast unterzujubeln. Weißt du, dass er sogar schon dem Papst seine Viktoria aufdrängen wollte? Und Heilewelt als neue Pilgerstätte statt Lourdes?«

»Er hat uns gesehen«, sagte ich düster. »Im Parkhaus. Auf der Treppe.«

»Und? Was habt ihr da gemacht?« In Sophies Augen lag ein seltsamer Glanz.

»Na ja, das kannst du dir ja denken.«

»Geknutscht?« Jetzt kam aber Leben in Sophie! Sie stellte ihr Bein wieder auf den Boden und beugte sich gespannt vor. »Echt? Ihr habt geknutscht?«

»Nur ein kleiner Abschiedskuss«, spielte ich die Sache herunter. Die Röte kroch mir bis zu den Haarwurzeln hinauf.

»Oh Gott, wie süß«, seufzte sie, stellte ihr Glas auf den Beistelltisch und schlug die Hände über dem Kopf zusammen. »Wie ich dir das gönne!«

»Ich mir auch«, murmelte ich traurig. »Aber es war wirklich nur ein kleiner Abschiedskuss!« Ich nahm meine Brille ab: »Na ja, eigentlich hatte ich mich an ihm festgesaugt wie eine Ertrinkende! Mann, konnte der küssen! So was habe ich noch nie erlebt.«

»Bis jetzt hast du immer nur Frösche geküsst, wie?«

»Hm. Und jetzt einen Prinzen.«

Sophie sah mich liebevoll an: »Wie schön für dich, Lotta! Du hast dich bisher immer unter Wert verkauft, wenn du mich fragst!«

Oh Gott. Das hätte sie lieber nicht sagen sollen. Mir wurde

ganz anders. Sophie schaute mich an und fragte: »Ihr habt euch also geküsst. Und dann?«

»Und genau in dieser Sekunde steckt dieser Bäckermeister seine Hitlerfrisur zur Tür herein ...«

»Herr, gib Kraft!«, sagte Sophie. »Ganz schlechtes Timing.«

»Jedenfalls hat er meinem Jürgen eine anonyme Mail geschickt. ›Von einem Freund, der es gut mit Ihnen meint‹, stand darunter. Ich malte Gänsefüßchen in die Luft.

»Weißt du was? Dieser Gerngroß ist zum Kotzen!« Sophie war ganz weiß um die Nase geworden.

»Ja. Da sagst du mir nichts Neues.«

»Und? Weiter? Wie hat Jürgen reagiert?«

Ich erzählte ihr von Jürgens weinerlichen Vorwürfen und Unterstellungen.

»Würg!«, sagte Sophie.

Auch, dass ich hatte schwören sollen, Christian nie wiederzusehen. Beim Augenlicht meiner Kinder. Jetzt kannte ich kein Halten mehr: »Verdammt, ich bin verliebt. Ich hatte schon ganz vergessen, wie sich das anfühlt. Um ehrlich zu sein: So ein Gefühl hatte ich überhaupt noch nie!«

»In deinen Jürgen warst du nie wirklich verliebt? Ich meine so richtig mit Schmetterlingen im Bauch?«

»Meine Mutter sagt immer, Liebe kann wachsen.« Ich schaute sie verzweifelt an.

»Da kannst du lange warten!«, sagte Sophie. »Dein Hüftumfang kann wachsen. Dein Hintern. Die Anzahl deiner Feinde. Dein Schuldenberg. Oder bestenfalls dein Konto. Aber Liebe? Da muss ich mal bei Wikipedia nachlesen.«

Ich seufzte tief. »Ach, Sophie. Danke, dass ich dir vertrauen darf.«

»Aber Lotta!« Sophie sprang auf und umarmte mich. »Das ist doch selbstverständlich!«

»Jedenfalls haben wir uns nachts im Bett ganz fürchterlich

gestritten«, fuhr ich fort. »Also Jürgen und ich. Wir haben uns angeschrien und uns die fürchterlichsten Dinge an den Kopf geworfen. Kannst du dir ja denken.«

Sophie sah mich nur mitfühlend an. Es lag keinerlei Sensationsgier in ihrem Blick. »Du wolltest in der Heiligen Nacht nicht mit ihm schlafen.«

»Jürgen wollte es unbedingt wissen: Warum nicht? Liebst du mich nicht? Bin ich nicht begehrenswert? Du denkst doch nur an ihn! Wenn du mich liebst, schläfst du jetzt mit mir! Was hat der, was ich nicht habe …«

»Blöde Frage. Das sieht doch jeder.« Sophie kicherte.

»Und dann wurde er vulgär. Der Vergleich mit gewissen Künsten lag nahe.«

»Danke, ich kann es mir denken.«

Ich umklammerte mein Glas so fest, dass es fast zersprang. »Aber ich habe Jürgen die Musikschule zu verdanken«, gab ich zu bedenken. »Ohne ihn wäre ich nicht, wo ich heute bin. Das hat er mir natürlich immer wieder unter die Nase reiben müssen.« Ich presste die Lippen zusammen.

»Er hat dir einen Kredit für die Musikschule gegeben. Aber, wenn er es nicht getan hätte, wärst du zu einer anderen Bank gegangen. Außerdem zahlst du den Kredit doch zurück! Mit Zins und Zinseszins!« Sophie lachte verärgert auf. »Das hat überhaupt nichts mit eurer Beziehung zu tun.« Ihre grünen Augen funkelten vor Zorn: »Das ist sehr gefährlich, Lotta, weißt du das? Jürgen verwechselt da was, drängt dich in die Rolle der Almosenempfängerin!«

»Er glaubt, mich in allem kontrollieren zu müssen, weil ich von den wichtigen Dingen des Lebens keine Ahnung habe«, seufzte ich erschöpft. »Er nimmt sich das Recht heraus, jeden Brief, den ich bekomme, zu lesen. Seit Neuestem kontrolliert er meine Mails, meine SMS-Nachrichten und hört meine Mailbox ab.«

»Spinnt der? Was soll das? Hat der kein Eigenleben? Machst

du das auch bei ihm?« Sie strich sich gereizt eine Strähne aus dem Gesicht. »Liest du auch sämtliche Kontoauszüge seiner Kunden?«

»Nein. Natürlich nicht.« Ich druckste herum. Sollte ich es ihr wirklich sagen? Es war so was von peinlich, dass ich es fast nicht auszusprechen wagte.

»Er hat Angst, ich könnte Christian anrufen. Er ist der festen Überzeugung, dass ich nichts anderes vorhabe.«

»Und WENN schon! Du musst dich sowieso noch mal für das Konzert bedanken, das gebietet ja schon die Höflichkeit.« Sophie war aufgesprungen und rannte aufgeregt hin und her. »Oder meinetwegen schick ihm Blumen!«

»Das wäre noch viel schlimmer!« Ich wischte mir über die Stirn. »Dann würde Jürgen glauben … Tja. Es ist alles ein bisschen verkrampft.«

»Allerdings!« Sophie musterte mich besorgt.

»Ich musste ihm schwören, dass ich Christian nicht anrufe. Und nie mehr an ihn denke.«

»Deine Gedanken will er also auch schon kontrollieren. Vom wem habe ich noch mal das Lied gelernt, ›Die Gedanken sind frei‹?«

»Eigentlich wollte er, dass ich es ihm schriftlich gebe.«

»Unter Androhung einer hohen Geldstrafe?«, spöttelte Sophie.

»Unter Aufsicht eines Notars.« Ich nickte düster. »Leider meint der das ernst.«

Sophie musste sich setzen. »Wie grässlich ist DAS denn! Du merkst hoffentlich, dass er mit seiner lächerlichen Eifersucht zu weit geht. Lass dich um Gottes willen nicht auf so einen Quatsch ein.«

Ich presste die Lippen zusammen. »Ich versuche, ihn zu verstehen. Natürlich ist er im Moment fürchterlich gekränkt.« Ich nahm ein Vanillekipferl und biss hinein. »Diese Sache im Parkhaus hat ihn dermaßen verletzt, dass er glaubt, er müsse mich jetzt auf Schritt und Tritt beobachten. Zu meinem eigenen Schutz, wie er sagt. Er muss mich vor mir selbst schützen. Weil ich so labil und beeinflussbar bin.«

»Sagt er.«

»Ja. Sagt er. Und auch, dass er noch zu ganz anderen Methoden greifen kann.«

»Er tut mir leid«, sagte Sophie. »Glaubt Jürgen, er kann dich so an sich binden? Womöglich deine Liebe zurückgewinnen? Der tickt doch nicht richtig!« Sophie schüttelte sich entsetzt. »Das ist doch keine Basis für eine funktionierende Beziehung. Lotta! Ihr seid noch nicht mal verheiratet. Du hast ihm nie die Treue geschworen. Du wirst deine Gründe dafür haben. Du hast gerade seinen Heiratsantrag abgelehnt. Da muss er doch ein bisschen was begreifen! Warum stellt er sich plötzlich so dämlich an?«

»Ich habe neun, fast zehn Jahre mit ihm verbracht. Um die dreitausendfünfhundert Tage oder so.«

»Wenn sie langweilig waren, dann waren sie nicht gut.«

»Wir haben Kinder. Er hat Angst um unsere Familie.«

Sophie schüttelte verärgert den Kopf. »Das hat mit den Kindern gar nichts zu tun! Im Gegenteil! Er hat sich doch noch nie um sie gekümmert!« Sie stellte ihr Glas mit heftigem Klirren auf dem Couchtisch ab. »Wie bescheuert muss ein Mann sein, dass er auf diese Weise ein Recht auf dich einfordern will?« Sie stieß ein verächtliches Schnauben aus. »Zumal sich jeder Notar kaputtlachen wird!«

»Ich weiß, es ist ungeschickt von ihm. Auf seine tollpatschige Art will er mir klarmachen, dass ich nicht einfach ausbrechen kann.« Ich rollte mich wie ein Igel auf meinem Sessel zusammen.

»Du bist eine erwachsene berufstätige Frau, die ihr eigenes Geld verdient! Er hat dich nicht in der Hand. Lass dich nicht einschüchtern!« Sophie packte mich an der Schulter. »Lotta! Du zahlst ihm den Kredit zurück! Mit Zins und Zinseszins!«

Sie schüttelte resigniert den Kopf: »Du hättest dich nie auf eine Beziehung mit ihm einlassen dürfen!«

»Na ja, meine Mutter meinte damals, ich könne froh sein, einen so gut verdienenden, zuverlässigen Mann zu bekommen. Und dass sich die Frauen von Heilewelt alle zehn Finger nach ihm ablecken würden.«

Sophie fasste sich nur an den Kopf: »Du zahlst deinem Lebensgefährten MIETE für euer Reihenhaus! Er hat nichts, aber auch gar nichts, wonach man sich die Finger ablecken könnte! Er setzt dich ganz plump unter Druck, und du lässt es dir gefallen mit deinen ewigen Schuld- und Minderwertigkeitsgefühlen, die dir deine Mutter eingeredet hat! Männer sind keine Helden, und dein Jürgen schon gar nicht!«

Ich warf ihr einen entschuldigenden Blick zu. »Ich habe ihn verletzt. Ihn in seiner Männlichkeit gekränkt.« Mit einem säuerlichen Lächeln lehnte ich mich so weit es ging in meinem Sessel zurück.

»Da ist doch noch etwas!«, sagte Sophie, und ihre grünen Augen wurden fast schwarz. Sie ging vor mir in die Hocke und zwang mich, sie anzusehen. »Raus damit!«

Ich seufzte und nahm all meinen Mut zusammen: »Er sagt, dass er heute Nacht in ein zwielichtiges Etablissement gefahren ist. In die Nachbarstadt, wo ihn keiner kennt. Er sagt, dass er viel Spaß hatte. Er sagt, was ich kann, kann er schon lange.«

»So. Sagt er das?«, meinte Sophie halb amüsiert, halb entsetzt.

»Er hat ein paar eindeutige Utensilien in einer Plastiktüte im Flur liegen lassen. Damit ich sie finde.«

Sophie verzog angewidert das Gesicht: »Sag, dass das nicht wahr ist.« Neugierig beugte sie sich vor. »Was denn für Utensilien?«

Ich schaute besorgt zur Tür. Es würde doch keines der Kinder plötzlich hereinplatzen?

»Jetzt sag schon! Bin ich nun deine beste Freundin oder

nicht?« Sie schob die Hände vor ihr Gesicht und spähte spöttisch zwischen ihren Fingern hervor.

Ich holte tief Luft. Das wurde jetzt so was wie »Sex and the City« für Arme. Schlüpfrige Bekenntnisse unter Freundinnen.

»Also, eine Piccoloflasche Sekt …« Ich wischte mir verlegen über die Stirn.

»Das ist ja nicht besonders verwerflich«, sagte Sophie fast schon enttäuscht und nahm die Hände von ihrem Gesicht.

»… eine Lederpeitsche …«, fuhr ich fort. Oh Gott, das war wirklich so was von peinlich!

Sophie starrte mich an. »Sag, dass du dir das gerade ausdenkst!«

»… und Handschellen.« Ich räusperte mich. »Und eine Augenbinde. Ja, ich glaube, das war das Wichtigste. So, jetzt weißt du es.«

»In einer Plastiktüte. Im Flur.« Sophie sah mich an, als hätte ich gerade auf ihren Teppich gepinkelt.

»Ja«, sagte ich. »Von Aldi.«

Sophie machte den Mund auf, um etwas zu sagen, aber ihr fiel offensichtlich nichts ein, also klappte sie ihn wieder zu.

»Caspar hat mir ganz verlegen die Tüte gereicht«, fuhr ich fort. »Ich dachte, ich hätte vergessen, meine Einkäufe wegzuräumen, und habe nachgeschaut, was drin ist. Zum Glück waren die Kinder gerade beim Fernsehen. Wäre ja nicht schön gewesen, wenn die das Zeug gefunden hätten.«

»Dein Caspar wird sich seinen Teil gedacht haben.«

»Ja, der merkt schon, dass es bei uns ganz schön kriselt!«

»Reife Leistung von deinem Jürgen.« Sophie nickte wie der Wackeldackel auf der Hutablage von Opa Walters Opel. »Echt männlich und … sehr erwachsen.«

Ich starrte in mein leeres Glas. »Ähm …hast du noch mehr von dem Zaubertrank?«

»Bedien dich!« Sophie erhob ihre Stimme: »Dein Jürgen ist ECHT KEIN HELD!«

Ich starrte sie beschämt an. »Pssst! Wenn die Kinder das hören!«

»Besser wäre es«, rief Sophie in Richtung Tür. Sie tat so, als wollte sie sich in den Glühweinkessel übergeben. »Ich schäme mich fremd«, sagte sie schließlich und fuhr dann zu mir herum: »Über deinen ›schwulen Sklaven aus Timbuktu‹ tuscheln die feinen Heilewelter Herrschaften und kommen sich als was Besseres vor. Aber vor deinem biederen Sparkassenhengst mit dem Seitenscheitel ziehen sie den Hut!«

Jetzt musste ich hilflos lachen. »Komm, Sophie. Jetzt übertreibst du aber.«

»Nein, das ist wirklich das LETZTE!«, sagte Sophie und sprühte nur so vor Verachtung. »Wenn mein Bodo so was machen würde, hätte er mich zum letzten Mal gesehen! Egal, wie viele Kinder wir miteinander haben! Emotionale Erpressung! Das ist so arm und so durchschaubar!« Sie funkelte mich aus zornesgrünen Augen an: »Liebst du den eigentlich immer noch?«

»Ach, Sophie«, seufzte ich und zog energisch den Reißverschluss meiner Handtasche auf. Ich suchte nach einem Taschentuch, weil mir die Tränen kamen. »Was heißt hier ›immer noch‹? Habe ich ihn je geliebt? Oder habe ich mich nur bemüht, ihn zu lieben?«

»Lass dir doch beim Notar ein Zeugnis ausstellen«, sagte Sophie mitleidig. »Sie hat sich stets bemüht.«

»Ist das nicht alles furchtbar beschissen?«, sagte ich niedergeschlagen.

»Ja. Überleg dir gut, ob du mit diesem Mann wirklich dein Leben verbringen willst.« Sophie nahm meine Hand: »Lotta, du bist viel zu jung und zu schön, um dein Leben in Tretern zu verbringen, die deine Mutter für dich ausgesucht hat. Schlüpf in deine eigenen Schuhe! Und gestatte dir ruhig ein paar schicke hochhackige Pumps. Die stehen dir zu!«

Süßer Vergleich, irgendwie. Die Hoffnung, Christian je wiederzusehen, war ähnlich realistisch wie die, schmerzfrei in tollen High Heels herumzustöckeln. Aussichtslos! Zu mir gehörten solide Treter. »Es ist besser, sich keine Hoffnungen auf Dinge zu machen, die ohnehin unerreichbar sind. Ich gehe besser durchs Leben, wenn ich meine Erwartungen nicht zu hoch schraube. Ich kenne meinen Weg, und der geht immer geradeaus.« Ich stand auf und schnäuzte mich geräuschvoll. Es hatte keinen Sinn, hier in Selbstmitleid zu verfallen. Nebenan hörte ich die Kinder mit Caspar fröhlich singen. Er brachte ihnen Kinderlieder auf Afrikaans bei. »*Goeie morgen mijn vrouw, goeie morgen mijn man, daar is koffie in die kan!*« Ach, am liebsten würde ich mit ihnen allen bei Sophie einziehen. Hier war es so warm und gemütlich. Es zog mich nichts mehr in den Borkenkäferweg. Ich fror, wenn ich an zu Hause dachte. Wer weiß, welche »Sicherheitsmaßnahmen« Jürgen inzwischen schon wieder ergriffen hatte? Oder welche »Warnschüsse« er abgefeuert hatte, so wie den mit der Plastiktüte.

Sophie hob den Kopf, sah mich an und sagte laut und deutlich: »Gut, dass du ihn nicht geheiratet hast. Es wäre der größte Fehler deines Lebens gewesen.«

»Irgendein Instinkt hat mich davor bewahrt«, murmelte ich und versank dankbar in meinem Glas. Dass ich ihr das anvertraut hatte!

»Aber Christian? Den hättest du geheiratet?«

Mein Herz fing plötzlich an zu klopfen. Christian war so locker und selbstbewusst und unverkrampft und humorvoll und … männlich! Solche Männer gab es auch? Die Gedanken sind frei! Ich sah mich verstohlen um, ob auch keines der Kinder mithörte. »Sofort!«, entfuhr es mir. »Wenn er mir unter anderen Umständen begegnet wäre, hätte ich ihn mir geschnappt und nie mehr losgelassen.«

»Süß«, sagte Sophie. »Ihr wärt ein Traumpaar.«

»Sind wir aber nicht. Und jetzt lass uns über was anderes reden.«

Sophie nahm meine Hand: »Und? Wirst du ihn wiedersehen?«

»Natürlich NICHT! Genau das unterstellt mir Jürgen ja!«

»Aber anrufen? Jetzt? Hier?! Danke fürs Konzert sagen? Ein frohes neues Jahr wünschen?«

»Nein, nein«, sagte ich schnell. Meine Hände kribbelten vor Aufregung.

Sophie wählte bereits die Auskunft. »Christian Meran in Wien bitte. Ja, stellen Sie durch.«

»NEIN! Mach das nicht! Lass das!« Mein Herz raste. »Ich werde NICHT mit ihm sprechen.« Ich schüttelte meine Hände, als hingen tausend giftige Ameisen daran. Ich würde den Hörer nicht nehmen!

Sophie zuckte enttäuscht die Schultern: »Besetzt.«

Ich war so erleichtert, dass mir die Tränen kamen.

Als ich mit Caspar und den Kindern nach Hause kam, stand Jürgen mit meiner Mutter im Vorgarten. Sie schienen in einer wichtigen Besprechung zu sein. Opa Dietrich saß wie immer in seinem Sessel vor dem Fernseher mit abgedrehtem Ton. Ich sah seinen Hinterkopf durchs Fenster.

»Aha!«, sagte meine Mutter mit stechendem Blick. »Da kommt ja unsere Ausreißerin.«

»Ich bin doch nicht ausgerissen!« Fröstelnd half ich den Kindern aus den Kindersitzen und hievte sie aus dem Auto. Jürgen stand tatenlos daneben und kratzte sich am Ellbogen. Sein Gesicht sah aus wie drei Tage Regenwetter.

»Dabei hättest du allen Grund dazu«, sagte meine Mutter. »Kinder, marsch ins Haus. Hände waschen, hinsetzen, beten. Die Oma hat gekocht, weil es ja sonst keiner tut.« Ja, ja. Ich war eine Herumtreiberin, die sich mit ihrer besten Freundin einen angesoffen hatte.

»Wir haben keinen Hunger!«, rief Paul, der einen Bogen um sie schlug wie ein Hase, um ins Haus zu gelangen.

»Wir haben bei Sophie Kakao und Kuchen bekommen«, riefen die Zwillinge. »Und Vanillekipferl!«

Caspar ging ganz selbstverständlich mit ihnen ins Haus, nicht ohne mir einen verständnisvollen Blick zuzuwerfen.

»Das ist mal wieder typisch unsere Lotta!«, sagte meine Mutter so laut, dass es die Blätter harkende Frau Ehrenreich hinter ihrer Hecke bestimmt auch noch mitbekam. »Die Kinder mit Süßigkeiten vollstopfen und ihnen den Appetit aufs Abendessen verderben.«

»Wir hatten nur einen netten, gemütlichen Nachmittag«, erwiderte ich lasch. »In einer harmonischen Atmosphäre!« Davon würde ich wieder wochenlang zehren. Schon jetzt fieberte ich meinem nächsten Besuch bei Sophie entgegen.

»Du riechst nach Alkohol«, sagte Jürgen. »Bist du okay?«

»Natürlich bin ich okay. Wir hatten nur ein paar Gläser Glühwein.«

»Das ist doch ungeheuerlich!«, rief meine Mutter in die benachbarten Vorgärten hinein. »Sie betrinkt sich am helllichten Tag! Als Mutter von DREI Kindern!«

Ja, ja. Ich war eine kriminelle Alkoholikerin und trieb mich mit einem schwulen Ausländer herum, statt zu Hause meinem zuverlässigen Mann die Socken zu bügeln. In ihren Augen war ich die totale Versagerin. Als ich, beladen mit den Rollmopskisten, die Sophie mir noch für Jürgen mitgegeben hatte, ins Haus gehen wollte, packte Jürgen mich am Arm. »Ich muss mit dir reden.«

»Und das geht nicht drinnen, wo es warm ist?« Ich stellte die Kisten ab und bog das Kreuz durch. »Was ist los?«

»Na, da werde ich mich mal taktvoll ins Haus verziehen«, schnarrte meine Mutter. »Und nach den Kindern schauen, weil es ja sonst keiner tut.«

»Caspar tut es!«, widersprach ich trotzig.

»Na ja!«, sagte meine Mutter verächtlich und schnaubte durch die Nase. »Ob das der Richtige ist?«

Mit einem lauten Scheppern schloss sie die Haustür.

»Was gibt's?« Ich stemmte die Arme in die Hüften und sah Jürgen nicht gerade herzlich an. Nach der Sache mit der Plastiktüte waren meine guten Vorsätze, ihn ab sofort inniglich zu lieben, deutlich abgekühlt.

Ich sehnte mich nach einem heißen Bad – allein allerdings. Ich wollte auf keinen Fall die Füße massiert bekommen. Ich wusste nämlich, wohin das führte. Nein danke. Im Moment nicht.

»Lotta.« Jürgen nahm mich bei den Schultern und schaute mir tief in die Augen. »Ich meine es doch nur gut mit dir. Ich will doch nur dein Bestes!«

»Ja. Aber so funktioniert das nicht.«

»Die Sache mit der Plastiktüte gestern war nicht so geschickt, das gebe ich zu. Ich wollte mich rächen.«

»Ich weiß.« Genervt schaute ich auf meine nassen Schnürschuhe. Ich konnte diese mitleidheischenden Hundeaugen jetzt nicht ertragen. Ein heißes Bad! In meinem eigenen Haus! Warum durfte ich nicht endlich hinein? Warum waren meine Erziehungsberechtigten schon wieder hier? Hatte Jürgen sich Verstärkung geholt? Was sollten diese Andeutungen? Wieso hatte ich Grund zum Ausreißen? Er hatte doch nicht … Er würde doch nicht etwa meinen Eltern … Hatte er gepetzt?! Jürgen war doch ein erwachsener Mann. Mir war kalt. Und auch ein bisschen schlecht von dem Glühwein. Das Gespräch mit Sophie ging mir nicht aus dem Kopf. Musste ich mir seine Erziehungsmaßnahmen wirklich gefallen lassen? »Die Daumenschrauben anlegen«, hatte er gesagt. »Die Zügel kürzer halten.« Ich räusperte mich. »Ich würde dann jetzt gern …«

Jürgen packte mich am Arm. »Lotta. Denkst du immer noch an diesen Flötisten?«

»Ach«, sagte ich ironisch. »Ich hatte den ganzen Tag noch nicht an ihn gedacht. Aber jetzt, wo du mich darauf bringst, fällt er mir wieder ein.«

»Das ist nicht lustig.« Jürgen sah mich tadelnd an.

»Nein.« Was war denn schon lustig mit Jürgen? Seine neckischen Wortspiele à la »Blaukraut bleibt Blaukraut, und Brautkleid bleibt Brautkleid«? Wie uncool war das denn! Sophie würde lachend kontern: »Weichei bleibt Weichei, und Traummann bleibt Traummann.«

»Liebst du mich denn gar nicht ein kleines bisschen?« Diesmal hatte ich seine kalte Hand in meinem Gesicht.

»Ja, doch, natürlich.«

»Aber?«

Hach! Ging das jetzt schon wieder los! »Kein Aber!«, brauste ich unwirsch auf und drehte den Kopf weg. »Gib mir doch nur ein kleines bisschen Zeit!«

»Wozu brauchst du denn Zeit?«

»Zeit halt! Zum Nachdenken!«

»Zeit, um an IHN zu denken?«

»Lass mich doch einfach mal durchschnaufen! Bitte!« Ich schüttelte ihn ab und wollte zur Haustür gehen, aber …

»Ich BESTEHE auf einer Aussprache!«

»Also gut. Wieder mal ein Spaziergang.« Ich drehte mich um wie ein dressiertes Pferd.

»Hier und jetzt!«

»Was WILLST du denn nun?«, herrschte ich ihn an und kam mir vor wie eine der knollnasigen Keifen von Loriot. »Erst willst du was LESEN, und dann willst du FERNSEHEN, und dann willst du SPAZIEREN GEHEN, und dann willst du DOCH NICHT spazieren gehen. Was WILLST du denn nun?« Mit Grauen stellte ich fest, dass wir im Begriff waren, genau so ein Paar zu werden!

Jürgen packte mein Kinn und wollte mich zwingen, ihn anzusehen.

Ich riss seine Hand aus meinem Gesicht und stieß sie weg. »Ich hatte jetzt wochenlang Stress mit dem Konzert, dann ein unerfreuliches Weihnachten, tausend Vorwürfe, traurige Kinder – alles ist schiefgelaufen. Ich war keine Sekunde mal für mich! Deshalb bitte ich dich, mich einfach mal ein bisschen in Ruhe zu lassen! Und wenn das in meinem eigenen Haus nicht geht, dann fliehe ich eben in den Wald!«

»Aber ich LASSE dich doch dauernd in Ruhe! Du beschwerst dich doch selbst, dass ich immer nur vor dem Computer sitze!« Nun hatte er schon wieder Tränen in den Augen. »DAS ist also der Stand unserer Beziehung. So gehen wir also ins neue Jahr.«

»Lass doch das neue Jahr aus dem Spiel!«, kläffte ich zurück. »Ob altes Jahr oder neues Jahr: Du sitzt am Computer, und ich habe die Kinder und den Haushalt an der Backe. Der Einzige, der zu mir hält, ist Caspar, und der passt euch nicht, weil er schwul ist! Ich halte das alles nicht mehr aus!«

»Ach! Jetzt bin ICH schuld, dass du mit dem Flötisten im Treppenhaus herumgeknutscht hast!«

»Nein, natürlich nicht! Bitte, Jürgen, lass doch jetzt Christian aus dem Spiel!«

»ICH soll CHRISTIAN aus dem Spiel lassen? DU hättest ihn aus dem Spiel lassen sollen!« Er stieß ein trauriges Lachen aus. »Okay, wir hatten jetzt beide unser Spiel. Mit dem Unterschied, dass du dir deinen Christian immer noch nicht aus dem Kopf geschlagen hast, während mein Ausflug in die Nachbarstadt völlig unverbindlich war.«

»Der Vergleich hinkt.«

»Das ist ja das Schlimme!« Plötzlich nahm Jürgens Stimme einen ganz anderen Tonfall an. »Weißt du eigentlich, was für ein Mensch das ist, dein toller Christian?«

»Ja. Ein netter. Der gerne lacht. Und fantastisch musiziert. Mehr weiß ich von ihm nicht.« Ich stutzte. »Wie meinst du das?« Mein Jürgen führte doch schon wieder was im Schilde!

»Verklärst du ihn nicht total? Nur weil er gut küssen kann?«

»Jürgen! Ich habe dich gebeten, dieses Thema …« Unauffällig spähte ich zur Nachbarhecke hinüber, wo sich leise raschelnd braune Blätter bewegten. »Wir haben uns einmal zum Abschied geküsst«, zischte ich mit Tränen in den Augen. »Und das wird nie wieder vorkommen. Es tut mir LEID, und nun lass es doch endlich auf sich beruhen!«

»Weißt du eigentlich, was für ein BLENDER er ist, dein Christian Meran?«

»Bitte! Bitte, Jürgen! Wir sind doch durch mit dem Thema!«

»Sind wir das? Oder denkt meine kleine Lotta ständig an den guten Bläser?«

»Jürgen, bitte. Ich versuche es doch.«

»So. Du versuchst es. Das muss aber schwere Arbeit sein.«

»Wenn du nicht immer wieder mit dem Thema anfangen würdest, würde es mir viel leichter fallen«, blaffte ich zurück. »Können wir jetzt reingehen?«

»Nicht, bevor wir die Sache zu Ende besprochen haben.«

»Okay«. Ich atmete tief durch. Er war verletzt. Tief verletzt. Ich hatte ihn schwer brüskiert. In seiner Mannesehre gekränkt. Seine Autorität untergraben. Unsere Familie gefährdet. Das hatte mein armer Jürgen nicht verdient. Ich war mir übrigens sicher, dass Jürgen in der Nachbarstadt gar nichts getan hatte. Er hatte die Utensilien bloß gekauft und in den Flur gelegt. Um mich zu provozieren. Der verdammte Bäckermeister Gerngroß war an allem schuld! Dieses kranke Hirn hatte unseren Familien- und den Kleinstadtfrieden gestört. Dabei gibt es bestimmt viele Kleinstädte, in deren Parkhäusern mal fremdgeküsst wird. Aber Bäckermeister Gerngroß hatte mit seiner Wichtigtuerei einen regelrechten Taifun im Froschtümpel entfacht.

»Lass uns reinen Tisch machen.« Jürgen bebte vor Entschlossenheit. »Das sind wir unseren Kindern schuldig.«

Die Kinder hatten eigentlich nichts damit zu tun. Wenn er die Parkhaussache schon meiner Mutter gepetzt hatte, dann doch wohl hoffentlich nicht auch den Kindern!

»Es kam an Weihnachten einfach ein bisschen viel zusammen«, versuchte ich die Sache noch einmal zu erklären. »Ich war ein bisschen neben der Spur. Erschöpft. Anlehnungsbedürftig. Ich brauchte einen Moment Halt. Es tut mir leid.«

»Und mir tut es auch leid.« In Jürgens Augen standen Tränen. »ICH will dir Halt geben.«

»Ja. Beim nächsten Mal.«

»Nur eines noch.«

»Was denn jetzt schon wieder?« Ich sah unwillig auf die sich bewegende Hecke. Fast hatte ich das Gefühl, Frau Ehrenreich würde alle Blätter wieder einzeln hinlegen, um länger mithören zu können. »Wirklich, Jürgen, es ist passiert, ich bereue es zutiefst, und je mehr du darauf herumhackst, umso schmerzhafter wird es für uns. Jetzt stehen wir schon eine Viertelstunde im Vorgarten, ich habe eiskalte Füße und würde gern deine Rollmöpse reinbringen. Mit lieben Grüßen von Sophie übrigens.«

Jürgen schüttelte nur traurig den Kopf. »Verrat mir nur eines: Hast du mit ihm telefoniert? Vielleicht von Sophie aus? Hm??!«

Ich wurde rot. Ich konnte ja schlecht zugeben, dass dort über eine Stunde lang besetzt gewesen war! Eine ganze Stunde hatte Christian telefoniert. Oder seine Frau. Oder die beiden miteinander. Das versetzte mir einen schmerzhaften Stich. »Nein! Verdammt! Wieso sollte ich?« Ich spürte, wie ich einen ganz heißen Kopf bekam.

Plötzlich legte Jürgen in scheinbar friedlicher Absicht den Arm um mich und schubste mich Richtung Gartentor. »Ich möchte, dass du einen Spaziergang machst.«

»Wie jetzt? Ich? Allein?«

Was WILLST du denn nun? Erst willst du HIER STEHEN, und dann willst du eine AUSSPRACHE, und dann willst du, dass ICH SPAZIEREN GEHE!?

»Ja. Allein. Du sollst Zeit haben zum Nachdenken.«

Wie kam er denn zu dieser plötzlichen Einsicht? Er wollte mich wirklich in Ruhe lassen? Ich durfte … einfach so gehen? Und nachdenken? War das Kreuzverhör jetzt beendet?

»Was ist denn plötzlich in dich gefahren?«

»Ich möchte nur, dass du dir DAS hier dabei anhörst.« Jürgen hielt mir ein kleines Aufnahmegerät unter die Nase, das er aus seiner Tasche gezogen hatte. Seine Hände zitterten.

»Was ist das?«

»Das wirst du schon sehen. Beziehungsweise hören. Dabei kannst du dich von deinem Flötisten innerlich verabschieden.«

»Du hast das Konzert mitgeschnitten?«

»Das ist eine Überraschung!, sagte Jürgen geheimnistuerisch.

Ich bekam Gänsehaut. Mein lieber, guter Jürgen! Er hatte mir eine Freude machen wollen. Ich sollte in aller Ruhe mein Konzert noch einmal anhören dürfen. Wie lieb von ihm! Das war ja doch noch ein verspätetes Weihnachtsgeschenk! Damit wollte er mir zeigen, dass er meine Bedürfnisse verstanden hatte. Was für eine nette Geste! Die ganze Streiterei von vorhin hätten wir uns sparen können. Wir hatten so blöde Sachen gesagt!

»Ich liebe Überraschungen!« Meine Augen leuchteten, und spontan umarmte ich ihn. »Das finde ich toll von dir, Jürgen.« Ich küsste ihn beherzt auf beide Wangen. »Weißt du was? Ich fange schon wieder an, dich zu lieben. Alles wird gut.«

Mit diesen Worten marschierte ich frohgemut in Richtung Schrebergärten.

ANITA

»Ja, das ist ja ein Ding! Dett is ja echt 'n dicket Ding!« Ursula Kobalik wanderte in heller Aufregung in meinem Wohnzimmer herum, ihre weiten Gewänder umwallten sie wie in einer dramatischen Wagner-Oper. Ich hielt mich in hilfloser Verzweiflung an einem Champagnerglas fest. Ich wusste gar nichts mehr. Dieses Telefonat von dem Heilewelter Sparkassentyp hatte meine heile Welt vollkommen zerstört. Im Fernsehen lief ein Konzert der Wiener Philharmoniker, aber wir hatten den Ton abgedreht. Ab und zu kam Christian ins Bild, der stumm die Flöte blies.

»Dass der dich so schamlos betrügt, der Schweinehund.«

»Also, er hat mich doch nicht ... betrogen?!« Er hatte doch offensichtlich nur auf der Treppe im Parkhaus die Musikschuldirektorin geküsst. Vielleicht war das so eine Art kollegialer Abschiedskuss gewesen? Ich wusste, dass es in Musikerkreisen locker zuging. Mein Gott, wir waren seit achtzehn Jahren verheiratet! So genau wollte ich es auch gar nicht wissen!

»Das ist eine janz miese Kreatur«, brummte Wolfgang Kobalik verbittert und warf seine ausgelutschte Zigarre mit einer verächtlichen Geste in den Kamin. »Ich helf dem, wo ich nur kann, besorg dem die Villa und die Mitgliedschaft im Golfclub. Ich lass dem bei meinem Mercedes-Händler das beste Auto reservieren, lass den immer erste Klasse fliegen mit meinen Bonusmeilen – und denn machta hinta unsam Rücken so wat!«

Er tat so, als hätte Christian IHN betrogen und nicht mich.

Ich hatte mich inzwischen angezogen und die Kinder unter einem fadenscheinigen Vorwand fortgeschickt. Als Grazia und Gloria die Kobaliks gesehen hatten, wollten sie sowieso nur noch weg. Grazia hatte sich die Hand noch mit abgespreiztem Daumen und kleinem Finger symbolisch an die Wange gehalten, und Gloria hatte keck gesagt: »Um SIEBZEHN Uhr musst du uns aber spätestens abholen, Mama! Wir rufen dich an.« Trick siebzehn. Ach, wie ich meine süßen Mädels liebte! Alles sollte so bleiben, wie es war, allein schon ihretwegen. Ich wollte dieses alberne Telefonat einfach vergessen. Eine kluge Frau verdrängt und schweigt. Dieser stotternde Sparkassenheini hatte doch einen an der Waffel! Fast tat mir die kleine rothaarige bebrillte Musikschullehrerin leid. Und wenn sie meinen Christian geküsst hatte, konnte ich sie sogar ein bisschen verstehen. Obwohl ich nicht wusste, wie dieser Sparkassenmensch aussah, hatte ich doch aus dem Telefonat herausgehört, dass er total verklemmt war. Herr Immekeppel hatte schließlich nicht gesagt, dass Christian mich wegen seiner rothaarigen Brillenschlange verlassen würde. Sondern nur, dass sich die naive Landpomeranze in meinen Christian verliebt hatte. Und da war sie mit Sicherheit nicht die Einzige. Das war sein Problem, nicht meines. Ich würde Christian nachher bitten, mich nicht mehr so peinlichen Telefonaten auszusetzen. Christian würde mir mit Sicherheit alles erklären können, und dann würden wir gemeinsam darüber lachen. Hatte er nicht sowieso erzählt, dass es in dieser Kleinstadt so herrlich menschelte? Gab es da nicht einen größenwahnsinnigen Bäckermeister namens Gerngroß oder so, der ernsthaft davon träumte, seine Tochter bei den Wiener Philharmonikern unterzubringen, nur weil sie behindert war? Christian hatte mir diese Leute geschildert wie Schildbürger. Wie liebenswerte Trottel, die noch nie über den Tellerrand hinausgeschaut hatten. Provinznester wie Schilda oder Heilewelt sollte er demnächst aus seinem Programm streichen. Und ich hatte mich schon von der allgemeinen Hysterie anstecken lassen! Als ich gerade all meinen Mut zusammengenommen hatte, um genau das auszusprechen, sagte Ursula Kobalik, während sie ihr leeres Glas schwungvoll auf dem Kamin abstellte:

»Wat machnwa denn nu?« Diese Frage war allerdings nicht an mich, sondern an ihren Mann gerichtet.

»Tja. Wat machenwa nu.« Wolfgang Kobalik schob sich die Brille auf die Stirn und tippte auf seinem Smartphone herum. »Wie hieß der Ding noch ma, der die Dicke so erfolgreich geschieden hat?«

»Du meinst die Rosie«, sagte Ursula. Zu mir gewandt fügte sie erklärend hinzu: »Meine Tochter. Aus erster Ehe.«

»Ich weiß«, sagte ich heiser. »Du hast mir von ihr erzählt. Die mit dem adipösen Sohn.«

»Ja, der kleene Fettsack, der jetzt im Burgenland die Hungerkur macht.« Wolfgang Kobalik lachte bollernd, bevor er sich wieder auf sein Display konzentrierte. »Erst hat 'n die Uschi aba noch jemästet, wa! Det nennick Weiberlogik.« Er ging seine Kontakte durch. »Sachma, Uschi. Der Dings.«

»Den Steiner meinst du?!«

»Genau. Steiner. Toller Mann!« Dann brummte er nicht ganz tonrein: »Und der Haifisch, der hat Zähne, und die trägtaaaa im Jesicht.« An mich gewandt, fügte er noch hinzu: »Der hat da abgeräumt bei der Rosie ihrem Ex. Tabula rasa hat der gemacht.«

»Aber das ist doch gar nicht nötig!«, stieß ich hervor. Nicht dass die beiden meinten, ich ….

»Die Rosie kann sich nicht beklagen! Die hat den ausgezogen bis aufs Hemd«, sagte Ursula triumphierend. »Sie hat das Haus behalten, das hat sie gleich verkooft, den Kleen …«

»Den hat se zwar nich verkooft, aber zum Hungern jeschickt«, kalauerte Wolfgang. »Die Uschi will ja, det se in unsere Nähe zieht mit dem Fettklops …«

»Wolfjank!«, fuhr Uschi ihm in die Parade. »Fall mir nicht ins Wort! Einen super Zugewinn hat er für sie rausgeschlagen, das Auto und die Gemäldesammlung …«

»Sogar das Chlor für den Swimmingpool muss er ihr bezahlen, hahaha!«

»Wie meint ihr das?« Sie wollten doch nicht … Sie würden doch nicht …

»Hier. Ick happn. Steiner, Ralf!« Wolfgang Kobalik räusperte sich wie jemand, der gleich telefonieren will. Oh Gott. Er WOLLTE telefonieren. Halt!, wollte ich schreien, STOPP! Aber ich brachte keinen Ton heraus.

»Hallo!? Kobalik hier. Ja … auch schöne Weihnachten gehabt zu haben. Ich hätte schon wieder einen Job für Sie. Geht nicht, gibt's nicht.«

»Ähm …« Ich streckte zitternd einen Arm nach dem Handy aus, aber Ursula zischte mir mütterlich zu: »Lass ma! Der macht det schon, der Wolfjank!«

»Ja, also es handelt sich hier um eine gute Freundin. Sie wohnt im Haus nebenan, dort, wo die Bremer Stadtmusikanten im Garten stehen.« Wolfgang Kobalik hustete seinen Raucherschleim ab und begann dann umständlich mit der Wegbeschreibung. »Kennen Sie sich in Wien aus?«

Ich versteifte mich unwillkürlich.

»Also, ich …« Wieder versuchte ich zu Wort zu kommen, aber Ursula nahm mich in den Arm und drückte mich an ihren wogenden Busen: »Trinkma, Kindchen. Der erste Schock ist der schlimmste.« Mit diesen Worten flößte sie mir weiteren Champagner ein.

»Ja, klar ist das dringend!«, ließ Wolfgang nicht locker. »Ehebruch, Betrug, auf frischer Tat ertappt, die ganze Palette! Meinen Sie, sonst rufe ich Sie an den Feiertagen an?« Er lauschte wieder kurz, unterbrach seinen Gesprächspartner dann aber vehement: »Woher wir das wissen? Der Ehemann der Gegenpartei hat uns angerufen und uns am Telefon was vorgeheult, der arme Mann!«

Gegenpartei! Das hörte sich ja nach … Scheidung an! Ich spürte ein Kratzen in meinem ausgedörrten Hals und trank das Glas auf einen Zug aus. Ich wünschte mir nichts sehnlicher, als endlich allein zu sein. Einen klaren Gedanken fassen zu können. Ich rieb mir die Schläfen, hinter denen es grässlich pochte. Ich sollte nicht mehr so viel trinken. Immer wenn die Kobaliks da waren, hielt ich ein Glas in der Hand. Das musste aufhören! »Ich würde jetzt gern …« Sie hörten mir gar nicht zu. Mit leerem Blick starrte ich sie an.

»Der Ehemann hat se in flagranti erwischt, im Parkhaus!«, gab Wolfgang Kobalik gerade Auskunft. Anscheinend schrieb der Anwalt schon mit.

»Nee, Wolfjank, so war det nich!«, quakte Ursula dazwischen. »Da war doch erst noch der anonyme Brief!«

»Ja, noch schlimmer!«, grollte Wolfgang in den Hörer. »Das ist ein fürchterliches Drama! So wat haben wir noch nie erlebt! Det müssen WIR uns nicht bieten lassen!« Er verzog grimmig das Gesicht.

Verwirrt starrte ich ihn an. Hallo? Ging es noch? Der tat so, als sei ER betroffen! Und was war mit MIR? Verwechselten die da nicht was? Ich hatte das Gefühl, in eine Katastrophe hineinzuschlittern. Aber irgendwie war mein Hirn wie leer gefegt. Wie betäubt umklammerte ich mein leeres Glas. Mir wurde schwindlig. Ursula flößte mir weiteren Alkohol ein. Und der blieb nicht ohne Wirkung. Plötzlich war mir alles egal. Ich würde morgen über alles nachdenken. Verschieben wir es doch auf morgen.

»Ja, morgen früh, das lässt sich einrichten.« Fragend ruderte Wolfgang mit dem Arm in unsere Richtung, und Ursula Kobalik nickte heftig. »Zehn Uhr is juht!«

Ich schüttelte ungläubig den Kopf. Mein Herz fing wild an zu klopfen. Zehn Uhr war janich juht. Da würde ich wegen des vielen Alkohols und einiger Schlaftabletten noch im Tiefschlaf sein! Oder Pilates machen! Da wollte ich keinen geschniegelten Anwalt im Haus haben, der Haifischzähne im Gesicht hatte! Bei dem Gedanken daran wurde mir eiskalt. Ich durfte das nicht zulassen! Ich ruderte ebenfalls mit den Armen und versuchte, das Unheil abzuwehren, aber Ursula hielt mich tröstend fest. »Das ist wie ein Zahnarztbesuch«, sagte sie mitfühlend, »den bringt man am besten schnell hinter sich.«

»Besser gestern, aber morgen tut's auch!« Wolfjank lachte laut. »Aber machen Sie Tabula rasa! Wie bei der Tochter von meiner Uschi. Da haben Sie auch keinen Grashalm stehen lassen bei dem Ehebrecher! Also gut. Honorar besprechen wir dann. Das streck ich vor, da lass ick mir nich lumpen. Am Ende zahlt sowieso die Gegenpartei.«

Widerstandslos ließ ich mich auf eine Sessellehne sinken. Wahrscheinlich hatten sie recht. Christian verdiente es nicht besser. Zumindest einen Denkzettel hatte er verdient. Aber vielleicht nicht gleich so einen hinterhältigen? Es war so gar nicht meine Art, ihm in den Rücken zu fallen. Aber war er mir nicht auch in den Rücken gefallen? Nur deswegen hatte es schließlich zu so einem peinlichen Anruf kommen können.

Kobalik legte auf und strahlte mich zufrieden an: »Na? Wie hab ich det jemacht? Onkel Wolfjank hilft sofort und unbürokratisch! Krieg ich dafür 'n Kuss?« Er tippte sich auf die kratzige, feiste Backe.

»Ich weiß nicht …«, stieß ich unsicher hervor. Mir wurde übel. »Ich weiß im Moment gar nicht …« Ich roch kalten Zigarrenrauch und konnte nicht weitersprechen.

»Was weißt du nicht, Mädchen?« Wolfgangs Gesicht kam bedrohlich auf mich zu. Ich starrte auf seine großen Poren und auf seine blutunterlaufenen Augen unter den buschigen Brauen. Er verschränkte die Arme, als würde er auf etwas warten.

»Ich weiß nicht, ob ich wirklich so schnell und so kompromisslos …« Ich versuchte meine Tränen runterzuschlucken. Wolfgang schien mir überhaupt nicht zugehört zu haben. Er machte eine wegwerfende Geste.

»Willst du dir das von dem Saukerl bieten lassen? Mit einer rothaarigen Kleinstadtschlampe hat er rumgeknutscht! Im

Parkhaus einer Musikschule! Da waren Minderjährige im Spiel! Die Frau hat kleine Kinder! Er hat gleich zwei Ehen zerstört!«

»Sie begreift das Ausmaß nicht, Wolfjank. Mach sie nicht zu fertig jetzt.«

»Aber ich würde gern erst mal mit ihm reden. Er kann mir vielleicht alles erklären.« Ich fasste mir mit den Händen an den Kopf.

Ursula Kobalik lachte höhnisch. »Ja, das hättest du wohl gern!«

»Mit REDEN kommt man da nicht weiter«, grunzte Wolfgang und vergriff sich an meiner Cognacflasche. »Wenn einer meine kleine Anita betrügt, dann gibt es nüscht mehr zu reden. Nicht mit Onkel Wolfjank.«

Ich starrte ihn schwer atmend an und holte tief Luft. »Aber das ist doch MEINE Angelegenheit!«, wagte ich einzuwenden. »Vielen Dank für eure Hilfe, aber ich würde gern selbst entscheiden, was ich mache.« So. Das hatte mich jetzt Mut gekostet. Aber nun war es heraus. Sofort fühlte ich mich besser.

»Sie will ihm vielleicht noch eine Chance geben, Wolfgang«, flötete Ursula Kobalik mit gespitzten Lippen. »Vielleicht sucht sie sogar die Schuld bei SICH!«

»Das fehlt mir noch, wa!«, brauste Wolfgang auf. »So ne treue nette Frau. Alles hat se für den Windhund aufgegeben, ne tolle Stelle bei der Lufthansa, erste Klasse, Chefstewardess, alle Millionäre der Welt hätte sie haben können, bei ihrem Aussehen. Und jetzt guck dir doch mal an, wat aus ihr geworden ist!« Wolfgang zeigte mit einer neuen Zigarre auf mich, so als wäre ich ein baufälliges Gebäude. »Da gehört mal ganz gründlich aufgeräumt! Jetzt hat sie sich lange genug für doof verkaufen lassen!«

Mir schnürte sich der Magen zusammen. Jäh fuhr ich zu Ursula herum:

»Ja, hat er denn … Also, ich meine, wisst ihr denn, ob er … schon öfter?«, fragte ich bang.

»Ja wat denkst du denn, kleene Maus! Wat der so auf seinen Reisen treibt?«

»Wie naiv bist du denn, Kindchen?« Ursula Kobalik klopfte mir tröstend auf den Rücken. »Du weißt doch, für wie schön der sich hält. Dabei hatta janz krumme Beene«, sagte sie spöttisch lachend.

»Also diese Information hättet ihr euch auch sparen können!«, hätte ich sie am liebsten angebrüllt. Stattdessen murmelte ich es mehr so vor mich hin.

»Wir haben uns bisher eine Menge Informationen gespart, Kindchen. Aber jetzt reichtet uns.«

»Was denn für Informationen?«, krächzte ich ängstlich. Mit einem mulmigen Gefühl rieb ich mir die Arme.

»Na? Die Affäre mit der Fernsehansagerin? Solln wir ihr det sagen?«

»Welche meinste, Wolfjank? Die bei der Goldenen Kamera in Berlin?!«

»Nee, det war beim Ball der Ölbarone in Dubai.«

»Genau! Aber die war Schauspielerin! Anja Dings … oder war das die Schwester? Den Namen kann ich mir einfach nicht merken. Die Kesse, die immer beim Traumschiff mitspielt.«

»Auf dem Kreuzfahrtschiff? Ach je. Das hätten wa ma besser nicht gesagt. Die kennt sie doch. Jetzt heult se gleich.«

Ich traute meinen Ohren kaum. Was sagten sie da?! Die nette Anja, die ich mochte und mit der ich herumgescherzt hatte? Meine Gedanken überschlugen sich. Fieberhaft überlegte ich, was sie hinter meinem Rücken angestellt haben könnten.

»Kindchen, nicht aufregen! Das ist der Mann nicht wert.« Ursula sandte ihrem Mann einen warnenden Blick. »Kein Kerl auf der ganzen Welt ist das wert. Dass man eine Träne um ihn vergießt.« Sie nahm meine Hand und sang mit scheppernder Stimme: »So schön kann doch kein Mann sein, dass ich ihm lange nachwein …«

Ich war wie betäubt. Noch nie hatte mir jemand so wehgetan. Ich sah direkt vor mir, wie Christian und Anja sich küssten und umarmten und … Mir war, als hätte ich gerade eine schallende Ohrfeige bekommen.

»Auf den Schreck hin muss ich jetzt ooch ma eene rauchen.« Ursula war fertig mit Singen. Sie zündete sich eine Zigarette an und wedelte den Rauch von meinen Gardinen weg. »Tut mir leid, Herzchen, aber das musst du verstehen. Wir wollen nur dein Bestes.«

In dem Moment klingelte das Telefon. Oh Gott, danke! Das waren bestimmt die Mädchen. Trick siebzehn. Ich griff fast erleichtert nach dem Hörer. Wolfjank wäre mir gern zuvorgekommen, aber noch wohnte ICH hier! Ich meldete mich und bemühte mich um einen möglichst normalen Ton.

Mein Herz fing erneut an zu rasen, als ich eine unbekannte Männerstimme vernahm, die ziemlich herrisch klang: »Steiner noch mal. Spreche ich mit meiner Mandantin? Mit Anita Meran?«

»Ähm … ja?«

»Wenn ich Ihre Sache morgen in die Hand nehme, muss ich Ihnen jetzt schon ein paar ganze wichtige Anweisungen geben.« Das klang sehr autoritär.

»Ähm … ich überlege eigentlich noch …« Also gut. Ich würde ihm jetzt sagen, dass wir ein bisschen voreilig gehandelt hatten und dass ich ihn zu gegebener Zeit anrufen würde – wenn überhaupt. Zuerst würde ich mit Christian sprechen.

»Da gibt es nichts zu überlegen!«, rief Wolfgang Kobalik. »Stell mal laut!«

»Sie müssen sofort die Schlösser austauschen!«, befahl Ralf Steiner. »Während das Verfahren läuft, dürfen Sie ihn natürlich nicht mehr über die Schwelle lassen.«

Christian nicht mehr ins Haus lassen? Nein, unmöglich. Er wohnte doch hier! Ich meine, es war ja sein Haus. Außer, er hätte mich sogar schon hier … Ich sah ihn auf einmal vor mir, wie er Hand in Hand mit Anja die Treppe zu unserem Schlafzimmer … Ja. Es musste sein. Tabula rasa. Schlösser austauschen. Meine Gedanken drehten sich im Kreis. Mit möglichst fester Stimme sagte ich: »Laufendes Verfahren? Ich meine, läuft es denn schon? Habe ich Ihnen denn schon einen Auftrag erteilt?« Ich schluckte.

Ursula Kobalik schnalzte missbilligend mit der Zunge. Wolfgang schüttelte entsetzt den Kopf und warf die Arme in die Luft.

»Davon gehe ich allerdings aus! Sie haben mich aus einer Familienfeier herausgeholt, und ich bin schon unterwegs nach Wien!« Die Stimme des Anwalts klang noch unterkühlter als zuvor. »Ich bringe nur noch meinen Sohn zu meiner geschiedenen Frau zurück.«

Ich setzte mich kerzengerade hin, bekam fast keine Luft mehr. Panik erfasste mich. Der machte ernst. Mir fiel das Herz in die Hose.

»Schlösser austauschen. Sofort! Haben Sie mich verstanden?«

Ich blieb stocksteif sitzen. Jetzt gab es kein Zurück mehr. »Natürlich!«

»Das ist oberste Priorität«, drang die Stimme des Anwalts an mein Ohr. »Wenn ich Ihren Fall übernehmen soll, müssen Sie meine Anweisungen ab sofort ganz genau befolgen.«

Ich starrte die Kobaliks verwirrt an. Mir wurde ganz schwindelig. Alles war komplett aus dem Ruder gelaufen. Ein seltsames Schweigen trat ein.

»Det tutse, det tutse«, quakte beschwichtigend Ursula Kobalik über meine Schulter in den Hörer und wedelte mit ihrer Zigarette vor meinem Gesicht herum.

»Ab sofort verfolgen wir eine ganz klare Strategie«, belehrte mich Herr Steiner streng.

Er klang nicht so, als sei er zum Diskutieren bereit.

»Die Kobaliks wissen, wovon ich rede.«

»Ja, det wissen wa, Herr Steiner!«, dienerte Wolfgang Kobalik in Richtung Telefon.

»Ihre Freunde stehen Ihnen ja zum Glück mit Rat und Tat zur Seite«, bemerkte der Anwalt zufrieden.

Ich hörte seinen Wagen mit quietschenden Reifen wenden. Wahrscheinlich hatte er gerade seinen Sohn bei der Geschiedenen abgeliefert.

»Ja, det könnse laut sagen!« Wolfgang warf sich in die Brust: »Wozu sind Freunde sonst da?«

»Es ist besser, wenn Sie jetzt nicht alleine bleiben«, ordnete Herr Steiner an. »Wenn man so verwirrt ist, macht man oft unüberlegte Sachen. Also, Sie tauschen jetzt die Schlösser aus. Haben Sie mich verstanden?«

»Aber jetzt an den Feiertagen ...«, versuchte ich zaghaft, Zeit zu schinden.

»Rufen Sie den Notfalldienst.«

»Das machen wir, lassen Sie das mal meine Sorge sein«, blökte Wolfgang dazwischen und gab mir zu verstehen, dass ich mein Schicksal getrost in seine Hände legen solle. Er nahm mir den Hörer ab: »Herr Majista, wir sind ja keene Grienhoorns, wat det anbelangt, ham wa alles von Ihnen gelernt.«

»Kindchen, jetzt musste dem Wolfjank vertrauen«, zischte Ursula laut genug, dass Herr Steiner das mithören konnte. »Das ist jetzt schwer, aber am Ende stehst du als Siegerin da.«

Ich wollte gar nicht als Siegerin dastehen. Ich wollte mit meinem Mann reden. Am besten ein paar Tage wegfahren. Nach dem Neujahrskonzert. Wir würden zusammen irgendwohin fahren, wo es warm war und die Kobaliks uns nicht finden würden. Dort würden wir über unsere Ehe reden.

»Den ziehen wir aus bis aufs Hemd!« Ursula klopfte mir besänftigend auf die Schulter.

Ich fing an zu weinen. Nach dem Neujahrskonzert würde er gleich wieder nach Japan müssen. Und wenn diese Anja heimlich mitfuhr? Wie ein gutmütiges Schaf hatte ich ihm vertraut! Es stimmte: Ich hatte keine Ahnung vom Leben meines Mannes. Die Kobaliks wussten längst Bescheid! Der Anruf von dem Immekeppel aus Heilewelt war nur die Spitze des Eisbergs gewesen! Aufschluchzend warf ich mich an Ursulas weiche Brust.

»Das Mädchen ist völlig durch den Wind!«, erklärte Herr Kobalik jovial. »Ist am Flennen. Meine Frau hat da ’n juhtet Händchen. Tröstet se schon.«

»Gut, ich verlasse mich auf Sie«, hörte ich wie aus weiter Ferne den Anwalt. »Wenn sie im Vorfeld mit der Gegenpartei auch nur ein Wort spricht, kann ich für nichts garantieren. Sie wissen ja, meine Handschrift: ganz oder gar nicht.«

»Ja, die Devise kennen wir!« Herr Kobalik lachte wissend und tätschelte mir mit der freien Hand den Arm. »Haben wir uns aber immer dran gehalten! Und das machen wir jetzt wieder so.«

»Ich bin mein Geld wert«, sagte der Anwalt zum Abschied. »Ich leiste hervorragende Arbeit. Selbst die Gegenpartei empfiehlt mich an Freunde weiter.«

»Das wissen wir, das wissen wir!«

»Am Ende hat Ihre Freundin die Kinder, das Haus, die Möbel, das Auto und eine fünfstellige Unterhaltssumme bis an ihr Lebensende. Genau wie Ihre Tochter. Aber Sie müssen meine Bedingungen akzeptieren.«

»Verstanden, janz klar, ick bin doch nicht blöd, Mann!«

»Also. Bis morgen dann.« Der Anwalt legte auf.

LOTTA

»Sag mal, bist du blöd, Mann?«

Ich konnte es nicht fassen! Ich KONNTE es einfach nicht fassen! Da hatte mein lieber Jürgen mir nicht etwa mein Konzert aufgenommen, um mir eine Freude zu machen, sondern heimlich ein Telefonat mitgeschnitten! Er hatte sich nicht entblödet, bei wildfremden Leuten anzurufen und sie über Christian Meran auszufragen! Ich raufte mir die Haare.

»Was ist denn nur in dich gefahren?«, stammelte ich, als ich von meinem Spaziergang zurück war. »Wie konntest du nur so etwas tun? Das ist ja so was von voll daneben!« Oh Gott, das konnte ich Sophie nicht erzählen. Dazu schämte ich mich viel zu sehr!

»Ich wollte dir nur die Augen öffnen!« Jürgen wirkte verzweifelt. »Ich konnte nicht anders! Du warst so was von blind vor Liebe!« Er versuchte meine Hände zu nehmen. Seine waren feucht und kalt.

Ich stieß ein fassungsloses Schnauben aus und schubste ihn von mir weg. »Indem du irgendwelche neureichen Berliner Idioten interviewst?«

»Ich wollte nur die Meinung seiner Frau hören!«, verteidigte sich Jürgen trotzig. »Herausfinden, ob sie überhaupt was von eurer Affäre weiß!«

»Jetzt weiß sie es!«, giftete ich ihn an. »Toll gemacht, Jürgen. Ganz toll!«

Jürgen fuhr sich mit dem Ärmel über die Stirn und nahm Haltung an. »Doch dann kamen ihre Freunde an den Apparat.

Das war mir im Grunde auch viel lieber so. Lotta, ich brauchte GEWISSHEIT!«

»Meinst du, mich interessiert deren Meinung auch nur einen feuchten Fiedlerfurz?« Wütend funkelte ich ihn an. »Gewissheit! Dass ich nicht lache! Als wenn diese Schwätzer von irgendwas eine Ahnung hätten!«

»Also MICH hat die Meinung der Kobaliks durchaus interessiert.« So etwas wie Triumph schwang in Jürgens Stimme mit. »Dein feiner Herr ist ein Blender. Und ein Weiberheld. Er meint es niemals ernst mit dir. Ich hatte recht mit meiner Menschenkenntnis.« Jürgen griff wieder nach meiner Hand. Seine Stimme klang versöhnlich und bittend. »Ich meine es doch nur gut mit dir! Ich wollte dich mit dieser Maßnahme nur vor noch größeren Dummheiten bewahren! Margot sagt, man muss dir deutlich Grenzen setzen.«

Ich war fassungslos. Sie machten gemeinsame Sache!

»Diese Art von Entmündigung verletzt mich. Das ist unfair und link. Es hat unnötig viel Staub aufgewirbelt. Es … ist einfach total scheiße von dir.«

»Ich will dich nicht verlieren! Du gehörst zu uns, Lotta!« Jürgen wollte mich wieder an sich reißen und festhalten.

Ich konnte seine Berührung nicht ertragen. Wütend wandte ich mich ab und betrachtete meine regennassen Schuhe, die den Pfützen in den Schrebergärten nicht standgehalten hatten. Ich hätte Christian nicht wiedergesehen! Ich hätte ihn nicht mal angerufen! Ich hätte bald nicht mehr an ihn GEDACHT!! Ich wäre zum Alltag übergegangen! Wenn der übereifrige Jürgen mich nur gelassen hätte! Ich stöhnte und verdrehte die Augen.

»Wie KOMMST du dazu, solch tratschsüchtige Idioten da mit reinzuziehen?« Wütend warf ich die Arme in die Luft.

»Das sind seine besten Freunde! Sie kennen ihn!«

»Schöne beste Freunde!« Ich spuckte aus vor Verachtung. »Dass ich nicht lache! Und seine Frau stand sprachlos daneben oder was?!«

»Ja, sie ist eine ganz zartbesaitete Frau«, erwiderte Jürgen. »Sie war sich einfach zu fein, schlecht über ihren Mann zu reden.«

»Mir kommen die Tränen!« Meine Stimme kippte vor Wut und Fassungslosigkeit. »Echt fein, was da hinter Christians Rücken gelaufen ist!«

»Nun weißt du wenigstens, wovor ich dich bewahrt habe.« Jürgen kratzte sich am Ellbogen.

»Der Mann tut mir immer mehr leid!«, schrie ich ihn aufgebracht an. »Was hat der denn für eine Ehefrau, die ihn mit keinem Wort verteidigt! Wissen die überhaupt, dass du das Telefonat mitgeschnitten hast?«

»Natürlich nicht. Und das muss auch unter uns bleiben, schließlich verstößt das gegen den Datenschutz. Aber ich musste zu diesem Mittel greifen. Bitte versteh das doch!«

»Zu was hast du dich da herabgelassen, Jürgen Immekeppel?« In meinen Augen flackerte grenzenloser Zorn. »Meinst du, damit hättest du irgendjemandem einen Gefallen getan?«

»Oh ja. Dir.«

Sein selbstzufriedenes Lächeln brachte mich zur Weißglut!

»Nein, hast du NICHT!«

»Du wirst jetzt endlich aufhören, an ihn zu denken. So, lassen wir es gut sein!« Er legte den Arm um mich und wollte mich ins Haus schieben.

»Au MANN, wenn du doch nur begreifen würdest, dass du mit deiner trotteligen Aktion genau das Gegenteil erreicht hast!«, schrie ich ihn wutentbrannt an. »Ich habe mir eine Stunde lang interessante Dinge über ihn angehört! Man muss ihn ja warnen vor seinen lieben Mitmenschen!«

Jürgen packte mich am Arm und versuchte, mich zu ihm herumzudrehen.

»Das ist für dich jetzt noch lange kein Freifahrtschein, ihn anzurufen.«

Ich stieß ein irritiertes Schnauben hervor. »Ich hatte nicht im Geringsten vor, ihn anzurufen!«, brüllte ich unter Zornestränen. »Du hast mir das Versprechen abgenommen, und ich habe mich daran gehalten!«

»Eine dreifache Mutter, die im Parkhaus fremde Männer küsst, ist nicht gerade vertrauenswürdig«, entgegnete Jürgen verbittert. »Da ergreift man lieber Vorsichtsmaßnahmen. In der Liebe gilt dasselbe wie auf dem Börsenparkett: Vertrauen ist gut, Kontrolle ist besser. Glaub mir, ich weiß, wovon ich rede.«

Plötzlich wurde ich innerlich vollkommen ruhig. Ich würde nicht zulassen, dass er mich fernsteuerte. »Wie jämmerlich, wie erbärmlich, wie … widerlich!«, sagte ich kalt. »Meinst du, damit hast du dir meine Liebe gesichert?«

»Das will ich doch hoffen. Ich appelliere an deine Vernunft …« Beiläufig zählte er an seinen Fingern auf: »Ich habe mir noch nie Geld geliehen, ich habe noch nie auf zu großem Fuße gelebt, ich habe es nicht nötig, anzugeben, und baggere auch keine fremden Frauen an.«

Ich starrte ihn mit offenem Mund an. Was sollte ich auch darauf erwidern? Er hatte sich verhalten wie ein kleines Kind: Er hatte die Sandburg seines Konkurrenten kaputt gemacht, aber seine eigene auch. Würde ich Jürgen jemals wieder gernhaben können? Würde ich es je schaffen, mit ihm zu schlafen und dabei NICHT an Christian zu denken?

»Außerdem ist er gar nicht so schön, wie er immer tut«, sagte Jürgen mit einem versöhnlichen Zwinkern. »Hast du nicht gehört, was die Frau über seine krummen Beine gesagt hat?«

»Das war die einzige Stelle, wo ich laut gelacht habe!«, sagte ich.

»Siehst du, jetzt lachst du über deine Geschmacksverirrung«, freute sich Jürgen. »Frau Kobalik hat ihn in kurzen Hosen gesehen. Den Anblick konnte ich dir ersparen.« Grinsend schob er mich in Richtung Haustür.

Ich leistete Widerstand. War er wirklich so naiv? »Christian tut mir leid.« Ich ballte die Fäuste in meinen Manteltaschen. »Wer solche Freunde hat, braucht keine Feinde.«

»Also, ich habe nur Mitleid mit der armen Frau«, sagte Jürgen. »Dass die so etwas durchmachen muss.«

»Hallo? Die muss so was durchmachen, weil DU die anrufst!«

»Nein, die muss so was durchmachen, weil DU ihren Mann küsst.«

»Oh Gott!« Ich raufte mir die Haare. »Wir drehen uns ja so was von im Kreis!«

»Das stimmt nicht.« Jürgen sah mich besserwisserisch an und hob den Zeigefinger. »Ein Kreis hat keinen Anfang. Aber DU hast den Anfang gemacht.«

»Ja, und DU aus einer Mücke einen Elefanten! Ich hätte den Mann vergessen, wenn du mir nur ein bisschen Zeit gelassen hättest!«

»Ich MUSSTE Klarheit haben«, sagte Jürgen, während er mich ins Haus schob. »Und die HABE ich ja nun. Vor diesem Herrn muss ich mich nicht fürchten. Er wird meine Familie nicht zerstören.«

»Keinen Elefanten, einen Dinosaurier hast du aus der Mücke gemacht!«, stammelte ich kopfschüttelnd, als die Kinder schon auf mich zustürmten.

Auf dieser Ebene kamen wir nicht weiter. Jürgen hatte einen Stein ins Rollen gebracht, der unaufhaltsam weiterrollte. Wohin, wollte ich im Moment lieber gar nicht wissen.

ANITA

»Und?« Der schnieke Anwalt im perfekt sitzenden Zweireiher rüttelte kontrollierend an der Haustür. »Hat er versucht reinzukommen?« Ich starrte ihn an. Mein Kopf schwirrte. Das war der Moment, in dem ich erklären musste, dass es sich um einen bedauerlichen Irrtum handelte. Dass ich keine Scheidung wollte und jetzt gern allein wäre. Aber mir wollte kein Ton über die Lippen kommen.

»Klar hat er das!«, antwortete Wolfgang Kobalik für mich. Er trug einen grün-gelb karierten Golfpulli und rot-grüne Karohosen, dazu einen orangefarbenen Kaschmirschal. »Das konnten wir von unserm Fenster aus beobachten!«, ergänzte Ursula.

»Gerüttelt und gerufen hat er. Und immer wieder sein Handy bemüht!« Wolfgang lachte zufrieden. »Sogar bei uns hat er angerufen. Aber wir haben uns schlafend gestellt.«

Ursula nickte stolz, als sei ihnen ein ganz besonderes Kunststück gelungen. »Keen Mucks hamwa jemacht und nur durch die Rollläden jekiekt.«

Meine Nachbarin sah so aus, als hätte sie die Hauptrolle in einem Laienspiel ergattert. Ich starrte sie fassungslos an. Das Ganze war ein Spiel für sie! Ein aufregendes Versteckspiel! Sie hatten ja in ihrem Leben sonst nichts zu tun! Sie mussten doch merken, dass ich das alles gar nicht wollte, oder?

Ich selbst war mithilfe von Schlaftabletten und einer ganzen Flasche Rotwein in einen totenähnlichen Schlaf gesunken. Hatte die Sache einfach nur vergessen wollen. Verschieben wir es doch auf morgen! Die Kinder hatten Gott sei Dank nichts bemerkt: Gloria war mit kindlichem Tiefschlaf gesegnet und inzwischen schon wieder zu einer Freundin verschwunden. Und Grazia war über Nacht bei Benni geblieben. Aber jetzt war leider morgen. Und wir standen doch tatsächlich zu viert an meiner Haustür und rüttelten daran. Ich wünschte, es wäre schon wieder ein Tag weiter. Morgen begann ein neues Jahr. Morgen würde sich vielleicht herausstellen, dass ich das hier nur träumte. Ich wusste nicht, ob ich lachen oder weinen sollte. Das Ganze war einfach absurd.

»Der Schlosser hat gute Arbeit geleistet!« Wolfgang Kobalik zeigte dem Anwalt Ralf Steiner stolz das neue Schloss, so als hätte er es selbst installiert. »Das ist ein Sicherheitsschloss, samt Zahlencode. Den kennen nur wir und die Anita. Da kommt keiner rein, der nicht rein soll.«

»Dann wäre das schon mal erledigt.«

Die Kobaliks baten Ralf Steiner hinein, als wäre es ihr Haus und nicht meines. Ich folgte ihnen mechanisch.

Ralf Steiner ließ sich auf mein schwarzes Ledersofa fallen und klappte seinen Laptop auf. »So, Frau Meran. Und jetzt erzählen Sie mir mal, wie hoch das Einkommen Ihres Mannes ist.«

»Ähm, ich weiß es gar nicht so genau …«

»Aber ICK weiß es!« Wolfgang Kobalik stieß Zigarrenrauch aus und zeigte mit dem angelutschten Stummel auf den Laptop: »Det können Se janz leicht nachgoogeln. Ick bin im Vorstand der Freunde und Förderer, und ick kann Ihnen auf den Cent jenau sagen, wat so 'n Wiener Philharmoniker verdient.« Er kratzte sich am Kopf und zählte dann auf: »Festanstellung seit zwanzig Jahren, dazu Solo-Extragehalt, dann die janzen Honorare in fünfstelliger Höhe, die er freiberuflich so abzockt, dazu det saftige Honorar für die Meisterkurse … Also, ick seh da schon ne sehr sechsstellige Summe im Jahr.«

Herr Steiner nickte desinteressiert und gab Zahlen in seinen Laptop ein. »Davon steht der Ehefrau mindestens die Hälfte zu. Hinzu kommt natürlich der Unterhalt für die Töchter. Wie alt sind die?«

»Fürzn und sechzn«, kam mir Ursula zuvor. Sie schwenkte ein Whiskeyglas und drückte mir auch eines in die Hand: »Nimma, det beruhigt.«

»Aha. Dann sind die ja noch minderjährig und in der Ausbildung. Was glauben Sie, wie lange werden die noch studieren, so Pi mal Daumen?« Er schaute mich fragend an.

Meine Kehle schnürte sich zusammen. Ich wollte dieses Gespräch nicht führen! Ich machte den Mund auf, um zu antworten, aber Ursula Kobalik quakte: »Na jehmse den Mädels ma jede zehn Jahre, wa. Heutzutage is det ooch nich mehr so einfach mit de Studienplätze. Unsere Rosie …«

»Dann fordern wir einen Unterhalt für die Mädchen bis zum achtundzwanzigsten Lebensjahr.« Ralf Steiner gab bereits etwas in ein Formular ein. »Außerdem muss er ihnen den gewohnten Lebensstandard erhalten.«

»Ja, det auf jeden Fall, also der Golfclub und det Pferd müssen schon noch drinne sein, wa.« Ursula Kobalik tätschelte beruhigend meine Schulter und hätte dabei fast ihre Zigarettenasche in meinen Ausschnitt fallen lassen. »Jetzt, wo der Vater weg ist, brauchen se nen festen Halt. Nicht, dass sie unter die Räder kommen.«

»Na ja, Vater«, brummte Wolfgang Kobalik tadelnd. »Erzeuger trifftet wohl besser. So viel, wie der weg war und sich in der Weltgeschichte rumgetrieben hat!«

Ich konnte meine Finger gar nicht mehr ruhig halten vor lauter Nervosität. Ich musste es jetzt sagen. Jetzt war der richtige Moment. »Aber warum soll ich mich eigentlich scheiden lassen?«, wagte ich dazwischenzufragen.

Der Anwalt starrte mich verständnislos an. Ich suchte fieberhaft nach den richtigen Worten. Ich wollte niemandem zu nahe treten, so wie sich alle für mich einsetzten, aber … »Ich bin doch noch nicht bereit zu so einem Schritt! Wir sind sowieso oft monatelang getrennt«, versuchte ich dem Anwalt zu erklären, »und führen so eine Art offene Ehe …« Ich verschränkte die Arme.

Wolfgang Kobalik starrte mich einen Moment lang fassungslos an, dann schloss er kurz die Augen und schüttelte den Kopf.

Ursulas Blick glitt völlig perplex an mir herauf und wieder herunter.

»Det Medchen ist total am Ende«, erklärte Wolfgang Kobalik dem Anwalt, der zum ersten Mal fragend von seinem Laptop aufblickte.

»Ja WOLLEN Sie sich jetzt scheiden lassen oder nicht?!«

Nein. Ich will nur hier sitzen. Verschieben wir es doch auf morgen!

»Menschenskind, er hat dich BETROOOGN!«, schrie Ursula Kobalik. »Und nicht nur das eine Mal!« Ihre Augen hatten sich verengt, als würde sie ihre großherzige Nachbarschaftshilfe schon bereuen.

»Aber …« Ich schluckte nervös. Meine Finger zitterten, als ich verlegen mit meinem Diamantring spielte. »Ich dachte, das ist erst mal so ein unverbindliches Vorgespräch?« Vielleicht erreichte ich mit der Blond-hübsch-naiv-Masche etwas bei dem Mann? Oder war ich schon unsichtbar?

»Ich muss Sie darauf hinweisen, dass wir hier gerade die Scheidung einreichen, und zwar mit allen Konsequenzen«, blaffte der Anwalt. »So. Und was sind die Uhren hier wert? Die Bilder? Die Instrumente?«

Bei diesen Worten hätte ich am liebsten die Hände vors Gesicht geschlagen und geheult. Es gab kein Zurück mehr, die Sache war schon am Laufen!

Kobalik wusste alles bis ins Detail. Er war mit Feuereifer bei der Sache. »Hier war ick sogar bei der Versteigerung dabei, da hat er den Orientteppich runterjehandelt. Und det Bild da …«

Ich wollte das alles gar nicht hören! Die Bilder gehörten

hierhin, genau wie die Kinder und ich. Und Christian! Es sollte alles so bleiben, wie es war!

Wolfgang Kobaliks brummige Kumpelstimme drang beschwörend an mein Ohr. »Du kannst jetzt keinen Rückzieher mehr machen, Kleene. Det is wie vom Zehnmeterbrett springen. Nase zu und durch!«

Ich musste Grenzen setzen. Das hätte ich viel früher tun müssen. Entschlossen wirbelte ich herum. »Ich würde gern noch eine Nacht darüber schlafen«, sagte ich gefasst. »Morgen ist ja auch noch ein Tag.«

»Du lässt dich scheiden, Ende der Durchsage!« Ursula blieb hart.

»Wie lange WILLSTE dich denn noch verarschen lassen auf juht Deutsch«, wurde jetzt auch Wolfgang Kobalik böse. »Wir warn doch selber dabei, als dieser Sparkassenheini heulend bei dir anrief! Ham et ja mit eigenen Ohren gehört!« Er paffte sauer seinen Zigarrenqualm aus. »Da gibt's nichts zu überlegen.«

Was MACHTE ich eigentlich hier? Am Ende eines Jahres, in dem Christian selten vorgekommen war, aber in dem ich alles hatte tun und lassen können, was ich wollte? Christian vor die Tür setzen, nur weil die Kobaliks ihr Heimkino brauchten? Das war doch alles eine Spur zu theatralisch. Ich versuchte mich zu entspannen, stellte das Glas ab und räusperte mich. Okay, immer mit der Ruhe! Eins nach dem anderen. Ich würde mit Herrn Steiner jetzt ein Gespräch unter vier Augen führen und dann ganz sachlich um Aufschub bitten. So eine Entscheidung will schließlich gut überlegt sein. Aber als ich seine kalten grauen Augen sah, schwand mir der Mut. Hilflos schaute ich aus dem Fenster. Da draußen vor unserer Terrassentür waren noch Christians Spuren im Schnee zu sehen. Neben den Bremer Stadtmusikanten. Sie führten rund um das Haus. Irritiert war er im Kreis gelaufen und hatte die ganze Nacht geklopft und sein Handy bemüht. Die Spuren führten auch zum Nachbarhaus und verloren sich dann im frisch gefallenen

Schnee. Diesen kleinen Denkzettel gönnte ich Christian schon, wollte es aber dabei bewenden lassen. Also. Punkt. Gut. Bis hierher und nicht weiter. Es würde keine Scheidung geben. Das musste ich jetzt hier ein für alle Mal klarstellen. Ich räusperte mich. Freunde, geht nach Hause!, hätte ich am liebsten gesagt. Hier gibt's nichts mehr zu sehen.

Alle drei starrten mich an. Steiner stand die nackte Geldgier ins Gesicht geschrieben. Er hatte nicht das geringste Interesse, die Sache auf sich beruhen zu lassen! Ich merkte, wie mir die Tränen kamen. Die Kobaliks hatten mir eingeschärft, ja DANKBAR zu sein, dass er den weiten Weg von Kitzbühel nach Wien auf sich genommen hatte. An Silvester, weil es sich um so einen DRINGENDEN FALL handelte. Nur durch IHRE BEZIEHUNGEN und eine erhebliche Anzahlung sei dieser Ausnahmetermin zustande gekommen. Ich räusperte mir die Angst von der Kehle. »Wie gesagt, ich würde gern noch eine Nacht drüber schlafen. Ich weiß Ihre Bemühungen sehr zu schätzen und eure natürlich auch.«

Mein flackernder Blick traf drei absolut entsetzte Augenpaare.

»Der Majista ist über dreihundert Kilometer gefahren«, rief Wolfgang entrüstet. Seine Stimme klang so kalt, wie ich sie noch nie gehört hatte.

»Also, ich bin nicht zum Vergnügen hier und habe für Sie extra die Silvesterparty in Kitzbühel abgesagt«, sagte der Anwalt knapp. »Somit sind bereits erhebliche Kosten angefallen. Wenn Sie jetzt einen Rückzieher machen, kommt Sie das teuer zu stehen.«

»Ich weiß, dass du eine äußerst loyale Ehefrau bist.« Wolfgang Kobalik zupfte sich einen Tabakkrümel von der Zunge. »Niemand zweifelt daran. Und es ehrt dich, dass du deinen Christian immer noch verteidigst.«

Ich biss mir auf die Lippe. Ich verteidigte ihn ja gar nicht! Ich wollte mich nur nicht sofort scheiden lassen! Da musste es ja noch ein Zwischending geben! Wie sollte ich das nur meinen Mädchen beibringen? Die würden doch aus allen Wolken fallen! Mein Puls hämmerte mir in den Ohren. Wollte mich denn niemand verstehen?!

»Dabei hat er dich gar nicht verdient«, zischte Ursula Kobalik. »Nicht für fünf Pfennige! Der Lauser!«

»Ich bin ein sehr guter Menschenkenner«, redete Wolfgang Kobalik weiter, wobei er allerdings den Anwalt und nicht mich ansah. »Unsere Anita hat immer alles geduldet und ertragen, sich perfekt um die Kinder gekümmert. Ihre eigenen Interessen hat sie janz verjessen ...Und jetzt, wo ihre Schönheit fast verblüht ist ...«

Bitte? Was faselte er denn da? Wie in Trance sah ich in den Spiegel. Ich war doch noch schön! Na gut, ich sah verheult und übernächtigt aus und hatte Ringe unter den Augen – also ehrlich gesagt, ich sah genauso beschissen aus, wie ich mich fühlte.

»Also, wenn wir noch heute die Scheidung beim Amtsgericht einreichen, gilt noch das alte, für Sie günstigere Scheidungsrecht. Das ginge ...«, der Anwalt sah auf seine Rolex, »bis zwölf Uhr mittags per Blitzantrag.«

»Det machste!«, zischte Ursula. »Wärst du ja schön blöd, wenn du det nicht mitnimmst.«

»Außerdem sollten wir noch heute beantragen, dass Ihr Exmann sich dem Haus auf hundert Meter nicht mehr nähern darf. Wegen Gefahr der Gewalttätigkeit.« Er klickte ohrenbetäubend mit dem Kugelschreiber.

Wolfgang Kobalik nickte missbilligend, so als hätte er schon oft erlebt, wie ich hier von meinem gewalttätigen Mann misshandelt worden war.

»Aber er ist doch gar nicht gewalttätig!«, flüsterte ich.

»Also, ick happn Foto von dir, da haste ’n blauet Auge drauf«, sagte Wolfgang Kobalik mit einem Unterton, den man sonst bei Gangstern im Fernsehen hört.

»Prima, das legen wir dem Antrag bei«, sagte der Anwalt erfreut.

Ich wandte den Blick ab und überlegte fieberhaft, was das für ein Foto sein konnte. Meinten sie etwa … Schlagartig fiel mir die Karnevalsparty letztes Jahr ein, bei der ich als Piratenbraut gegangen war. Da hatte ich mir allerdings ein dickes Veilchen um das Auge gemalt. Ich merkte, wie mein ganzes Gesicht zu brennen begann.

Wolfgang hatte das Foto tatsächlich schon angeklickt und zeigte es dem Anwalt. »Is det 'n Veilchen? Wa?!«

»Das drucken Sie mir aus, aber vorher retuschieren Sie noch den Hintergrund«, sagte der Anwalt abgebrüht.

»Klar!«, erwiderte Wolfgang Kobalik und steckte sein Smartphone gespielt beiläufig wieder in die Hosentasche. »Kein Problem.«

Verwirrt starrte ich ihn an.

»Gut wäre natürlich, wenn Sie als Zeugen vor Gericht auftreten«, fuhr Steiner fort. »Und den Vorwurf der Gewalttätigkeit untermauern.«

»Det machen wa doch gerne. Wa, Uschi!« Wolfgang rieb sich erfreut die Hände.

»Haben Sie vielleicht mal Schreie gehört oder so was?«

»Ja. Auf jeden Fall. Aber dann stellt der Mann immer die Musik laut.«

Ich schüttelte ungläubig den Kopf und hielt den Atem an. Bitte? Was? »Aber das stimmt doch gar nicht …« Ich wirbelte herum und starrte ihn an.

Wolfgang Kobalik verdrehte genervt die Augen, so als wollte er sagen: Die kapiert aber auch gar nichts!

»Na ja, wir sind ja ständig hier und kümmern uns um das arme Mädchen«, sagte Ursula Kobalik und legte ihren Arm um meine Schulter. »Sie ist ja so tapfer! Hier!« Einer plötzlichen Eingebung folgend hob sie triumphierend meinen Arm und zeigte dem Anwalt einen blauen Fleck am Unterarm, den ich mir beim Aufräumen des Küchenschranks zugezogen hatte. Die Schranktür war zugefallen und hatte mir den Arm eingeklemmt. Uschi Kobalik hatte noch ein paar Eiswürfel daraufgedrückt, bevor sie den Rest in ihren Weißwein hatte plumpsen lassen.

»Mit einem stumpfen Gegenstand hat er sie geschlagen!«, empörte sie sich mit einem Gesichtsausdruck, als glaubte sie wirklich an ihre Version der Geschichte.

Ich starrte sie fassungslos an. »Aber das war ich doch selbst!«, flüsterte ich matt. »Ein Haushaltsunfall!«

»Det sagen se alle!«, brummte Kobalik mit Grabesstimme und winkte ab. »Alle sind se die Treppe runtergefallen und haben sich gestoßen.«

Ursula seufzte theatralisch und zog mich an sich. Ich versteifte mich unwillkürlich. Sie log zwar in meinem Interesse, aber das ging mir doch gegen den Strich.

»Das typische Opfersyndrom«, sagte der Anwalt nickend und hämmerte wieder in die Tasten. »Da hilft nur eines: eine sofortige Anzeige.«

Ich fasste mir mit den Händen an den Kopf. »Er hat mich nicht geschlagen«, flüsterte ich verzweifelt.

»Auf jeden Fall schlägt er dich mit Worten«, sagte Ursula Kobalik. »Mit Abwesenheit. Und mit Untreue. Jahrelang. Det sind seelische Verletzungen, die noch viel tiefer gehen.«

Ich konnte kaum glauben, dass sich Tatsachen tatsächlich so sehr verdrehen ließen!

Der Anwalt nickte ernst. »Seelische Grausamkeit wiegt vor Gericht genauso schwer.« Er sah mich eindringlich an. »Am besten zieht natürlich beides. Der blaue Fleck am Arm ist ein echtes Beweismittel. Aber man muss jetzt rasch handeln. Also noch heute.«

»Wir sollten dem Mädchen klarmachen, dass sie sich jetzt dringend absichern muss«, sagte Wolfgang Kobalik und fasste den Anwalt am Arm. »NOCH ist der Mann Soloflötist bei den

Wiener Philharmonikern. Aber so wie der seine Dienste vernachlässigt und sich in der Weltgeschichte rumtreibt, kann sein Stuhl auch ganz schnell wackeln. Da können wir Freunde und Förderer ein Lied von singen.«

»Ja, und da haben wir nämlich auch ein Wörtchen mitzureden!«, krähte Ursula triumphierend. Ihre Augen begannen zu glänzen. »Wenn sich einer moralische Verfehlungen erlaubt und dem Ansehen des Orchesters schadet ...« Sie war ganz rot geworden vor Eifer.

»Also immerhin hat er Unzucht vor Minderjährigen getrieben, oder wie war das in der Musikschule?« Wolfgang Kobalik wurde nachdenklich. »Wenn uns schon der Sparkassenleiter dieser Kleinstadt anruft und sagt, dass der Saukerl im Parkhaus eine Lehrerin und Mutter verführen wollte, ist Schluss mit lustig. Das muss dem Orchestervorstand eigentlich gemeldet werden!«

»Ja, Mädchen, jetzt unterschreib det!«, drängte mich Uschi.

»Denn bald ist die schöne Kohle weg, die unserer Anita hier ihr schönes Leben garantiert«, sagte Wolfgang mit tiefem Bedauern. »Und die lieben Kinder erst. Was das für ne Umstellung für die wäre, wenn se det schöne Haus nicht mehr hätten.«

Irgendwie war mein Gehirn wie leer gefegt. Wie hypnotisiert starrte ich auf den Kugelschreiber. Ihre negative Energie zehrte mich völlig aus. Würden sie von mir ablassen, wenn ich jetzt unterschrieb?

»Außer, du sicherst dich jetzt ganz schnell ab.« Wolfgang schnaufte vor Ungeduld.

»Det is deine Pflicht als Mutter!« Ursulas Wangen waren zornesrot.

Mit einem riesigen Kloß im Hals nahm ich mechanisch den edlen Kugelschreiber entgegen, den der Anwalt mir reichte.

»Da, wo das Kreuzchen ist.«

Hilfe suchend sah ich mich um.

»Also, was ist? Du musst jetzt an dich und die Kinder denken!«

Bei der Vorstellung, ich wäre wirklich auf mich allein gestellt, wurde mir schwindelig. Was, wenn Christian doch vorhatte, mich zu verlassen? Wie sollte ich uns dann durchbringen?

»Ja«, flüsterte ich. »Wie ihr meint.«

LOTTA

»Frau von Thalgau! Wie schön, Sie noch an Silvester hier zu erwischen!« Justus Schaumschläger vom *Heilewelter Tagblatt* schob sich aufgeräumt in mein Büro. Ich saß am Schreibtisch und starrte Löcher in die Luft. »Wie geht es Ihnen? Sie sehen blass aus!«

Ich erhob mich und schüttelte ihm herzlich die Hand. Er hatte eine wirklich tolle Kritik geschrieben. Und tolle Fotos gemacht, auf denen ich richtig gut aussah. Das war das einzig Erfreuliche gewesen in letzter Zeit.

»Ganz gut«, log ich. In Wirklichkeit kämpfte ich ständig mit den Tränen. »Danke für die Lobeshymnen. Ich werde in der ganzen Stadt darauf angesprochen.«

Das stimmte. Überall, wo ich hinkam, ob Supermarkt oder Bäcker, Kindergarten oder Spielplatz: Die Menschen gratulierten mir. Sie machten mich auf die Plakate aufmerksam, die überall riesengroß und in Farbe an den Litfaßsäulen hingen. Sie zeigten mein lächelndes Gesicht. Darunter stand: »Jahresabschlusskonzert. Peter und der Wolf. Mit freundlicher Unterstützung der Sparkasse Heilewelt.«

»Ja, Sie genießen wirklich einen guten Ruf in der Stadt. Darf ich bei Ihnen rauchen?«

»Na ja, weil Sie es sind, Herr Schaumschläger.« Ich drückte auf die Sprechtaste: »Frau Zweifel, können Sie irgendwo einen Aschenbecher auftreiben?«

»Aber hier ist doch absolutes Rauchverbot im Haus!« Frau Zweifel kam schon angewatschelt. »Ach, Herr Schaumschläger.« Sie lächelte nachsichtig. »Für Sie machen wir eine Ausnahme.«

Justus Schaumschläger zündete sich genüsslich eine Zigarette an. Er stand an der Fensterbank, genau wie ich vor einer Woche, als mich Christian zum ersten Mal besucht hatte. Der Reporter inhalierte und blies den Rauch durch den Fensterspalt ins Freie. Er war in eine dichte blaue Wolke gehüllt, und ich dachte, ich hätte mich verhört, als er sagte: »Und diesen guten Ruf wollen Sie sich doch sicherlich erhalten.«

Der Rauch lichtete sich, und mein Herz setzte einen Schlag aus. Was wollte er denn damit andeuten? Brunhilde Zweifel sandte mir einen fragenden Blick. Ich gab ihr zu verstehen, dass sie die Tür von außen schließen sollte. Sie war tüchtig, aber nicht meine Freundin. Meine Beine zitterten, als ich mich im Schreibtischstuhl zurücklehnte. So beiläufig wie möglich sagte ich: »Wie meinen Sie das, Herr Schaumschläger?«

Schaumschläger drehte sich in seiner knarzenden schwarzen Lederjacke zu mir um: »Nun ja, fast jede Familie schickt ihre Kinder zu Ihnen in die Musikschule. Und die Anmeldungen für nächstes Jahr haben sich verdoppelt …«

»Ja?« Ich zerbrach fast einen Bleistift vor lauter Nervosität.

»Und meine Berichterstattung Ihnen gegenüber war ja wohl bis jetzt mehr als … wohlwollend.« Selbstzufrieden nahm er einen weiteren Zug.

»Herr Schaumschläger?« Meine Hände umklammerten die Schreibtischplatte. »Reden Sie Klartext!«

»Tja!«, machte Herr Schaumschläger und rauchte erst mal in Ruhe weiter, um die Spannung zu steigern. »Mir ist da was zu Ohren gekommen … Und wenn dem so ist, möchte ich das erste Exklusivinterview.«

Draußen vor dem Fenster gingen Leute vorbei. Sie steckten die Köpfe zusammen und zeigten nach oben. Was war denn das jetzt? Hatte sich ganz Heilewelt gegen mich verschworen? Das durfte doch nicht wahr sein. Bitte nicht!

»Wie ich höre, werden Sie sich verändern …«

Noch hatte ich die Hoffnung nicht aufgegeben. Vielleicht

war ihm ja zu Ohren gekommen, dass ich zur Landeskulturministerin berufen worden war oder so was. Dass ich einen Preis bekommen würde.

»Aber das würde ich natürlich gern aus Ihrem Munde hören, bevor ich darüber berichte.« Justus Schaumschläger wandte mir nun seine Vorderseite zu. Sein dicker Bauch quoll aus dem Hosenbund, und ich betrachtete angewidert sein klaffendes Hemd.

»Inwiefern verändern?«, fragte ich, Böses ahnend.

»Na, Sie werden in den Stand der Ehe treten …?«

Mir verschlug es die Sprache. Zeit gewinnen!, war mein erster Reflex.

»Wer hat Ihnen denn erzählt, dass ich heiraten werde?«

»Informantenschutz. Das wissen Sie doch, Frau von Thalgau.« Justus Schaumschläger lachte verschmitzt. »Ich wäre kein guter Reporter, wenn ich meine Quellen preisgäbe.«

Panik schlug über mir zusammen wie eine riesige Ozeanwelle. Wollte Jürgen auf diese Weise erzwingen, dass ich ihn heiratete?

»Aber Sie wissen doch, dass ich ehelos glücklich bin!«, versuchte ich zu scherzen. »Warum sollte sich das ändern?«

»Das möchte ich gern von Ihnen wissen!« Herr Schaumschläger deponierte seinen Hintern auf der Heizung, die unter seinem Gewicht gefährlich ächzte.

»Ich habe nicht vor, meinen Familienstand zu ändern«, sagte ich leichthin und spürte, wie mein Augenlid zuckte. »Mal ganz abgesehen davon, dass das meine Privatangelegenheit ist.«

»Nun, das ist es leider nicht. Sie sind in Heilewelt eine öffentliche Person. Über die ich regelmäßig ausführlich berichte.« Schaumschläger ließ den Mund zu so einem breiten Lächeln zerfließen, dass ich seine vergilbten Zahnhälse sah. »Sie sind sozusagen der einzige Promi hier am Ort. Und den habe ich bis jetzt gehegt und gepflegt.«

»Ja, dann haben Sie eben falsch gehört. Ich werde Jürgen

Immekeppel nicht heiraten.« Ich lachte nervös. »Mal davon abgesehen, dass wir längst nicht so ein hübsches Promipaar abgeben wie Brad Pitt und Angelina Jolie oder so …«

»Oh, nein!« Justus Schaumschläger stieß eine dicke Rauchwolke aus. »Ich rede hier nicht von Jürgen Immekeppel. Darüber hätte ich mich nicht weiter gewundert.« Er verschränkte die Arme, beugte sich vor und starrte mich lauernd an. »Aber wie ich höre, wollen Sie den Flötisten von den Wiener Philharmonikern heiraten.«

»WAS?!« Der kalte Schweiß stand mir auf der Stirn. Das hatte ich vielleicht zu Sophie gesagt, ganz im Vertrauen! Nach ein paar Gläsern Glühwein! Aber das hatte ich doch nicht ernst gemeint!

Ich räusperte mir einen Kloß von den Stimmbändern. »Herr Schaumschläger, wir arbeiten jetzt seit Jahren erfolgreich zusammen. Ich MUSS wissen, wer Ihnen diesen Unsinn gesteckt hat.« Ich senkte die Stimme zu einem verschwörerischen Flüstern, wohl wissend, dass Brunhilde Zweifel das Ohr bereits an meine Bürotür gelegt hatte. Es war mir zuwider, mich mit diesem schmierigen Typen verbrüdern zu müssen, aber in der Not frisst der Teufel Fliegen. »War es vielleicht … ein gewisser Bäckermeister? Sie müssen keinen Namen nennen.«

»Der Gerngroß?« Herr Schaumschläger lachte spöttisch. »Der erzählt so viel dummes Zeug über seine Viktoria und ihre unabwendbare Weltkarriere, dass ich den schon lange nicht mehr ernst nehme.« Er zeigte mit seinem glimmenden Zigarettenstummel auf mich: »Sie glauben gar nicht, wie oft der bei mir in der Redaktion sitzt und mich bedrängt, eine Homestory über seine Viktoria zu machen. Mit Beinprothese und ohne Beinprothese, mit und ohne Rollstuhl, mit und ohne Klarinette.« Er machte eine wegwerfende Handbewegung. »Der Mann ist für mich überhaupt kein Thema!«

»Dann werden Sie ihm in dieser Angelegenheit auch keinen Glauben schenken«, entfuhr es mir erleichtert.

Herr Schaumschläger tat seinen letzten Lungenzug. »Wenn der sagt, er bringt seine Vicki auf die Couch von *Wetten, dass*, lässt mich das genauso kalt wie wenn er sagt, Sie heiraten den Flötisten. Glauben Sie mir.«

Ich musste erleichtert lachen. »Na also!« Hastig stand ich auf. »Ich müsste dann jetzt zum Unterricht …« Ich öffnete die Tür. Lautes Gefiedel und Geklimper kamen uns entgegen.

»Aber ich habe die Information nicht von ihm.«

Die Klinke glitt mir aus den Fingern, sodass die Tür mit einem lauten Knall wieder zufiel. Die plötzliche Stille danach drohte mich zu verschlingen. »Sondern?!« Die Bürolampe füllte mein Zimmer mit grellem Licht, und ich fühlte mich wie in einem Verhörzimmer der Stasi.

»Ich habe viel seriösere Quellen«, fuhr Schaumschläger fort. Er trat einen Schritt auf mich zu und ließ seine nächste Zigarette in mein Gesicht ragen: »Und wirklich, Frau von Thalgau, es geht um IHREN guten Ruf, den Sie da gerade aufs Spiel setzen.« Nach diesem drohenden Satz schlug er wieder einen versöhnlicheren Ton an. »Wie kommen wir jetzt aus der Sache raus?«

Immerhin sagte er »Wir«. Wie ein Arzt, der sich mit seinem Patienten identifiziert. »Wie werden wir denn wieder gesund?«

»Aber ich heirate den Flötisten nicht«, rief ich entrüstet. »Wer erzählt denn so einen Blödsinn! Mein … Ich meine, Jürgen Immekeppel?!«

»Herr Immekeppel? Nein. Ich muss gestehen, dass ich ihn schon in seiner Sparkasse aufgesucht und darauf angesprochen habe. Rein unter Männern, wenn Sie verstehen …« Er wies mit dem Kinn über die Schulter, wo hinter ihm die Leuchtreklame der Sparkasse zu erkennen war. »Wir sichern Ihren Kindern eine Zukunft.«

»Sie haben WAS?!«

»Na ja, nichts für ungut, ich musste sowieso gerade Geld

holen, heute ist ja Silvester. Und da habe ich scherzhaft die Sprache drauf gebracht, dass das Gerücht umgeht, Sie würden nach Wien ziehen und den Flötisten heiraten. Und was würde dann aus unserer schönen Musikschule?« Er räusperte sich und schnippte den Zigarettenstummel aus dem Fenster. »Aber Herr Immekeppel schweigt wie ein Grab. Er ist eben ein echter Ehrenmann. Aus dem ist nichts rauszukriegen.«

Ich hätte beinahe laut aufgelacht. Jürgen und ein Ehrenmann? Nur weil er schweigen konnte, war er das noch lange nicht! Meine Nerven lagen blank.

»Ich HEIRATE niemanden!«, zischte ich gereizt. »Weder den Flötisten der Wiener Philharmoniker noch den Sparkassendirektor noch … den Bäckermeister!« So. Ich hatte es geschafft, witzig zu sein, der Sache etwas Surreales zu verleihen. Und surreal war dieser Vorwurf wirklich.

»Aber es ist bereits Stadtgespräch, fürchte ich.« Herr Schaumschläger ließ sich schwer in den Besucherstuhl fallen, in dem sonst immer heiter plaudernd Sophie saß. »Wenn es nicht stimmt, bringen wir schnellstens eine Gegendarstellung! In Ihrem eigenen Interesse!« Er zog dienstfertig einen eselsohrigen Notizblock aus der schmierigen Lederjacke. Kalter Rauchgestank entströmte dem Innenfutter. »Also: Ich, Frau von Thalgau, verwehre mich entschieden gegen das Gerücht …« Ich bekam Gänsehaut. Ich hatte mich noch nie entschieden gegen etwas verwehrt. Das war gar nicht mein Vokabular. Das war O-Ton Jürgen.

»Dazu muss ich erst wissen, WER das Gerücht in die Welt gesetzt hat!«

»Na ja …«

Herr Schaumschläger suchte nach einer neuen Zigarette, und ich ertappte mich dabei, wie ich ihm mit zitternden Fingern Feuer gab.

»Es tut mir wirklich leid, Ihnen das sagen zu müssen. Aber es ist vielleicht besser, man erfährt rechtzeitig, wer die wahren

Freunde sind.« Er hob die buschigen schwarzen Augenbrauen und sah mich lauernd an.

»Nämlich?!« Meine Stimme klang brüchig.

»Nun ja, die Frau Rollmopsfabrikantin erzählt es herum.«

Das war nicht wahr. Das konnte nicht wahr sein. Nicht meine Sophie! Sie gab gern Geschichten zum Besten, doch nie im Leben würde sie meine geheimsten Gefühle preisgeben!

Ich knipste mechanisch das Feuerzeug an und aus. Die Flamme an meinem Finger spürte ich nicht. »Wem denn? Ich meine, haben Sie es selbst gehört?«

»Nein, aber meine Frau war auf dem Golfplatz, und Ihre Freundin hat es ihren Golfpartnerinnen beim Einputten so laut erzählt, dass meine Frau gar nicht umhin kam, es zu hören!«

»Sie hat es auf dem Golfplatz herumerzählt?« Ja, Sophie spielte Golf. Und sie hatte tatsächlich eine laute Stimme. Das war durchaus plausibel. Aber sie hatte mir doch absolute Verschwiegenheit zugesichert! Mein Magen zog sich schmerzhaft zusammen. Ich meine, das war doch ein Gespräch unter vier Augen gewesen und ganz eindeutig eine Spinnerei, eine Träumerei …

»Sie sprechen von Frau Schmalenberg? Von Sophie Schmalenberg? Sind Sie sicher?!«

»Ja, ganz sicher!« Herr Schaumschläger hob seine nikotingelben Finger zum Schwur. »Meine Frau hat Frau Schmalenberg deutlich erkannt und deutlich gehört.«

»Sie kann das unmöglich weitererzählt haben!«, entfuhr es mir. »So etwas würde sie mir niemals antun!«

»Sie haben es also gesagt.« Schaumschlägers Augen funkelten triumphierend.

»Quatsch!« Ich schlug mit der Hand so fest auf den Tisch, dass die Bleistifte tanzten. »Das ist vollkommener Unsinn!«

»Dann erklären Sie mir mal, wie Frau Schmalenberg darauf kommt.« Herr Schaumschläger beugte sich vertrauensvoll vor:

»Ich meine, der Wiener Flötenmeister ist aber auch wirklich gut aussehend. Sie wären ein schönes Paar!«

»Wir haben doch nur so rumgeblödelt!!«

»Haben Sie nun gesagt, dass Sie ihn heiraten wollen, oder nicht?«

»Im Spaß vielleicht …« Ich raufte mir die Haare. »Das ist doch in keinster Weise spruchreif!«

»Sie haben also tatsächlich Heiratspläne!«, sagte Herr Schaumschläger mit gespielter Begeisterung. »Da kann man ja nur gratulieren!« Er nahm meine eiskalte Hand und schüttelte sie. »Das heißt, Sie werden unsere Musikschule aufgeben? Das wäre aber ein großer Verlust für Heilewelt! Andererseits freuen wir uns natürlich mit Ihnen. Was wird denn nun aus Ihren Kindern, nehmen Sie die mit? Dann müsste Ihr Junge aber die Schule wechseln … Gestatten Sie, dass ich mitschreibe, jetzt brauche ich natürlich einen O-Ton von Ihnen.« Er kritzelte aufgeregt auf seinen Block, die brennende Zigarette zwischen den Fingern. Rauch stieg zur Decke. »Was wird aus den Heilewelter Kindern? Wer übernimmt das Orchester? Wer dirigiert nächstes Jahr die ›Carmina Burana‹? Und wie werden Sie die Zusammenarbeit mit der Sparkasse lösen?« Er klopfte mit dem Kugelschreiber rhythmisch auf den Block: »Das werden Ihnen sicherlich viele Heilewelter Bürger übel nehmen, denn privater Musikunterricht ist ja für viele unbezahlbar …«

»Das ist doch alles völliger Blödsinn!«, schrie ich verzweifelt und wedelte den Rauch weg. »Nie und nimmer hat Frau Schmalenberg das gesagt! Und ich verlasse auch nicht Heilewelt und die Musikschule!« Meine Hände zitterten so sehr, dass ich mich erneut an den Bleistiftbecher klammern musste.

»Ach, dann werden Sie hier als Ehepaar auftreten, Sie und der Flötist? Wie heißt er noch … Christian Meran?« Er kritzelte aufgeregt. »Werden Sie dann auch Meran heißen? Oder nimmt er Ihren Namen an? Ich meine, Ihr Von-und-zu hätte doch jedermann gern im Namen! Und was sagen denn

Ihre Eltern dazu?!« Sein verschlagenes Lächeln machte mir Angst.

»Nichts dergleichen! Hören Sie auf mit dem Quatsch!«

»Christian von Thalgau klingt doch auch sehr nett!«

»Ich HEIRATE ihn nicht!«

»Aber wieso erzählt Frau Schmalenberg dann etwas ganz anderes auf dem Golfplatz herum?« Justus Schaumschläger hob den Blick von seinem Schreibblock.

»Das weiß ich nicht«, stöhnte ich kraftlos. »Bitte, versprechen Sie mir, nichts darüber zu schreiben! Bitte!«

»Es wäre ja auch bitterschade um Ihren guten Ruf«, wiederholte Herr Schaumschläger gespielt mitleidig. »Sie sind hier ja so eine Art Miss Perfect. Sie sind erfolgreich, beliebt, sehen gut aus, haben süße Kinder, einen lieben Lebensgefährten, mit dem Sie hier Hand in Hand arbeiten. Ihre Schüler von heute sind sozusagen seine Kunden von morgen!«

Das kam mir fast vor wie auswendig gelernt. Er drückte seine x-te Zigarette im Aschenbecher aus. »So ein bisschen sind Sie ja die Vorzeigefamilie für Heilewelt. Und da wäre es doch schade, wenn wir unsere Leser diesbezüglich enttäuschen müssten.«

»Bitte tun Sie das nicht!«, flehte ich fast weinend. »Das ist ein ganz dummes Missverständnis, und ich werde der Sache auf den Grund gehen!« Sollte ich ihm … Geld anbieten? Wenn, dann VIEL Geld. Aber dazu hätte ich Jürgen einweihen müssen. Sollte ich zu ihm rübergehen und sagen: »Schatz, lass uns mal eben gemeinsam den Schmierenreporter bestechen«?

»Sie räumen das Gerücht folglich aus der Welt«, stellte Schaumschläger klar. »Was soll ich also schreiben?«

»Nichts! Es gibt nichts zu schreiben!« Ich fühlte mich wie auf dem Zahnarztstuhl. »Versprochen, Herr Schaumschläger?! Sie schreiben nichts?«

»Vorerst nicht«, sagte Justus Schaumschläger gnädig und packte seinen schmierigen Griffel weg. »Aber kein Gerücht entsteht so völlig aus dem Nichts. Ich bleibe dran.« Dann verabschiedete er sich mit den Worten: »Kommen Sie gut ins neue Jahr!«

»Sie mich auch!«, murmelte ich verdrossen.

Als er die Tür aufstieß, sah ich Brunhilde Zweifel gerade noch in Richtung Damentoilette huschen.

ANITA

»Mama? Frohes neues Jahr!« Grazia kam am Neujahrstag gegen Mittag verschlafen in ihrem Trägerhemdchen barfuß die Treppe hinunter. »Was ist denn los? Hast du geweint?« Sie ging erschrocken neben dem Sessel in die Hocke, in dem ich die ganze Nacht wie erstarrt gesessen hatte. »He, Mama!« In einer Aufwallung von Zärtlichkeit wischte sie mir die Tränen aus dem Gesicht. »Du hast Streit mit Papa, nicht wahr?«

Ich nickte stumm und starrte ins Leere. Seit der Anwalt gegangen war, konnte ich keinen klaren Gedanken mehr fassen. Ralf Steiner war gestern mit seinem Porsche aus unserer Einfahrt gebrettert, um rechtzeitig »vor Ladenschluss«, wie er noch gescherzt hatte, die Scheidungspapiere einzureichen. Heute Nachmittag wollte er wiederkommen, um weitere Details zu besprechen. Ich sollte Christians Sachen vor die Tür stellen. Seine Koffer und seine persönlichen Dinge. Ursula Kobalik wollte mir beim Packen helfen.

Ich rieb mir die Augen und versuchte, meine Gedanken zu ordnen. Ich hatte unterschrieben! Ich hatte es getan!

»Papa hat heute Nacht mindestens zehnmal auf meinem Handy angerufen!« Grazia nahm meinen Arm, der kraftlos neben der Sessellehne herunterhing. »Ich war natürlich auf einer Party und habe es nicht gehört. Aber er hat mir auf die Mailbox gesprochen!«

Sie hielt mir ihr Smartphone ans Ohr, und ich hörte Christians vertraute Stimme. Im Hintergrund ging es hoch her. Er befand sich offensichtlich in einem Raum, in dem viele Menschen durcheinanderschrien und lachten: »Grazia! Ich komme nicht ins Haus! Ruf mich dringend zurück, ich muss wissen, was los ist!«

»Das war schon nachmittags!«, sagte Grazia. »Da war ich im Kino. Die nächsten drei sind von heute Nacht.«

»Schatz, hier ist der Papa. Ich stehe auf der Straße, es ist schweinekalt, die Leute feiern und grölen, und ich will nur nach Hause! Was ist mit der Mama?! Ich mache mir Sorgen!« Und dann: »Ich weiß, dass du feierst, Kleines, aber wenn du das abhörst, ruf mich sofort an! Irgendwas stimmt zu Hause nicht! Kann es sein, dass die Mama die Schlösser ausgetauscht hat? Sie geht nicht an ihr Handy und auch nicht ans Festnetztelefon!« Dann die letzte Meldung: »Grazia, ich bin's. Ich bin jetzt im Hotel … Interconti. Am Stadtpark. Du weißt schon, da wo der Johann Strauß mit seiner Geige steht. Ja. Also da bin ich nun zum ersten Mal in meiner eigenen Stadt im Hotel, aber das muss man ja auch mal von innen gesehen haben.« Ich hörte, wie er sich an der Minibar zu schaffen machte. »Jetzt ist es drei Uhr früh, und die Mama schläft bestimmt schon, ich versuch's morgen wieder. Du weißt ja: Um elf kommt das Neujahrskonzert. Schau mal rein! Ruf mich dringend an, sobald du wach bist. Ich liebe dich. Sei lieb zu Mami, ich glaub, die braucht dich jetzt. Alles wird gut. Ciao.«

Grazia war ganz weiß um ihr ungeschminktes Näschen. Aus großen braunen Augen schaute sie mich fragend an. »Mama? Kannst du mir vielleicht mal sagen, was das soll?«

Ich brauchte ungefähr sechs Anläufe, bis ich den Mut aufbrachte, meiner Tochter die Wahrheit zu sagen. Wieder und wieder kniff ich, öffnete den Mund, holte tief Luft und machte ihn wieder zu.

»Mami!« Grazia schüttelte mich am Arm. »Bist du krank? Hast du … Krebs?«

Noch nie hatte ich so fertig ausgesehen. Zitternd vor Müdigkeit richtete ich mich auf und erhaschte einen Blick auf mein Spiegelbild. Ich hatte schwarze Ringe unter den Augen, meine Haut war aschfahl, und meine Haare hingen strohig um mein Gesicht.

»Ich habe die Scheidung eingereicht«, sagte ich schließlich so ruhig wie möglich. So, nun war es heraus! Es war das erste Mal, dass ich es ausgesprochen hatte. Es hörte sich … fremd an. So als wäre das gar nicht mein Text.

LOTTA

Silvester war noch schlimmer als Weihnachten. Es war sozusagen die Steigerung eines Albtraums. Wieder waren meine Eltern angerückt, diesmal mit Fondue-Gerätschaften und tausend Plastiktüten voller Zutaten, und kurz darauf stand auch schon wieder der graue Opel meiner Schwiegereltern in der Einfahrt. Mitsamt kläffendem Köter Leffers. Opa Walter hatte Kracher und Raketen dabei, die er sehr zum Leidwesen des lärmempfindlichen Opas Dietrich bei uns im Vorgarten loslassen wollte.

Ich nahm sofort Reißaus. »Ich fahre noch mal kurz bei Sophie vorbei«, rief ich gespielt fröhlich, »und wünsche ihr ein frohes neues Jahr!« Die Kinder wollten natürlich alle drei mit.

Verstimmt stand Jürgen in der Tür, während ich die Kinder anzog. »Bist du sicher, dass du heute, wo die Großeltern da sind, wirklich noch zu Sophie fahren musst? Hat das nicht Zeit bis nach Neujahr?«

»Nein, hat es nicht!« Ich zerrte etwas heftiger an den Kinderschuhbändern als nötig.

»Ja, wenn es um die Hausarbeit geht, drückt sich unsere Lotta immer gern«, rief Oma Margot dem schwerhörigen Lenchen ins Ohr. »Sie können ja schon mal die Spülmaschine ausräumen! Das hat sie bestimmt auch noch nicht gemacht.«

Opa Dietrich verzog sich schweigend vor den Fernseher, und Opa Walter baute schon mal im Vorgarten die Raketen auf.

Ich wuchtete alle drei Kinder in ihre Kindersitze. Caspar hatte frei, er wollte sich in der Heilewelter Schwulenszene umsehen und es Silvester mal so richtig krachen lassen. Ein zweckloses Unterfangen.

»Lass es doch jetzt gut sein!«, sagte Jürgen. »Morgen ist doch erst Neujahr.«

»Es ist wichtig«, entgegnete ich knapp. Er konnte ja nicht wissen, worum es ging.

Wir fuhren los, und ich starrte verbissen auf die regennasse Straße. Die Scheibenwischer sangen ein schauriges Lied, und die abgestandene Heizungsluft im Auto roch einfach nur trostlos und deprimierend. Ich kniff die Lippen zusammen und starrte durch die schmierigen Scheiben in den Nebel hinaus.

»Mami, hast du schlechte Laune?«, fragten die Zwillinge auf ihren Kindersitzen. »Los, sing was mit uns!«

»Bitte, Mami! Mach noch mal die Ente!«

»Oder den Vogel!«

»Jetzt nicht. Ich muss erst mit Sophie was besprechen.«

»Bist du sauer, weil schon wieder die Opas und Omas da sind?«, fragte Paul verständig.

»Ich glaube, ich bin noch wegen viel mehr sauer«, knurrte ich.

»Aber nicht wegen uns, Mami?«

»Nein, meine Süßen. Nicht wegen euch.«

Da war die rote Backsteinfabrik mit dem dazugehörigen Wohnhaus der Schmalenbergs. Als wir die breite Auffahrt zu ihrem Anwesen hinauffuhren, überkamen mich wieder leise Zweifel. »Bleibt ihr mal kurz im Auto!«, sagte ich, als ich neben der Rosenhecke parkte.

»Aber warum denn, Mami? Wir wollen mit Clemens und Max spielen!«

»Ich will nur kurz was mit Sophie besprechen.«

Die Tür öffnete sich, und Sophie stand wie immer strahlend und schön auf der Schwelle.

»Was für eine Überraschung!« Sie breitete die Arme aus. »He, Pippilotta, was ist los?!« Fragend schaute sie mich an. »Warum kommen die Kinder nicht mit rein?«

Ich starrte sie böse an. Wie konnte sie sich nur so gut verstellen? »Du weißt genau, was los ist!« Wütend funkelte ich sie an.

»Nein!« Überrascht trat sie einen Schritt zurück. »Keine Ahnung! Was ist passiert?!«

»Das weißt du ganz genau!«, zischte ich, und Spucketröpfchen der Verachtung flogen mir aus dem Mund. »Ich habe dir vor einer Woche hier unter dem Siegel der Verschwiegenheit ...« Hilflos sah ich mich nach den Kindern um, die abwartend mit den Beinen baumelten.

Erschrocken trat Sophie in den Flur zurück. Ihr argloser Gesichtsausdruck war großer Besorgnis gewichen. Mit einladender Geste machte sie ihre Tür noch weiter auf. »Komm! Lad deine Kinder aus, und wir schicken sie rauf. Theresa macht ihnen einen Kakao.«

»Ja!«, schrien die Kinder und trampelten mit den Beinchen. »Bitte, Mama, schnall uns ab!«

Ich beachtete sie nicht. Mein Herz zog sich schmerzhaft zusammen. Dies war immer meine Fluchtburg gewesen, meine Anlaufstelle, mein eigentliches Zuhause. »Nein. Das lohnt sich nicht. Was ich dir zu sagen habe, dauert nicht lange, und dann fahren wir wieder.« Ich holte tief Luft und sagte so kalt und metallisch wie Oma Margot: »Ich kündige dir die Freundschaft!«

»Du kündigst mir die Freundschaft?« Um Sophies Mundwinkel zuckte es. Sie wusste nicht, ob sie lachen oder weinen sollte. »Lotta? Ist das ein Silvesterscherz?«

Mir schossen die Tränen in die Augen, und meine Stimme schwankte. »Und dir habe ich VERTRAUT!«

Ihre Augen weiteten sich fassungslos. »Was habe ich dir getan? Bist du sauer auf mich?«

»Sauer ist gar kein Ausdruck!« Fast hätte ich ihr vor die Füße gespuckt. »Ich sage nur Golfplatz!«

»Golfplatz?« Sophie kratzte sich ratlos am Kopf. »Was soll damit sein?!«

»Du hast gestern Golf gespielt mit deinen Freundinnen!«

Meine Fäuste ballten sich in meinen Manteltaschen. »Muss ich noch deutlicher werden?«

»Nein! Habe ich nicht! Es ist überhaupt kein Wetter für Golf!« Sophie stieß ein verständnisloses Lachen aus. »Der Golfplatz steht unter Wasser!«

»Doch! Hast du!«, schnauzte ich sie an. »Und dabei herumgetratscht, was ich dir hier nach fünf Gläsern Glühwein strikt vertraulich über Christian gesagt habe!« Ich trat einen Schritt zurück und suchte Halt am eiskalten Geländer. Die Zornestränen liefen mir bereits über die Wange. So ein Verrat. So eine grenzenlose Enttäuschung.

»Lotta, das muss ein Missverständnis sein …« Sophie gab sich nach wie vor ratlos. »Ich habe ganz sicher nicht Golf gespielt! Weder gestern noch in den letzten Wochen! Ich glaube, ich war seit September nicht mehr im Club!«

»Du brauchst es gar nicht zu leugnen!«, stieß ich verächtlich aus. »Frau Schaumschläger war da und hat unfreiwillig alles mit angehört!«

»WAS mit angehört!?« Sophie schüttelte meinen Arm. »Ich WAR nicht auf dem Golfplatz!«

»Du hast es ausposaunt!« Fassungslos starrte ich meine ehemalige beste Freundin an, deren Kinn auf einmal zitterte.

»WAS habe ich ausposaunt?«

»Dass ich mit Christian leben will!«, zischte ich aggressiv.

»Aber nein! Niemals! Das war doch … Das habe ich doch gar nicht …«

»Siehst du, jetzt verlierst du die Fassung!«

»Du glaubst im Ernst, ICH hätte deine Sache mit Christian weitererzählt?« Das nackte Entsetzen spiegelte sich in Sophies Augen. »DAS traust du mir zu?«

»Das habe ich dir beim Augenlicht meiner Kinder nicht zugetraut!«, schrie ich und nahm automatisch das Taschentuch, das Sophie mir geistesgegenwärtig reichte. »Aber Frau Schaumschläger hat es mit eigenen Ohren gehört!«

»Ich KENNE überhaupt keine Frau Schaumschläger!«, schrie Sophie jetzt aufgebracht zurück. »Jemand muss dir einen Bären aufgebunden haben!«

»Nein! Frau Schaumschläger ist die Frau von HERRN Schaumschläger, und das ist der Reporter vom *Heilewelter Tagblatt*!«, brüllte ich sie nun an. »KAPIERST du nicht, was du da angerichtet hast! Fast wäre es in der ZEITUNG gestanden!«

»WAS?!«

»Dass ich mit Christian leben will! Das habe ich NUR DIR gesagt!« Nun musste ich laut schluchzen. »Es war nur ein winzig kleiner Traum, den ich meiner besten Freundin in einer schwachen Minute anvertraut habe. Und ich habe dazugesagt, dass das Quatsch ist und dass ich das nicht ernst meine!«

Sophie entfuhr ein schrilles Lachen. »Eine Frau Schaumschläger ist überhaupt nicht im Golfclub!«, sagte sie mit fester Stimme.

»Lenk nicht vom Thema ab«, jammerte ich. »Manchmal stehen auch Gäste am Abschlag und machen lange Ohren!«

»Nein! Niemand darf auf den Platz ohne Platzreife! Und ich war nicht auf dem Golfplatz! Das ist doch alles Blödsinn!« Sophie musste sich nun auch die Nase putzen. »Aber wenn du das ernsthaft von mir glaubst, dann war's das wohl mit unserer Freundschaft.«

»Ja, das WAR'S!«, schrie ich tränenblind und stolperte die Treppe hinunter. »Du bist meine beste Freundin GEWESEN!« Mit diesen Worten sprang ich ins Auto und knallte die Türen zu. Im Rückspiegel sah ich eine fassungslose Sophie.

»Nicht mit Wut fahrn!«, rief Paul ängstlich, als ich mit quietschenden Reifen den Kiesweg hinunterbretterte. Aber ich tat es doch.

ANITA

»Du hast ... WAS?« Grazia riss fassungslos die Augen auf und starrte mich wie betäubt an.

»Ja. Gestern. Der Anwalt war schon da.«

»Wie ... wieso?« Grazias Augen waren untertassengroß. Ihr Kinn zitterte.

Ich schluckte.

»Wir ... Wir haben uns auseinandergelebt.« Ich blieb stocksteif sitzen. Mir wurde schwindelig, und kleine Sterne tanzten vor meinen Augen.

»Spinnst du, Mama?«, drang Grazias Stimme schrill an mein Ohr. »Was soll der SCHEISS?!«

»Ich weiß, dass das für dich überraschend kommt«, stieß ich hervor. Ich presste meine Hände gegen die Schläfen. Ich konnte nicht länger still sitzen. Mühsam rappelte ich mich aus dem Sessel auf und begann nervös im Zimmer auf und ab zu laufen, wobei ich mir zum ersten Mal im Leben eine Zigarette ansteckte. Meine Finger zitterten bei dem Versuch, ein Streichholz zu entzünden. Ursula hatte sie liegen lassen. Eingehüllt in den Rauch drehte ich mich zu ihr herum. »Es gab da ein Telefonat von einem Herrn von der Sparkasse ...«

»Hat Papa Schulden gemacht?« In Grazias Gesicht stand die nackte Panik.

»Nein.« Der beißende Rauch fraß sich in meine Augen und Stimmbänder.

»Was hat ein Sparkassentyp mit eurer Scheidung zu tun?!« Grazia funkelte mich fassungslos an. »Wieso rauchst du plötzlich?« Sie schnalzte missbilligend mit der Zunge. »Bist du in den Wechseljahren oder was? Ich verstehe die ganze Sache nicht!«

Mir wurde ganz schwindelig von der Zigarette. Hilflos wedelte ich den Qualm weg. »Der Sparkassenmensch wollte mich vor deinem Vater warnen.«

»Wieso denn das? Du kennst Papa doch wohl besser als der Sparkassenmensch!«

»Nein, der Sparkassenmensch wollte seine Frau vor deinem Vater warnen.«

»Warum hat er dann DICH angerufen?«

»Er wollte irgendwie sichergehen, dass Papa ihm nicht gefährlich wird. Wir haben dann viel länger mit ihm telefoniert als beabsichtigt.«

»Wer ist wir?«

»Die Kobaliks und ich.«

»Mama? Das klingt, als hättest du nicht mehr alle!«

»Er wollte wissen, was dein Vater für ein Mensch ist.«

»Häh? Mama, echt jetzt! Bist du auf Koks?«

»Er hat erst mich und dann die Kobaliks gefragt.«

»Die Kobaliks. Gefragt. Was Papa für ein Mensch ist.«

Das musste wirr klingen. Sehr wirr. Und völlig zusammenhanglos. »Ja. Er brauchte eine Auskunft.« Ich rieb mir über die Stirn. »Er hat an Heiligabend hier angerufen, gestottert und geweint, dass sein Weihnachtsfest verdorben sei, weil Christian seine Frau geküsst hat. Aber meines war daraufhin auch verdorben, das kannst du mir glauben …«

»Papa hat die Frau von einem Sparkassenheini geküsst. Aber Mama, jetzt mal im Ernst: Du weißt doch, dass diese Musiker sich dauernd irgendwie küssen!«

»Ja, aber er meinte, dass seine Frau naiv ist und leicht beeinflussbar. Und dass sie sich in Papa verknallt hätte und mit ihm leben will oder so ähnlich.«

»Wie ist der Typ überhaupt an deine Nummer gekommen?«, unterbrach mich Grazia.

»Auslandsauskunft.«

Grazia verzog das Gesicht zu einer angeekelten Grimasse. »Das hört sich an, als wärt ihr alle voll krass in der Pubertät. Echt!«

Sie musste die Wahrheit wissen. Ich konnte einer Sechzehnjährigen nichts von Bienchen und Blüten erzählen. Sie ließ nicht locker. »Also.« Ich setzte mich wieder hin und nahm Grazias Hand, die sie mir allerdings sofort wieder entzog. »Der fremde Anrufer hat den Papa beschuldigt …«

»Wieso FREMDER Anrufer? Warum hast du nicht sofort aufgelegt?«

»Nein, er hat seinen Namen gesagt. Immekeppel. Von der städtischen Sparkasse in Heilewelt.«

»Mama, bist du sicher, dass du das nicht alles nur geträumt hast?« Grazias Stimme klang auf einmal besorgt. Ihr Stirnrunzeln vertiefte sich.

Ich rückte näher an sie heran, hoffte Zugang zu ihr zu finden. Sie musste doch irgendwie verstehen, dass ich gute Gründe hatte, wenn ich die Schlösser austauschte! »Dieser Herr Immekeppel war sehr freundlich und höflich und hat sich tausendmal entschuldigt, dass er mich an Weihnachten stört. Er machte einen wirklich seriösen Eindruck, glaub mir!« Ich drückte die Zigarette im Aschenbecher aus und lehnte mich zurück. »Jedenfalls hat er mir beziehungsweise den Kobaliks erzählt, dass der Papa im Treppenhaus zur Tiefgarage eine Musiklehrerin geküsst hat.«

»Das sagtest du bereits.«

»Eine Rothaarige mit Brille.«

»Eine Rothaarige mit Brille. Wie ist der Papa denn drauf!«

»Na, das war jedenfalls seine Frau oder Lebensgefährtin oder so.« Ich kratzte mich am Kopf. »Ja. Und dann habe ich die Scheidung eingereicht.«

»Mama, was hast du getrunken?« Grazia hob eine leere Rotweinflasche auf, die unter den Sessel gerollt war. Jetzt klang sie noch unangenehmer berührt als vorher.

»Es war Silvester«, verteidigte ich mich. »Wer trinkt da nicht?«

Grazia hatte den Kopf von mir abgewandt, die Schultern hochgezogen und die Hände hinter ihrem Rücken verschränkt.

Wie erklärt man seinem Kind die Zusammenhänge, ohne wie eine paranoide Irre zu klingen?

»Mama, hast du jetzt ernsthaft die Schlösser ausgetauscht?«, wollte sie fassungslos wissen. »Du hast es also bewusst drauf angelegt, dass der Papa in der Kälte steht. Und nicht weiß, was Sache ist.«

Ich schaute in ihr strenges Gesicht. »Äh, es war eine schwere Entscheidung«, brachte ich schließlich verlegen hervor. »Die Kobaliks haben mir ganz toll beigestanden.«

Grazia ließ sich auf den Fußboden plumpsen, so geschockt war sie. »Was ist das für eine bescheuerte Scheiße?«

»Liebes, wir wollten doch solche Wörter nicht …«

Sie verdrehte die Augen. »Was haben die Kobaliks damit zu tun? Wieso mischen die sich eigentlich in deine Ehe ein? Und wieso erfahre ich das erst jetzt?«

»Ich wollte dir deine Silvesterparty nicht verderben.« Ich klopfte neben mich auf das Polster: »Komm, meine Große, setz dich mal her.«

Grazia rappelte sich verdutzt auf und ließ sich neben mich sinken. »Mama, ich hoffe, dass das alles nur ein blöder Scherz ist, weil sonst …« Ihre Augen füllten sich mit Tränen. »Ich wüsste nicht, zu wem ich halten soll!«

»Grazia, das tut jetzt sehr weh, aber es ist besser für uns alle«, versuchte ich es noch einmal. »Und ich hoffe doch, du weißt, zu wem zu halten sollst …« Ich biss mir auf die Lippe.

»Die Kobaliks halten ja schon mal zu dir!«

»Die Kobaliks waren Zeugen des Telefonats und haben gehört, was der Papa diesem armen Mann angetan hat«, sagte ich verzweifelt.

»Aber Mama, der hat sie doch nicht alle, dass der dich anruft!«, rief Grazia mit glühenden Wangen. »Wenn ich das jetzt richtig verstanden habe, hat er Papa bei dir verpetzt?! Was ist denn das für ein Weichei?« Grazia schnaubte vor Verachtung.

Mir wurde ganz mulmig. Ja, das war ja auch mein erster Gedanke gewesen. »Aber bei der Gelegenheit haben die Kobaliks mir eben auch erzählt, dass der Papa ständig fremdgeht«, rutschte es mir heraus. »Mit einer Schauspielerin und deren Schwester, mit einer Fernsehansagerin oder war es eine Sängerin?« Meine Kopfschmerzen brachten mich schier um. »Sie waren ja immer dabei auf den Dienstreisen, während ich bei euch geblieben bin und von alldem nichts mitbekommen habe …« Ich verstummte und schlug mir die Hände vor das Gesicht. »Die Kobaliks haben gesagt, sie wollten mich schonen und haben mir deshalb jahrelang nichts gesagt. Aber jetzt ist das Maß voll!«

»Mein Gott.« Grazia war schockiert. »Ich hatte ja keine Ahnung! Papa hat dich jahrelang betrogen? Und die Kobaliks wussten davon? Mama, das muss schlimm für dich gewesen sein!« Auf einmal strich sie mir ganz sanft über das Haar. »Dass er dir das angetan hat … Das ist echt nicht fair!«

»Die Kobaliks haben mir die Augen geöffnet«, antwortete ich mit erstickter Stimme. Jetzt rannen mir doch die Tränen in Sturzbächen aus den Augen, und Grazia weinte gleich mit.

»Wir kriegen das irgendwie hin«, schluchzte Grazia. »Wir müssen jetzt einfach nur zusammenhalten.«

Ich nickte und schluckte einen riesigen Kloß herunter. »Wichtig ist nur, dass wir ab sofort nicht mehr mit Papa sprechen und ihn nicht mehr ins Haus lassen. Der Anwalt hat mir eingeschärft, dass jetzt alles haargenau so laufen muss, wie er das anordnet.« Ich zog die Nase hoch und suchte nach einem Taschentuch. »Wenn wir uns an seine Spielregeln halten, können wir das Haus behalten und unseren Lebensstandard auch. Und das willst du doch, oder?«

Grazia nickte stumm.

»Darf ich auch nicht mehr mit dem Papa reden?«, fragte ein dünnes Stimmchen.

Oh Gott, auf dem Treppenabsatz stand Gloria. Sie war leichenblass und starrte uns entsetzt an. Wie lange stand sie schon da? Was hatte sie mitgehört?

»Auch nicht am Telefon? Er hat mich nämlich gerade angerufen! Er will wissen, was los ist!«

»Die Eltern lassen sich scheiden«, schluchzte Grazia. »Weil der Papa fremdgegangen ist.«

Gloria rannte die Treppe herunter. Wir lagen uns alle drei weinend in den Armen und waren ein einziges, zitterndes Häufchen Elend.

LOTTA

Das neue Jahr fing genauso trostlos an, wie das alte aufgehört hatte. Ich fühlte mich so unwohl in meiner Haut, dass ich sie mir am liebsten über die Ohren gezogen hätte wie ein zu eng sitzendes, kratzendes Kleidungsstück. Gern hätte ich mir direkt nach dem Silvester-Fondue oben in meinem Bett die Decke über die Ohren gezogen, aber den Kindern zuliebe stand ich um Mitternacht fröstelnd im Vorgarten und hörte mir die üblichen Familienstreitereien an:

»MUSS das denn sein, dass man so viel Geld in die Luft schießt!«

»Na ja, es ist ja nicht IHR Geld. WIR haben ja die Raketen gekauft. Für unsere Enkel.«

»Das sind auch UNSERE Enkel, aber wir stiften sie nicht zu so einem Unfug an! Dieser primitive Krach! Und gefährlich für die Kinder ist es auch!«

»Lenchen, geh rein, du holst dir noch den Tod!«

»Opa, bitte lass MICH die Rakete abschießen!«

»Immer darf nur der Paul, warum dürfen WIR nicht ...«

»Viel zu teuer, also wenn Sie MICH fragen, ist das pädagogisch völlig verkehrt.«

»Dietrich, hast du deine Ohropax? Steck dir doch deine Ohropax rein!«

»Ich will wenigstens noch einen Nonnenfurz! Ich KANN schon mit Streichhölzern umgehen!«

»Was soll denn Frau Ehrenreich denken, wenn wir hier so rumlärmen!«

»Schaut mal, Kinder, wie schööööön! Hach, Kinder, nein, wie ISSES nur schön!«

»Das ist doch gar nichts! Wir früher bei der Marine, wir haben wirklich den Himmel brennen sehen, als der Russe kam …«

Ich sah den Himmel auch brennen. Durch tränenverschleierte Augen. Was lief denn auf einmal in meinem Leben schief? Wie hatte es nur zu einer solchen Katastrophe kommen können? Ich hatte einen winzigen Moment lang die Kontrolle über mein geordnetes Leben verloren, und jetzt hing es plötzlich am seidenen Faden! Die Menschen, die mir bisher so nahegestanden hatten, waren auf einmal keine Vertrauten mehr! Dass Jürgen diese Rakete gezündet hatte! In Wien anzurufen, bei Christians Frau! Wie es wohl Christian jetzt ging? Und seiner Frau? Ein plötzliches Frösteln erfasste mich, und ich erschauderte unter meiner Wolljacke. Hoffentlich hatten die beiden keinen Streit. Wenn sie klug war, diese schöne Frau, hatte sie Christian überhaupt nichts von dem bescheuerten Anruf gesagt. Ich hoffte es für sie beide.

Plötzlich legte Jürgen den Arm um meine Schultern. »Na, mein Superweib? Du frierst ja. Frohes Neues erst mal!«

Halbherzig drehte ich mich zu ihm herum. »Ja, Jürgen, das wünsche ich dir auch.«

»Wollen wir das neue Jahr wieder friedlich beginnen?« Jürgen blickte mich versöhnlich an. »Und das alte einfach vergessen?«

Unwillkürlich zog ich die Schultern hoch und nickte müde. Mein Magen verkrampfte sich.

»Dann ist es ja gut. Komm, gib mir einen Kuss!«

»Ich mag jetzt nicht. BITTE putz dir die Nase!« Ich reichte ihm ein Tempo.

»Wie war es denn bei deiner Freundin Sophie?«, fragte Jürgen unvermittelt. »Heute warst du gar nicht so lange bei ihr wie sonst.«

»Sie ist nicht mehr meine Freundin.« Ich wandte mich ab

und wischte mir die Augen. Auf keinen Fall wollte ich jetzt hier vor meiner Familie in Tränen ausbrechen.

Teilnahmsvoll gab Jürgen mir das Taschentuch zurück. »Habt ihr Streit gehabt?«

»Ich möchte nicht darüber sprechen.«

»Mami! Hast du DAS gesehen!? Die Rakete hab ICH abgeschossen!«

»Ja, ganz toll, mein Großer!«

»Und jetzt ich, und jetzt ICH!« Die Zwillinge hüpften vor uns auf und ab. Ein anständiges Gespräch konnte so nicht in Gang kommen.

»Na, Kinderle?« Opa Walter hatte sein Pulver verschossen und nahm nun erfreut nickend zur Kenntnis, dass wir Arm in Arm dastanden und ein Bild trauter Zweisamkeit abgaben. Er klopfte mir gönnerhaft auf die Wange.

»Bring mal die Mutti rein, sie schafft die Stufen nicht allein!« Jürgen schickte seinen Vater fort und wandte sich mit tiefer Anteilnahme wieder mir zu: »Aber Sophie und du – da passt doch keine Briefmarke dazwischen! Wie kann es denn plötzlich aus sein mit eurer Freundschaft?«

Ich starrte traurig in den funkelnden Raketenhimmel. Wie es ihr wohl gerade ging? Ob sie jubelnd und strahlend wie immer mit ihrer Familie im Garten stand? Oder eine große Party gab? In der Schmalenberg-Villa? Mit geladenen Gästen, zu denen ich nun nicht mehr gehörte?

»Die Mama hat die Sophie angebrüllt, dass sie auf dem Golfplatz war«, mischte Luna sich naseweis ein.

»Und Sophie hat geschworen, dass sie dort NICHT war«, kam ihr Stella zu Hilfe.

Ein merkwürdiges Zucken huschte über Jürgens Gesicht.

»Ja, und dann hat die Mama sie angeschrien, dass man auch im Winter Golf spielen kann und dass sie ihr kein Wort mehr glaubt. Dass sie nicht mehr ihre Freundin ist. Und dann ist die Mama ins Auto gesprungen und hat sogar noch das Rosenbeet niedergemäht, beim Rückwärtsfahren. Auf dem Heimweg hat sie die ganze Zeit geheult«, berichtete Stella. »Aber wir haben sie getröstet, nicht wahr, Mama?«

Ja. Mit ihren süßen Patschhändchen. Doch daraufhin hatte ich noch mehr geweint.

»Die Mama hat die Scheibenwischer auf volle Pulle gedreht, aber für ihre Brille hatte sie keine«, bemerkte Paul sachverständig. »Fast wäre sie gegen einen Baum gefahren.«

Jürgen drehte sich im Zeitlupentempo zu mir um. Er schloss für einen Moment die Augen, als würde er über eine ganz knifflige Geldanlage oder Kreditanleihe nachdenken. »Da bin ich aber froh, dass ihr heil nach Hause gekommen seid.«

»Ja, den Weg zu Sophie und zurück hätte ich auch blind gefunden«, sagte ich traurig. Ich sah den bedauernden Ausdruck in Jürgens Augen.

»Und jetzt? Trefft ihr euch nicht mehr?«

Er litt mit mir. Er wusste, wie viel Sophie mir bedeutete. Ach, Sophie!, dachte ich. Wohin sollte ich mich von nun an wenden, wenn ich wieder etwas auf dem Herzen hatte? Wenn ich Luft ablassen, Trost suchen oder einfach nur albern sein wollte? In etwa konnte ich sogar nachvollziehen, welche Angst Jürgen gehabt hatte, MICH zu verlieren. Deshalb hatte er so kopflos gehandelt und Christians Frau angerufen. Angst ist ein schlechter Ratgeber. Auf einmal verstand ich ihn, und mir ging auf, wie sehr ich ihn in letzter Zeit vernachlässigt hatte. Die vielen Proben, die Elternabende … Und wenn ich bei Sophie war, vergaß ich oft die Zeit und kam erst spät nach Hause. Wo sollte mein armer Jürgen Dampf ablassen? Bei seinen alten Eltern bestimmt nicht! Sein Mitleid rührte mich, die Art, wie er mich ansah und nicht die rechten Worte fand, mich wegen meiner Freundin zu trösten.

»Wir werden sehen. Auf jeden Fall werde ich mir im neuen Jahr mehr Zeit für uns nehmen!«, sagte ich fest entschlossen. »Komm, lass uns reingehen, mir frieren schon die Füße ab.«

Alles würde gut werden.

Am Neujahrsmorgen ging um sechs Uhr früh mein Handy. Ich hörte vom Bett aus, wie es in meinem Arbeitszimmer »Halleluja« sang, und blieb in Schockstarre liegen, bis es damit aufhörte. Wer konnte das gewesen sein? Vorsichtig drehte ich mich zu Jürgen um, der friedlich in seiner Betthälfte weiterschnarchte. Mein Herz pochte. Wer am Neujahrsmorgen um so eine Zeit anrief, musste mich wirklich dringend sprechen wollen. Sophie!, ging es mir durch den Kopf. Sie konnte nicht schlafen und wollte sich bei mir entschuldigen. Hm. Das war eine Möglichkeit. Die andere war … Nein. Ausgeschlossen. Und wenn doch? Plötzlich war ich hellwach. Mit Blick auf den schlafenden Jürgen schlüpfte ich lautlos in meine Pantoffeln und schlich die Treppe hinunter, tunlichst darum bemüht, mit keiner Stufe zu knarren. Im Arbeitszimmer hing das Handy an seinem Ladegerät. Ein Anruf in Abwesenheit. Ich tastete nach meiner Brille und starrte auf das Display. Unbekannte Nummer. Sophie war es also nicht.

Um elf hatten wir gerade das Frühstücksgeschirr abgeräumt, als Jürgen schon wieder über seinen Laptop gebeugt am Esstisch saß. Vorsichtig tastete ich nach der Fernbedienung. Man wird ja in seinem eigenen Haus noch fernsehen dürfen! Entschlossen schaltete ich ins ORF. Da, die Wiener Philharmoniker! Da saßen die hundert Pinguine in ihren Fräcken und spielten. Um die Aufmerksamkeit der anderen nicht auf mich zu ziehen, ließ ich den Ton aus. Ich wollte nur einen winzigen Blick auf Christian erhaschen. Gebannt starrte ich auf die Mattscheibe.

»Mach doch den Ton an, Kind, du verstehst ja gar nichts!«, rief meine Mutter aus der Küche, bevor sie mit dem halb tauben Lenchen wieder über Marmeladenrezepte aus ihrer Kindheit sprach.

»Och nein, nicht nötig«, rief ich so harmlos wie möglich über die Schulter.

Jetzt sah man die Bläsergruppe in Groß. Mein Herz fing an zu hämmern. Automatisch zupfte ich mir ein paar widerspenstige Haarsträhnen zurecht, bis mir einfiel, dass zwar ich Christian sehen konnte, aber nicht umgekehrt!

»Lotta, setz dich doch, du stehst im Bild!«, sagte Jürgen, der anscheinend in zwei Bildschirme gleichzeitig schauen wollte.

»Nicht nötig, es läuft sowieso nichts Interessantes«, murmelte ich rasch.

Da kamen schon die Holzbläser! Jetzt konnte es nicht mehr lange dauern. Mein Herz klopfte so laut, dass es das Klicken von Jürgens Computertastatur übertönte. Und ganz plötzlich war Christian groß im Bild. Die Kamera nahm seine Hände ins Visier, und ich bekam eine wohlige Gänsehaut, als ich die langen, schlanken, über der Flöte tanzenden Finger sah. So wie vor einer Woche bei uns in der Musikschule … Oh, ich durfte nicht hinsehen! Jetzt fuhr die Kamera zurück, und ich sah in Christians ernstes Gesicht. Und schon war er wieder weg! Damals, im Konzert, hatte er mich ständig angesehen, als ich ihm die Einsätze gab. Hatte er mich heute Morgen um sechs angerufen? Verschwendete er überhaupt noch einen Gedanken an mich? Plötzlich spürte ich Jürgens Atem in meinem Nacken.

»Du schaust ihn dir ja doch an!«

Ertappt wirbelte ich zu ihm herum. Meine Beine zitterten. Hastig drückte ich die Aus-Taste, und der Bildschirm wurde schwarz.

»Das war das Neujahrskonzert«, rechtfertigte ich mich hastig. »Ich hatte den Ton abgedreht, um dich nicht zu stören!«

»Kind, warum hast du denn ausgemacht?« Meine Mutter kam mit Lenchen im Schlepptau aus der Küche und wies ihr energisch den Fernsehsessel zu. »Jetzt habe ich Frau Immekeppel gerade erklärt, was es mit Beethoven auf sich hat und dass er auch schon taub war, als er seine schönsten Stücke komponiert hat!«

Oma Lenchen ließ sich mit wackeligen Beinen in den Sessel sinken: »Ist es schon vorbei?«

»Ja, es ist schon vorbei!«, sagte Jürgen laut und deutlich und sah mich drohend an. »Bevor es überhaupt angefangen hat!«

»Aber das STIMMT doch gar nicht!« Meine Mutter nahm mir energisch die Fernbedienung aus der Hand und machte den Fernseher wieder an. »Ein bisschen Kultur kann hier niemandem schaden!«

Sofort waren die Wiener Philharmoniker wieder zu sehen.

»Wie geht das denn hier laut?« Sie fummelte hilflos an dem Gerät herum, und Jürgen zeigte es ihr.

Nun dröhnte die neunte Symphonie von Beethoven durch unser Reihenhaus: »Freude, schöner Götterfunken …«

»Och, Kinder, IST das nicht schön!«, rief Lenchen entzückt und wackelte interessiert mit dem Kopf. »Jetzt habe ich schon so oft Neujahr gefeiert, aber noch nie die Wiener Philharmoniker gehört!«

»Also, ich muss hier raus!« Jürgen stürmte mit hochrotem Kopf zur Tür. »Ich gehe an die frische Luft! Lotta? Kann ich dich mal alleine sprechen?«

Oh Gott. Nicht schon wieder!

»Dann nehmt Leffers mit!«, freute sich Opa Walter, der soeben von der Toilette zurückkam. Er klopfte mir mit seiner noch nassen Hand auf die Wange: »Und nicht vergessen: Lebensfreude ist das Wichtigste! Gell?! Wir halten hier die Stellung!« Er nahm Oma Lenchen die Fernbedienung ab und schaltete einfach um.

Unser Neujahrsspaziergang führte uns wie immer an den Schrebergärten vorbei. Harken und Gießkannen lehnten vereinsamt an feuchten Wänden, Sträucher und Hecken dampften im Nebel vor sich hin. Es tropfte von den kahlen Bäumen, und das braune nasse Laub hatte sich mit schmutzigen Schneeresten und grellbunten Silvesterböllerresten vermischt. Kein schöner Anblick.

Jürgen sagte: »Ich möchte mit dir über unsere Beziehung reden.«

Oh ja, gute Idee! Nachdem wir im letzten Jahr so schön damit aufgehört hatten, konnten wir im neuen Jahr gleich wieder damit anfangen.

Stampf, knirsch, keuch, schnief. Er hatte wieder kein Taschentuch dabei. Ich hatte meine Umgebung schon immer als trostlos und öde empfunden, aber jetzt schrien mir die farblosen Reihenhäuser mit den verrosteten Schaukeln und vermatschten Sandkästen förmlich zu: »Frohes neues Jahr, Lotta! Du wirst hier nie herauskommen! Du gehörst zu uns!«

In mir regte sich Trotz. Wenn Jürgen jetzt wieder mit dem Flötisten anfing, würde ich wegrennen!

Jürgen hatte meine Hand genommen und hielt sie mit eisernem Griff fest. Mir war, als würde ich abgeführt.

»Du kommst von dem Mann einfach nicht los, was?«

Na bitte! Da hatten wir die Platte ja schon wieder aufgelegt. Die Endlosplatte, die meine Seele folterte wie Berieselungsmusik im Supermarkt. Heute frische Beziehungsanalysen im Kühlregal! Greifen Sie zu, nehmen Sie lieber gleich drei!

»Ich wollte mir nur das Neujahrskonzert ansehen. Ich wusste nicht, dass das verboten ist.«

»Wolltest du nicht. Du wolltest diesen Herrn in Großaufnahme sehen.«

»Jürgen, bitte! Hatten wir nicht gestern Abend beschlossen, dass das Thema jetzt endgültig abgehakt ist?« Ich blieb stehen und sah ihn flehentlich an.

»Ja, das hatten wir. Und was ist das Erste, was du heute im neuen Jahr tust?«

»Das Neujahrskonzert sehen Millionen Leute!«

»Das meine ich jetzt gar nicht. Sondern, dass du um sechs Uhr früh nach unten schleichst, um nachzuschauen, ob dein

Geliebter angerufen hat!« Mir wurde eiskalt. Er war mir nachgeschlichen!

»Ich dachte, es ist Sophie!«, verteidigte ich mich. »Immerhin hatten wir den größten Krach unseres Lebens! Vielleicht wollte sie sich entschuldigen!« Der Gedanke an Sophie versetzte mir einen wehmütigen Stich.

»Nein, meine liebe Lotta, du hast geglaubt, es ist dein Liebhaber!« Jürgen hielt mir zwei Finger unters Kinn und wollte mich zwingen, ihn anzusehen. »Warum kannst du mir nicht in die Augen schauen? Hättest du ein reines Gewissen …«

Weil ich dich im Moment einfach nur hasse!, hätte ich gern geschrien. Weil du einen Tropfen an der Nase hast! Weil du sogar recht hast. Weil ich nichts sehnlicher gehofft habe, als dass es Christian ist. Und nichts mehr gefürchtet.

»Lotta, du musst dir jetzt über eines im Klaren sein!« Jürgen nahm seinen Stechschritt wieder auf und zerrte mich in Richtung Hauptstraße, wo wir sonst eigentlich nie langgingen: »Du hast hier in Heilewelt einen guten Ruf zu verlieren.« Abrupt blieb er stehen. »Um Gottes willen, schau nur!« Wir standen vor einer Litfaßsäule, an der noch ein Konzertplakat hing: »Schau, wie sensibel die Leute hier auf deine triebgesteuerte Dummheit reagieren!«

Mir blieb das Herz stehen. Mein lächelndes Gesicht war völlig verunstaltet worden: Man hatte mir einen Zahn schwarz gemalt, und auf meiner Stirn stand in Großbuchstaben: »Schlampe!« Mir wich alles Blut aus dem Gesicht, und meine Beine waren wie Pudding. Ich schämte mich furchtbar, wollte auf der Stelle tot umfallen oder wenigstens unsichtbar werden! »Oh Jürgen, mir wird schlecht«, krächzte ich hilflos. »Können wir schnell weitergehen?«

»Natürlich.«

Diesmal ließ ich es gern geschehen, dass er meine Hand nahm und mich fortzog. Als Nächstes kamen wir zur Post. Ich wurde beinahe ohnmächtig, als ich vor einem weiteren beschmierten Plakat stand. Diesmal prangte das Wort »Rabenmutter« darauf.

Leffers hockte sich hin und machte erst mal einen dicken Haufen neben die Litfaßsäule.

Täuschte ich mich, oder hingen die Bürger Heilewelts bereits feixend hinter ihren Gardinen? Meine Lippen waren so blutleer, dass ich sie nur mit viel Mühe auseinanderbringen konnte: »Gibt es noch mehr davon?«

»Keine Ahnung!« Jürgen hob die Schultern und sah sich ratlos um. Dann kam mir sein Gesicht ganz nahe: »Das ist die logische Folge, meine liebe Lotta. Wer mit dem Feuer spielt, kommt darin um.«

Ich wollte weinen, aber es kamen keine Tränen.

»Gerngroß!«, flüsterte ich fassungslos. »Er ist der Einzige, der uns gesehen hat!«

»Dann war er das, der mir diese anonyme Mail geschickt hat?«, mutmaßte Jürgen betroffen. »Das ist doch dieser Bäckermeister, dessen Viktoria im Rollstuhl sitzt?!«

»Ich glaube, ich bring ihn um!«, krächzte ich. In plötzlich aufwallender Panik klammerte ich mich an Jürgens Brust: »Jürgen, bitte! Du musst mir helfen! Der Mann macht mich ja fertig hier in Heilewelt! Oh, ich hasse ihn, ich hasse ihn! Wir müssen ihn mundtot machen …«

»Tja«, sagte Jürgen. Er sah mich mitleidig an. »Wie schnell sich die Tonart ändern kann, was? Vor einer Woche haben sie noch Hosianna geschrien, und jetzt wollen sie dich kreuzigen!« Er drückte tröstend meine Hand.

Blass starrte ich ihn an. Er hatte recht. Er sah die Dinge viel klarer als ich. Gerngroß hatte es geschafft, eine ganze Kleinstadt gegen mich aufzuhetzen. Unbekannte verunstalteten mein Konterfei! Das bedeutete, dass bereits ein Hass gegen mich schwelte. Wer würde denn jetzt noch sein Kind zu mir in die Musikschule schicken? Ich versuchte tief durchzuatmen, um nicht den Verstand zu verlieren. »Können wir das abmachen?«

Ich versuchte, meine zitternden Hände wieder unter Kontrolle zu bekommen, und wühlte panisch in seinen Manteltaschen. »Hast du irgendwas dabei, womit wir das entfernen können? Eine Schere, ein Messer?

»Lass das!«, sagte Jürgen unwirsch. »Ich mag das nicht, wenn du in meinen Manteltaschen herumwühlst.«

Zu meiner grenzenlosen Erleichterung hielt ich plötzlich einen dicken schwarzen Textmarker in der Hand. »Dass du DEN dabeihast!«, murmelte ich. »Es gibt doch einen Gott!« Mit fliegenden Fingern übermalte ich das hässliche Wort »Rabenmutter« und schließlich mein ganzes Gesicht. Es war nur noch eine dunkle Maske. »Und jetzt das andere!« Ich hastete wieder zurück und trat dabei in eine tiefe Pfütze. Eiskaltes Wasser drang mir in die Schuhe, aber ich nahm es kaum wahr. Ich wollte nur meine Schande tilgen, nur noch dieses fürchterliche Wort »Schlampe« übermalen, mein ganzes Gesicht zum Verschwinden bringen, mich unsichtbar machen. Leffers sprang begeistert neben mir auf und ab und bellte sich die Seele aus dem Leib. Beschämt senkte ich den Blick, wenn mir Leute entgegenkamen. Als ich auch die zweite Litfaßsäule entschärft hatte, ging es mir für den Bruchteil einer Sekunde besser.

Jürgen holte mich ein. »Ist alles okay mit dir? Du keuchst so!«

»Ich bin kurz vorm Durchdrehen.« Grüne Punkte tanzten vor meinen Augen. »Was soll ich machen? Was soll ich nur tun? Ich kann doch den Leuten hier nicht mehr unter die Augen treten?«

»Vielleicht waren es wirklich nur diese zwei Plakate«, sagte Jürgen beschwichtigend. Auch ihm stand der Schreck ins Gesicht geschrieben. »Die an der Musikschule und an der Sparkasse hatte ich ja schon abgehängt.« Ein Lächeln umspielte seine Mundwinkel: »Da hat ja deine Mutter glücklicherweise schon Kartoffeln drauf geschält.«

Jetzt war ich ihr sogar richtig dankbar dafür. »Jürgen, bitte lass uns die ganze Stadt abfahren und alle Plakate kontrollieren«, flehte ich ihn an. »Bitte! Ich kann sonst an nichts anderes mehr denken!«

»Auch nicht an den Flötenspieler?« Jürgen lächelte immer noch. Fast triumphierend.

»Nein, ganz bestimmt nicht. Jürgen, ich flehe dich an!« Leffers bellte hysterisch.

»Wenn es dich beruhigt, setze ich mich gleich ins Auto und fahre alle Litfaßsäulen und Plakatwände ab«, versprach Jürgen. »Wenn es dein innigster Wunsch ist …«

»Ja, Jürgen, es ist mein innigster Wunsch!«, stieß ich verzweifelt hervor. »Und nimm den dicken Stift hier mit und übermal alles, was du Widerliches über mich liest!«

»Aber natürlich. Allein schon unserer Kinder wegen. Paul kann schließlich lesen.«

Ich heulte fast vor Erleichterung und schämte mich wie schon seit Kindertagen nicht mehr. »Wenn du das für mich tust, Jürgen, werde ich nie wieder an den Flötisten denken und auch nie wieder den Fernseher anmachen, wenn die Wiener Philharmoniker spielen …«

»Dann ist es ja gut.« Jürgen nahm mir den kläffenden Köter ab: »Halt die Schnauze, Leffers! Es reicht!« Er legte den Arm um mich und ging mit mir zurück zur Schrebergartensiedlung, wo mich weit und breit kein Plakat verstören konnte. »Das Tier hat ganz sensible Antennen«, sagte er. »Es spürt deine Panik. Aber mach dir keine Sorgen, ich halte zu dir, wir sind schließlich ein Team, nicht wahr?«

Er lächelte mich an, und diesmal lächelte ich dankbar zurück.

Noch am selben Nachmittag kontrollierte Jürgen sämtliche Plakate. Er leuchtete sie mit seinen Autoscheinwerfern an, mit Fernlicht, wie er mir später erzählte. »Du kannst beruhigt sein!«, flüsterte er mir zu, als er Stunden später nach Hause kam. »Es waren keine Schmierereien mehr zu sehen. Die meisten Plakate waren sowieso schon vom Regen durchweicht. Und zwei habe ich noch gerettet. Schau!« Er entrollte sie. »Sollen wir die noch rahmen und aufhängen?«

»Ach nein!«, flüsterte ich beschämt. »Da werde ich gleich mal Zwiebeln drauf schälen …«

Wie ich in der Zwischenzeit festgestellt hatte, hatte mir Sophie schon drei SMS geschickt: »Ich WAR nicht auf dem Golfplatz!«, »Der Golfplatz ist seit Wochen geschlossen, er steht unter Wasser!«, und die letzte: »Eine Frau Schaumschläger hat den Golfplatz noch nie betreten!«

Ich hatte nicht geantwortet, sondern noch einmal versucht, herauszufinden, wer da um sechs Uhr früh angerufen hatte. Aber der Anruf war wie von Geisterhand aus meinem Handy verschwunden.

Jürgen warf einen Blick darauf. Er tätschelte mir den Kopf, nahm das Handy von der Küchentheke und sagte tröstend: »Ich nehme es eine Zeit lang an mich. Du wirst sehen, dann fühlst du dich gereinigt. So wie früher nach der Beichte.«

ANITA

»Kindchen, du wirst sehen. Du wirst dich gereinigt fühlen, so wie früher nach der Beichte.« Ursula Kobalik nahm das letzte Jackett Christians vom Bügel und warf es auf mein Bett. »Wie viele Müllsäcke hast du denn noch?«

»Keine mehr.« Ich richtete mich auf und strich mir eine Haarsträhne aus dem Gesicht. Mir tat der Rücken weh. Wir hatten seit dem frühen Morgen Christians Sachen aus Schränken und Kommoden geräumt und in Müllsäcke gestopft. Vier Koffer und zwei Bücherkisten standen bereits gepackt auf der Terrasse im Schnee. Seine Uhrensammlung, seine Instrumente und seine gerahmten Fotos mit Karajan, Bernstein, Sir George Solti und wie die weltberühmten Dirigenten alle hießen, wollten wir lieber nicht der Kälte aussetzen. Kobaliks würden die Übergabe in Anwesenheit des Anwalts Ralf Steiner überwachen. Verrückterweise kannten sich Christian und Ralf Steiner sogar! Sie hatten ein paarmal miteinander Golf gespielt, wie Steiner mir zynisch lächelnd mitgeteilt hatte.

»Tja, die Welt ist klein. Man sieht sich im Leben immer zweimal!« Dabei hatte er ziemlich dreckig gelacht: »Der Sauhund hat mich im Golf immer geschlagen, aber in dieser Sache werde ICH gewinnen! Und am Ende wird er kein Geld mehr haben, um Golf zu spielen!«

Inzwischen hatte Christian auch den Bescheid erhalten, dass er sich dem Grundstück bis auf hundert Meter nicht mehr nähern durfte. Festnetz- und Handynummern waren geändert worden, nur zu Grazia und Gloria hatte Christian noch telefonisch Kontakt. Aber auch die Mädchen sollten erst mal aus der »Gefahrenzone«, wie Kobaliks sich ausdrückten.

»Morgen fliegst du schön mit deinen Töchtern nach Hamburg, und ihr macht euch ein tolles Mädels-Wochenende!« Ursula Kobalik griff nach ihrem Champagnerglas, das sie auf Christians Nachttisch neben unserem Hochzeitsfoto abgestellt hatte.

»Prost, meene Kleene. Beim nächsten Mann wird alles anders!«

»Ach, Ursula! Du weißt genau, dass nur Romane so heißen!« Ich wollte keinen Mann mehr. Ich wollte nur mit meinen Töchtern meine Ruhe haben. Solange wir unser Leben weiterführen konnten wie bisher, sollte mir alles recht sein. Und Steiner hatte mir versichert, dass dem so sein würde. Christian würde unseren gewohnten Lebensstandard weiterfinanzieren müssen. Mir war zwar nicht ganz wohl bei dem Gedanken, aber die Würfel waren gefallen.

»Überraschung!« Mit breitem Lächeln zog Ursula drei Musicalkarten aus den Untiefen ihrer Gewänder: »›König der Löwen‹! Dreimal Parkett, dritte Reihe Mitte! Ein Jeschenk von Wolfjank und mir!«

Ich warf einen Blick auf die Karten: »Hundertfünfundzwanzig Euro? Pro Stück!? Ihr habt doch schon die Flüge und das Hotel für uns gebucht!«

»Weil du es uns wert bist.« Ursula breitete die Arme aus, und ich sank an ihre Brust.

»Danke, Ursula, wie großzügig von euch!«

»Dieses Wochenende sollt ihr nur Spaß haben und euch amüsieren. Wir erledigen hier die Drecksarbeit.«

Drecksarbeit. Ja, so konnte man das durchaus nennen. Ich fuhr mir über die Stirn. Bloß nicht nachdenken jetzt. Bloß nicht zweifeln. Er hatte mich betrogen. Immer wieder. Da gab es nichts zu überlegen.

»Mensch, packen macht durstig, wa?!« Ursula ließ sich auf

Christians Betthälfte fallen und baumelte vergnügt mit den Beinen. Sie schenkte uns beiden Champagner nach: »Auf dein neues Leben. Mach ma so richtig Tabula rasa!«

Ja, Tabula rasa machen war toll. Es brachte Schwung in mein festgefahrenes Leben. Meine Gefühle fuhren mit mir Achterbahn: Einerseits war da diese Genugtuung, Christian zu zeigen, dass ich nicht die kleine naive Hausfrau war, für die er mich zu halten schien. Dass ich mich mithilfe meiner selbstbewussten Freunde und eines Spitzenanwalts – den ER würde bezahlen müssen! – auf eigene Füße stellte. Dass ich aufgewacht war, Rechte besaß und diese auch knallhart einforderte: das Haus, einen saftigen Unterhalt, den Porsche Cayenne und natürlich das alleinige Sorgerecht für unsere beiden Prinzessinnen. Andererseits tat es schrecklich weh, Christians persönliche Habe aus meinem Leben zu verbannen. Die Sachen rochen noch nach ihm. Ob Anzug, Krawatte oder Hemd – jedes Kleidungsstück war mit Erinnerungen verbunden: Das hier hatte er angehabt, als wir zusammen in New York gewesen waren. Er hatte in der Carnegie Hall gespielt, und ich war mit seiner Kreditkarte über die Fifth Avenue gebummelt. Diese Winterkluft hatte er beim Skifahren in Zürs getragen. Wir waren im Zürserhof, dem exklusiven Fünfsternehotel, eingeladen gewesen, weil Christian dort abends am Kamin vor anspruchsvollem Publikum ein paar Flötenkonzerte gespielt hatte. Flirtkonzerte, wenn ich mich so richtig erinnerte! Er hatte ja seine Augen gar nicht von einer reichen, schmuckbehangenen Rothaarigen lassen können! Mensch, dass ich aber auch immer den Kopf in den Sand gesteckt hatte! Ich warf seine Thermounterwäsche auf den Haufen und rollte seinen Skianzug zusammen. Diese Polohemden und Tennisshorts hatte er in der Karibik angehabt. Er war mit seinen Kollegen auf der MS Deutschland, dem Traumschiff, gereist und hatte mich mitgenommen. Waren das Tränen, die plötzlich so salzig schmeckten? Schnell trank ich mein Glas leer, zumal Ursula sich bereits nachschenkte und die Flasche auffordernd in meine Richtung hielt.

»Fahrt ihr mal schön nach Hamburg und schaut das Musical! Dann bist du überhaupt nicht zu Hause, wenn er seine Sachen holt. Wir geben ihm jar keene Gelegenheit, dich noch mal zu bequatschen.«

Nein. Die sollte er in der Tat nicht bekommen. Eine Woche nach dem Anruf dieses Herrn Immekeppel aus Heilewelt war mein Leben mit Christian endgültig vorbei. Während ich Christians Tennissachen in den Altkleidersack stopfte, überlegte ich fieberhaft, zu welchem Zeitpunkt ich eine Chance gehabt hätte, diesen Tsunami noch aufzuhalten. Aber mir fiel keiner ein.

Der Hausmeister der Kobaliks, Jarek, hatte mit ein paar anderen Polen Christians gesamtes Arbeitszimmer ausgeräumt und seinen Computer, seine Bücher, seine Noten und Akten weggeschleppt. Sie standen abholbereit in der Garage. Olga, die Putzfrau, beseitigte flink und lautlos all seine Spuren. Seine Toilettenartikel waren aus dem Bad verschwunden, und es roch überall nach Desinfektionsmitteln, wie im Krankenhaus. Bald roch nichts mehr nach ihm, und das war gut so.

»Kiek ma, wat die Olja gefunden hat!« Ursula Kobalik kramte in ihrem Gewand und hielt mir eine Packung Kondome unter die Nase.

»Det hat der liebe Christian auch gehortet. In DEINEM Haus. Im Bad, wenn du es genau wissen willst. Damit er dich jederzeit betrügen kann.« Sie sah mich durchdringend an: »Det zeige ich dir bloß, damit du keine Zweifel kriegst.« Sie tätschelte mir mitfühlend den Arm: »Du hast die richtige Entscheidung getroffen, Kleene. Wir konnten det einfach nicht länger mit ansehen!«

Es tat weh. Es tat so weh. Verletzt sank ich auf das Bett und zog die Beine an. Wie ein verwundeter Igel rollte ich mich ein und fuhr meine Stacheln raus. Da hatte Christian tatsächlich Kondome bei uns im Haus aufbewahrt?

»Aber warum habt ihr mir das alles nicht schon viel früher gesagt?«

»Wie der Wolfjank schon sachte: Wir wollten dich schonen.« Sie klopfte mit der Hand auf die Tagesdecke: »Komm mal her zu mir, Kleene.«

Sie zog mich an sich, und ich verlor fast das Gleichgewicht. Eine schwere Parfumwolke hüllte mich ein, ich fühlte mich wie ein Kind in den Armen seiner Großmutter. Alles war gut und konnte nur noch besser werden.

»Als wir euch kennenlernten, damals in Thailand, in dem Orient-Hotel an der Bar, wo der Wolfjank eine Runde nach der andern geschmissen hat, da haben wir euch beobachtet: Der Christian, der machte den dicken Macker. Wie er da auf seiner Flöte improvisiert hat mit dem Jazzpianisten! Der hatte das Publikum für sich einjenomm und stand total im Mittelpunkt. Und du, kleene Prinzessin, hast janz bescheiden am Rand gesessen mit deinem stillen Wasser und ihn angehimmelt. Obwohl er anderen weiblichen Wesen schöne Augen machte.«

»Echt? Wirklich? Da schon?« Ich rückte ein Stück von ihr ab. Das tat alles so weh! Hatte ich es wirklich nicht gemerkt? Oder wollte ich es einfach nicht merken?

»Ja, der Blendax-Män.« Ursula Kobalik lachte. »Seitdem haben wir den Christian heimlich so genannt, der Wolfjank und ich. Dabei hat er ja wirklich Charme! Det wollnwa ja nicht abstreiten! Bestimmt hat er dir das Blaue vom Himmel versprochen.«

»Na ja, er hat …«

»Treue hat er dir geschworen.« Sie seufzte abgrundtief. »Aber der Schein trügt! Auch mein erster Mann hat mich betrogen! Und eener andern ein Kind jemacht.«

»Wirklich? Das wusste ich ja gar nicht …«

»Nee, Kindchen, det hängt man als betrogene Ehefrau ja auch nicht an die große Glocke.«

Sie trank noch einen Schluck Champagner und betrachtete nachdenklich das Glas:

»Ick hab mich so jeschämt! Jeder hat es jewusst, nur ick nich. Kannste dir det vorstellen?«

»Und was hast du damals getan?« Atemlos starrte ich sie an.

Sie verzog unwillig den Mund: »Ick hab dann meine Rosie genommen und bin Hals über Kopf abgehauen, hab nüscht mitjenomm aus dem Haus, noch nicht mal einen Teller oder ein Handtuch. Ich hab ihm das Feld kampflos überlassen, aber det war ein fataler Fehler! DER hätte ausziehen müssen, nicht ich!« Sie zog sich ihre wallenden Gewänder über dem Busen glatt und stopfte sich Christians Kopfkissen in den Rücken, um bequemer sitzen zu können. »Ick hab mit meiner Rosie zur Miete gelebt und bin als Sekretärin gegangen.« Sie stieß ein verächtliches Schnaufen aus. »Ick könnt mir heute noch in den Hintern beißen.« Sie trank ihr Glas auf einen Zug aus. »Na ja. Im Nachhinein ist man immer schlauer.«

»Ja, aber hast du denn damals gar keinen Unterhalt gefordert?«

»Doch, aber erst viel später. Ich hab dann zum Glück den Wolfjank kennengelernt. Der war mein Chef, weeßte. Der hatte schon zwei Scheidungen hinter sich und hat mir jezeigt, wo et langgeht. Und dann hat er es meiner Rosie gezeigt.«

Ja. Und jetzt zeigte er es mir. Gut, dass ich die Kobaliks hatte! Auch wenn sie manchmal nervten in ihrer Aufdringlichkeit – in solchen Momenten zeigt sich, wer die wahren Freunde sind.

»Als Frau muss man sich wehren!« Ursula lachte. »Wer sich nicht wehrt, kommt an den Herd.«

Tja, dachte ich betroffen. Sie sagt wirklich viele weise Sachen. Auch wenn sie zwischendurch viel Blödsinn redet – im Kern hat sie recht. Und am Herd war ich wirklich viel zu lange. Ich wollte darüber nachdenken, ins Berufsleben zurückzukehren. Aber nicht heute. Morgen war ja auch noch ein Tag.

LOTTA

Tagelang schlich ich schuldbewusst durch die Stadt. Immer wenn ich mit den Kindern unterwegs war und wir an einem alten Konzertplakat vorbeikamen, schlug mir das Herz bis zum Hals. Aber Jürgen hatte mir versichert, die Stadt sei »sauber«. Er hatte vorgeschlagen, den Stier bei den Hörnern zu packen und die alten Plakate durch neue zu ersetzen:

»Wir machen eine Aktion, die ganz klar Stellung bezieht«, erklärte er mir eines Abends eifrig. »Ganz Heilewelt soll sehen, dass wir zusammengehören und dass uns diese Schmierereien nicht auseinanderbringen.«

Ich badete gerade die Zwillinge und saß mit Quietschente und Shampooflasche auf der Klobrille, während die Mädchen sich gegenseitig Schaum in die Augen pusteten. Noch lachten sie.

Jürgen stand im Mantel in der Badezimmertür und kratzte sich nachdenklich am Kopf. »Das kostet die Sparkasse zwar eine hübsche Summe, aber ich verantworte das. Allein schon, damit du wieder besser schlafen kannst.«

Ja, ich hatte seit Weihnachten nie länger als zwei Stunden am Stück geschlafen. Schon deshalb, weil ein paarmal mitten in der Nacht mein Handy geklingelt hatte. Ich hatte die Ohren gespitzt, und mein Herzklopfen hatte sich stundenlang nicht wieder beruhigt. Aber natürlich war ich nicht aufgestanden, um nachzusehen, wer dran war. Jürgen hatte mir das Handy wieder zurückgegeben. Und ich wollte ihm beweisen, dass ich sein Vertrauen nicht missbrauchte. Ich gehörte zu Jürgen, in die Betthälfte links neben ihm.

»Ich habe bei einem Grafiker bereits einen Entwurf in Auftrag gegeben. Wie findest du ihn?« Jürgen hielt mir seinen Laptop vor die Nase: »Wir sichern Ihren Kindern eine Zukunft! – Neuanmeldungen für die Musikschule jetzt in Ihrer Sparkasse!«, las ich. Und das alles vor einem vergrößerten und professionell bearbeiteten Familienfoto von Jürgen, den Kindern und mir. Es war im letzten Sommer aufgenommen worden. Ich hatte es bisher abgelehnt, die Kinder für Werbezwecke einzusetzen, aber jetzt war ich dankbar dafür. Das setzte ein klares Zeichen! Wir lachten alle entspannt in die Kamera. Die Kinder hatten ihre Musikinstrumente in der Hand, und ich lehnte lächelnd mit einem Notenblatt und dem Dirigentenstab über dem Flügel. Jürgen stand mit seinen gelben Luftballons auf der anderen Seite und wirkte sehr zufrieden.

»Die Luftballons hat der Grafiker eingefügt. Das sieht doch ganz natürlich aus, oder?!«

Jürgens schütteren Haaransatz hatte er ebenso wegretuschiert wie seinen Bauch, der eigentlich über den Flügel quoll. Ich kannte das Bild ja aus unserem Familienalbum. Bei mir hatte er die wirren roten Haare geglättet und die Sommersprossen weggezaubert. Wir sahen aus wie eine Reklame-Familie aus dem Werbefernsehen. Toll!

Jürgen strich den Mädchen über die nassen Haare. »Wir sind eine Festung, die niemand einnehmen kann.« Er klappte seinen Laptop zu und stampfte wieder die Treppe hinunter.

Während ich die Mädchen einzeln aus der Wanne hob, sie abtrocknete, föhnte, kämmte und ihnen frische Schlafanzüge anzog, dachte ich über den Satz meiner Mutter nach: Liebe kann wachsen. Ja, eigentlich konnte sie das. Wie Jürgen mir mit den Plakaten geholfen hatte, das war schon lieb von ihm. Er hatte Zeit und Geld geopfert, um die Stadt neu zu plakatieren. Er stand zu mir. Im Gegenzug hatte ich es geschafft, nicht mehr an Christian zu denken. Und auch nicht mehr an Sophie. Jürgen sollte mein Vertrauter sein, mein Fels in der Brandung! Ihm war es auch lieber, wenn ich mich nicht mehr mit Sophie abgab. Natürlich hatte ich ihm von Schaumschlägers Besuch in meinem Büro erzählt.

»Das ist ja gerade noch mal gut gegangen!«, hatte Jürgen gesagt. »Das hätte deine ganze Karriere zerstören können. Sieh es als Warnschuss!« Dabei hatte er sich nervös am Ellenbogen gekratzt.

Ja, das musste ich wohl. Ich fiel einfach immer wieder auf die falschen Leute rein. Die Mädchen waren fertig und hüpften lachend in ihr Zimmer. Sie dufteten wirklich zum Anbeißen. Schade, dass Jürgen sich so wenig mit ihnen beschäftigte. Immer hockte er über seinem Laptop. Dabei spielte sich das wahre Leben doch jenseits des Bildschirms ab! Ihm entging so viel! Ich wischte den nassen Boden auf, ließ frisches Badewasser ein, öffnete die Badezimmertür einen Spaltbreit und rief: »Paulchen, jetzt bist du dran!«

Kurz darauf kam Caspar mit Paul die Treppe herauf. Sie hatten im Keller gebastelt. Das taten sie schon tagelang, und ich war froh, dass Paulchen Caspar hatte, eine männliche Bezugsperson. Sein Vater hatte zwar schon einen Bausparvertrag für ihn eingerichtet, aber noch nie einen Drachen mit ihm steigen lassen.

»Na, ihr Handwerker? Caspar, wenn du gleich mitbadest, gehe ich solange raus.« Die beiden hatten ganz schwarz verschmierte Hände.

»Du, Lotta, ich hab hier was …« Caspar zog verlegen ein kleines schwarzes Etwas aus seiner Hosentasche.

»Was ist das?« Irritiert sah ich das kleine Ding an. »Du weißt doch, ich verstehe nichts von Technik.«

»Ich glaube, das ist eine Wanze«, sagte Caspar leise, während Paulchen bereits vergnügt in die Wanne glitt.

»Eine Wa… was?« Bestimmt ein Sprachproblem. Caspar machte oft süße Fehler, wenn er das passende Wort auf Deutsch nicht wusste. Er hatte zum Beispiel schon B-Meise statt Ameise und Heulbaum statt Trauerweide gesagt.

»Wir haben im Keller gespielt«, flüsterte Caspar. »Und dabei habe ich gesehen, dass ein Draht in den alten Schuhschrank an der Wand führt. Der, in dem ihr die Skisachen und Wanderschuhe aufbewahrt …«

»Ja?« Mir wollte sich der Sinn seiner Worte nicht so recht erschließen. Und warum war Caspar so verstört? »Hat sich Paulchen irgendwie verletzt?« Ich warf einen hastigem Blick auf meinen arglos planschenden Sohn.

»Nein, er hat nichts davon mitgekriegt. Ich habe den Draht untersucht und geschaut, wohin er führt … Er führt in dein Arbeitszimmer, und da steckt dein Handy im Ladegerät.«

Mir wurde ganz flau. Jäh wollten mir die Beine wegsacken. Ich sank auf den geschlossenen Klodeckel.

»Mama! Jetzt kommt das Krokodil, das FRISST dich! WOAAAAHHHH!«

»Jetzt nicht, Paulchen! Warte mal, was willst du damit sagen, Caspar?«

»Na, ich habe gerade unten gestanden und gehört, wie oben dein Handy läutet. Da hat es im Schrank geknackt, und ein rotes Lämpchen ist angegangen.« Caspar biss sich auf die Lippen.

»HUUUUUU!«, kam es aus der Badewanne. »Ich bin ein ganz GEFÄHRLICHES Raubtier! Ich schnappe zu, wenn ihr es nicht erwartet!«

»Wie … Wie …« Mir verschlug es komplett die Sprache.

»Ja, also da läuft ein Band mit. Ich wollte dich nicht erschrecken und hoffe, du bist mir nicht böse, aber ich habe es mir erst mal angehört. Er belauscht deine Telefonate. Und er hat auch deinen Besuch bei Sophie belauscht.«

Er steckte das kleine schwarze Ding in eine Art Aufnahme-/Abspielgerät. Es war so winzig klein, dass man es unauffällig in der Jackentasche bei sich tragen, in einem Schrank verstecken … oder in einer Handtasche deponieren konnte.

Das war doch nicht … Das würde Jürgen doch nie …? Mir wurde übel. Er hatte mich abgehört?

Caspars Finger zitterten, als er mir die dazugehörigen Kopfhörer in die Ohren steckte. Selbst war ich dazu überhaupt nicht in der Lage. Es knackte und rauschte, und dann hörte ich die Telefonate, die ich seit Weihnachten geführt hatte.

Mit meiner Mutter: »Ich habe den Gulaschtopf gespült, ihr könnt ihn beim nächsten Mal wieder mitnehmen. Sag Vater, er muss wirklich nicht mitkommen, wenn ihm der Lärm zu viel wird.«

Dann mit einer Nachbarin: »Natürlich lassen wir die Rollläden bei Ihnen runter. Ich weiß ja, wo der Schlüssel liegt! Dann eine schöne Reise zu Ihren Kindern …«

Mit Eltern meiner Musikschulkinder: »Ja, danke, es war wirklich ein schönes Konzert, und Ihr Maximilian darf nächstes Jahr die zweite Geige spielen …«

Mit meiner Sekretärin: »Haben Sie die Noten gefunden, Frau Zweifel? Bestellen Sie für nächstes Jahr das ganze Orchestermaterial für ›Carmina Burana‹. Nein, mit Herrn Gerngroß möchte ich nicht sprechen. Nein, auch nicht, wenn es dringend ist. Er soll sich unterstehen, mich zu Hause anzurufen.«

Nach längeren Nebengeräuschen und dumpfen Stimmen hörte ich ein Rascheln, ein Wühlen … Dann Sophies Stimme. Aber anders als am Telefon. Irgendwie … weiter weg:

»Aber Christian? Den hättest du geheiratet?«

Und dann meine: »Sofort! Wenn er mir unter anderen Umständen begegnet wäre, hätte ich ihn mir geschnappt und nie mehr losgelassen.«

Sophie: »Süß. Ihr wärt ein Traumpaar.«

Ich: »Sind wir aber nicht. Und jetzt lass uns über was anderes reden.«

Sophie: »Und? Wirst du ihn wiedersehen?«

Ich: »Natürlich NICHT! Genau das unterstellt mir Jürgen ja!«

Sophie: »Aber anrufen? Jetzt? Hier?! Danke fürs Konzert sagen? Ein frohes neues Jahr wünschen?«

Ich: »Nein, nein.«

Sophie: »Christian Meran in Wien bitte. Ja, stellen Sie durch.«

Ich: »NEIN! Mach das nicht! Lass das! Ich werde NICHT mit ihm sprechen.« Sophie, bedauernd: »Besetzt.«

Mit bebenden Fingern brachte ich das Gerät zum Schweigen. Wir starrten uns fassungslos an. Caspar half mir, die kleinen Ohrstöpsel wieder aus meinem Haargestrüpp zu befreien.

»Du hast ihr die Freundschaft gekündigt, nicht wahr?«

Caspar hatte das natürlich alles mitgekriegt. Er hatte Sophie vor Kurzem noch die Tür geöffnet, als sie Sturm geläutet hatte, und ich hatte mich geweigert, mit ihr zu sprechen. Mir wurde ganz anders! »Mach mal das Fenster auf«, krächzte ich mit letzter Kraft.

Caspar gehorchte. Er ließ kaltes Wasser in ein Zahnputzglas laufen und reichte es mir. *»Big brother is watching you!«*

Das Blut rauschte in meinen Ohren.

Unverdrossen bedrohte uns Paulchen mit seinem Krokodil. »Ihr seid nirgends vor mir sicher, NIRGENDS könnt ihr euch verstecken! ROAAAAHHHH!«

Das konnte doch nicht wahr sein! Jürgen und ich, wir vertrauten uns doch wieder. Unsere Beziehung war doch gefestigt! Er hatte mir das Handy wiedergegeben. Wir hatten die Krise doch hinter uns gebracht, wir schauten gemeinsam nach vorn! Ich trank in gierigen Zügen und sah meinen Au-pair-Jungen fassungslos an. Jürgen hatte mir das Handy wiedergegeben, um mir eine Falle zu stellen. Um mich belauschen zu können. Um mich unter Kontrolle zu haben. Mein Gott, ich hatte das verwanzte Handy in der Handtasche gehabt! Schon damals bei meinem Besuch bei Sophie! Er hatte mich sagen hören, dass ich Christian heiraten würde. HEIRATEN. Genau das hatte ich Jürgen kurz zuvor abgeschlagen! Meine Gedanken begannen zu rasen. Jürgen hatte mir einen Schreck einjagen, einen Warnschuss abfeuern wollen! Und zwar, indem er Schaumschläger, unseren Lokalreporter, der mich kurz zuvor noch in den Himmel gelobt hatte, zu seinem Komplizen gemacht hatte! Damit hatte Jürgen gleich zwei Fliegen mit einer Klappe geschlagen: Er hatte dafür gesorgt, dass ich meine einzige Vertraute los war, UND das Hochzeitsgerücht als tickende Zeitbombe bei Schaumschläger geparkt. Ich konnte nicht länger still sitzen. Wie eine Geisteskranke in der Gummizelle begann ich unwillkürlich, meinen Oberkörper vor und zurück zu wiegen. Die schwarz-weißen Fliesen hatten sich längst verselbstständigt und tanzten vor meinen Augen. In meiner kleinen heilen Welt stand kein Stein mehr auf dem anderen! Wie hatte Schaumschläger gesagt? »Fast jede Familie schickt ihre Kinder zu Ihnen in die Musikschule. Und die Anmeldungen für nächstes Jahr haben sich verdoppelt. Und meine Berichterstattung Ihnen gegenüber war ja wohl bis jetzt mehr als … wohlwollend.« Das war doch eine versteckte Drohung gewesen! Das war doch exakt Jürgens Rede: Dass ich mir meine Karriere versauen würde, wenn mein Fehltritt mit Christian an die Öffentlichkeit geriet! Dass ich meinen guten Ruf aufs Spiel setzte! Und genau DAS hatte auch dieser Zeitungsfritze gesagt, als er rauchend bei mir auf der Fensterbank saß! Es klang wie einstudiert! Hatte er nicht sogar zugegeben, dass er gerade von Jürgen kam, weil er für Silvester noch Geld geholt hatte? Was, wenn Schaumschläger nicht flüssig gewesen war? Was, wenn Jürgen ihm einen Deal angeboten hatte? Du erschreckst meine Frau, und ich gebe dir noch einmal Kredit? Ich musste mich am Waschbecken festhalten. Immer wieder ließ ich das Gespräch mit Schaumschläger in meinem Kopf ablaufen. Wie ein Band, das ich wieder und wieder zurückspulte. Ein Band!, dröhnte es in meinem Schädel. Jürgen hatte auch beim Telefonat mit den Kobaliks ein Band mitlaufen lassen. Er hielt sich für unheimlich schlau. Ständig programmierte er irgendwas. Mich wollte er auch programmieren. Mir ein Bein stellen. Mich zu Fall bringen. Damit ich vor ihm zu Kreuze kroch. Demütig zu ihm zurückkehrte. Mit solch unfairen Tricks wollte er sich meine Liebe sichern. Mir blieb fast die Luft weg. Sein mildes, mitleidiges Lächeln, als er sich meinen Kummer wegen Schaumschläger und Sophie angehört hatte. Dieses … triumphierende Lächeln! Und ich war fast erstickt an meinen Schuldgefühlen. Weil ich eine Schlampe war, eine Rabenmutter. Ja, ich hatte Christian Meran geküsst. Ja, ich hatte mich in diesen Mann verliebt! Und ja, ich wäre am liebsten mit ihm auf und davon. Aber ich hatte mich tausendmal dafür entschuldigt, Besserung geschworen, mich strikt an Jürgens Anweisung gehalten, ihn nicht anzurufen. Ich war tief beschämt durch die Stadt geschlichen, nachdem ich die Plakate gesehen hatte …

Moment mal! Ein Messer bohrte sich in meine Eingeweide. Genau zwei waren es gewesen, an sehr belebten Stellen. Und genau dorthin hatte Jürgen mich auf unserem Spaziergang geführt. Und rein zufällig hatte er einen dicken schwarzen Stift in der Tasche gehabt … Wie dankbar ich ihm gewesen war! Es gibt doch einen Gott!, hatte ich ausgerufen. Und er hatte gesagt, dass er es nicht mag, wenn ich in seinen Taschen wühle.

Auf einmal war mir alles klar. Er hatte die Plakate selbst beschmiert. Er hatte die Worte »Schlampe« und »Rabenmutter« selbst geschrieben. Und mit diesem Mann wollte ich den Rest meines Lebens verbringen? Liebe kann wachsen? Verachtung kann wachsen. Die Erkenntnis traf mich wie ein Keulenschlag.

»Lotta? Bist du okay?« Caspar wedelte mit einem nassen Handtuch vor meinem Gesicht herum, und Paulchen hörte endlich auf, mich mit seinem Krokodil zu bedrohen und vollzuspritzen.

»Ich will endlich raus aus der Wanne, ich bin ja schon ganz durchweicht! Außerdem spielt ihr gar nicht mit mir, ihr seid schon genauso langweilig wie Papa mit seinem ewigen Computer.« Seine Knabenstimme klang immer unbehaglicher. »Mama, was machst du denn da?«

Mir war so schwindelig, dass ich nach vorn kippte und mich mit letzter Kraft am Wannenrand abstützte. Ich war demütig zu Jürgen zurückgekehrt und hätte ihn aus lauter Schuldgefühlen heraus bei nächster Gelegenheit geheiratet. So also wollte sich Jürgen meine Liebe sichern! Indem er mich für den Rest meines Lebens kontrollierte. Das war doch krankhaft! Panik erfasste mich. Ich musste sofort hier weg. Noch heute. Mit den Kindern.

»Mama, du kotzt doch wohl nicht?«

Ich sah, wie Paulchens Füße laut platschend das Weite suchten, als ich mich in sein Badewasser übergab.

Caspar saß am Steuer, als wir über die weiße Kiesauffahrt zu Sophies Villa hinauffuhren. Ich war nicht mehr in der Lage dazu. Ich hatte mir die Seele aus dem Leib gekotzt und mindestens zehnmal die Klospülung betätigt: Mein ganzes bisheriges Leben mit dem falschen Mann am falschen Ort wollte ich in die Kanalisation spülen. Jürgen hatte nur völlig irritiert in der Badezimmertür gestanden und sich den Ellenbogen gekratzt: »Hat sie was Falsches gegessen? Was ist denn los? Soll ich den Krankenwagen rufen?«

Caspar hatte alle drei Kinder mitsamt Bettdecken und Schmusetieren wortlos zum Auto getragen und mich, als ich endlich wieder schnaufen konnte, einfach hinterhergeschoben.

Jürgen hatte ratlos im Vorgarten gestanden, als wir kommentarlos weggefahren waren. Die Wanze hatte ich noch aus dem offenen Autofenster geworfen. Ihm vor die Füße. Seinen entsetzten Blick, als er sie aufhob, hatte ich noch genau gesehen.

Als das elektrische grüne Tor der Schmalenberg-Villa wie von Geisterhand aufging, fühlte ich, wie die Totenstarre von mir abfiel. Sophie war mir nicht böse, öffnete mir ihr Haus. Ich sank in ihre ausgebreiteten Arme.

»Du bist ja ganz nass und blass und …« Sie schnüffelte. »Hast du gekotzt?«

Ich kniff die Lippen zusammen und hielt den Kopf gesenkt.

»Jetzt nimmst du erst mal ein heißes Bad, und dann bekommst du ein paar frische Klamotten von mir.«

Caspar rannte bereits mit den Kindern nach oben, wo Clemens und Max ihnen schon begeistert entgegenliefen. Man hörte sie Türen knallen, jubeln und kreischen.

»Jürgen hat uns belauscht«, sagte ich wenig später, als ich mit geputzten Zähnen bis zum Hals im Schaumbad lag. »Er hatte mir ein Aufnahmegerät in die Handtasche geschmuggelt.«

»Ich habe mir schon so was gedacht«, sagte Sophie kopfschüttelnd. »Die Sache mit dem Golfplatz war wirklich absurd. Wenn dein superschlauer Jürgen mir die Sache in die Schuhe schieben will, soll er sich erst mal überlegen, wo sich eine Frau Anfang Januar so rumtreibt. Jedenfalls nicht auf dem Golfplatz!« Sie stieß ein verächtliches Lachen aus. »Was für ein Dilettant!«

»Skilift haben wir ja keinen«, witzelte ich. »Sonst hätte er behaupten können, du hättest in deinem Ankerlift so laut über mich getratscht, dass es Frau Schaumschläger vor dir mit anhören musste. Ob sie nun wollte oder nicht.«

Auf einmal fingen wir an zu kichern. Ich streckte meine Hand nach dem Champagnerglas aus, das Sophie mir auf den Badewannenrand gestellt hatte. »Notfallapotheke« hatte sie das genannt.

»Supermarkt hätte funktioniert oder Fleischtheke oder …«

Ich prustete meinen Champagner ins Badewasser. »… Bäckerei Gerngroß!«

»Wir haben schon tolle Männer hier in Heilewelt, nicht wahr?«

Ich hielt mir die Nase zu und ging auf Tauchstation.

»Was wirst du jetzt machen?«, fragte Sophie, als ich wieder

auftauchte. Ich sah sie an wie ein nasser Hund, der sich schämt, dass er mit seinen Pfoten Schmutzspuren hinterlassen hat.

»Kann ich erst mal bei dir bleiben?«

»Natürlich. Kein Problem. Solange du willst. Die Kinder und Caspar selbstverständlich auch.«

»Ach, Sophie, so viel Langmut habe ich gar nicht verdient …« Ich wollte vergehen vor Reue.

»Na ja, dass du ernsthaft geglaubt hast, ich würde deine Herzensangelegenheiten herumerzählen …« Sophie schüttelte tadelnd den Kopf. »Du solltest mich doch eigentlich kennen, oder?«

»Ich entschuldige mich tausendmal, Sophie! Ich war so durch den Wind! Ich habe Jürgen mehr Glauben geschenkt als dir!«

»Schon gut. Schwamm drüber.« Sie nahm einen Schwamm und warf ihn mir ins Gesicht.

In dem Moment klopfte es. Caspar steckte seinen Kopf zur Tür herein:

»Jürgen ist am Telefon.« Er hielt mir sein Handy hin und sah mich fragend an.

ANITA

Die Kobaliks hatten es sich nicht nehmen lassen, uns in das schönste Hotel mitten in der Einkaufsmeile im Hanse-Viertel einzuquartieren. Wir hatten eine Juniorsuite im Renaissance-Stil. Da es draußen bitterkalt war, blieb uns nur das Indoorprogramm. Die Kinder fanden es toll, dass eine riesige H&M-Filiale direkt gegenüberlag, in der wir natürlich ausgiebig verweilten. Als ich keine Lust mehr hatte, als lebender Kleiderbügel vor den Umkleidekabinen herumzustehen, gab ich ihnen einfach Christians Kreditkarte und ging zurück ins Hotel, wo ich trübsinnig auf dem Bett lag und wahllos durch die Fernsehkanäle zappte. Wie so oft in letzter Zeit überkamen mich Frust und Weltschmerz. Selbstzweifel plagten mich: Hatte ich wirklich alles richtig gemacht? Ich wollte mir nicht ausmalen, wie unser Leben ohne Christian weitergehen würde! Diese Verkäuferinnen dort! Waren das auch geschiedene Frauen, die sich nun ihren Lebensunterhalt damit verdienten, achtlos hingeworfene Klamotten aufzuheben und wieder auf Bügel zu hängen? Mir wurde ganz anders. Hatte ich Christian zu überstürzt aus unserem Leben verbannt? Hatte ich überhaupt selbst gehandelt oder eher die Kobaliks handeln lassen? Aber es war alles so schnell gegangen! Andererseits: Sie wollten nur mein Bestes. Natürlich konnte ich Christians Dauerbetrug nicht einfach auf mir sitzen lassen. Aber warum hatten sie mir keine Chance gegeben, noch einmal mit ihm zu reden? Schließlich waren mir sämtliche Fremdgehereien nur aus dem Mund der Kobaliks zu Ohren gekommen. Und dann war da natürlich noch der merkwürdige Anruf von diesem

Schildbürger Immekeppel aus Heilewelt gewesen, mit dem alles begonnen hatte. Je länger ich darüber nachdachte, desto fragwürdiger kam mir das Ganze vor. Was hatte dieser Übereifrige eigentlich bezwecken wollen, als er mich an Weihnachten angerufen hatte? Meinen Mann sollte ich »zurückpfeifen«. Er hatte über Christian geredet wie über einen Hund. Was für ein unsicherer Mensch musste das sein! Wie er gestottert hatte! Wie verklemmt er sich tausendmal für die Störung entschuldig hatte! Störung? ZERstörung! Ich überlegte, ihn noch einmal anzurufen, ihn zu fragen, was er eigentlich hatte erreichen wollen. Wissen Sie, dass ich die Scheidung eingereicht habe?, hätte ich ihm am liebsten gesagt. Wissen Sie, dass mein Mann nicht mehr in sein Haus darf? Dass er im Hotel schläft? War es das, was Sie wollten, Herr Immekeppel? Ich habe ihn nicht zurückgepfiffen. Ich habe ihn in den Wind geschossen! Jetzt ist er wieder auf dem freien Markt. Passen Sie gut auf Ihre Frau auf, Herr Immekeppel! Hoffentlich haben Sie die wenigstens zurückpfeifen können. Aber lassen sich Frauen von heute eigentlich noch zurückpfeifen? Diese rothaarige Kleinstadttussi bestimmt. Auf dem Lande ticken die Uhren anders. Bei denen war das Familienglück sicher wieder intakt. Die Rothaarige hatte einen Schreck bekommen, und der Sparkassendirektor hielt wieder das Zepter in der Hand. Aber was würde aus uns werden? Aus mir? Ich wollte nicht darüber nachdenken.

Grazia und Gloria erlösten mich aus diesen quälenden Gedanken, als sie mit prall gefüllten Tüten ins Zimmer stürmten und mir ihre zahlreichen Klamotten vorführten. Ich war unendlich erleichtert, meine zwei quietschlebendigen, selbstbewussten Mädels wieder um mich zu haben. Mit einem Gläschen Sekt aus der Minibar veranstalteten wir eine verrückte Modenschau. Wenn ich meine Töchter sah, wusste ich, dass ich doch etwas richtig gemacht hatte.

Grazia zog wie ein schöner Schwan ihre Bahnen vor dem

Spiegel. Natürlich hatte sie sich wieder nur Fetzen ausgesucht, die endlos ausgeschnitten waren.

Gloria stakste unbeholfen wie ein Storch in ihren neuen Klamotten und viel zu hohen neuen Schuhen im Zimmer auf und ab, knickte in den Hüften ein, wie sie es bei den Topmodels im Fernsehen gesehen hatte, und zog einen bemüht arroganten Flunsch. »Ach, Mami, ich sehe so beschissen aus!«

»Na, das hast du dir aber was kosten lassen!« Mit schreckgeweiteten Augen betrachtete ich die Rechnung, die sie mir mitsamt Christians Kreditkarte wieder aufs Bett geworfen hatten.

»Ach Quatsch, sie sieht nicht beschissen aus. Unsere kleine Drama Queen will nur von dir hören, wie hübsch sie ist!«, lästerte Grazia.

»Ihr seht beide toll aus«, beeilte ich mich zu sagen.

Grazia zwängte sich bereits mit wilder Entschlossenheit in eine Netzstrumpfhose, die noch auf der Reeperbahn übertrieben gewirkt hätte.

»Liebchen«, sagte ich sanft. »Wenn du schon oben Dekolleté zeigst, dann verhülle deine Reize wenigstens untenherum. Weißt du, dieses … ähm … Beinkleid sieht etwas zwielichtig aus.«

»Eh, Mama, du hast KEINE AHNUNG! Das ist jetzt absolut Mode, das tragen jetzt ALLE!«

»Aber es könnte Männern ein falsches Signal geben!«

»Das ist doch deren Problem, nicht meins!« Grazia wollte sich absolut nichts sagen lassen.

»Ach, Mami, ich weiß nicht, was ich heute Abend zum Musical anziehen soll!« Gloria warf bereits das dritte oder vierte Outfit frustriert auf den Boden. »Ich hab nur Scheiße eingekauft, ich bring das alles zurück! Ach, ich bin so hässlich!«

»Du willst dich bloß wichtigmachen«, patzte Grazia sie an. »Los, zieh jetzt das Teil an, das wir extra für heute Abend gekauft haben, und hör auf zu jammern!«

Irgendwie war ich fast dankbar, dass die beiden im wahrsten Sinne des Wortes stritten, dass die Fetzen flogen! Sie hatten mich wieder mal aus der Grübelfalle gerettet. Solange wir drei zusammenhielten, war alles gut. Am Ende saßen wir kichernd auf dem Bett und nippten an unseren Gläsern. Unter Gelächter und kleinen Gemeinheiten schminkten wir uns und fuhren schließlich mit dem Taxi zum Hafen, wo wir auf die gelbe Fähre stiegen, die uns über die brauntrübe Elbe brachte. Immer wieder musste ich mich zwingen, nicht an Christian zu denken, der genau in diesem Moment im Schneesturm seine Sachen von unserer Terrasse holte. Unter den strengen Blicken des Anwalts und den schadenfrohen Kommentaren der Kobaliks. Selber schuld, Christian! Du hast mich betrogen!, dachte ich trotzig und zog fröstelnd die Schultern hoch. Er hätte hier sein können. Aber er hatte die rothaarige Schildbürgerin geküsst. Und damit waren die Würfel gefallen. Ob Christian sich inzwischen auch einen Anwalt genommen hatte? Ob Christian sich wehrte? Ob er sich mit den Kobaliks anlegte? Womöglich würden sie handgreiflich werden? Schreckliche Bilder schoben sich vor meine Augen.

Christian, verzweifelt im Schnee stehend: »Lasst mich doch bitte noch mal mit meiner Frau reden! Ich weiß gar nicht, was überhaupt los ist!«

»Det kannste dir ja wohl denken!«

»Nein! Ich habe keine Ahnung, was ich auf einmal falsch gemacht habe! Weihnachten war doch noch alles in Ordnung!«

»Wir haben da so unsere Informanten.« Wolfgang Kobalik, breit grinsend, weil Christian nicht die geringste Ahnung hat.

»Was für Informanten? Worum geht es eigentlich?«

»Ick sage nur: Heilewelt.«

»Uschi, halt die Klappe.«

»Heilewelt? Ich war Heiligabend nicht früh genug zu Hause, um den Baum aufzustellen, aber das ist doch kein Grund, die Scheidung einzureichen!« Christian, blass und übernächtigt, sich fassungslos die Haare raufend. »Ich meine, ihr seid doch meine Freunde! Helft mir doch!«

»Ick sage nur … Immekeppel.«

»Uschi, du sollst die KLAPPE halten!«

»Ick sage nur: Parkhaus.«

»Uschi, noch EIN WORT!«

Christian, langsam begreifend, mit verwirrtem Gesichtsausdruck. Sich suchend nach mir umdrehend. »ANITA! So lass uns doch wenigstens noch mal reden!«

»Da jipptet nüscht zu reden! Anita hat ihre Entscheidung getroffen!«

»Aber wo ist sie denn? Und wo sind die Kinder?«

»In Sicherheit.« Ursula Kobalik, eine undurchschaubare Miene aufsetzend. »Weit weg jedenfalls. Sie können dich nicht hören, sosehr du auch tobst. Du kannst hier alles kurz und klein schlagen, wenn du willst.«

Ein vorsorglich bestellter Fotograf, sich ungeschickt hinter der Hecke verbergend. Falls man Beweisfotos braucht, um Christian seinen Orchesterstuhl unter dem Hintern wegzuziehen. Die Kobaliks haben da so ihre Mittel.

»Was soll das überhaupt mit dem Vorwurf der Gewalttätigkeit?« Christian, wütend zu den Kobaliks herumfahrend. »Das Foto ist vom letzten Karneval, und das blaue Auge hat sie sich selbst gemalt!«

»Jetzt ist es aber genug mit dem privaten Geplänkel!« Wolfgang Kobalik, langsam ungehalten werdend.

»Machen Sie hinne, Mann, Ihre Stunde ist gleich abgelaufen!« Ralf Steiner, an seinem schwarzen Porsche lehnend, die Hände in den Manteltaschen vergraben.

»Aber Ralf, wieso siezt du mich denn wieder? Wir sind doch alte Golffreunde!«

»Von Freundschaft kann überhaupt keine Rede sein!« Ralf Steiner, sein Haifischgesicht ziehend, Dollarzeichen in den Augen: »Bis jetzt hast du mich im Golf geschlagen, aber jetzt schlage ich DICH!«

»Aber warum nur, Ralf, was habe ich dir getan?«

»Das steht hier nicht zur Debatte. Tatsache ist, dass deine Frau die Scheidung eingereicht hat und ich sie vertrete.« Ralf Steiner, in den Schnee spuckend.

Und im Hintergrund Jarek und Olga, auf Wolfgangs Kommando hin Christians Schreibtisch, seine Bildersammlung und seine persönlichen Wertsachen aus der Garage tragend.

Dann: Herunterfallende, kostbare antike Musikinstrumente, die im Schnee zerbersten. Ein lautes Scheppern, als die dicke Olga aus Versehen auf unser Hochzeitsfoto tritt, sodass das Glas splittert. Ich zuckte zusammen und verzog das Gesicht.

»Mami, träumst du?« Gloria wedelte mit den Händen vor meinem Gesicht herum. »Los, aussteigen, sonst fährt die Fähre wieder zurück!«

Dankbar verscheuchte ich die schrecklichen Bilder in meinem Kopf.

Das Musical-Zelt war hell erleuchtet und warm. Die Menschen strömten erwartungsvoll in den Saal. Beeindruckt ließen wir die Blicke schweifen. Es war wirklich kein einziger Platz mehr frei! Wir schoben uns im Gedränge ganz nach vorn. Kobaliks hatten uns Plätze in der dritten Reihe spendiert. Ich spürte die bewundernden und vielleicht auch ein wenig neidischen Blicke der Menge hinter uns. Eine Männerstimme hinter uns sagte anerkennend das Wort »Drillinge«. Ich drehte mich errötend zu ihm um. Ja, das tat gut. Ich gehörte doch noch nicht zum alten Eisen. Ich war noch nicht unsichtbar.

Und dann gaben wir uns drei Stunden lang dem afrikanischen Traum hin. Mitreißende Musik hüllte uns ein. Das Bühnenbild und die Kostüme waren eine Sensation. Mit welcher Liebe und Raffinesse die Fantasiewelt ausgestattet worden war! Giraffen staksten majestätisch vorüber, Löwen aalten sich auf ihrem Felsen, Hyänen kreischten, die buntesten Vögel schwirrten über unsere Köpfe hinweg, und erschreckt zuckten wir zusammen, als noch ein paar Dutzend überlebensgroße Tiere plötzlich laut brüllend durch die Gänge eilten!

Die Geschichte zog mich völlig in ihren Bann: Wie der fiese falsche Löwe den Kleinen täuscht, um selbst an die Macht zu kommen! Wie der kleine Naive ihm Glauben schenkt und sich in die Hyänengruft locken lässt! Wie der Vater zu Tode kommt, als er versucht, seinen Sohn zu retten! Mir liefen die Tränen über die Wangen. Sollte der fiese Hinterhältige etwa gewinnen? Der eigentliche König der Löwen wird in die Verbannung geschickt. Dort leidet er unter schrecklichen Schuldgefühlen, weil er glaubt, seinen Vater auf dem Gewissen zu haben, während der Fiese Land und Löwen in den Ruin stürzt. Erst ganz am Schluss finden sich die Liebenden, retten das Land und vertreiben den Bösen, der schließlich in seine eigene Falle stürzt und stirbt.

Tausend Menschen hatten feuchte Augen, als sie sich wieder auf die Fähre drängten. Ich war den Kobaliks unglaublich dankbar, dass sie uns eine so schöne Auszeit geschenkt hatten. Sie waren so großzügig und fürsorglich! Ja, sie wollten wirklich nur mein Bestes. Sie meinten es gut mit uns. Sie liebten mich wie eine Tochter. So wie ich meine Töchter liebte. Ich brauchte Christian nicht mehr. Ich hatte neuen Halt gefunden. Die Kobaliks waren jetzt mein Zuhause.

LOTTA

»Bist du jetzt ausgezogen oder was?« Jürgens Stimme am Telefon klang verzweifelt.

Ich antwortete nicht. Stumm hielt ich mir einfach nur das Handy an die Wange.

Jürgen schnaufte. »Du willst also einfach alles hinschmeißen? Nach ein paar kleinen Irritationen?«

»Ich weiß es nicht, Jürgen, wirklich, ich weiß es nicht.« Das Badewasser war inzwischen genauso lauwarm und abgestanden wie meine Gefühle für Jürgen.

Sophie lehnte abwartend an der Tür. »Soll ich rausgehen?«, hatte sie mir durch Gesten zu verstehen gegeben, und ich hatte ihr mit der Hand bedeutet, zu bleiben. Nebenan tobten und lachten die Kinder. Caspar hatte sich diskret verzogen.

Jürgen schnäuzte sich deutlich hörbar die Nase. »Es tut mir alles so wahnsinnig leid, Lotta. Ich wusste mir einfach keinen anderen Rat!«

Ich wusste mir auch keinen anderen Rat, als zu schweigen. Sophie schüttelte nur stumm den Kopf und zog spöttisch die Brauen hoch.

»Bitte komm wieder nach Hause! Wir sind doch eine Familie!«, heulte Jürgen verzweifelt. »Wir gehören doch zusammen!«

»Ich kann nicht, Jürgen. Nach allem, was ich jetzt über dich weiß …« Ich presste die Lippen zusammen und zog die Beine an.

»Was hab ich denn nur falsch gemacht?«, schluchzte Jürgen.

»Du hast …« Ich zählte an meinen eingeweichten Fingern auf: »… die Ehefrau von Christian Meran angerufen. Über eine Stunde mit deren sogenannten Freunden telefoniert. Das Telefonat heimlich mitgeschnitten.«

»Ja, aber doch nur, um dich zu schützen! Ich wollte dir zeigen, wie unzuverlässig dieser Herr ist!«

»Das war gar nicht nötig, denn ich hätte ihn ohnehin nie wiedergesehen.«

»Das glaube ich dir jetzt ja auch! Lotta, komm nach Hause!«

»Das war schon schlimm genug, aber damit hättest du es gut sein lassen können. Doch als Nächstes hast du eine Plastiktüte mit anrüchigen Utensilien im Flur liegen lassen. Wo die Kinder jederzeit darüber hätten stolpern können!«

Sophie verdrehte die Augen und hielt zwei Finger vor ihren geöffneten Mund.

»Auch das hat dich nicht gerade in meiner Achtung steigen lassen.«

»Ich schäme mich ja selbst ganz furchtbar«, wimmerte Jürgen reumütig. »Ich wollte doch nur unsere Beziehung retten!«

Seine Reue klang echt. Fast tat er mir schon wieder leid. Sollte ich es noch einmal mit ihm versuchen? Mein fragender Blick prallte an Sophie ab wie an einer Betonwand.

»Wenn das alles wäre, würde ich ja noch mal drüber nachdenken«, sagte ich schließlich. »Aber meine vielen Entschuldigungen und das Versprechen, dass ich Christian nie mehr anrufen werde, hast du nicht ernst genommen. Du hast …« Ich zählte weiter an den Fingern ab: »… eine Wanze in mein Handy gesteckt. Meine Telefonate nicht nur abgehört, sondern auch aufgezeichnet. Der ganze Schuhschrank ist voll mit Beweistonbändern. Wem wolltest du die denn vorspielen?«

Sophie stieß ein angewidertes Schnauben aus und schlug mit der Stirn gegen die Badezimmertür.

»Ich wollte im Notfall was gegen dich in der Hand haben«, gab Jürgen leise triumphierend zu. »Wenn du mich weiter mit diesem Herrn betrogen hättest, hätte ich sie dem Familiengericht vorspielen können. Damit ich die Kinder kriege.«

»Schwachsinn!«, schnaubte Sophie verächtlich. »Ihr seid überhaupt nicht verheiratet! Er hätte keine Chance!«

»Über das verwanzte Handy in meiner Handtasche hast du mein Gespräch mit meiner besten Freundin belauscht.«

»Ich musste doch wissen, woran ich war!«

»Du hast …«. Nun brauchte ich schon die zweite Hand und musste das Handy ans andere Ohr halten: »… die Lokalpresse eingeweiht und eine Zeitbombe bei Schaumschläger deponiert, die jederzeit hochgehen kann.«

»Um dich vor dir selbst zu schützen! Es war ein Warnschuss!«

»Du hast meine Plakate beschmiert, damit ich mich schäme und vor Angst und Schuldgefühlen vergehe.«

»Ich musste doch an deine Vernunft appellieren! Dir vor Augen führen, in welcher Gefahr du dich befindest!«

»All das wäre vielleicht noch verzeihlich gewesen«, sagte ich. »Aber dass du meine beste Freundin auf dem Altar deiner Allmachtsfantasien geopfert hast, das verzeihe ich dir nicht!«

Sophie steckte die Hände in die Hosentaschen und presste die Lippen zusammen.

»Du solltest doch nur begreifen, dass ich der wichtigste Mensch in deinem Leben bin«, jammerte Jürgen. »Dass du nur mir vertrauen kannst und sonst niemandem!«

Ich lachte bitter auf. »Wie kann ich dir nach diesen kranken Aktionen noch vertrauen?!«

»Ich tue es nie wieder! Ich werde vor deinen Augen sämtliche Drähte kappen! Wir plakatieren die ganze Stadt neu! Ich gebe dir Geld für deine Musikschule, sodass du nächstes Jahr die gesamten Wiener Philharmoniker engagieren kannst!«

Ich lachte bitter. »Oh, Jürgen! Warum musst du gleich so übertreiben?«

»Du bist meine Nadel im Heuhaufen! Ohne dich kann ich nicht leben! Bitte komm wieder nach Hause, bitte gib mir noch eine Chance!« Er weinte wie ein kleiner Junge, der im Dunkeln nicht allein sein kann. Dieselbe Panik hatte Paulchen in der

Stimme gehabt, wenn wir im Kinderzimmer das Licht ausmachten. Jürgen war wirklich am Ende. Aber war Mitleid jetzt der richtige Ratgeber? Ich warf Sophie einen fragenden Blick zu.

Die verschränkte nur die Arme vor der Brust.

»Ich flehe dich an, zerstöre nicht unsere Familie!«

Tat ich das? Zerstörte ich unsere Familie? Oder hatte er sie durch seine Unsensibilität und Ungeschicktheit nicht längst selbst zerstört?

Sophie stieß ein verächtliches Schnauben aus und verdrehte die Augen.

»Bitte pack die Kinder ins Auto und komm wieder nach Hause!«

»Wie kann ich mir dort jemals sicher sein, dass du mich nicht mehr abhörst, mir keine Fallen mehr stellst ...«

»Ich werde es nie wieder tun, das schwöre ich beim Augenlicht unserer Kinder!«

Ich sah Sophie Hilfe suchend an. Sophie tippte sich mit dem Zeigefinger an die Stirn.

»Vielleicht sollten wir das Augenlicht unserer Kinder nicht schon wieder bemühen«, sagte ich spitz.

»Ich war einfach nur so hilflos«, jammerte Jürgen. »Ich musste einfach wissen, ob du mit diesem Herrn Kontakt hast!«

In diesem Moment sang das Handy in meiner Handtasche verhalten »Halleluja«.

»Lotta!«, schluchzte Jürgen. »Ich bin der Vater deiner Kinder! Du kannst mich doch nicht abstreifen wie einen alten Schuh!«

»Aber wenn er doch so sehr drückt ...«, sagte ich. »Manchmal passen Schuh und Fuß einfach nicht zusammen.«

»Halleluja, Halleluja, Halleehelujaa!«, sang das Handy unverdrossen.

»Zerstöre nicht unsere Familie! Ich schwöre dir, ich werde mich in Zukunft mehr um die Kinder kümmern! Gib mir eine letzte Chance! Ich werde dir beweisen, dass ich ein guter Vater bin!«

Sophie bückte sich, nahm mein Handy und sah mich fragend an. Ich nickte. Wahrscheinlich war es meine Mutter. Ich hatte ohnehin keine Chance.

»Bitte glaub mir doch! Wir werden eine perfekte Familie sein!«, bettelte Jürgen, während Sophie meinen Anruf entgegennahm. »Mach jetzt nicht alles kaputt!«

Ich sagte nur müde: »Gut, Jürgen. Wir versuchen es noch mal. Ich komme zurück.« Dann legte ich auf.

Sophie reichte mir mein Handy. In ihren Augen lag ein seltsamer Glanz. Ihr Gesicht war gerötet, und auf ihrer Stirn standen Schweißperlen. »Christian Meran.«

ANITA

Am Sonntagmorgen ließ sich Grazia zu einer Joggingrunde um die Alster überreden, während Gloria noch zusammengeringelt in meiner Betthälfte schlief. Draußen herrschten Minusgrade, und ein eisiger Wind peitschte uns Schneeflocken ins Gesicht. Sie fühlten sich an wie Nadelstiche. Grazia war noch nie mit mir gejoggt. Ich hatte eher das Gefühl, dass sie unbedingt allein mit mir sprechen wollte.

»Du weißt, dass ich zu Papa Kontakt habe?«, japste sie auf einmal trotzig, nachdem wir unseren Rhythmus gefunden hatten.

»Ich kann es mir denken.«

»Willst du nicht wissen, wie es ihm geht?« Grazia sah mich durchdringend an.

Wollte ich das? Versuchte ich nicht, jeden Gedanken an Christian schon im Keim zu ersticken? »Natürlich. Wie geht's Papa?«

»Er wohnt im Hotel. Papa weiß überhaupt nicht, was los ist!«

»Nein? Dann soll er mal ein bisschen nachdenken!«

»Jedenfalls ist er seinen Job los. Die Wiener Philharmoniker haben ihn gefeuert.«

»Bitte WAS?« Wie angewurzelt blieb ich stehen und starrte sie keuchend an.

Grazia trabte ungeduldig auf der Stelle.

»Die Kobaliks haben ihn irgendwie beim Orchestervorstand madig gemacht, danach wurde er ›be-ur-laubt‹!« Grazia malte Gänsefüßchen in die Luft. »Unbezahlter Urlaub! Bis auf Weiteres. Echt krass!« Sie lief kopfschüttelnd weiter.

Mit bleiernen Beinen versuchte ich, Schritt zu halten.

»Was? Was genau wird ihm denn vorgeworfen?«

»Papa ist aus allen Wolken gefallen: Er sei nie da, hat man ihm vorgeworfen! Er würde ständig Privatkonzerte in unpassendem Ambiente geben, das Ansehen der Wiener Philharmoniker dadurch schädigen.«

»Ja, aber …« Christian hatte ein Benefizkonzert in einer Kleinstadt gegeben. Aber das hätten die Kobaliks dem Orchestervorstand doch nicht mitteilen müssen!

»Aber wegen so etwas wird man doch nicht suspendiert!«

»Die Kobaliks haben ihm auch noch diesen Skandal angehängt, von dem du mir erzählt hast. Die Sache mit der Musiklehrerin. Unzucht vor Minderjährigen.« Ihre Stimme klang zynisch. »Oder haben sie sogar gesagt, Unzucht mit Minderjährigen?«

Ich traute meinen Ohren kaum. Die Kobaliks hatten ganze Arbeit geleistet. Warum hassten sie Christian denn plötzlich so? Ich selbst konnte ihn noch nicht mal so hassen! Aber vielleicht kann Hass wachsen. Ich würde daran arbeiten.

»Was hat Papa genau gesagt?« Mein Herz raste, und nicht nur wegen des Joggens.

»Dass er jetzt keine Kohle mehr verdient. Herzlichen Glückwunsch, Mama.«

Oh Gott! Ich bekam keine Luft mehr und musste stehen bleiben. Grazia hoppelte wie ein batteriebetriebener Hase weiter: »Was ist los, Mama? Machst du schon schlapp?«

»Nein, es ist nur …« Ich holte auf. »Das ist alles total blöd gelaufen …«

»Papa sagt, die Kobaliks haben sich gegen ihn verschworen, und das hat alles mit dir zu tun.«

Ich versuchte mein Seitenstechen wegzuatmen. Das lief ja alles so was von gründlich schief! Dass die Kobaliks so weit gehen würden, hatte ich ja nicht ahnen können! Gut, sie hatten mir schon von ihren Möglichkeiten als »Freunde und Förderer« erzählt und auch angedeutet, dass sie Christian schaden konnten. Wolfgang Kobalik hatte irgendwas von einem Denkzettel gefaselt. Ich hatte das für Wichtigtuerei gehalten. Aber dass Christian nun kein Geld mehr verdiente, war doch gar nicht in meinem Sinne! Er sollte mir doch laut Ralf Steiner saftigen Unterhalt zahlen! Mir wurde mit einem Mal verdammt mulmig zumute. Es war, als hätte ich plötzlich einen Mühlstein um den Hals hängen. Mit jedem Schritt wurden meine Beine schwerer.

»Und was sagt Papa noch?«, fragte ich so beiläufig wie möglich.

»Er hat echt keine Ahnung, was in dich gefahren ist«, sagte Grazia keuchend. »Und ich ehrlich gesagt auch nicht.« Sie sah mich provozierend an. »Selbst wenn er dich betrogen hat, wie du sagst. Aber er schwört Stein und Bein, dass das gar nicht stimmt.«

»Ach, Schatz«, sagte ich schließlich traurig. »Wir haben uns eben auseinandergelebt. Das kommt in den besten Familien vor. Und seinen Job wird er schon nicht verlieren. Immerhin ist er der erste Mann in der Bläsergruppe! Man kann ihn überhaupt nicht so ohne Weiteres ersetzen!«

»Papa sieht das anders«, widersprach Grazia mir mit geröteten Wangen. »Er sagt, wenn er keinen Job mehr hat, kann er auch keinen Unterhalt für uns zahlen. Dann können wir uns unsere Ausbildung sonst wohin stecken. Papa hat keine Ahnung, was in deinem Kopf vorgeht!«, giftete sie mich an. »Du zerstörst ihn, und WIR sind die Leidtragenden! Ist dir das überhaupt klar? Wenn du dich rächen willst, dann bitte nicht auf unsere Kosten!«

Nun hatte sie sich wohl doch auf seine Seite geschlagen. Das konnte ich nicht ertragen. »Ach, ich zerstöre IHN? Und EUCH? Ich war immer für euch da, habe alles für euch aufgegeben!«, stieß ich verletzt hervor. »Ich bin NICHT schuld an der ganzen Misere! ER ist schuld!«

»Papa sagt, dass die Kobaliks dir ins Hirn gepisst haben! Dass du keine eigenen Entscheidungen mehr triffst. Dass du nicht mal mehr mit ihm redest, hat er nach achtzehn Ehejahren nun wirklich nicht verdient!«

Also, das war doch … ICH hatte nicht verdient, dass er mich betrog! Nach so vielen Ehejahren! WER hatte denn nun den Schwarzen Peter? Ich hatte die Kinder da raushalten wollen. Aber er zog sie mit hinein!

»Es war Papas freie Entscheidung, mich zu betrügen«, spuckte ich wütend aus.

»Wieso gibt Papa das mir gegenüber dann nicht zu?«

»Keine Ahnung. Welcher Mann gibt schon gern zu, dass er ein Arschloch ist!«

Oh. Oh Gott. Das hatte ich so nicht sagen wollen. Jetzt ging die Wut mit mir durch. Ich drosselte automatisch das Tempo, denn Grazia blieb nun ihrerseits schnaufend zurück.

»Papa ist kein Arschloch!«, schrie sie wütend hinter mir her. Kopfschüttelnde Jogger überholten uns.

»Nein. Entschuldige. Natürlich nicht.«

»Also? Redest du wenigstens noch mal mit ihm? Papa sagt, er geht auch gerne mit dir zu einer Eheberatung! Du musst ihm doch noch eine Chance geben!«

»Liebes, wir schaffen das auch allein. Die Kobaliks beraten mich bereits hervorragend.«

»Was haben die eigentlich damit zu tun?« Grazia zog verärgert ein Taschentuch aus der Hose und schnaubte hinein. »Wenn Gloria und ich uns streiten, sagst du doch auch immer, dass wir das untereinander regeln sollen.«

»Die Kobaliks haben beide schon eine Scheidung hinter sich, und ihre Tochter auch. Die wissen genau, was zu tun ist!«

»Bist du sicher, Mama? Dass die unser Vorbild sind?«

»Sie helfen uns, laden uns ins Musical ein und spendieren uns ein tolles Hotel!«, rief ich meiner Tochter wieder ins Gedächtnis. »In unserer Abwesenheit regeln sie alles, damit es uns nicht so wehtut. Ich bin ihnen dafür sehr dankbar.«

»Mich stört das, Mama! Ich kann die nicht leiden, diese großkotzigen Angeber! Jeden Tag sitzen die jetzt bei uns rum! Und Papa darf nicht mehr rein! Ich finde das nicht fair, Papa gegenüber!«

Ach! Wie fair war ER denn? Ich stieß ein verärgertes Schnauben aus. »Papa hat überall auf der Welt eine andere Freundin. Und ich habe niemanden, nur euch. Aber euch möchte ich nicht damit belasten. Deshalb brauche ich die Kobaliks.«

»Papa hat keine Freundinnen!«

»Kobaliks kennen mindestens ein Dutzend. Mit Namen.«

»Aber Papa sagt, er ist dir nie fremdgegangen!« Wütend stampfte Grazia mit dem Fuß auf.

»Hat er das wirklich gesagt?« Irritiert starrte ich sie an.

»Ja-ha! Ich hab dir doch gesagt, er hat voll keine Ahnung, wieso du so krass drauf bist!«

Leise Zweifel schlichen sich ein, und unwillkürlich lief ich wieder schneller. »Was sagt Papa denn noch?« Mein Herz klopfte wie wild.

»Dass er dir Zeit geben, dich in Ruhe lassen will, bis du dir die Sache noch mal überlegt hast. He, Mama, ich kann nicht so schnell.«

»Liebes, da gibt es nichts zu überlegen. Er hat mich immer wieder betrogen. Und damit ist jetzt Schluss.« Ich trat einen Stein vor mir her, bis er seitlich im braunen Gras verschwand.

»Und das weißt du von den Kobaliks.«

»Das weiß ich von den Kobaliks UND von dem Mann einer Frau, mit der Papa mich ebenfalls betrogen hat.«

»Der Typ von der Sparkasse. Der bei uns angerufen hat. Und dem glaubst du mehr als Papa?«

»Ja. Wenn schon gehörnte Ehemänner bei gehörnten Ehefrauen anrufen, und das auch noch an Weihnachten, dann ist doch das Maß voll, oder?«

Grazia sagte nichts mehr. Plötzlich blieb sie stehen und keuchte: »Ich habe Seitenstiche.«

»Seitenstiche sind besser als Herzstiche«, sagte ich. Den Rest der Alsterrunde absolvierten wir im Schritttempo.

LOTTA

»Servus, wie geht's?«

»Ähm … ich bin gerade nur etwas überrascht.«

In aller Hast hatte ich mich in Sophies Bademantel gehüllt und kauerte nun auf dem Fußboden. Die Beine waren mir regelrecht weggesackt. Sophie hatte mir Champagner nachgeschenkt und sich diskret zurückgezogen.

»Mir geht es ganz gut«, krächzte ich schließlich, als das Herzrasen sich so weit gelegt hatte, dass ich meine eigene Stimme wieder hören konnte. »Und selbst?«

»Nicht so gut«, sagte Christian mit einer mir seltsam vertrauten Stimme. »Meine Frau hat die Scheidung eingereicht, und ich bin meinen Job los.«

Mir zog sich der Magen zusammen. Grüne Sterne tanzten vor meinen Augen.

»Aber … warum denn das?« Das konnte doch nicht wahr sein! Doch nicht wegen … UNS! Oh Gott, Jürgen hatte sie angerufen. Er hatte gepetzt. Aber das sollte doch nur ein Warnschuss sein! Der war doch jetzt nicht etwa nach hinten losgegangen? Oh, bitte nicht!, dachte ich. Bitte sag, dass du nichts von diesem peinlichen Anruf weißt.

»Ich habe keine Ahnung«, sagte Christian, und beim Klang seiner Stimme kribbelte es in meinem Unterbauch, als hätte sich ein ganzer Ameisenhaufen dorthin verlaufen. »Seit Heilewelt ist meine Welt nicht mehr heil.«

»Die Wiener Philharmoniker haben dich … gefeuert?« Ich presste mir die Fäuste an die Schläfen. Das hatte mit mir nichts zu tun. Das KONNTE mit mir gar nichts zu tun haben.

»Wie, um Himmels willen …« Ich brach ab. Es ging mich überhaupt nichts an.

»Unserem Orchestervorstand wurde zugetragen, ich hätte mitten im Weihnachtsgeschäft meine Dienstpflicht vernachlässigt und noch dazu Unzucht mit Minderjährigen betrieben. Völliger Schwachsinn!«

»Unzucht mit Minderjährigen? Hallo, ich bin fünfunddreißig!«

Christians Lachen hallte mir entgegen, aber es klang traurig und ratlos.

»Schön, dass wenigstens du noch Humor hast! Ich finde hier nämlich weit und breit keinen Menschen mehr mit Humor, und niemand will mich aufklären, mir sagen, was eigentlich passiert ist.«

Jetzt hatte ich schon den zweiten traurigen und ratlosen Mann an der Backe. Aber für diesen hier empfand ich unbeschreibliche Zuneigung. Und für Jürgen bestenfalls Mitleid. Und genau das war falsch! Eigentlich müsste ich für Jürgen unbeschreibliche Zuneigung empfinden. Und für Christian Mitleid. Verkehrte Welt!

»Meine Frau hat mich regelrecht vor die Tür gesetzt«, hörte ich Christian sagen, während ich versuchte, nach der Notfallapotheke in Form meines Champagnerglases zu angeln. Mein Arm tat so, als gehörte er nicht mehr zu mir. Er war taub vor Schreck. Christian redete weiter: »Sie hat die Schlösser ausgetauscht, das volle Programm. Gestern habe ich meine Sachen geholt, die hatte meine Frau mir mithilfe von Nachbarn auf die Terrasse in den Schnee gestellt.«

»Nachbarn?« Eine böse Ahnung machte sich in mir breit.

»Na ja, unsere Freunde hier. Aus irgendeinem Grund sind sie vom Paulus zum Saulus geworden. Ich weiß überhaupt nicht, was sie plötzlich gegen mich haben. Ein Anwalt war da, und ich habe sogar einen richterlichen Beschluss bekommen, dass ich mich meiner Frau und den Kindern nicht weiter als bis auf hundert Meter nähern darf.« Er räusperte sich. »Entschuldigung, dass ich dir das alles erzähle. Aber ich weiß einfach nicht, was ich von der Sache halten soll.«

Aber ich!, dachte ich und wand mich innerlich vor Scham.

»Aber dir geht es gut?«, kam es zögerlich aus dem Hörer.

Eine peinliche Stille entstand. Ich presste verzweifelt die Lippen zusammen. Noch vor wenigen Minuten hatte ich Jürgen versprochen, nach Hause zu kommen. Christian zu vergessen, hatte ich ihm schon hundertmal versprochen. Und nicht mit ihm zu telefonieren, gefühlte tausendmal.

»Hallo? Lotta?«

»Ähm ja, ich bin noch da.« Beziehungsweise das, was noch von mir übrig war: ein schlaffer, zitternder Körper im fremden Bademantel auf dem Fußboden.

»Bist du gut ins neue Jahr gekommen?«

Meine Antwort war ein unverständliches Krächzen.

»Kannst du nicht ungestört sprechen? Ich hatte eben jemand anders am Telefon?«

»Nein, passt schon. Ich bin bei einer Freundin. Und du?«

»In Wien, im Hotel Imperial.« Ich hörte, wie Christian auf und ab ging. »Aber das ist keine Dauerlösung. Ich habe nicht die leiseste Ahnung, wie es weitergehen soll. Vorgestern war meine Tochter bei mir. Sie versteht auch nicht, was in ihre Mutter gefahren ist.« Er seufzte. »Wenn ich nur wüsste, was das alles zu bedeuten hat!«

Ich biss mir die Lippe blutig.

»Na ja, offensichtlich hat es nichts mit dir zu tun«, sagte er schließlich. »Ich wollte einfach mal wieder mit einem normalen Menschen reden, möchte dich aber in deinem Heilewelt nicht stören. Grüß deine Freundin. Und deine Kinder. Es war … schön bei dir. Ich denke noch oft an unser Konzert. Und an unser … Bier danach.«

Oh ja, ich auch!, hätte ich gern gerufen, aber meine Stimmbänder verweigerten ihren Dienst.

Er räusperte sich, als wollte er noch etwas Wichtiges sagen. »Netter Zeitungsartikel übrigens. Ich habe ihn gegoogelt.« Er zögerte und setzte dann nach: »Jetzt sitze ich im Hotel, bin meinen Job los und starre dauernd auf dein Bild.«

Ich konnte mich nicht länger beherrschen. Es ging einfach nicht. »Mein Mann hat deine Frau angerufen!«, platzte es aus mir heraus. Mein Herz raste so laut, dass ich seine Antwort nicht verstand. Vielleicht antwortete er auch gar nicht, denn was ich hörte, als sich mein Herzklopfen wieder beruhigt hatte, war ein Rauschen in der Leitung. Hatte er aufgelegt?

»Hallo?«, krächzte ich matt. Ich fühlte mich so entsetzlich schuldig – Christian gegenüber und Jürgen gegenüber. Schließlich war ich schon auf dem Sprung zu ihm zurück.

»Ähm … ja, ich bin noch dran. Ich begreife nur nicht …«

»Jürgen hat deine Frau angerufen, und die hat euren Nachbarn den Hörer gegeben. Und dann haben sie eine Stunde lang …« Ich presste die Lippen zusammen. Genug der Information.

»Unseren Nachbarn?«, kam es fassungslos aus dem Hörer. »Den Kobaliks?«

»Den Kobaliks«, sagte ich. »Feine Freunde!«

»Was haben die Kobaliks eine Stunde lang?«

Ach, egal. Jetzt war es heraus. Er musste es wissen. Das wenigstens stand ihm zu. »Schlecht über dich geredet.«

»Bitte?« Ich hörte, wie er sich am Kopf kratzte. »Was denn … ich meine …« Er lachte ungläubig. »Was haben sie denn gesagt?«

»Dass du ein ganz schlimmer Weiberheld bist«, antwortete ich gespielt vorwurfsvoll. »Alles vögelst, was nicht bei drei auf den Bäumen ist.«

»Aber woher wollen denn die Kobaliks …«

»Die sind ja immer dabei auf deinen Dienstreisen.«

»Aber das stimmt doch überhaupt nicht!« Wieder lachte er ungläubig.

»Sie wissen noch viel mehr!«

»Was denn?« Totale Verblüffung in seiner Stimme.

»Dass du sie schon um Geld gebeten hast.«

»ICH habe die Kobaliks um Geld ...?!«

»Für dein Haus.«

»DAS haben die Kobaliks DEINEM Mann erzählt?« Das ungläubige Lachen verwandelte sich in ein fassungsloses Schnaufen. »Wolfgang hat mir das angeboten, nachdem er mir sein Nachbarhaus quasi aufgedrängt hat ... Ich habe damals gesagt, es ist mir zu teuer, aber sie wollten uns unbedingt in ihrer Nähe haben ...«

Wieder kam nur Rauschen aus dem Hörer. Ich hörte regelrecht, wie seine Gehirnzellen arbeiteten.

»Aber das Schlimmste ist ...«, sagte ich mit Grabesstimme, während mich eine komische Verzweiflung überkam: »... du hast krumme, dicke Beine.«

»Das haben sie NICHT gesagt!«

»Doch. Leider.«

»Wie kommen die darauf?«

»Ursula weiß es. Sie hat dich in Thailand in Shorts gesehen.«

»Du nimmst mich auf den Arm!«

»Leider nicht.«

»Und DAS haben sie DEINEM Mann erzählt?«, wiederholte er ungläubig. »Und der hat es dir erzählt, oder was?!« Seine Fassungslosigkeit schwappte mir regelrecht entgegen.

»Er hat es mir vorgespielt. Auf Band.«

»Er hat das Telefonat mitgeschnitten?! Wissen das die Kobaliks?«

»Nein.«

Wieder vergingen gefühlte fünf Minuten mit Rauschen und Knacken. Ich hörte bei ihm quasi jeden Groschen einzeln fallen.

»Das ist alles nicht wahr, oder?«

»Es tut mir wahnsinnig leid, Christian«, sagte ich schließlich mit brüchiger Stimme. »Ich schäme mich in Grund und Boden.«

Schweigen. Ein unerträglich langes Schweigen. Ich hörte förmlich die Euros durch die Leitung rauschen.

»Christian?«

»Weiß dein Mann, was er da angerichtet hat?«, kam es nach weiteren quälenden Minuten aus dem Hörer.

»Nein. Ich bin mir sicher, das hat er nicht gewollt.«

»Ich habe meine Frau nicht betrogen! Jedenfalls nicht bis zu unserem Kuss im Parkhaus! Da hat es mich zugegebenermaßen ein bisschen erwischt.«

Mein Herz raste. Es hatte ihn auch erwischt! Nicht nur mich!

»Ich meine, was wollte dein Mann denn damit bezwecken?«

»Ich weiß es nicht, Christian. Er ist einfach durchgedreht. Es tut ihm auch schon schrecklich leid.«

»Woher wusste er denn überhaupt von dem … ähm … Kuss?«

»Er bekam an Weihnachten eine anonyme E-Mail. Von einem Freund, der es gut mit ihm meint.«

»Wir haben offensichtlich lauter gute Freunde, die es gut mit uns meinen …«

Wieder hörte ich Christian ungläubig schnaufen. Ich sah förmlich vor mir, wie er sich die Haare raufte und nervös in seinem Hotelzimmer auf und ab ging.

»Lotta …«, sagte er schließlich.

»Ja?« Oh Gott. Mein Herz dröhnte in meinen Ohren.

»Was hat dir unser Kuss bedeutet?«

Alles!, wollte ich schreien. Es war der schönste Kuss meines Lebens. Ich habe mich unsterblich in dich verliebt! Ich will mit dir abhauen, bis ans Ende der Welt. Lass uns alle diese Spinner, die Gott spielen wollen, hinter uns lassen!

»Und dir?«, krächzte ich stattdessen.

Stille. Rauschen. Knacken.

»Er hat mir viel bedeutet«, sagte Christian schließlich. »Ich bin selbst überrascht, wie oft ich seitdem an dich denken muss.« Ich hörte es rascheln. »Ich halte gerade dein Bild in den Händen.«

Oh Gott. Er hatte es sich ausgedruckt! Mein Herz schlug Purzelbäume. Die kleinen Lämpchen über dem Waschbecken funkelten wie ein verrückt gewordener Sternenhimmel. Doch halt! Falscher Zeitpunkt. Falscher Film. Falsches Leben! Geht nicht! Klappe!

Ich hörte Christian mit langen Schritten durchs Zimmer gehen. Plötzlich blieb er stehen. »Aber ich hätte nie und nimmer meine Ehe aufs Spiel gesetzt. Und deine auch nicht.«

»Nein.« Das Blut pochte mir in den Schläfen. »Was … was hast du jetzt vor?«, fragte ich kleinlaut. Meine Stimme war nur noch ein Flüstern.

»Ich habe keine Ahnung«, sagte Christian nach langem Zögern. »Weißt du, meine Lebenssituation hat sich komplett geändert.« Er suchte nach den richtigen Worten. »Meine Frau fordert das Haus, einen sechsstelligen Zugewinnausgleich und Unterhalt für sich und die Kinder. Ich darf mich dem Haus nicht nähern. Ich komme mir vor wie ein Verbrecher.«

»Aber kannst du nicht noch mal mit ihr reden?«, fragte ich zaghaft wie ein Kind, das ein Spielzeug kaputt gemacht hat und hofft, es sei noch zu reparieren.

Wieder kam sehr lange nichts.

»Das habe ich versucht. Aber jetzt, wo ich weiß, was da hinter meinem Rücken gelaufen ist … Und mit welchen Bandagen sie plötzlich kämpft … Ich soll sie angeblich geschlagen haben!«

Diesmal blieb ich länger stumm. Hatten die Kobaliks recht? Hatte ich mich in einen miesen Gewalttäter verknallt?

»Dem Gericht liegt ein Foto vor, auf dem sie ein blaues Auge hat.«

Ich zögerte, doch dann wagte ich die Frage zu stellen. »Und? Hast du?«

»Natürlich nicht.«

Wir schwiegen beide.

»Wirst du der Scheidung zustimmen?«, fragte ich schließlich mit einer Mischung aus Angst und Hoffnung.

»Wahrscheinlich. Und du?«

»Ich bin nicht verheiratet.«

»Ach ja. Richtig. Also … wirst du bei deinem traurigen Helden bleiben?« Er lachte verbittert.

»Ich weiß nicht …Er ist der Vater meiner Kinder.«

»Lotta, darf ich dir was sagen?«

»Ja, aber schnell … Es kommt jemand.«

Auf der Treppe hörte ich schwere Schritte. War Sophies Mann wieder da? Unwillkürlich hielt ich meinen Bademantel über der Brust zusammen. Was Christian sagte, konnte ich nicht so genau verstehen. Irgendwas mit Chance oder so.

»Hör zu, ich glaube, ich muss Schluss machen …«

»Darf ich dich wieder anrufen? Ich glaube, ich bin ein bisschen am Durchdrehen …«

Ja gern!, hätte ich am liebsten geschrien. Ruf mich jederzeit an. Dreh ruhig noch ein bisschen durch. Du kannst dir doch denken, dass ich von nun an jede Sekunde darüber nachdenken werde, wie es mit dir weitergeht. Und am Durchdrehen bin ich nicht nur ein bisschen.

Es war auf jeden Fall nicht Sophie oder eines der Kinder. Es waren viel schwerere Schritte.

»Darf ich dich anrufen, wenn ich Sehnsucht nach dir habe?«, fragte Christian plötzlich mit rauer Stimme. Oh Gott, davon träumte ich, seit ich ihn zum ersten Mal gesehen hatte!

Die Schritte waren jetzt schon ganz nahe herangekommen.

»Und das wäre wie oft?«, hauchte ich, einer Ohnmacht nahe.

»Stündlich. Nein, im Ernst, Lotta. Ich glaube, ich habe mich in dich verliebt.«

Die Tür ging auf.

Es war Jürgen, der schwitzend und freudestrahlend in der

Tür stand. Auf jedem Arm einen Zwilling und an jedem Zwilling ein Dutzend gelbe Luftballons. Er hatte die beiden Fünfjährigen die Treppe hinaufgeschleppt?! Ach ja, er hatte ja versprochen, sich ab sofort um die Kinder zu kümmern. Er machte Ernst, er hielt Wort! Und ich? Hatte ich nicht gerade mein Versprechen gebrochen? Die Kinder grinsten mich glücklich an und streckten die Arme nach mir aus.

Halt mich, halt mich fest, zeig mir den richtigen Weg, hilf mir, die richtige Entscheidung zu treffen!, wollte ich schreien, wusste aber nicht, wem das galt.

»Wenn du mich liebst, rufst du mich nie wieder an«, flüsterte ich mit einer seltsam fremden Stimme ins Handy und klappte es mit zitternden Fingern zu. Hastig steckte ich es in Sophies Bademanteltasche. Mit zittrigen Beinen taumelte ich wie ein staksiges Reh auf meine Familie zu.

ANITA

Zu meiner Überraschung willigte Christian auf einmal in die Scheidung ein. Seine ständigen Anrufe auf der Mailbox hatten schlagartig aufgehört, so als hätte er sich mit seinem Schicksal abgefunden. Ich interpretierte das als Schuldeingeständnis. Die Kobaliks hatten ihn überführt, und er hatte aufgegeben. Es war merkwürdig, aber ich empfand keine Erleichterung. Im Gegenteil! Eher hatte ich gehofft, er würde noch etwas um mich kämpfen. Fast wäre ich bereit gewesen, es noch mal zu versuchen. Wir waren achtzehn Jahre verheiratet gewesen! Da gibt man nicht einfach so auf! Fast hatte ich gehofft, er würde mir Blumen schicken, Liebesbriefe schreiben, um Verzeihung bitten. Das hätte frischen Wind in unsere Eheflaute bringen können. Doch jetzt empfand ich eine merkwürdige Leere, gepaart mit Enttäuschung. Es passte nicht zu Christian, dass er einfach so aufgab. Das hieß, dass er wirklich was mit der rothaarigen Kleinstadtmusiklehrerin hatte. Wie weh das tat! Was hatte die, was ich nicht hatte? Es kostete mich Mut und Überwindung, sie zu googeln. Ich schlich zu meinem Schreibtisch im Schlafzimmer und wollte ihren Namen eingeben. Aber er fiel mir nicht ein. Immekeppel hieß sie ja nicht. Aber als ich »Sparkasse Heilewelt« eingab, kam der Link zur Musikschule. Und da war sie, Charlotte von Thalgau! Das *Heilewelter Tagblatt* hatte das Konzert mit Christian in den höchsten Tönen gelobt. Irgendein Lokalreporter namens Schaumschläger hatte einen übertrieben beweihräuchernden Artikel fabriziert. Zitternd beugte ich mich vor, um das Kleingedruckte besser lesen zu können.

»Junge Menschen im Rausch der Klänge – Sensationelles Konzert in der Musikschule!« Neben einem handtellergroßen Foto von dieser Strahlefrau mit den zerzausten roten Locken, die kess ins Orchester grinste und ihren Dirigentenstab hob: »Sparkasse sponsert Spiel und Spaß!«

Na, da war ja ein ganz großer Wortakrobat am Werk! Im Hintergrund sah man tausend gelbe Luftballons mit irgendeiner Werbeaufschrift.

»Einmalig und herzerfrischend: Charlotte von Thalgau holte einen echten Wiener Philharmoniker nach Heilewelt!«, lautete die Bildunterschrift. »Von muffiger Musikschule, schiefen Tönen und Langeweile konnte bei diesem Konzert nicht die Rede sein«, stand weiter unten. »Mit Witz und Charme schüttelte die temperamentvolle Musikschulleiterin, deren drei Kinder ebenfalls mitmusizierten, nicht nur einen erstaunlich professionellen Prokofjew aus dem Dirigentenstab, sondern erzählte auch noch die Handlung von ›Peter und der Wolf‹ – aber so mitreißend, dass auch noch die letzte schwerhörige Großmutter an den richtigen Stellen lachte. Selbst in der allerletzten Reihe des ausverkauften Saales konnte man noch eine Stecknadel fallen hören. Oder besser: das Zwitschern des Vogels, das aus der Flöte eines echten Wiener Philharmonikers stammte! Mit ihm hatte Frau von Thalgau einen echten Glücksgriff getan. Das zähe Üben und die unzähligen Proben haben sich gelohnt: Das Heilewelter Musikschulorchester hat heute Weltniveau gestreift! Weiter so, Charlotte von Thalgau! Mit dieser Frau und ihrer Musikschule hat wiederum Heilewelt einen echten Glücksgriff getan. ›Und all das verdanken wir unserem großzügigen Sponsor, der Heilewelter Sparkasse‹, gibt sich die temperamentvolle Vollblutmusikerin bescheiden. Gerüchte über eine geplante Hochzeit mit dem Leiter der Sparkasse, Jürgen Immekeppel, dementiert sie lachend. ›Wir sind ehelos glücklich!‹ Schade eigentlich! Aber man darf ja noch hoffen. Nächstes Jahr gibt es wieder ein Konzert aus der

Reihe ›Wir sichern Ihren Kindern eine Zukunft‹. Dann steht Carl Orffs ›Carmina Burana‹ auf dem Spielplan. Die Heilewelter dürfen gespannt sein …«

Ja, worauf denn?, dachte ich. Dass sie stattdessen meinen Christian heiratet? Bitte, das konnte sie gerne haben! Immer wieder betrachtete ich diese Frau. Mein Mann hatte sich aus unerklärlichen Gründen in dieses Kaff verirrt, und sie hatte ihr Fangnetz ausgeworfen. Ich kniff die Augen zusammen. Auf die Ellbogen gestützt, starrte ich sie an. Mal ehrlich, sie war nicht halb so hübsch wie ich. Obwohl sie wahrscheinlich jünger war. Aber sie kam gegen meine damenhafte Eleganz überhaupt nicht an! Was fand Christian bloß an ihr? Sie hatte tausend Sommersprossen im Gesicht, trug eine Brille, in der sich das Blitzlichtgewitter der Kameras unvorteilhaft spiegelte, und steckte in einem unmöglichen Hosenanzug, der nach C&A aussah. Drei kleine Kinder! Ich schüttelte den Kopf. Das konnte die doch nicht machen! Im Parkhaus über meinen Mann herfallen! Das war doch so was von daneben! Wegen dieser pummeligen Landpomeranze hatte ich Christian vor die Tür gesetzt. Das war sie also, unser Scheidungsgrund. Ich trank mein Glas Wein auf einen Zug leer. Der Schmerz blieb. Sie hatte mein Leben zerstört. Ich hasste sie und würde alles tun, um auch sie zu zerstören.

LOTTA

Wir brachten die Kinder ins Bett, und Jürgen tat Handgriffe, die er noch nie zuvor getan hatte. Und machte dabei Geräusche, die er noch nie zuvor gemacht hatte. »Brrrrmmm« und »huuuuiiiiii« und »tschtschtsch«. Er erinnerte mich sehr an Karlsson vom Dach, wie er da so ungeschickt im Kinderzimmer herumstolperte und sich dabei völlig verausgabte. Zweimal trat er den Zwillingen versehentlich auf die nackten Füße. Der Höhepunkt seiner väterlichen Bespaßungen bestand darin, dass Jürgen bei ihnen auf der Bettkante saß und ihnen »Blaukraut bleibt Blaukraut, und Brautkleid bleibt Brautkleid« beibrachte. Ich lehnte völlig erschöpft im Türrahmen und schaute dem Treiben zu. Mechanisch faltete ich die Klamotten der Kinder zusammen, zupfte vier Söckchen aus vier Hosenbeinen und rollte sie ineinander, die rosafarbenen und die blauen. Sie passten gar nicht zusammen. Wie Jürgen und ich. Während Christian … Christian ließ sich scheiden. Mein Magen zog sich schmerzhaft zusammen. Halt, nicht daran denken! Jürgen war Trumpf. Er gehörte in dieses Kinderzimmer. Er war der Vater, nicht Christian.

Paul saß in seinem Hochbett und buhlte um Aufmerksamkeit. Wieder ließ er sein grünes Badekrokodil niedersausen und zerzauste Jürgen die Haare. Der wischte es weg wie ein lästiges Insekt.

»Aber jetzt müsst ihr schön schlafen.«

»Nein! Wieso denn! Immer, wenn es schön wird!«

Tja, das war wohl nur ein kurzes Gastspiel im Kinderzimmer gewesen. Jürgen sah mich verliebt an: »Die Mama und ich haben noch etwas zu besprechen.«

Oh Gott, nicht schon wieder! Ich ahnte bereits, was auf mich zukam:

a) Versprich mir, nie wieder mit diesem Herrn zu telefonieren.

b) Ich will mit dir über den Stand unserer Beziehung reden.

c) Wenn du mich liebst, dann schläfst du jetzt mit mir.

d) Wenn du mich liebst, dann heiratest du mich jetzt.

All das hatten wir schon tausendmal durchgekaut.

Wir küssten die Kinder und deckten sie zu. Jürgen schob mich mit Siegermiene die Treppe hinunter und wies mir seinen Ledersessel zu. »Setz dich.«

»Wie jetzt? Echt?« Ich sah mich suchend um. Kein Laptop in Reichweite? Anscheinend waren die Programmierungsarbeiten abgeschlossen.

»WAS möchtest du trinken?« In seiner Stimme lag spontaner Übermut.

»Ein Glas … Wein?«

Erstaunt und völlig perplex sah ich, wie Jürgen in den Keller ging und kurz darauf mit einer Flasche Rotwein wieder heraufkam. Sie war noch in Geschenkpapier verpackt, wahrscheinlich von einem seiner Sparkassenkunden. Ich trank nie Rotwein, aber woher sollte er das wissen. Es war ein Versuch. Er bemühte sich. Und ich wollte mich verdammt noch mal auch bemühen.

Umständlich entkorkte er die Flasche und suchte dann nach Gläsern.

Als ich aufspringen wollte, drückte er mich wieder in den Sessel zurück. »Nicht! Bleib sitzen! Ich mach das schon.«

»Da!« Ich zeigte auf den Gläserschrank. »Links oben.«

Er strahlte, als er die Gläser fand, und schenkte ein.

»Auf uns!«

»Auf uns.« Wir tranken. Als Nächstes spürte ich seine feuchte Hand in meinem Gesicht.

»Du bist heute Abend besonders hübsch.«

Er lächelte harmlos. Der Anruf bei Christians Frau!, ging es mir durch den Kopf. Das verwanzte Handy in meiner Handtasche, die Sophie-Intrige, die beschmierten Plakate, das Petzen bei meiner Mutter. Die Plastiktüte im Flur. Trotz aller guten Vorsätze schaffte ich es beim besten Willen nicht, sein Lächeln zu erwidern. Unwillkürlich wandte ich mein Gesicht ab, sodass er die Hand zurückzog.

»Freust du dich denn nicht, Schnuckelmaus?«

»Es geht so.«

»Wir haben uns wieder zusammengerauft! Wir fangen jetzt ganz neu an!« Das Spielzeug funktioniert wieder! Wir haben eine neue Batterie reingetan!

»Ja.«

Wir tranken. Ich zwang mich, nicht an Christian zu denken. An den Klang seiner Stimme, als er sagte: Ich halte gerade dein Bild in den Händen. Stattdessen schaute ich Jürgen an. Na also, es ging doch! Ich schaffe das!, versuchte ich mir einzureden. Ich kann mich von ihm angezogen fühlen. Alles nur eine Frage der Selbstbeherrschung und gegebenenfalls des Blutalkohols. Rasch griff ich erneut zu meinem Glas und nahm mehrere große Schluck Rotwein. Ich lächelte Jürgen so nett wie möglich an.

Jürgen ließ sich mit einer Pobacke auf die Sessellehne gleiten und strich mir über den Nacken. Unwillkürlich zuckte ich zusammen und simulierte einen Hustenanfall. Die Schnuckelmaus war noch nicht so ganz in Stimmung. Es war, als übten wir ein Musikstück ein. Noch war der Klang disharmonisch. Doch wenn ich Jürgens falschen Fingersatz korrigierte, würde es uns vielleicht doch noch gelingen, eine große Symphonie daraus zu machen.

»Ich weiß, was ich an dir habe, Jürgen«, rang ich mir ab.

Er strahlte vor Stolz. Ich wunderte mich, wie einfach es war, Jürgen zum Schnurren zu bringen. Um meine Unsicherheit zu überspielen, zog ich ein paar Legosteine unter meinem Hintern hervor und warf sie in Richtung Spielzeugkorb. Wenn ich jetzt treffe, wird alles gut!, dachte ich. Sie prallten gegen den Korb und landeten auf dem Teppich. Verdammter Mist, zick hier nicht rum!, ermahnte ich mich. Benimm dich ganz natürlich! Ihr rettet hier gerade eure Beziehung. Und gleich kommst du in Fahrt. Du schaffst das schon.

Versonnen schlürfte Jürgen an seinem Rotwein. »Sehr guter Tropfen.« Auch er schien sich Mut anzutrinken. Dann sagte er mit aufwallender Leidenschaft: »Ich liebe dich, mein rattenscharfes Superweib.«

Ich spürte, wie sich mir sämtliche Nackenhaare aufstellten. Dabei wollte ich ihn doch lieben! Ich hatte ihn doch bisher auch nehmen können, wie er war! Liebe kann wachsen. Manchmal hat sie halt Wachstumsstörungen. Vielleicht kommt Liebe auch mal ins Trotzalter oder in die Pubertät? So wie bei mir gerade? Oder in die Wechseljahre? Das heißt aber nicht, dass man den Partner wechseln darf!, hörte ich meine Mutter sagen. Man muss sich arrangieren! Liebe ist harte Arbeit. Augen zu und durch! Erst recht, wenn man Kinder hat.

Jürgen streichelte meinen Arm, immer an derselben Stelle, was eher schmerzhaft als angenehm war. Wollte er ein Feuer entfachen? Wer hatte ihm gesagt, dass so was erotisch ist? Ach ja, ich hatte ihn mal gebeten, nicht immer gleich sofort … Und nun hielt er sich daran. Wieder musste ich an Christian denken. Wenn du mich liebst, rufst du mich nie wieder an!, hatte ich kurz vor dem Auflegen gesagt. Dabei wünschte ich mir genau das Gegenteil. Wenn du mich liebst, rufst du mich jetzt sofort an! Wenn du mich liebst, kommst du sofort her und holst mich hier raus! Ich schloss die Augen und versuchte, Christian genau diese Botschaft zu übermitteln.

Jürgen war inzwischen so richtig in Stimmung für einen Versöhnungsbeischlaf. Seine Hand wurde immer zudringlicher.

Einem plötzlichen Reflex folgend, schüttelte ich sie ab.

»Jürgen, es geht einfach nicht. Ich bin noch nicht so weit.«

Jürgens Stimme wurde plötzlich eisig. »Denkst du etwa schon wieder an diesen Herrn?«

»Nein, nein, ich will einfach nur … hier sitzen.« Ich spürte, wie mir die Röte ins Gesicht schoss.

Jürgen schob mal wieder seine Finger unter mein Kinn. »Mit wem hast du eigentlich telefoniert, als du bei deiner Freundin auf dem Badezimmerfußboden saßt, hm?« Dabei strich er mir mit dem Daumen über die Mundwinkel. »Mit wem hat mein Schnuckelmäuschen denn da geplaudert, kaum dass es nicht mehr überwacht wurde? Mit einem Glas Champagner und im Bademantel? Hat mein böses Mädchen ihre Freiheit gleich wieder ausgenutzt?«

Ich zog den Kopf ein wie eine Schildkröte und wünschte, ich hätte einen entsprechenden Panzer.

»Hat deine Freundin dich dazu angestiftet, ihn anzurufen? Während sie auf deine Kinder aufpasst? Hm?«

»Quatsch! Lass Sophie aus dem Spiel!«

»Oh, dass Sophie dich geradezu genötigt hat, ihn anzurufen, habe ich schließlich mit eigenen Ohren gehört!«

»Ja, aber das ist nichts, worauf du stolz sein kannst!«

»Leider war ich zu solchen Mitteln gezwungen! Du hast mich dazu gezwungen!«

Ich hielt mir die Ohren zu. Die Endlosschallplatte lief schon wieder!

»Na? Magst du mir nicht sagen, mit wem du telefoniert hast?«

Mir brach der kalte Schweiß aus. Sollte ich lügen? Harmlos tun? Wie lange sollte das noch so weitergehen?

»Mit Christian«, sagte ich schließlich und bemühte mich um eine feste Stimme. So. Jetzt war es heraus. Eine Riesenlast fiel von meinen Schultern. »Ja, ich habe mit Christian telefoniert. Und ihn dabei gebeten, mich nie wieder anzurufen. So wie ich ihn kenne, hält er sich daran.«

Jürgen wurde aschfahl im Gesicht. Mit gezieltem Griff riss er meine Handtasche von der Lehne meines Schreibtischstuhls, griff hinein und hielt mein Handy in der Hand.

»Dieser Herr hält sich an gar nichts!« Mit unterdrückter Wut drückte er die Rückruftaste. Seine Stirnadern traten hervor wie bläuliche Schlangen.

»Doch, er hält sich dran! Bestimmt!«

»Darauf wollen wir es doch nicht ankommen lassen!«

Oh Gott, er würde doch nicht … Ich hörte es läuten. »Jürgen«, stieß ich entsetzt hervor. »Tu das nicht, ich bitte dich!« Ich versuchte, ihm das Handy zu entreißen, aber er war größer und stärker als ich.

Er wehrte meinen Angriff mit der linken Hand ab.

»Lass das, Jürgen! Der Schuss könnte nach hinten losgehen!«

»Hallo? Spreche ich mit Herrn Meran?«

Ich hörte Christians verwunderte Stimme. Sie klang verschlafen, wie aus einer anderen Welt. Sofort schossen mir die Tränen in die Augen.

Aber Jürgen war nicht mehr zu bremsen. Er war unendlich enttäuscht von mir. Ich hatte mein Versprechen gebrochen. Ich hatte doch mit Christian telefoniert. Er glaubte nicht mehr an mich.

Umso überraschter war ich, als ich hörte, wie Jürgen vollkommen sachlich sagte: »Hier ist Jürgen Immekeppel aus Heilewelt. Herr Meran, ich wollte Ihnen nur sagen, dass Sie meine Frau abholen können.«

ANITA

»Ihr habt WAS?«

»Dein Häuschen ein bisschen netter gestaltet.«

Verwirrt sah ich die Kobaliks an, die bereits am Gartentor gestanden hatten, als das Taxi vor unserem Haus mit den Bremer Stadtmusikanten hielt. Sie hatten die Türen aufgerissen und dem Fahrer mit großzügiger Geste einen Schein hingeworfen. »Stimmt so.«

Ich war verdutzt ausgestiegen und hatte mein Geld wieder eingesteckt.

»Wir haben ein paar Dinge umgestellt und ergänzt, um euch den Neuanfang etwas zu erleichtern.« Ursula Kobalik breitete die Arme aus und küsste die Mädchen und mich ab.

Die Kinder flohen sofort durch die Garage ins Haus.

»Dein Christian hatte ja gar keinen Geschmack«, brummte Wolfgang Kobalik, während er ganz gentlemanlike unsere Rollköfferchen vom Gartentor zur Haustür beförderte. »Nur bei dir, da hat er Geschmack bewiesen.«

Das sollte wohl ein Kompliment sein, doch recht freuen konnte ich mich darüber nicht. Ein ungutes Gefühl beschlich mich. Sie waren also ganz selbstverständlich am Wochenende in meinem Haus gewesen. Sie hatten zwar die Übergabe von Christians persönlichen Gegenständen überwachen sollen, aber …

»Mädchen, du wirst staunen! Wir waren wirklich nicht kleinlich.«

Ich schlich wie ein begossener Pudel hinter ihnen her und ließ mir von ihnen meine Haustür aufsperren. Mir schwante Schlimmes.

»Tritt ein!«, forderte mich Ursula Kobalik großzügig auf und machte eine einladende Geste, als wäre ich hier nur zu Besuch.

Es roch irgendwie … streng. Außerdem war es auf einmal so düster. Irritiert sah ich mich um. Waren wir aus Versehen in Kobaliks Haus gegangen? Aus der Stereoanlage dröhnte mir Abba entgegen: *Chiquitita, tell me what's wrong …*

»Überraschung!«, rief Onkel Kobalik und machte einige ungeschickte Tanzschritte, die wohl cool wirken sollten. Indem er mich um meine eigene Achse drehte, wollte er mich zum Mittanzen auffordern. Ich kam mir vor wie eine Marionette.

»Wir haben auch für euch eingekauft«, teilte Ursula mir hochzufrieden mit. Sie machte sich bereits am Getränkekühlschrank zu schaffen. »Schau mal, deine Kommode! Hier unter dem Fenster sieht sie doch gleich viel besser aus.«

Ich fuhr herum. Nein! Was hatte sie denn dort zu suchen?

»Und den scheußlich kalten Glastisch haben wir unter einer gemütlichen Häkeldecke verschwinden lassen.«

Ich versuchte, mir mein Entsetzen nicht anmerken zu lassen. Mit Grausen entdeckte ich ein altes Bärenfell mit Kopf. Daher kam also der muffige Geruch! Ich hatte bei den Kobaliks einmal höflichkeitshalber erwähnt, dass mir dieser Bär Respekt einflöße. Daraufhin hatte mir Wolfgang Kobalik stolz berichtet, dass er das Tier selbst erlegt habe. Das Entsetzen im Gesicht des Bären spiegelte sich jetzt in meinem wider. Immerhin war Kobalik das Letzte, was der Bär in seinem Leben gesehen hatte! Ich suchte an der Fensterbank Halt, als mein Blick in die Küche fiel. Dort hatte Ursula Kobalik bereits bunte Papierservietten zu Blüten gefaltet und in bauchige Steinguttassen gestopft. Sie standen auf einem altdeutschen Eichenholztisch, zusammen mit einer schweren Buttercremetorte. Ich wandte erschüttert den Blick ab. Über der Treppe hing ein ausgestopfter Elchkopf. Die Augen des verendeten Paarhufers sahen mich mitleidig an, so als wollten sie sagen: Tja, Mädchen, wir beide haben den Elchtest nicht bestanden. Wir haben die Kobaliks in unser Leben gelassen.

Meine Augen weiteten sich mit Grausen. Fehlte nur noch, dass sie meine Bilder abgehängt und ihre furchtbaren Schinken an meine Wände geklatscht hatten: Jagdszenen mit toten Hasen und Hunden, die an deren blutigen Eingeweiden zerrten. Enten, die mit verdrehten Köpfen auf einem Tisch lagen, auf dem zufällig auch noch ein paar Äpfel und Birnen herumkullerten. Wolfgang Kobaliks Lieblingsbild war jedoch eine junge dunkelhaarige Frau in Rot, die dem Betrachter ihren überlangen Nacken zuwandte. Das hing meines Wissens nach in seinem Schlafzimmer. In Ursulas Schlafzimmer dagegen hing ein Kind, das Kullertränen weinte und dem Betrachter seine Speckärmchen entgegenstreckte. Diese Meisterwerke schienen noch drüben zu hängen. Oder aber oben bei uns im ersten Stock. Das würde auch die Entsetzensschreie der Kinder erklären, die gerade an mein Ohr drangen. Immer wieder drehte ich mich um meine eigene Achse und staunte. War das hier unser Haus? Was war passiert? War das ein Albtraum? Würde ich gleich aufwachen und mit Christian auf dem Sofa sitzen? Ich betete inbrünstig darum.

Meine Fassungslosigkeit fehlinterpretierend, sagte Ursula: »Dafür haben Jarek und Olga das ganze Wochenende geschuftet. Toll, was?«

Ich wollte etwas erwidern, aber mir blieb das heisere Krächzen im Halse stecken.

»Währenddessen habe ich mich ums Geschäftliche gekümmert.« Zufrieden ließ sich Wolfgang Kobalik auf mein Ledersofa fallen, auf dem seit Neuestem eine braune Lamadecke lag, und streckte sich genüsslich aus. »Dem schweineteuren Anwalt Steiner habe ich schon mal die erste Rate überwiesen. Der wollte natürlich Kohle sehen.«

Ich starrte ihn stumm an.

»Ja, Wolfgang, das kriegste ja zurück«, meldete sich Uschi aus der Küche. Sie schnitt gerade die Buttercremetorte an. »Unser lieber Christian wird das alles zahlen müssen.«

Ich fühlte mich verpflichtet, ihnen zu danken. Dann bedankte ich mich natürlich noch für das schöne Hamburg-Wochenende. Ich stand wirklich tief in ihrer Schuld.

»Freut uns, wenn ihr es schön hattet.« Ursula Kobalik kam mit zwei Kuchentellern aus der Küche und stellte sie auf die Häkeldecke. »Komm, nimm die Füße vom Tisch, Wolfgang. Wir sind hier nicht zu Hause.«

Verdutzt glotzte ich sie an. Nein? Sie waren hier nicht zu Hause? Und wussten das auch noch?

»Wir haben deinem lieben Gatten mal ein bisschen am Stuhl gesägt«, sagte Wolfgang Kobalik schmunzelnd, während er sich mit Appetit über die Buttercremetorte hermachte.

Ich schaute erschrocken unter den Tisch.

»Nein, Dummchen! Nicht hier!«, lachte Wolfgang und verschluckte sich fast an der Sahne.

Ursula brachte die Kaffeetassen und drückte mir eine davon in die Hand. »Wir meinen doch seinen Arbeitsplatz!«

»Grazia hat schon so was angedeutet …«, hob ich hilflos an. »Christian ist vorläufig beurlaubt?«

Wolfgang Kobalik nickte vielsagend und kniff dabei die Augen zusammen. »Auf unbestimmte Zeit. Der Lauser hat sich ja nur noch in der Weltgeschichte rumgetrieben, statt seine Pflichten wahrzunehmen.«

»Wirklich? Ich meine, er hat doch …«

»Gestern war schon ein Vorspiel«, grunzte Wolfgang Kobalik zufrieden. »Ham wir uns natürlich angehört.«

»Ja, und sie haben auch schon einen jungen Koreaner engagiert«, verkündete Ursula erleichtert, so als sei es ihr gelungen, das Orchester zu retten.

»Janz wunderschön hat det Schlitzauge vorjespielt. Wir kannten die Stücke ja alle schon. Von Christian.«

»Ja, was die Flötentöne anbelangt, sind wir inzwischen Experten!« Wolfgang Kobalik biss zum Nachtisch frohgemut das Mundstück seiner Zigarre ab und spuckte es auf den Teppich. »Hahaha, kleiner Scherz!« Er tätschelte mir jovial den Oberschenkel. »Mädchen! Jetzt lach doch mal! Wir tun hier wirklich alles, um dich aufzuheitern!«

Mir war gerade kein bisschen zum Lachen zumute.

»Aber das ist doch nicht endgültig? Ich meine, Christian ist doch nur vorübergehend beurlaubt?«

»Der soll einfach mal Zeit zum Nachdenken haben!« Wolfgang Kobalik lehnte sich zurück und verschränkte die Hände über seinem Bauch. »So viel Scheiße, wie der jebaut hat, soll der ruhig mal Muffensausen kriegen.«

»Aber ihr habt meinem Mann die Existenz geraubt! Begreift ihr das denn nicht?« Verzweifelt sprang ich auf und warf die Hände in die Luft. »Es ist ja gut und schön, dass ihr euch so auf meine Seite stellt, aber es ist doch auch MEINE Existenz! UNSERE Existenz!« Ich zeigte auf die gerahmten Fotos unserer Kinder auf dem Flügel. Erstaunlich, dass sie überhaupt noch dort standen.

»Aber Mädchen, jetzt reg dich doch nicht so auf!« Ursula hatte schon wieder eine Flasche Champagner in der Hand. »Hier, ich bin so frei …« Sie schenkte unsere Gläser voll. »Der Kerl hat so viele Möglichkeiten, zu spielen, zu unterrichten und in ländlichen Musikschulen den Lehrerinnen den lustigen Vogel zu blasen …«

»Uschi!«

»Ist doch wahr! Der wird dir dein Häuschen schon zahlen. Und so viel isst du ja nicht.« Vorwurfsvoll wies sie auf das Buttercremetortenstück, das unberührt vor mir stand.

Sollte das ein Witz sein?

Mein … Häuschen. Und was war mit dem Unterhalt für die Kinder? Unserem Lebensstandard, wie Ralf Steiner so schön gesagt hatte? Was war mit dem Golf, dem Pferd, dem Ballett?

»Und wenn nicht?«, fragte ich mit zitternder Stimme. Hastig nahm ich einen Schluck Champagner. »Wenn er das ›Häuschen‹, wie ihr das nennt, nicht mehr bezahlen kann?«

»Dann koofen wir es dir ab«, sagte Wolfgang Kobalik großzügig. »Dann bist du ein freier Mensch und kannst gehen, wohin du willst.« Er zündete sich seelenruhig seine Zigarre an: »Mach dir da ma keene Sorgen.«

»Wir haben alles im Griff auf dem sinkenden Schiff«, scherzte Uschi aus der Küche.

»Solange du uns zu Freunden hast …«

Ja. Brauchte ich keine Feinde, dämmerte mir langsam. Meine Gedanken überschlugen sich. War es wirklich nur die Langeweile, die sie dazu trieb, sich so in mein Leben einzumischen? Oder verfolgten sie womöglich noch ganz andere Zwecke? Zogen sie finanzielle Vorteile aus der Zusammenarbeit mit Ralf Steiner? Bekamen sie möglicherweise Provision für die Vermittlung einer lukrativen Scheidung? Oder … Mir wurde angst und bange. Handelten sie vielleicht gar nicht in MEINEM Interesse, sondern in ihrem eigenen? War ich ihnen auf den Leim gegangen? Wollten Sie mein Haus?

Ich lauschte auf das Geplärr aus der Stereoanlage. Abba sangen gerade: *The winner takes it all.*

LOTTA

Ein Geräusch an der Tür ließ mich zusammenzucken. War Christian etwa schon da? Quatsch, das ging ja gar nicht, Jürgen hatte ihn ja gerade erst angerufen. Es war Paul, der verängstigt auf der Schwelle stand, sein grünes Krokodil dicht an sich gepresst. Er weinte.

»Streitet ihr?« Schluchz.

»Aber nein, Paulchen! Wir streiten doch nicht!«

Beide stürzten wir auf unseren Achtjährigen zu und umarmten ihn. Wir knieten vor unserem verschlafenen Paulchen und weinten mit ihm um die Wette.

»Aber ihr habt euch angeschrien! Und sogar gekämpft! Ich hab es ja gesehen!«

»Aber das war doch nur Spaß!« In mein Schluchzen mischte sich ein angestrengtes Lachen. »Nicht wahr, Jürgen?!«

Jürgen riss den Jungen ungestüm an sich. »Der Papi weint nur, weil es der armen Oma so schlecht geht. Die ist so alt und gebrechlich und muss vielleicht sterben!«

Oh Gott, jetzt musste auch noch das arme Lenchen herhalten! Fehlte nur noch, dass Jürgen mich für ihren Zustand verantwortlich machte: Ja, die Mama ist an allem schuld – sie hat im Parkhaus einen Wiener Philharmoniker geküsst, und deshalb muss die Oma jetzt sterben.

Jürgen bedeckte Paulchen mit verzweifelten Küssen. »Aber jetzt lachen wir wieder! Blaukraut bleibt Blaukraut«, redete er auf seinen Sohn ein. »Und Brautkleid bleibt Brautkleid!«

»Ich will heute Nacht bei euch schlafen«, bettelte Paulchen. »Ich hab Angst, dass die Oma stirbt!«

»Die Oma stirbt nicht!«, sagte ich schnell und ging mit Paulchen an der Hand einfach ins Schlafzimmer. »Du schläfst heute Nacht bei mir, und der Papi schläft in deinem Bett.«

Falls er den Sprung ins Hochbett schaffte, konnte er dort für seine Mutter beten. Jetzt war ich wirklich sauer auf ihn. Das war so was von unfair dem Kind gegenüber! Gedankenverloren streichelte ich meinen Sohn und las ihm das Märchen von Aschenputtel vor, bis er endlich eingeschlafen war. Ich sah in sein tränennasses Gesicht. Der Ärmste hatte seine Eltern heftig streiten sehen. Und das war allein meine Schuld. Was war ich nur für eine Rabenmutter? Was hatte ich angerichtet mit meiner kindischen Verliebtheit in Christian? Ich konnte mich noch so sehr mit Aschenputtel identifizieren – für mich war kein Prinz vorgesehen. Andererseits … Holen Sie meine Frau ab, hatte Jürgen zu ihm am Telefon gesagt. Was, wenn er es tatsächlich tat? Ich kannte Christian nicht gut genug, um seine Reaktion einschätzen zu können. Allein die Vorstellung war natürlich vollkommen verrückt. Andererseits … Er hockte einsam in einem Hotel. Er hatte seinen Job verloren, war jedenfalls bis auf Weiteres beurlaubt. Er hatte keine Termine, keine Verpflichtungen. Er brauchte nur ins Auto zu steigen und … Mit Paulchen im Arm lag ich die ganze Nacht wach und lauschte auf das Pochen meines Herzens. Um sechs hörte ich schwere Schritte, die vom Kinderzimmer ins Bad gingen. Dann Klorauschen, die Dusche. Die Zwillinge kamen herein und warfen sich eifersüchtig auf ihren schlafenden Bruder.

»Wieso hat der hier geschlafen und wir nicht?!«

Ich nahm sie in den Arm und zwang mich, wieder zum Alltag überzugehen. Heute begannen wieder Schule und Kindergarten. Caspar hatte den Esszimmertisch gedeckt. Immer wieder spähte ich unauffällig aus dem Fenster. Nichts. Unser Vorgarten war von Raureif bedeckt. Frau Ehrenreich machte sich an der Biomülltonne zu schaffen. Ein Auto fuhr vor, ich hörte eine Tür schlagen. Mein Herz setzte einen Schlag aus, und ich schaute zwischen den Büschen hindurch. Aber es war nur der Briefträger, der Post durch den Schlitz warf und sich wieder trollte. Ein Schneeräumfahrzeug arbeitete sich lärmend durch unsere kleine Straße. Es war alles so wie immer. In Jeans und Rollkragenpulli stand ich am Herd und machte den Kindern Kakao.

Jürgen kam die Treppe herunter. Und täglich grüßt das Murmeltier … Er hatte seinen Laptop unter dem Arm und stellte ihn wie immer neben seinen Teller auf dem Tisch. »Morgen.«

»Morgen«, sagte ich und presste den Orangensaft aus.

»Hast du gut geschlafen?«

»Wunderbar«, log ich. »Und du?«

»Das Hochbett war nicht so bequem.« Jürgen sah unauffällig aus dem Fenster. Dann schlug er die Zeitung auf. Die Kinder beachtete er nicht.

»Kaffee?«, fragte ich.

»Ja, bitte.« Die Hand mit der Tasse kam hinter der Zeitung hervor. Sie zitterte leicht.

Ich schenkte ein. Meine Hand zitterte auch.

Caspar sang südafrikanische Kinderlieder, um die angespannte Atmosphäre etwas aufzulockern: »Wilie-wilie-walie … – alles in Ordnung?«, fragte er mich schließlich.

»Ja, klar.« Verlegen fuhr ich mir durch mein abstehendes Haar. »Ich geh nur mal schnell ins Bad.« Immer zwei Stufen auf einmal nehmend, rannte ich nach oben und versuchte, mithilfe eines Glätteisens so etwas wie eine Frisur hinzukriegen. Dann schminkte ich mich und trug hastig etwas Lipgloss auf. Ich wollte gerade wieder nach unten eilen, als die Badezimmertür aufging. Jürgen stand auf der Schwelle und sah mich forschend an. Er kratzte sich am Ellbogen. »Wollen wir nicht noch mal über alles reden?«

»Es ist halb acht«, sagte ich. »Musst du nicht in die Sparkasse?«

»Äh nein, heute nicht.«

»Aber du gehst jeden Morgen um halb acht rüber in die Sparkasse! Heute ist Mittwoch, die Kunden werden warten!«

»Heute habe ich keine Termine.« Jürgen versperrte mir den Weg.

»Ich muss die Zwillinge in den Kindergarten bringen«, sagte ich nervös. »Lass mich bitte durch!«

»Die bringt schon Caspar«, sagte Jürgen.

»Der bringt doch Paulchen zur Schule!«

»Paulchen geht heute allein.«

Ich schluckte. Was sollte denn das jetzt wieder?

»Für wen hast du dich so fein gemacht?«, fragte Jürgen misstrauisch.

»Och, nur so.« Ich fuhr mir mit dem Handrücken über den Mund. Mein Spiegelbild zeigte mir eine völlig übernächtigte Frau, die sich bemühte, nicht laut loszuheulen. Unten hörte ich die Haustür ins Schloss fallen.

»Sie sind weg«, sagte Jürgen. »Jetzt reden wir mal Klartext.«

Ich sank auf den Badewannenrand. Nicht schon wieder! Bitte nicht schon wieder!

»Ich habe mich mal beim Familiengericht schlaugemacht«, sagte Jürgen und zog ein paar Blätter aus der Hosentasche. »Nur falls du noch mal auf die Idee kommen solltest, mit den Kindern abzuhauen.«

»Was ist denn das?« Leider hatte ich meine Brille nicht auf. Sie lag noch unten auf dem Esstisch.

»Ein vorläufiger Beschluss des Familiengerichts«, sagte Jürgen.

Gegen welche Windmühlenflügel kämpfte mein trauriger Ritter denn jetzt schon wieder? »Wieso warst du beim Familiengericht?«

»Wir sind ja nicht verheiratet«, sagte Jürgen, als ob ich das nicht selbst wüsste. »Und normalerweise stehen die Kinder unverheirateter Paare automatisch der Mutter zu.«

»Echt? Also darüber habe ich mir noch gar keine Gedanken …«

»Natürlich nicht. Weil du damit ja immer bei diesem Herrn bist.«

Dieser Herr. Fast hätte ich mich in die Idee verstiegen, dass er gleich bei uns im Borkenkäferweg vorfahren würde. Oder noch besser, auf einem Schimmel anreiten, mich auf sein Pferd heben und mit mir davongaloppieren würde. Was man eben so denkt, wenn man am Ende seiner Kräfte ist und dem Nachwuchs Märchen vorliest. Was für ein dämlicher, naiver Kleinmädchen-Gedanke! Ich sollte zur Mutter-und-Kind-Kur fahren und mal so richtig ausschlafen. Und danach mein altes Leben wieder aufnehmen. Das Leben eines soliden Schnürschuhs. Gläserner Pantoffel, ade! Verzweifelt wischte ich mir über das Gesicht und versuchte, meine Tränen wegzublinzeln.

»Also, damit du dir deine Flausen ein für alle Mal aus dem Kopf schlägst: Meinetwegen kannst du mit diesem Herrn über alle Berge fliehen, aber die Kinder bekommst du nicht!«

»Wie … Ich meine, wie kommst du denn darauf?«, stammelte ich und versuchte mit brennenden Augen, das Kleingedruckte zu entziffern, das Jürgen mir triumphierend vor die Nase hielt. Vergeblich, dafür war ich viel zu aufgeregt.

»Ich habe dem Herrn vom Familiengericht mal Auskunft über deinen Lebenswandel gegeben und ihm das kleine Tonband vorgespielt, auf dem du ganz klar sagst, dass du diesen Herrn heiraten und mit ihm abhauen willst.«

»Du hast … Aber du hast doch versprochen, so etwas nie wieder zu tun!«

»So wie du mir versprochen hast, Christian nicht anzurufen …«

»Ich HABE Christian auch gar nicht angerufen!«, schrie ich mit Verzweiflungstränen in den Augen. »Er hat MICH angerufen!« Wütend blinzelte ich sie weg und bohrte ihm den Zeigefinger in die Brust. »DU hast ihn angerufen, du Vollkoffer!

Du hast ihm gesagt, er soll mich abholen, er könnte mich haben! Bin ich eine Berberfrau oder was? Handeln wir hier mit Kamelen?!«

»Das scheint ja dein innigster Wunsch zu sein, dass er dich abholen kommt! Da dachte ich, ich komme ihm entgegen!«

»Ja, verdammt!«, entfuhr es mir, und ich riss jede Menge Klopapier ab, weil mir das Wasser aus den Augen und der Rotz aus der Nase schoss. »Ich möchte in der Tat mit Christian abhauen!«, schluchzte ich. »Und mit ihm leben! Und wenn wir Steine klopfen müssen! Deinetwegen hat seine Frau nämlich die Scheidung eingereicht. Deinetwegen ist er nämlich arbeitslos geworden und sitzt jetzt auf der Straße!«

Jürgen war aufrichtig bestürzt.

»Du bist so ein fürchterlicher Idiot!«, schluchzte ich und verschmierte meine Schminke mit Klopapier. »Begreifst du das denn nicht! Du hast die ganze Sache doch erst ins Rollen gebracht! Ich hatte überhaupt nicht vor, dich zu verlassen!«

»Aber ich habe BEWEISE, dass du mich verlassen willst!«, rief er hilflos. »Ich habe BEWEISE, dass du einen anderen heiraten willst! Und ich habe BEWEISE, dass du dich mit ihm im Parkhaus herumgedrückt hast. All diese BEWEISE liegen dem Familiengericht vor! Und es gibt einen vorläufigen Beschluss, dass ICH die Kinder kriege!« Er warf mir die Gerichtspapiere in den Schoß: »Lies sie in Ruhe durch, bevor du einen unüberlegten Schritt tust und unsere Familie zerstörst!« Auch in seinen Augen standen Tränen. Er stürmte aus dem Badezimmer und polterte die Treppe hinunter.

Ich stürmte hinterher: »DU tust ständig unüberlegte Schritte, DU spielst hier dauernd Schicksal, DU zerstörst unsere Familie!«

Unten vor der Haustür stand jemand. Durch die Milchglasscheibe konnte ich eine dunkel gekleidete Gestalt sehen. »Caspar ist zurück«, sagte ich mit gedämpfter Stimme. »Können wir jetzt bitte aufhören zu keifen wie die Kesselflicker?«

Ein Schlüssel drehte sich im Schloss, und Caspar kam herein. Doch er war nicht allein. Hinter ihm stand noch jemand. Ein Blumenbote oder so. Mein Herz raste. Christian hatte vielleicht nicht selbst kommen können, aber er hatte Blumen geschickt?

Jürgen riss die Tür bis zum Anschlag auf. Ein verdammt gut aussehender Blumenbote war das, im perfekt sitzenden dunklen Anzug. Er hatte mindestens dreißig samtrote Rosen dabei. Ich sah ihm ins Gesicht, und mein Herz setzte einen, ach was, mehrere Schläge aus. Es war Christian! Er war da! Er war tatsächlich gekommen! Wurde das Märchen wahr, das ich Paulchen vorgelesen hatte? Suchend sah ich mich nach dem Pferd um, aber stattdessen stand ein schwarzer Mercedes vor unserem Gartentor. Jürgen taxierte Christian, den Luxusschlitten und den Mega-Rosenstrauß. Er war völlig überrumpelt.

»Ich habe nicht gleich hergefunden«, sagte Christian entschuldigend. »Da habe ich diesen jungen Mann gefragt, und was für ein Zufall: Er wollte auch in den Borkenkäferweg. Darf ich?«

»Ja, kommen Sie herein«, brummte Jürgen und sah sich hastig um, weil er wissen wollte, ob Frau Ehrenreich den Besuch bemerkt hatte.

Am liebsten hätte ich mich in Christians Arme fallen lassen wie Scarlett O'Hara in die von Rhett Butler. Es war ein Spiel mit dem Feuer, das Jürgen erneut angestoßen hatte. Wir hatten beide gezündelt. Aus Wut, Enttäuschung, Hilflosigkeit und Sehnsucht. Aus Sehnsucht nach einem anderen, besseren Leben. Und nun loderten die Flammen lichterloh. Direkt vor unserer Haustür. Nur dass es für uns beide etwas völlig anderes bedeutete.

»Kommen Sie doch bitte weiter«, sagte Jürgen höflich und zeigte auf den immer noch gedeckten Frühstückstisch.

Ich hielt mich an den Rosen fest und stopfte sie mit zitternden Fingern in irgendeine Vase, die ich mitten auf den Tisch stellte. »Setz dich, Christian!«, sagte ich, als wäre er ein Freund von nebenan. »Du hast sicher Hunger.« Dabei schlugen mir die Zähne aufeinander vor lauter Schüttelfrost.

»Och, gar nicht mal so sehr«, sagte Christian liebenswürdig. »A bisserl ungewöhnlich ist die Situation schon.«

Er ließ sich am Kopfende nieder, und wir saßen stumm um den ganzen Tisch herum. Dabei starrten wir auf die schmutzigen Teller der Kinder und die fleckigen Lätzchen. Vergessene Pausenbrotboxen rundeten das Stillleben ab.

Schließlich griff Caspar nach dem Brotkorb und reichte ihn unserem Überraschungsgast. »Die Brötchen habe ich gerade frisch vom Bäcker mitgebracht.«

Christian bediente sich und bestrich eines mit Butter.

»Nutella?«

»Ach nein, für mich gibt es nichts Besseres als eine Buttersemmel.« Christian lächelte höflich in die Runde.

»Ach.«

Ich griff ebenfalls nach einem Brötchen und tat irgendwas damit. Zumindest hatte ich das vor. Vielleicht gab ich auch Marmelade in den Kaffee oder Zucker auf die Leberwurst.

»Wie ist denn das Wetter so in Wien?«, erkundigte sich Jürgen.

»Als ich losgefahren bin, war es mitten in der Nacht«, sagte Christian. »So kurz vor zwölf hatten Sie ja angerufen, aber bis ich mir einen Wagen geliehen hatte, war es zwei Uhr morgens. Aber um auf Ihre Frage zurückzukommen: kalt und grausig.«

»Also so wie hier«, sagte ich zweideutig. Unsere Blicke trafen sich, und ich brannte lichterloh. Oh Gott! Er hatte es getan! Er hatte es wirklich getan! Er saß an unserem Familientisch in Heilewelt und sah noch viel besser aus, als ich ihn in Erinnerung hatte. Ganz cool und lässig, als würde er täglich bei uns zum Frühstück erscheinen. Er musste acht Stunden durchgefahren sein.

»Ich hab im Hotel ausgecheckt, weil ich ja nicht wusste, ob und wann ich wiederkomme.« Er lächelte mich verschmitzt an. »Und mit wem.«

Caspar fragte: »Möchten Sie Zucker?«, und Christian lehnte dankend ab.

Jürgen und ich schwiegen. Nur das Klappern der Kaffeelöffel in unseren Tassen war zu hören. Hätte Christian jetzt gesagt: »Danke, ich bin schon süß genug«, wäre mir schlagartig klar geworden, dass ich mich geirrt hatte. Aber er sagte es nicht.

»So wohnt ihr also«, meinte Christian stattdessen, nachdem er sich vorsichtig in unserem Esszimmer umgesehen hatte. »Ich habe immer versucht, mir das vorzustellen.«

Ich betrachtete unser Chaos mit seinen Augen: praktische Ikea-Möbel, viele bunte Sofakissen, überall Spielsachen und Kuscheltiere, ein Dreirad, Socken, zwei Hochstühle …

»Entschuldige, aber ich habe noch nicht aufgeräumt«, stammelte ich verwirrt. »Ich bin nicht davon ausgegangen, dass du wirklich …«

»Wenn man mich so nett einlädt, komme ich sofort«, sagte Christian und warf Jürgen einen langen Blick zu. »Ich war zwar a bisserl überrascht, aber durchaus nicht unangenehm.«

»Herr Meran, ich glaube, wir müssen uns mal unterhalten«, sagte Jürgen und schob seine Kaffeetasse von sich weg. »So von Mann zu Mann.«

»Gern.« Christian stand gelassen auf und legte seine Serviette neben den Teller. »Danke für das Frühstück«, wandte er sich an Caspar. Mir strich er kurz liebevoll über die Wange. »Bis gleich.«

»Es tut mir sehr leid, dass ich Ihre Frau angerufen habe«, sagte Jürgen, zerknirscht. »Ich bereue es zutiefst.«

»Tja, das war vielleicht nicht so geschickt.« Christian zeigte in Richtung Hausflur und gab Jürgen zu verstehen, dass er es vorzog, die Unterhaltung unter vier Augen fortzusetzen. »Was halten Sie von einem Spaziergang?«

Nichts!, wollte ich schreien. Ausgerechnet jetzt, wo es spannend wird! Das könnt ihr doch nicht machen!

Aber zu meiner großen Verwunderung schickten sich die beiden Herren tatsächlich an, einen Spaziergang »unter Männern« zu machen. Vermutlich würden sie denselben Weg durch die Schrebergärten nehmen, den Jürgen und ich zu nehmen pflegten. Vielleicht zeigte er Christian auch die neuen Plakate, die inzwischen unsere kleine Stadt schmückten und auf denen unsere ganze Familie zu sehen war: Wir sichern Ihren Kindern eine Zukunft.

Die Tür fiel hinter ihnen ins Schloss. Frau Ehrenreich harkte Blätter. Die beiden Männer gingen Schulter an Schulter den Borkenkäferweg entlang, die Hände in den Hosentaschen. Christian hatte die volleren Haare und die athletischere Figur. Jürgen war größer und breiter. Wie zwei Hirsche gingen sie jetzt in den Wald, um ihre Geweihe ineinander zu verkeilen. Einer würde mit dem Kopf des anderen unterm Arm wiederkommen. Und ihn hier an die Wand hängen.

Caspar und ich starrten uns eine Weile sprachlos an. Dann begannen wir, den Tisch abzuräumen. Nur Christians angebissenes Brötchen ließen wir stehen. Ich wünschte mir sehnsüchtig, dass er wiederkam. Wenn nicht, würde ich es mir einrahmen. Anschließend starrten wir stumm aus dem Fenster. Meine Stunde ist noch nicht gekommen!, dachte ich. Ich muss warten lernen. Gleichzeitig erschrak ich über meine innere Stimme, die mich auslachte und den Tonfall meiner Mutter angenommen hatte: Da kannst du lange warten! Deine Zeit kommt nie! Du gehörst in diese Einbauküche und sonst nirgendwohin!

Mann, das dauerte! Jetzt waren sie schon über eine Stunde weg! Sie würden sich doch nicht prügeln? Ich sah schon einen von ihnen mit dem Gesicht nach unten im Billerbach treiben!

»Ich müsste jetzt zu meinem Sprachkurs«, sagte Caspar. »Aber wenn du mich brauchst, bleibe ich natürlich hier.«

»Nein, nein, geh nur.«

»Du kommst zurecht?«

»Ja. Alles bestens. Ich schaff das schon.« Ich hatte wieder neuen Mut gefasst. Schließlich war Christian extra hergekommen. Er hatte einen freien Willen. Und ich auch! Wir waren doch keine Marionetten, auch wenn Jürgen das gern gehabt hätte. »Es gibt Momente, die muss man einfach beim Schopf packen, findest du nicht? Wenn einem das Schicksal eine solche Chance gibt, wäre man doch bekloppt, sie nicht zu nutzen. Oder was meinst du?«

Ich ertappte mich dabei, dass ich diesen unschuldigen Jungen dazu bringen wollte, mir einen Freifahrtschein auszustellen. Ich wollte, dass er sagte: »Du hast alles Recht der Welt, mit diesem Mann durchzubrennen. Ich stehe voll hinter dir!« Absurd.

Caspar sah mich besorgt an: »Schick mir eine SMS, wenn du mich brauchst.«

»Klar. Kein Problem.« Meine Finger zitterten, als ich zum x-ten Mal das Küchenhandtuch glatt strich.

Caspar hatte die Türklinke schon in der Hand, als er bis über beide Ohren grinsend sagte: »Der Typ ist echt der Hammer. Wenn du ihn nicht nimmst, nehme ich ihn!«

Nach zwei Stunden, zweiundzwanzig Minuten und sechzehn Sekunden kamen sie wieder. Ich saß inzwischen in meinem Arbeitszimmer und telefonierte mit Sophie, die mich vehement ermutigte, mit Christian mitzufahren.

»Ob du dann endgültig mit ihm durchbrennst, kannst du immer noch entscheiden. Du musst ihn doch erst mal kennenlernen!«, riet sie mir. »Bisher liebst du nur ein Phantom! Jetzt ist er da, er hat Zeit, du hast Zeit, er hat ein Auto – also fahrt irgendwohin und genießt es!«

»Sophie, wie kann ich es genießen? Meine Familie steht am Rand eines Abgrunds! Wenn ich mit ihm gehe, zerbricht sie.«

»Sie zerbricht, wenn du bleibst«, sagte Sophie ungerührt. »Das muss dir doch klar sein! Jeden Tag gibt es bei euch einen mittleren Erdrutsch, so instabil ist eure Beziehung. So kann es doch nicht weitergehen!«

»Und selbst wenn ich jetzt mit ihm fahren würde«, sagte ich mit zittriger Stimme. »Wo lasse ich denn dann die Kinder?«

»Bei mir.«

»Jürgen behauptet, sie werden ihm vom Gericht zugesprochen. Er hat sich schon erkundigt!«

»Völliger Blödsinn! Er blufft. Und zwar schlecht. Fall nicht darauf rein!«

»Sophie, ich weiß überhaupt nichts mehr! Außer dass ich Christian liebe! Ist das nicht verrückt?«

»Ver-rückt«, sagte Sophie genüsslich. »Du hast die einmalige Chance, deine Weichen neu zu stellen. Nimm dir Zeit, mach dir Gedanken darüber, wo du hinwillst. Vielleicht fährt dein Zug nicht immer nur geradeaus. Das wäre doch auch unerträglich langweilig!«

Meine allerliebste Freundin wollte mir damit das schlechte Gewissen nehmen. Sie bemühte sich nach Kräften, aber das war nicht so einfach. In Gedanken griff ich nach Schaufel und Besen und bückte mich wie Frau Ehrenreich, um die hässlichen braunen und abgestorbenen Blätter aufzukehren – allerdings die der Spießermoral, die den Eingang zum Paradies verdeckten.

»Oh Sophie, dein Angebot, Caspar und die Kinder aufzunehmen ist wirklich großzügig … Das würde ja bedeuten, dass Christian und ich irgendwo ein Doppelzimmer …« Ich konnte den Satz nicht zu Ende sprechen und musste schlucken. Mir wurde siedend heiß. »Nein, auf keinen Fall! Ich gehe doch nicht wie so eine halbseidene äh … mit einem Liebhaber ins Hotel!« Ich würde nicht über Los gehen und nicht viertausend Mark einziehen.

»Ihr könnt unser Ferienhaus in Österreich haben«, setzte Sophie ungerührt nach. »Es ist nichts Besonderes, aber zum Kennenlernen und Kuscheln reicht's.«

»Kuscheln.«

»Am Wolfgangsee. Komm einfach vorbei und hol dir den Schlüssel!«

Mich erfasste eine schmerzliche Sehnsucht. Allein bei der Vorstellung, ganz allein mit Christian in einer idyllischen Holzhütte am Kamin zu sitzen und zu reden … Ich hatte Bilder davon gesehen, die Familie Schmalenberg verbrachte dort immer die Sommerferien. Die Hütte lag direkt am See und verfügte sogar über einen Rudersteg und ein kleines Boot. Und dann nach dem Reden würden wir vielleicht mit einem Glas Rotwein in der Hand …

»Nein, Sophie, wirklich, das ist ganz und gar unmöglich … Oh! Ich glaube, da kommen sie!« Ich wagte nicht, mich umzudrehen. Ich wagte nicht, mich zu bewegen. Ich war wie betäubt vor Panik.

»Lass nicht über dich verhandeln, als wärst du ein Kamel!«, war das Letzte, was Sophie mir einschärfte. »Du entscheidest selbst, wie und mit wem du dein Leben verbringen willst!«

Schwere Schritte im Esszimmer. Kurz darauf klopfte es an meinem Arbeitszimmer. Am ganzen Körper bebend, drückte ich Sophie hastig weg.

»Herein!« So, nun würde Christian mich in meinem Arbeitszimmer sehen, wo ich schaltete und waltete und selbstständig Entscheidungen traf. Ich tat beschäftigt, hielt mir den Hörer an die Backe, als wäre ich gerade in einem wichtigen Telefonat mit einem Kursinteressenten, und blätterte hastig in meinem Terminkalender: »Nein, unser Cellounterricht ist komplett ausgebucht, ja, leider.« Irgendwie hoffte ich, Christian damit zu imponieren. Es war aber nur Jürgen, der plötzlich vor mir stand. Ich legte auf.

»Herr Meran möchte sich noch von dir verabschieden.«

Mein Herz hatte das Gewicht der ganzen Welt. Verabschieden. Aha. Mein Mund war ausgetrocknet. Ich leckte mir über die Lippen. »Dann soll er in mein Büro kommen«, sagte ich so gefasst wie möglich.

»Das geht nicht. Ich habe ihm Hausverbot erteilt.«

»Wie bitte?«

»Ich bin hier der Hausherr, eingetragen ins Grundbuch. Und ich bestimme, wer dieses Haus betritt. Herr Meran steht am Gartentor. Er wollte nicht fahren, ohne dir Auf Wiedersehen zu sagen.«

Die Würfel waren also gefallen.

»Ich habe ihm die Plakate gezeigt«, sagte Jürgen und kratzte sich am Ellbogen. »Da hat er begriffen, was er als Ehrenmann zu tun hat.«

Ach. Die Plakate. Hatte ich es mir doch gedacht! Für was eine solche Imagekampagne doch alles gut ist! In meinen Filzpantoffeln schlurfte ich wie eine uralte Frau durch den Flur nach draußen.

Zu meinem Erstaunen stand Christian umringt von meinen drei Kindern am Auto. Caspar hatte sie auf dem Rückweg von seinem Sprachkurs abgeholt. Die Zwillinge, die sich natürlich an den »bunten Vogel« erinnerten, hielten ihm gerade begeistert ihre Musikinstrumente unter die Nase, und Paulchen zeigte ihm seinen neuen Lerncomputer. Christian ging richtig auf sie ein! Er redete mit ihnen, zeigte ihnen kleine Griffe auf der Flöte und sah sich äußerst interessiert den Lerncomputer an. Selbst als ich bleich und mitgenommen im Türrahmen stand, ließ er sich nicht davon ablenken. Dieser Anblick war einfach überwältigend. So kann es also auch sein!, ging es mir durch den Kopf.

»Mami, der Christian soll hierbleiben!« Luna hüpfte mir entgegen. »Der kann doch mit uns mittagessen. Und danach soll er uns was auf der Flöte vorspielen!«

»Wir können doch alle zusammen was spielen!«, bettelte Stella. »Wir können schon C-Dur und G-Dur mit Fis!«

»Ja, und ich will ihm meinen Bastelkeller zeigen«, rief Paulchen begeistert. »Also, was ist? Bleibst du zum Essen?«

Unsere Kinder waren es gewohnt, dass laufend Leute kamen,

die probten und Musik machten. Sie hielten Christian für einen meiner Kollegen, der auftaucht und frischen Wind in die Bude bringt. Aber so war es nicht. Es war ganz anders. Caspar sah mich fragend an und zuckte nur die Achseln.

Ich sah Jürgen hinter der Gardine stehen. Er kratzte sich am Ellbogen, wie immer, wenn er ratlos und verlegen war. Die Geister, die er rief! Es musste ein unerträglicher Anblick für ihn sein, die Kinder und Christian so fröhlich und vertraut beieinanderstehen zu sehen.

Ich fröstelte, als ich schließlich zu Christian an den Zaun ging. Ich kam mir vor, als hätte ich Blei an den Füßen, als ginge ich zu meiner eigenen Beerdigung. Ich schaffe das schon!, redete ich mir gut zu. Ich bin eine starke Frau. Man kann nicht alles haben im Leben. Es geht nicht und soll nicht sein, wir sind schließlich nicht Romeo und Julia. Und auch nicht Aschenputtel und der Prinz. Gleichzeitig quälte mich der scheußliche Verdacht, dass ich in meinem Leben immer nur Trostpreise zog. Christian wandte mir sein Gesicht zu. Es stand große Trauer und Zuneigung darin. Halt mich!, schrie eine innere Stimme. Halt mich fest und lass mich nie wieder los! Geh nicht fort! Ich will einmal im Leben den Hauptgewinn! Nimm mich mit, und wenn es nur für ein paar Tage ist! Stattdessen sagte ich gefasst: »Danke für deinen Besuch. Ich habe mich sehr gefreut.«

»Tja«, sagte Christian. »Ich fahr dann mal.«

In meinen Ohren rauschte es.

»Mama, warum kommt Christian nicht mit rein?«

»Mama, wir können doch noch mal ›Peter und der Wolf‹ spielen! Bitte, bitte, bitte!«

»Christian hat heute noch einen Termin«, hörte ich mich sagen. »Er muss jetzt zu einer wichtigen Probe.«

»Tja, man muss akzeptieren, wer der Dirigent ist und was er vorgibt«, meinte Christian vielsagend. »In ein bereits vollständiges Orchester soll man sich lieber nicht einmischen.« Er beugte sich vor und tätschelte die Kinder zum Abschied. »Und schon gar nicht in einen Kinderchor.«

Ich verstand. »Die Besetzung steht«, krächzte ich und nickte düster. »Eine Zweitbesetzung ist nicht vorgesehen.«

»Es ist besser so!«, sagte Christian leise. Er nahm meine Hände und drückte sie. »Du bist eine starke Frau.«

»Ja. Es ist besser so.« Ich beugte mich hinunter und drückte einen Kuss darauf. Dann ging ich mit den Kindern ins Haus.

ANITA

Es war abends um acht, und ich hatte mich gerade in die Kobaliksche Lamadecke gekuschelt und die Tagesschau angemacht, als ich ein Geräusch am Fenster hörte. War das ein Eichhörnchen? Nein. Es klang so, als klopfte jemand mit einem kleinen Stein oder einem Ring ans Fenster. Ping! Ping! Ping! Die Kobaliks klopften nicht so vorsichtig. Die gingen inzwischen mit ihrem Schlüssel ein und aus. Mit pochendem Herzen rappelte ich mich auf und spähte durch den Spalt der Jalousie. Da stand ein Mann im Garten! Fußspuren im Schnee führten zur Gartenmauer, über die er geklettert sein musste. Vorsichtig sah er sich um wie ein Einbrecher. Hilfe! Jetzt drehte er sein Gesicht zum Fenster. Oh Gott! Es war Christian! Und was nun? Am besten, ich holte Verstärkung. Es war ihm polizeilich verboten, mein Grundstück zu betreten!

»Anita! Anita! Ich habe dich gesehen! Lass mich rein! Wir müssen reden!«

Was tun? Es war mir strengstens verboten, mit Christian zu reden. Das war allein Ralf Steiners Sache. Aber nach kurzer Zeit beschloss ich, die Terrassentür einen Spaltbreit zu öffnen. Christian sah total übernächtigt und elend aus. Mit ihm kam ein eiskalter Schwall Januarluft ins Wohnzimmer.

»Servus. Danke, dass du mich reingelassen hast.« Christian streifte sich die Stiefel ab und sah sich verwundert um: »Bin ich hier im richtigen Haus?«

»Ja. Die Kobaliks haben es ein wenig umgeräumt.«

»Und … gefällt es dir?«

»Das tut jetzt nichts zur Sache«, sagte ich kühl. »Du weißt, dass du überhaupt kein Recht hast, hier zu sein.«

»Ich weiß.« Christian zog seinen Mantel aus und warf ihn über die Lamadecke.

»Also?« Ich verschränkte die Arme vor der Brust. »Was willst du?« Notfalls konnte ich immer noch zum Schürhaken über dem Kamin greifen, falls er mir zu nahe trat.

»Anita.« Christian sank mit einer Pobacke auf die Sofalehne und griff nach meiner Hand, die ich ihm sofort entzog. »Ich weiß nicht, was alles passiert ist. Ich weiß nicht, was ich falsch gemacht habe.« Er sah auf seine Socken. »Doch. Ich habe eine Musikschullehrerin geküsst. Inzwischen habe ich erfahren, dass ihr Mann hier angerufen hat und dass ihr lange mit ihm geredet habt.«

»Das geht dich gar nichts an!«, zischte ich. Angriff ist die beste Verteidigung.

»Natürlich nicht. Aber die Kobaliks umso mehr, was?« Christian griff nach der Weinflasche, die ich auf den Fernsehtisch gestellt hatte, und betrachtete das Etikett. »Trinkst du? Regelmäßig? Ganz allein?«

»Das geht dich erst recht nichts an!« Tränen stiegen mir in die Augen. Trotzig blinzelte ich sie weg.

Er rieb sich müde die Augen. »Schau, Anita, wir können diese dämlichen Spielchen noch ewig weiterspielen. Wir können aber auch wie zwei erwachsene Menschen miteinander reden. Noch ist es nicht zu spät!«

Er wirkte unglaublich erschöpft. Seine Augen waren so gerötet, als wäre er die ganze Nacht durchgefahren. Wahrscheinlich war er bei seiner Musikschulschlampe gewesen!

»DU hast doch in die Scheidung eingewilligt!«, schnauzte ich ihn gereizt an. »DU hast doch deine Sachen genommen und bist abgehauen! DU hast doch deine Töchter verlassen!«

»Anita. Bleib doch mal sachlich! Das stimmt doch gar nicht.«

»Du hast mich betrogen«, schluchzte ich. »Und das immer wieder!« Ich wollte mit den Fäusten auf ihn einhämmern.

»Ich habe dich nicht betrogen«, sagte Christian kopfschüttelnd. »Anita, das ist alles ein Riesenmissverständnis. Ich bereue, dass ich es so weit habe kommen lassen. Ich gebe zu, dass ich schon a bisserl gekränkt war, als ich erfahren habe, dass du diesem Jürgen Immekeppel und den Kobaliks Glauben schenkst, ohne mich überhaupt zu fragen. Weißt du eigentlich, dass dieser Sparkassenfritze das ganze Gespräch heimlich mitgeschnitten hat? DAS wäre eigentlich ein Fall für deinen Freund Ralf Steiner. Das ist nämlich eine Verletzung der Persönlichkeitsrechte.«

Mir wurden die Knie weich. »Wie? Was? Woher weißt du …«

»Ist ja auch egal jetzt. Die Kobaliks haben dir und diesem Immekeppel eine Menge Blödsinn über mich erzählt. Sogar, dass ich krumme, dicke Beine habe.« Er lächelte traurig.

Ich schaute beschämt zu Boden. Das hätten sich die Kobaliks echt sparen können!

»Lenk nicht vom Thema ab und fasele was von Persönlichkeitsrechten daher!«, schnaubte ich wütend. »Du hast mich x-mal betrogen!«

»Bitte, Anita.«

Christian versuchte erneut, meine Hand zu nehmen. Ich zuckte zurück, als hätte ich eine heiße Herdplatte angefasst.

»Ich HABE dich nicht betrogen. Weder in Thailand mit einer Touristin noch nach dem Neujahrskonzert mit einer Sopranistin. Und auch nicht auf dem Traumschiff mit einer Schauspielerin.« Er nahm die Weinflasche: »Darf ich?«

»Bitte«, sagte ich. »Bedien dich! Aber lass dich nicht von den Kobaliks erwischen.«

Das war schon alles ziemlich verquer. Irgendwie hatte ich mein ganzes Leben in die Hände dieser Leute gelegt. Erst in die Christians und dann in die ihren. Ich selbst entschied schon lange nichts mehr. Mein Leben plätscherte zwischen Kindern,

Küche und Fernseher dahin. Zwischen Fitnessübungen und der täglichen Weinflasche. Jeder Tag endete mit einem leichten Rausch und meiner Heizdecke. Seliges Vergessen … bis zum nächsten grauen Tag.

»Ich bin gekommen, um dich zu bitten, es noch mal miteinander zu versuchen«, sagte Christian feierlich. »Ich möchte mich entschuldigen, dass ich so viel unterwegs und Weihnachten nicht rechtzeitig zu Hause war. Ich werde mir Mühe geben und …« Seine Stimme wurde rau. »Anita, komm zur Vernunft. Die Kobaliks machen alles kaputt.«

»DU hast alles kaputt gemacht!«, zischte ich zurück. Ich war wütend, verängstigt und überrumpelt. Außerdem war ich nicht mehr ganz nüchtern.

»Ich frage dich das jetzt zum letzten Mal: Wollen wir es noch mal miteinander versuchen?«

Christian nahm mich bei den Schultern und sah mir tief in die Augen. Ich konnte die schwarzen Punkte in der braunen Iris erkennen.

»Woher weißt du das mit dem Telefonat?«, fragte ich trotzig.

Christian ließ mich los und nahm einen Schluck Wein. »Ich will ganz offen zu dir sein, Anita. Nachdem ich meinen Job verloren und zehn Nächte allein im Hotel gehockt habe, bin ich gestern nach Heilewelt gefahren. Ich habe mit der Frau geredet, deren Mann hier angerufen hat. Es musste einfach sein. Es gab so einiges zu klären.«

Ich umklammerte mein Weinglas so fest, dass es beinahe zerbrochen wäre. Ich hatte es gewusst! »Du warst BEI IHR!?«

Er nickte. »Ja. Sie hat drei kleine Kinder und einen hilflosen Trottel zum Mann, der ohne sie nicht leben kann. Sie hat einen Ruf zu verlieren in ihrer Kleinstadt. Ich habe die Plakate gesehen, die dort überall herumhängen: Sie, der Mann und die Kinder. Sie lebt in ihrer heilen Welt. Ich kann sie da nicht rausholen.«

Ja, stand das denn überhaupt zur Debatte? Er hatte sie da rausholen wollen, sich als Prinz gefallen, der das Aschenputtel befreit! Aber die Dornenhecke war zu hoch, und nur deshalb kehrte er zu mir zurück!

»Und DAS sagst du mir alles INS GESICHT?«, schrie ich. »Nur weil die Dame nicht abkömmlich ist, kommst du bei mir wieder angekrochen?« Ich warf mein Weinglas nach ihm. Es flog knapp an seiner Schläfe vorbei und zerbarst an der Wand. Der Rotwein rann wie Blut die Tapete hinunter. Was irgendwie passend war, denn das Jagdbild hing direkt daneben.

»Das versuche ich dir gerade zu erklären!«, sagte Christian mühsam beherrscht. »Ich will ehrlich sein. Ich habe mich tatsächlich in sie verliebt.« Er fuhr sich mit beiden Händen durchs Haar: »Das kommt in den besten Familien vor, Anita. Besonders wenn man seit achtzehn Jahren verheiratet ist und seit sieben davon nicht mehr im Ehebett erwünscht ist.«

»Ach, jetzt fängst du DAMIT an!«, schrie ich wutentbrannt. »Dass der Herr nicht auch noch die Ehe vollziehen kann, wenn er von seinen Liebschaften mal nach Hause kommt! Du ARMER!« Ich war drauf und dran, zum Schürhaken zu greifen. »Wie sehr willst du mich eigentlich noch demütigen?«

»Ich will dich nicht mehr demütigen. Und mich auch nicht. Es ist noch nicht zu spät für einen Neuanfang. Ich stehe hier und bitte dich darum.«

»Natürlich. Weil du arbeitslos und wohnungslos bist und es draußen minus zwölf Grad sind.«

»Nein. Weil ich denke, dass es für uns alle das Beste ist.«

»Bis der nächste gehörnte Ehemann hier anruft?« Ich schnaubte. »Nein, ganz bestimmt nicht, Christian. Du hast deine Chance gehabt.«

»Anita! Bitte denk in Ruhe darüber nach. Die ganze Scheidung ist ein Wahnsinn! Weißt du, dass dein Star-Anwalt bereits zwei Millionen Euro von mir gefordert hat?«

»Nein. Zwei Millionen … Wie kommt der denn darauf?«

»Er hat ausgerechnet, dass dir bei meinem angeblichen Einkommen und deiner Lebenserwartung samt den Ausbildungskosten der Kinder eine Abfindung von rund zwei Millionen zusteht.« Christian schnaubte spöttisch. »Das ist doch völlig utopisch! Du kannst eine Kuh nicht gleichzeitig schlachten und melken! Der Einzige, der an unserer Scheidung verdient, ist der Anwalt!«

»Das hättest du dir früher überlegen müssen«, erwiderte ich barsch.

»Und was ist überhaupt mit den Kobaliks? Wieso lässt du zu, dass die sich so in dein Leben einmischen?« Er machte eine verächtliche Kopfbewegung in Richtung der geschmacklosen Jagdbilder und schweren Eichenmöbel. »Merkst du nicht, wie die langsam, aber sicher die Kontrolle übernehmen?«

»Sie helfen mir in einer schweren Situation«, sagte ich trotzig. Was blieb mir zu diesem Zeitpunkt auch anderes übrig?

»Sie verarschen dich und spielen mit deinen Gefühlen.«

»Du spielst mit meinen Gefühlen!«

»Anita. Lass mich einfach wieder hier einziehen und diese Scheußlichkeiten hier rauswerfen. Dieses grässliche Elchgeweih und den stinkenden Bären …« Christian trat gegen das aufgerissene Bärenmaul. »Lass uns unsere Energie in unsere Ehe stecken und nicht in deren Zerstörung.« Er sah mich bittend an.

Ich merkte, dass es ihm ernst war. Er wollte nicht streiten. Wir hatten eigentlich nie gestritten. Ich kämpfte mit mir. Mein Stolz verbot mir, in seine ausgebreiteten Arme zu sinken, so gern ich das im Moment auch getan hätte. Verschieben wir es doch auf morgen!, hätte ich am liebsten ausgerufen. Ich bin müde und will ins Bett! Mit letzter Kraft wiederholte ich: »Das hättest du dir früher überlegen können.«

»Anita, ich bitte dich. Sei doch vernünftig! Verzichten wir

ausnahmsweise mal auf Schuldzuweisungen. Wir haben beide Fehler gemacht. Ich entschuldige mich für meine.«

Ich umklammerte das Weinglas in meiner Hand: »Wirst du sie wiedersehen?«

»Wen?«

»Die rothaarige Schlampe aus dem Kaff da.«

»Nein. Wir haben uns heute voneinander verabschiedet. *There's no place for us.*«

Wie theatralisch! Er zitierte aus der »West Side Story«? Da ging es um die ganz große Liebe. Nicht nur um eine schmierige Kleinstadtaffäre mit Knutscherei im Parkhaus. Ich holte tief Luft. »Du liebst sie aber?!«

Christian zuckte die Achseln, vergrub die Hände in den Hosentaschen und lief auf Socken auf und ab. Schließlich fuhr er entschlossen zu mir herum. »Im Moment kann ich das nicht leugnen.«

»Du gibst es also zu?« Das tat so weh! Ich wünschte, er hätte mich damit verschont.

»Na ja, was heißt schon Liebe? Ich habe mich verknallt wie ein Schuljunge. Aber ich bin erwachsen und weiß, wo ich hingehöre.«

»Na toll.« Ich nahm einen großen Schluck Wein. »Eine Vernunftehe also.«

»Sie führt auch eine«, murmelte er und lächelte traurig. »Das ist weit verbreitet.«

Ich ballte die Fäuste und atmete tief ein. »Was hat sie, was ich nicht habe?«

»Willst du das wirklich wissen, Anita?« Christian sah mich eindringlich an. »Ich will dir wirklich nicht wehtun …«

»Das TUST du aber! Die ganze Zeit schon! Indem du sagst, dass du sie LIEBST!«

»Ich arbeite am Gegenteil.«

»Wie nett von dir! Da muss ich dir wohl auch noch dankbar sein?« Ich stieß ein verächtliches Lachen aus.

Christian nahm versonnen einen Schluck Wein. »Sie ist … so selbstständig. Kreativ. Tüchtig. Herzlich. Temperamentvoll. Witzig. Und chaotisch.«

»Aha. Und das bin ich also alles nicht. CHAOTISCH!« Ich lachte verbittert. »Das bin ich allerdings nicht.«

»Du bist leider auch nicht selbstständig. Aus dir ist ein verwöhntes Kind geworden.«

»DU hast gesagt, ich kann ruhig meinen Job aufgeben! Damit ich Zeit für die Kinder habe!« Mir schossen die Tränen in die Augen. Was für eine Gemeinheit, mir nach achtzehn Jahren zu sagen, ich sei nicht selbstständig!

»Anita, in letzter Zeit hatte ich immer mehr das Gefühl, neben einer schönen Puppe herzuleben. Du bist … perfekt. Aber es kommt kein … Input.«

Christian knetete seine Hände, und ich sah, dass er nach den richtigen Worten suchte. Er wollte ehrlich sein, wusste, dass das seine letzte Chance war. Es war ein Drahtseilakt: Ein falsches Wort, und ich würde ihn rauswerfen. Trotzdem zitterte ich vor Wut. »Was soll das heißen, kein Input? Ich koche, kümmere mich um unsere Töchter, pflege mich und halte mich fit …« Ich nahm hastig noch einen Schluck Wein. »Macht deine dicke Tussi jeden Tag eine Stunde Pilates? Spielt sie Tennis, spielt sie Golf? Reitet sie? Fährt sie Ski? Kannst du dich mit ihr auf dem gesellschaftlichen Parkett blicken lassen?« Meine Stimme wurde schrill.

»Die Luft ist raus, Anita.« Christians Stimme klang rau und leise.

»Aber du stehst hier. Und bittest mich um eine Fortsetzung dieser … langweiligen, reizlosen Ehe. Aus der die Luft raus ist. Und wie stellst du dir das bitte schön vor? Sollen wir sie wieder reinpumpen? Wie in eine lecke Luftmatratze?«

Ich warf die Hände hoch. Lieber hätte ich Christian geschlagen.

»Ja. Wir können daran arbeiten. Das machen andere Paare

auch.« Christian drehte sich zu mir herum und sah mich flehentlich an. »Meinetwegen gehen wir zu einer Eheberatung. Lernen, wieder miteinander zu reden. Ich bitte dich jetzt zum letzten Mal: Lass es uns versuchen.« Er breitete ganz langsam die Arme aus. »Hm? Drehen wir die Zeit zurück! Verreisen wir! Machen wir etwas Verrücktes.«

»Ja, nach Heilewelt vielleicht! Besuchen wir unsere neuen Freunde!«, äffte ich ihn nach. Dabei sehnte ich mich nur nach Ruhe und Frieden. Wenn doch alles wieder so wäre wie früher! Ich wollte mich in seine Arme werfen und einfach nur weinen, bis der Schlaf kam. Aber ich schaffte es nicht. Mein Stolz ließ es einfach nicht zu. Tatsache war: Er kam angekrochen, nachdem die Rothaarige leider nicht loszueisen war. Das war so billig, so unglaublich demütigend. Ich war zweite Wahl. Wie ein fehlerhaftes Kleidungsstück. Deshalb sagte ich: »Damit du nicht zahlen musst. Damit du ein Dach über dem Kopf hast. Damit du um die Scheidung herumkommst. Aber dafür ist es zu spät.« Ich konnte nicht die Nummer zwei sein. Nicht hinter einer rothaarigen, sommersprossigen Brillenschlange, die mindestens Größe vierzig trug. Und die er liebte, weil sie chaotisch war. Eine Welle der Enttäuschung erfasste mich. »Hau ab, Christian, es ist aus! Die Scheidung läuft weiter. Geh zu deiner Parkhausschlampe. Oder penn meinetwegen unter der Brücke.« Noch während ich das sagte, bereute ich es auch schon wieder. Es tat mir so weh, ihm solch lieblose Worte an den Kopf zu werfen, aber ich konnte nicht anders. Ich merkte erst, dass ich weinte, als Christian das Grundstück bereits verlassen hatte, und zwar genauso, wie er gekommen war. Es war, als wäre er nie da gewesen. Vielleicht würde ich morgen früh aufwachen und glauben, ich hätte die Begegnung nur geträumt.

LOTTA

Nachdem Christian weg war, breitete sich eine unheimliche Leere in mir aus. Ich funktionierte nur noch. Da waren die Proben in der Musikschule, die Arbeit am Schreibtisch, die Telefonate mit den Eltern meiner Schüler, die nötigen Handgriffe im Haushalt: All das tat ich wie in Trance. Jürgen hatte Christian herbestellt und wieder weggeschickt. Er hatte das Machtspiel gewonnen. Mechanisch richtete ich die Noten für »Carmina Burana« ein, vereinfachte die schweren Stellen, klebte und übermalte und vermied es, auf die Flötenstimme zu schauen. Vielleicht konnte ich die Flöte ganz streichen. Trotzdem dachte ich dabei jede Sekunde an Christian. Wo war er, wie ging es ihm, was machte er, wovon lebte er? Hatte er versucht, zu seiner Frau zurückzukehren? Vielleicht saß er längst wieder in der schönen Villa mit den Bremer Stadtmusikanten. Ich sah ihn in seinem Wohnzimmer am Flügel stehen und üben. Er spielte den Vogel aus »Peter und der Wolf«. Er konnte fliegen. Ich konnte es nicht.

In der Nacht zuvor hatte ich von ihm und seiner Familie geträumt: Sie wohnten in einer wunderschönen Straße mit prächtigen Erkerhäusern auf großen Grundstücken. Nicht in einem spießigen Reihenhaus wie wir. Alle Gärten waren kahl und schneebedeckt, nur einer blühte in den herrlichsten Farben. Darin stand eine Frau mit wallenden langen blonden Haaren. Sie schien zu schweben wie eine Fee und schüttelte immer mehr duftende Blumen aus ihrem Seidennachthemd. Ich versuchte, auf das Haus zuzugehen, wollte nur mal schauen, nur mal Hallo sagen und mich davon überzeugen, dass es Christian gut ging. Aber meine Beine waren bleischwer. Es ging so steil bergauf! Es war so eisglatt! Immer wieder rutschte ich aus, nicht zuletzt, weil ich peinlicherweise immer noch meine Filzpantoffeln anhatte, in denen ich im wahrsten Sinne des Wortes kalte Füße bekam. Ich fühlte mich dick und plump, und meine roten Haare standen mir vom Kopf ab, als wären sie aus Draht. Sie verfingen sich in den kahlen Ästen und ließen mich nicht vom Fleck kommen. Deshalb sah ich das Paradies, in dem Christian wohnte, nur aus der Ferne. Auf einmal spürte ich, dass ich seine Ruhe und Schönheit nicht stören durfte. Ich wollte umkehren, aber auch das ging nicht mehr. Die Straße fiel viel zu steil ab und war eisglatt! Plötzlich hörte ich die Kinder rufen: Mami, dein Kopf brennt! Ich riss mir die Haare aus, die nun alle in Flammen standen, und warf sie in einen Vorgarten, der plötzlich aussah wie unserer im Borkenkäferweg. Doch dann brannte der ganze Garten: Der Sandkasten und die Schaukel – ja sogar Leffers, der Hund meiner Schwiegereltern, brannte lichterloh. Ein fürchterlicher Albtraum, aus dem ich schweißgebadet erwachte.

Ich war ein psychisches Wrack, reif fürs Müttergenesungswerk. Nach zwei oder drei Tagen völliger Apathie kamen die Tränen. Ich konnte sie nicht mehr stoppen, sie strömten mir ohne Unterlass über die Wangen. War das jetzt Selbstmitleid oder was? Ich hasste Selbstmitleid, verachtete es! Worum weinte ich eigentlich? Um Christian? Den ich kaum kannte? Den ich mir irgendwie zurechtträumte wie ein verknallter Teenager? Um ein verpfuschtes Leben? Ich hatte doch alles! Ich hatte drei wundervolle Kinder, die sich im Arbeitszimmer abwechselnd an mich schmiegten und mir tröstende Worte sagten. »Mama, alles wird gut, wir haben dich lieb!« Jürgen lehnte mit verschränkten Armen im Türrahmen und verbuchte meine Heularien unter Midlife-Crisis. »Mama fühlt sich alt und hässlich«, sagte er.

»Du bist nicht alt und hässlich! Du bist wunderschön!«, protestierte Paulchen.

»Ja, sogar wenn du weinst! Dann siehst du aus wie eine Rose im Regen!«

Solch wunderschöne Worte sagten die Zwillinge, und das brachte mich erst recht zum Weinen. Christian hatte tatsächlich mit einem riesigen Strauß roter Rosen hier bei mir auf der Matte gestanden. Auf unserer Fußmatte mit der Aufschrift: »Tritt ein, bring Glück herein!«

Tja. Das hatte er auch versucht, doch dann hatte Jürgen sein Veto eingelegt. Inzwischen waren Christians Rosen längst verwelkt und ließen die Köpfe hängen. Genau wie ich. Ich weinte und weinte.

»Mama, was ist denn?«, fragte Paulchen ganz erschrocken. »Heulst du, weil du heute im Tischtennis gegen mich verloren hast?«

»Ja, genau«, schluchzte ich – so lange, bis ich das letzte Taschentuch der Familiengroßpackung verbraucht hatte.

»Mama! Ist doch nicht so schlimm! Man muss auch mal verlieren können!« Paulchen streichelte hilflos meinen Arm. »Beim nächsten Mal gewinnst du wieder.«

Hatte er gesagt: »Beim nächsten MANN gewinnst du wieder«? Nein. Quatsch.

»Ja. Man muss auch mal verlieren können«, wiederholte ich und starrte an die Zimmerdecke. Ich wollte mich gerade zusammenreißen und das Abendessen machen, als die Tür aufging und meine Mutter im Zimmer stand. Jürgen hatte sich keinen anderen Rat mehr gewusst, als sie herzubestellen.

»Kinder, alle mal raus hier! So!« Sie stand neben mir und strich mir doch tatsächlich über meine widerspenstige Mähne!

Im selben Moment schoben eifrige kleine Hände eine Rolle Klopapier durch den Türspalt. Meine entzückenden aufmerksamen Kinder! Da musste ich schon wieder heulen und konnte nicht mehr damit aufhören. Und das ausgerechnet vor meiner Mutter!

»Jürgen sagt, du lässt dich schon seit Tagen so vor den Kindern gehen? Das kann doch nicht dein Ernst sein! Du hast Mutterpflichten!«

Na ja, aus Spaß heulte ich bestimmt nicht. Ich litt an einem gebrochenen Herzen. Zum ersten Mal war mir die Bedeutung dieses Wortes so richtig bewusst. Ich riss meterweise Klopapier ab und schnäuzte hinein.

»Ist es etwa wegen des Flötisten? Jürgen hat mir erzählt, dass er sogar hier war?«

Ich nickte und durchweichte das Klopapier.

»Das sind ja höchst hysterische Anfälle!«, sagte sie tadelnd. »Wenn du früher so geflennt hast, habe ich dir kaltes Wasser ins Gesicht geschüttet. Das hat immer gewirkt.«

Gute Idee!, dachte ich. Am besten, sie taucht mich gleich in einen Brunnen mit Eiswasser. Damit meine Haare aufhören zu brennen.

»Du hast dich da in etwas ganz Törichtes reingesteigert. Das kann man sich vielleicht mit fünfzehn leisten, aber nicht mit fünfunddreißig. Und erst recht nicht als Mutter dreier Kinder.«

»Ich weiß«, schluchzte ich zerknirscht. »Es tut mir auch furchtbar leid!«

»Du KANNST doch nicht deine Familie zerstören«, sagte meine Mutter mit schneidender Stimme. »Jürgen sagt, du warst drauf und dran, mit diesem Wiener Schönling abzuhauen. Er konnte den Mann gerade noch davon abhalten. Wie STELLST du dir das denn vor!?«

»Ich weiß es nicht«, schluchzte ich weiter. »Jürgen hat ihn herbestellt und gesagt: ›Sie können meine Frau abholen‹.«

»So hat er das bestimmt nicht gesagt. Du übertreibst wieder maßlos!« Sie tätschelte mir kurz und kräftig die Schulter. Mehr Solidarität war nicht drin. Sie war noch nie verschwenderisch damit umgegangen, und auch jetzt konnte ich nicht mehr erwarten als einen halb gefüllten Fingerhut.

»Doch, das hat er genau so gesagt! Und Christian hat es ernst genommen!«

»Der Mann hat dich gar nicht zu interessieren. Dass DEIN Mann auch langsam durchdreht, kann man ihm nicht verübeln! Die ganze Stadt spricht schon von der Parkhaus-Affäre! Du solltest dich was schämen!«

So. Nun hatte sie mich dort, wo sie mich haben wollte: Ich schämte mich, ich weinte, ich war am Boden.

»Und jetzt hole ich einen Eimer mit kaltem Wasser. Oder wenigstens einen nassen Lappen! Und damit schlagen wir dir dann diesen Filou aus dem Kopf! Du wirst schon sehen, das hilft!«

Ja, so eine kalte Abreibung würde mir bestimmt guttun. Ich musste meiner Mutter dankbar sein für ihre drakonischen Maßnahmen. Ich durfte mich auf keinen Fall mehr so gehen lassen. Plötzlich stand Vater Dietrich neben mir. Dass er sich überhaupt in mein Arbeitszimmer bequemt hatte! Er wappnete sich gegen die Unzumutbarkeiten der Welt, indem er ihr einfach den Ton abdrehte. Wollte er mir den Trick auch verraten?

»Hm, Tochter?« Seine magere weiße Hand berührte die meine. »Hat es dich so schlimm erwischt?«

»Ich schaffe das schon«, heulte ich. »Brauch halt 'n bisschen Zeit!«

»Lache, Bajazzo!«, sagte mein Vater und kehrte dann mitsamt seiner Zeitung wieder zu seinem Fernsehsessel zurück. Für seine Verhältnisse war das ein sagenhaft konstruktives Gespräch. Meine Mutter kam tatsächlich mit einem nassen Lappen zurück, den ich mir dankbar aufs Gesicht drückte.

»Jürgen baut einen Mist nach dem anderen«, murmelte ich zu meiner Verteidigung. »Ich kann ihn einfach nicht mehr lieben.« Dabei fing ich schon wieder an zu heulen.

»Jetzt hör mir mal gut zu, Lotta! Ich habe deinen Vater auch nicht immer nur geliebt. Und ich hatte auch Chancen bei anderen Männern.«

Verwundert hob ich den Kopf und schaute sie aus brennenden Augen an.

»Tja! Da staunst du! Ich war auch mal schön!«

Sie schob mir eine frische Packung Tempotücher hin: »Aber ich war Mutter und Ehefrau und habe mich verdammt noch mal zusammengerissen. Und das wirst du auch tun! Jeder hat mal ne Ehekrise, da reißt man sich zusammen und hängt das nicht an die große Glocke! Oder meinst du, ich hätte nicht auch mal die Faxen dicke gehabt mit deinem Vater?«

Dass die Tür zum Wohnzimmer offen stand, schien sie nicht weiter zu stören.

»Jeder hat seine Eigenheiten. Dein Jürgen kämpft halt auf seine Weise um seine Familie. Zugegebenermaßen ziemlich ungeschickt.« Sie schob mit dem Fuß die Tür zu und hob ihre Stimme. »Aber du darfst nicht im ENTFERNTESTEN darüber nachdenken, ihn zu verlassen. Was sollen denn da die Leute sagen?«

Ich schwieg betroffen. Die Leute. Tja. Das war auch noch so ein Problem.

»Stell dir mal vor, dein Vater und ich könnten samstags nicht mehr auf den Markt gehen, ohne dass die Leute auf uns zeigen und tuscheln!« Sie stemmte erzürnt die Hände in die Hüften. »Hast du DARÜBER schon mal nachgedacht, oder denkst du immer nur an dich?«

Das waren schwerwiegende Argumente. Zugegeben, ich hatte noch nicht darüber nachgedacht.

»Und außerdem geht es Oma Lenchen ganz schlecht. Sie liegt im Krankenhaus auf der Intensivstation. Du willst doch nicht allen Ernstes daran schuld sein, wenn sie stirbt?«

Erschrocken zuckte ich zusammen. »Um Gottes willen, nein! Steht es wirklich so schlimm um sie?« Ich weinte schon wieder. Das arme alte Lenchen! »Das wollte ich nicht«, stammelte ich. »Das tut mir alles unendlich leid!«

Ich fühlte mich verantwortlich für das Elend, das ich über unsere Familie gebracht hatte. Ich versprach meiner Mutter, mich augenblicklich zusammenzureißen und für Jürgen da zu sein, der im Begriff war, seine geliebte Mutter zu verlieren. Noch am selben Abend besuchte ich mit Jürgen Oma Lenchen auf der Intensivstation. Die Fahrt dorthin verlief schweigend. Nur ab und zu tauchte eines unserer Plakate im Autoscheinwerferlicht auf: »Wir sichern Ihren Kindern eine Zukunft«. Jürgen versuchte meine Hand zu nehmen, aber ich entzog sie ihm. Als Jürgen nicht aufgab, setzte ich mich irgendwann auf meine Hände. Ich konnte seine Berührungen einfach nicht ertragen. Tränenblind und schuldbewusst stand ich kurz darauf an Oma Lenchens Bett und hielt ihre altersfleckigen Hände, mit denen sie geistesabwesend imaginäre Wäsche faltete. Sie erkannte mich nicht mehr.

ANITA

Ralf Steiner tobte vor Wut. Die Kobaliks hatten es ihm erzählt. Sie mussten Christians nächtlichen Besuch vom Fenster aus beobachtet haben.

»Sie halten sich nicht an meine Vorgaben!«, brüllte mich der Anwalt zornig an. »Ich hatte absolutes Hausverbot über Ihren Ex verhängt! Ja, wie blöd sind Sie denn, dass Sie den einfach so wieder reinlassen!« Er schlug sich mit der flachen Hand vor die Stirn.

Dann wollte er wissen, was Christian noch von mir gewollt habe.

»Nichts, er wollte nur reden.«

»Hat er Wertsachen mitgenommen?« Ralf Steiner ging alarmiert durchs Haus und fotografierte alle Möbel, Bilder, Teppiche, Elch- und Bärenköpfe, um sie notfalls bei Gericht als Beweismittel vorzulegen.

Hätte Christian diese grässlichen Dinge doch mitgenommen! Als ich Ralf Steiner erzählte, dass er es doch lediglich nur noch mal mit mir versuchen wollte, war es um seine guten Manieren vollständig geschehen. Er schlug mit der Faust auf den Glastisch, dass die künstlichen Weintrauben der Kobaliks aus ihrem Kelch flogen.

»Sie glauben doch nicht, dass ich mir das gefallen lasse! Die Scheidung LÄUFT!«, brüllte er mich an. »Sie lassen den Kerl keinen Millimeter mehr auf das Grundstück, geschweige denn ins Haus. Es wird überhaupt nicht mehr über den Fortbestand der Ehe diskutiert!«

»Ja, ja«, stammelte ich eingeschüchtert. Meine Güte, noch

nie hatte ich einen Mann so schreien hören. Christian hatte nie die Stimme gegen mich erhoben und erst recht nicht mit der Faust auf den Tisch gehauen.

»Der Mann schuldet mir inzwischen über fünfzigtausend Euro!«, schrie Ralf Steiner. »Was denken Sie denn, was meine Extra-Arbeitsstunden über Silvester und meine Dringlichkeitsanträge bei Gericht gekostet haben? Ich bin über vierhundert Kilometer gefahren, damit Sie das neue Jahr als freie Frau beginnen können! Ich bin in Vorleistung gegangen. Weil die Kobaliks sich so für Sie eingesetzt haben!«

»Ja, danke, ich weiß das auch sehr zu schätzen …« Oh Gott, fühlte ich mich klein. Ich wollte nicht in Ralf Steiners Schuld stehen! Und in Kobaliks schon gar nicht!

»Offensichtlich NICHT!«, fiel der vor Zorn Rasende mir ins Wort. »Wenn Sie hier hinter meinem Rücken gegen mich arbeiten, wird Sie das teuer zu stehen kommen! Wie stehe ich denn jetzt da vor Gericht! Ich verliere ja mein Gesicht!«

»Nein, wirklich, das war nicht meine Absicht …« Ich weinte fast. Jetzt hatte ich den Mann in seiner Berufsehre gekränkt. Daran hatte ich nicht gedacht, als ich Christian hereinschlüpfen ließ.

»Und die Kobaliks machen auch nur Mist!«, brüllte er mich weiter an. »Wie können die dem Flöte spielenden Goldesel denn den Stuhl unterm Hintern wegziehen?« Er schlug sich fassungslos vor die Stirn und rieb Daumen und Zeigefinger aneinander. »Der ist Wiener Philharmoniker! Nicht dritte Geige im Schrammelorchester von Bad Oeynhausen!«

»Aber ich dachte, genau das wollten Sie …« Hatte Ralf Steiner nicht mit hochgereckter Faust gesagt, dass Christian ihn im Golf besiegt habe und er nun IHN besiegen würde?

»Aber erst, wenn der Mann GEZAHLT hat! Wie blöd kann man eigentlich sein!« Der Anwalt trat so fest gegen den toten Bärenkopf, dass es staubte. »Bei dem ist jetzt auf die Schnelle gar nichts mehr zu holen!«

»Ich weiß nicht, ich …«

»Haben Sie seine Kreditkarten sperren lassen?«

»Ähm … nein, natürlich nicht.« Ich wusste gar nicht, wie so etwas ging, Kreditkarten sperren lassen. Christian und ich hatten immer gemeinsame Konten gehabt. Ralf Steiner hatte jedoch schon Vorbereitungsmaßnahmen getroffen. Er zog einige Formulare aus seiner Aktentasche und ließ mich unterschreiben. Damit bevollmächtigte ich ihn, Christian die Konten sperren und noch ausstehende Honorare pfänden zu lassen. Außerdem wollte er wissen, wie der Filialleiter unserer Bank in Wien hieß.

»Ich habe Ihrem Exmann schon ein Friedensangebot gemacht, aber er ist nicht darauf eingegangen!«, schimpfte der Anwalt, nachdem er die unterschriebenen Formulare an sich gerissen und in seine Tasche gestopft hatte.

»Friedensangebot?!«

»Ja. Er hätte zwei Millionen Euro zahlen können, für Sie und die Kinder. Davon hätte ich dann mein Honorar und die Gerichtskosten abgezogen, und alle hätten ihre Ruhe gehabt. Aber er wollte meine ausgestreckte Hand ja nicht ergreifen.« Ralf Steiner wischte sich den Schweiß von der Stirn.

Ich beeilte mich, ihm einen Drink einzuschenken. »Zwei Millionen? Ich glaube, so viel hat er nicht. Nicht mal, wenn er seine kostbaren alten Instrumente verkauft.« Meine Finger zitterten.

»Verteidigen Sie ihn jetzt auch noch?«, fuhr Ralf Steiner mich an. »SIE wollten die Scheidung! In aller Eile, noch einen Tag vor Jahresende! Und eine Scheidung kostet Geld! Vor allem, wenn ein Spitzenanwalt wie ich hinzugezogen wird!« Der Anwalt lief mit großen Schritten durchs Haus und fuhr prüfend mit den Fingern über Bilder und Möbel. »Soll der Kerl doch einen Kredit aufnehmen!«

»Ich weiß nicht …« Ich verstand von diesen Dingen nichts. Ich wollte nur, dass der Anwalt aufhörte, so zu brüllen. Schließlich waren meine armen Mädchen oben in ihren Zimmern. Ich konnte nur hoffen, dass sie wie immer Kopfhörer auf den Ohren hatten und ihre Lieblingsmusik hörten. Sie standen doch nicht etwa zitternd auf dem Treppenabsatz und lauschten diesen grässlichen Dingen über ihren Vater?

»Was ist eigentlich mit seiner Geliebten?« Der Anwalt wirbelte plötzlich zu mir herum. »Der gehört doch eine ganze Musikschule?! Die kriegt doch von Hunderten von Eltern monatlich Geld?«

»Keine Ahnung!« Ich zuckte die Schultern. »Ja, ich glaube, er hat so was erwähnt.«

Sie war ja so TÜCHTIG und kreativ und CHAOTISCH!

Der Anwalt riss sein Smartphone aus der Hosentasche und ließ sich über die Auskunft mit Heilewelt verbinden. »Geben Sie mir gleich ihre Handynummer«, befahl er.

Unglaublich! Nach einer Minute hatte er die rothaarige Schlampe in der Leitung. Mein Herz klopfte unrhythmisch. Mein Christian war zu ihr gefahren! Und sie war nicht loszueisen! Ja, sollte sie ruhig bluten! Wegen ihr steckte ich jetzt in dieser Situation. Und meine armen Töchter auch. Ich bekam mit, wie sie sich meldete. Im Hintergrund wurde gefiedelt, geflötet und getrötet. Sie unterrichtete wohl gerade.

»Ralf Steiner hier. Ich bin der gegnerische Scheidungsanwalt Ihres Liebhabers.«

Die Frau sagte etwas, das ich nicht verstand.

»Sie haben keinen Liebhaber? Dass ich nicht lache! Ihr Liebhaber heißt Christian Meran!«

Wieder antwortete die Frau, was, konnte ich jedoch nicht verstehen, weil sie von einer Triangel übertönt wurde, die klang, als wäre Feueralarm. Ich wäre nervlich mit diesem Lärm gar nicht zurande gekommen.

»Dann gehen Sie mal an einen Ort, wo es ruhig ist! Ich habe Ihnen etwas Wichtiges zu sagen. Können Sie mich jetzt hören? Also: Friedensangebot. Das sage ich jetzt nur einmal und dann nie wieder. Wir lassen Sie und Ihren Liebhaber für immer in Ruhe, wenn Sie meiner Mandantin zwei Millionen Euro bezahlen.«

Er lauschte angestrengt, wobei er sich konzentriert über die kurze Stoppelfrisur strich. »Wie ich auf diese Summe komme? Das steht ihr zu, das habe ich ausgerechnet. Bei seinem früheren Einkommen als Wiener Philharmoniker … Aber das brauche ich Ihnen doch nicht zu erzählen, Sie sind schließlich vom Fach! Der Lebensstandard, den meine Mandantin gewohnt ist, muss gehalten werden. Da wären die Weltreisen, die … wie bitte? Es ist nicht Ihre Sache, die Ehefrau abzufinden? Das sehe ich aber ganz anders! Sie haben ihre Ehe zerstört und den Kindern den Vater genommen.«

Mein Herz pochte. Jawohl! Sollte doch die Besitzerin der Musikschule ausbaden, was sie angerichtet hatte!

Die Frau antwortete wieder, und Ralf Steiner fiel ihr lautstark ins Wort. »Das ist mir doch egal, dass Sie die Musikschule nicht besitzen, sondern nur leiten, und dass sie der Sparkasse gehört. Halten Sie mich nicht für blöd! Die Sparkasse, das ist Ihr allseits bekannter Lebensgefährte mit den gelben Luftballons. Der hat den Stein schließlich ins Rollen gebracht und meine Mandantin angerufen! Man muss Sie ja nur googeln, gute Frau, dann sieht man Sie, Ihren Lebensgefährten und ihre drei sommersprossigen Kinder von den Sparkassenplakaten grinsen. Wir sichern Ihren Kindern eine Zukunft! Ja, dann machen Sie das mal! Aber den Kindern meiner Mandantin auch!« Er lachte bollernd. »Zwei Millionen, die wird Ihr Lebensgefährte wohl auftreiben können, wenn er an der Quelle sitzt. Also, ich stelle Ihnen jetzt ein Ultimatum: Entweder meine Mandantin hat am Monatsende die zwei Millionen auf ihrem Konto, oder Ihr perfektes Sauberfrau-Image wird nachhaltig demoliert. Da bleibt aber kein Stein auf dem anderen in Ihrem Heilewelt, das verspreche ich Ihnen! Sie glauben gar nicht, wozu ich fähig bin!« Mit diesen Worten knallte er den Hörer auf. »So«, sagte er zufrieden und kippte seinen Drink. »Die macht sich jetzt ins Hemd und rennt heulend zu ihrem Alten in die Bank.«

Der hatte er es aber gegeben! Mir allerdings auch. Ich war gefangen in einem Labyrinth aus Intrigen. Und wer hatte mich dort hineingelockt? Ja, genau, die Kobaliks. Sie waren an allem schuld! Weil sie ständig die Nase in unser Leben steckten. Nein, falsch! Der Sparkassenleiter. Der hatte die ganze Katastrophe erst ausgelöst.

»Wozu sind Sie denn fähig?«, fragte ich bange. Nicht, dass er Mafiamethoden anwandte und in Heilewelt alles niederballerte, was rothaarig war.

»Am besten ist es, den Menschen damit zu drohen, ihnen das wegzunehmen, was ihnen am wichtigsten ist«, sagte Ralf Steiner und grinste mich gehässig an. »Ihre Kinder kann ich schlecht kidnappen. Aber ihr sauberes Familien-Image, das kann ich zerstören. Die gilt doch in Heilewelt als eine Art Supermutter! Wir müssen nur ein paar Fotos in die Zeitung setzen, auf denen SIE mit IHREN Kindern samt Koffern auf der Straße stehen. Die Bildunterschrift lautet dann: ›Diese Frau nahm meinen Kindern den Vater und das Zuhause! Wir sind mittellos, was nun?‹«

»Aber …«

»Ich bin noch nicht fertig! Mit diesem Artikel plakatieren wir dann ganz Heilewelt. Daraufhin werden sich die Leute alle von der Supermutter abwenden und Partei für Sie ergreifen!«

Mir entfuhr ein ungläubiges Lachen. »Das ist doch nicht Ihr Ernst!«

»Aber das wollen Sie doch erreichen, oder? Sie wollen die Frau doch demontieren!«

»Ja, schon … Aber ich meine, so eine Plakataktion, die kostet doch richtig Geld!«

»Das übernehmen die Kobaliks. Wir haben das alles schon besprochen. ›Wollen Sie dieser Frau wirklich Ihre Kinder anvertrauen?‹«, zitierte er eine weitere Schlagzeile.

Ich bekam Gänsehaut und schmiegte mich Schutz suchend an die Heizung. »Ich glaube, das ist mir dann doch zu heftig. Die bekommt ja kein Bein mehr an die Erde …«

»Wir müssen sämtliche Geschütze auffahren!«, herrschte mich Ralf Steiner an. »Was meinen Sie, wen ich schon alles demontiert habe, wenn ich meine Kohle nicht bekommen habe!« Er zog sein Lid mit dem Zeigefinger nach unten. »Gewusst wie!« Er lachte dröhnend.

»Aber wir sind doch gar nicht obdachlos!« Ich quietschte fast vor Angst. »Wir haben doch dieses Haus hier. Ich meine, dafür kämpfen Sie doch!«

»NOCH haben Sie dieses Haus«, sagte der Anwalt Unheil verkündend. »Aber wenn weder Ihr Exmann noch dessen Geliebte noch Sie mein Honorar bezahlen, werde ich mein Geld wohl oder übel von Ihren Nachbarn holen müssen. Die haben mich schließlich beauftragt. Und die werden ihr Geld bestimmt wiedersehen wollen. Gut möglich, dass Sie dann gezwungen sein werden, das Haus ihnen zu überschreiben.« Mit diesen Worten klappte Steiner seine Aktentasche zu. »Also dann!« Er schüttelte mir so fest die Hand, dass mein Ring sich schmerzhaft in meine Finger bohrte. »Schönen Tag noch, Frau Meran.« Dann verschwand er durch die Terrassentür und eilte zielstrebig zum Nachbarhaus.

LOTTA

Es war eine schreckliche Beerdigung. Zum einen, weil ich eine so liebe alte Dame zu Grabe tragen musste, die noch nie jemandem etwas zuleide getan hatte. Zum anderen, weil mich viele Trauergäste so böse anstarrten. Ich hörte sie förmlich zischen: »Sie hat ihre Schwiegermutter ins Grab gebracht!« Aber am lautesten zischte Bäckermeister Gerngroß. »Die alte Frau ist vor Kummer gestorben! Und wir wissen alle, warum!« In seinen Augen glommen Hass und Genugtuung. So nach dem Motto: Tja, Lotta, du wolltest ja meine Viktoria nicht fördern. Ich hatte dich gewarnt.

Das ist nicht wahr!, hätte ich am liebsten geschrien, als wir am offenen Grab standen und die Kinder ihre Blumen auf die kalte, nasse Erde warfen. Ich habe meine Schwiegermutter immer gemocht! Sie war die Einzige, die mir vorbehaltlos und liebevoll gegenübergetreten ist! Und so schwerhörig, wie sie war, konnte sie gar nichts von den Heilewelter Intrigen mitbekommen!

»Unverzeihlich!«, hörte ich einige alte schwarze Krähen flüstern. »So eine Schlampe! Als Mutter von drei Kindern!«

»Der arme Jürgen«, murmelte es hinter mir. »Das hat er wirklich nicht verdient.«

»Immer treu und fleißig. Auf Händen getragen hat er sie!«

»Hat alles getan, um ihr den Traum von der Musikschule zu ermöglichen.«

»Ohne sein Geld wäre sie nichts!«

Die schwarzen Krähen steckten ihre Köpfe zusammen und wetzten ihre Schnäbel.

»Der Jürgen sollte sie in den Wind schießen! Die hat den doch gar nicht verdient!«

»Andere Mütter haben auch schöne Töchter!«

»Soll sie doch mit dem Wiener Philharmoniker abhauen! Sie ist ersetzbar!«

Die Szene hatte fast schon was von Hexenverfolgung. Auch Jürgens Bruder Harald schien allein mir die Schuld am Tod seiner alten Mutter zu geben. Als ich ihm mein Beileid aussprechen wollte, drehte er sich abrupt um. Dass er dabei nicht »Mörderin!« zischte, war auch schon alles. »Jürgen kriegt die Kinder!«, hörte ich ihn grollen. »Dafür werde ich sorgen.«

Die Fronten türmten sich auf wie Dünen nach einem Sandsturm. Mir wurde schwindelig. Wieso waren sie plötzlich alle meine Feinde? Noch vor zwei Wochen hatten sie mein Konzert bejubelt! Waren stolz auf mich gewesen! All das war plötzlich nichts mehr wert. Ich fuhr mir über die brennenden Wangen und suchte nach einem mitfühlenden, freundlichen Augenpaar. Es fand sich keines. Am liebsten hätte ich mich ebenfalls ins Grab sinken lassen.

Ja, es war so einiges passiert seit dem Kuss im Parkhaus. Eine Katastrophe hatte die nächste gejagt. Der Gipfel waren jedoch die Anrufe dieses grässlichen Anwalts Ralf Steiner gewesen. Er wollte doch tatsächlich zwei Millionen Euro für seine Mandantin von MIR! Schließlich besäße ich doch eine Musikschule, die sicherlich viel wert sei. Hunderte von liquiden Eltern würden mir doch monatlich jede Menge Geld in den Rachen stopfen! Ich hatte diesen unverschämten Anwalt nur ausgelacht, doch der hatte nichts Besseres zu tun gehabt, als Jürgen in der Sparkasse anzurufen und mit demselben plumpen Anliegen zu belästigen! Da sich aber auch Jürgen nicht für Christians Frau zuständig fühlte, hatte der Anwalt kaltblütig damit gedroht, Schaumschläger vom *Heilewelter Tagblatt* anzurufen und dort eine Bombe platzen zu lassen. Ausgerechnet jetzt, wo wir das arme Lenchen betrauerten, wurden wir so brutal erpresst!

Nur meine Kinder schienen noch zu mir zu halten. Sie hingen traurig wie welke Blümchen an meinen Armen und langweilten sich während der endlosen Trauerrede. Als sie zweistimmig bei »So nimm denn meine Hände« in ihre Flöten bliesen, kamen vielen Menschen die Tränen.

Mir auch. Mir tat Jürgen so leid, als er am Grab seiner Mutter weinte! Ich wollte ihn trösten und meinerseits seine Hand halten, aber es kam mir jemand zuvor. Es war seine föhngewellte Schwägerin, die mir hasserfüllte Blicke zusandte. Es war wie ein Spießrutenlauf, als wir endlich den Friedhof verließen. Schlagartig wurde mir bewusst, was es bedeutet, wenn man die Heilewelter Spielregeln missachtete. Als meine eigenen Eltern meine Kinder besitzergreifend vor sich her und in die Gaststätte »Zum letzten Geleit« schoben und meine Mutter murmelte: »Hier kriegen sie wenigstens eine warme Mahlzeit«, konnte ich die Tränen nicht länger zurückhalten. Wie der Tod für Lenchen wohl war? Hoffentlich war sie an einem Ort, an dem einen niemand mehr verurteilte.

»Jetzt heult sie Krokodilstränen.«

»Nun will sie unser Mitleid.«

»Die Reue kommt aber zu spät.«

Ich konnte diesem Leichenschmaus einfach nicht beiwohnen. Fluchtartig sprang ich in meinen Wagen und fuhr wie in Trance zu Sophie. Wir fielen uns in die Arme, und ich musste schon wieder weinen. Sophie drückte mir ein Glas Wein in die Hand, machte Feuer im Kamin und ließ sich erzählen, wie man mich öffentlich gesteinigt hatte. Schließlich legte Sophie mir die Hand auf die Schulter. »Wie willst du unter diesen Umständen hier weiterleben?«

»Ich weiß es nicht, Sophie. Ich weiß es wirklich nicht! Aber ich muss. Es gibt keinen Ausweg. Ich muss meine Pflicht tun.«

»Sagt deine Mutter!«, bemerkte Sophie wissend. »Weil sie es auch so gemacht hat.«

Ich nickte verzweifelt. Ich war den alten Frauen in Heilewelt, die soeben beim Begräbnis gewesen waren, wirklich schon erschreckend ähnlich geworden: Ich ging gebückt und mit gesenktem Blick, schämte mich meiner Gefühle, Träume und Hoffnungen. So als stünde so etwas einer Frau und Mutter gar nicht zu.

Sophie streichelte meinen Arm. »Das Leben liegt noch vor dir. Und es kann durchaus eines ohne Jürgen sein.«

Für Jürgen hatte sich ein Traum erfüllt, als wir zusammengekommen waren: Sparkasse, Reihenhaus, drei Kinder. Ein Traum, den ich selbst gern weitergeträumt hätte. Aber wenn ich ehrlich war, war ich aufgewacht. Spätestens nach dem Albtraum, in dem wir alle brannten.

Alle, bis auf Jürgen.

»Ich weiß es nicht, Sophie! Ich sollte ihn lieben, ich sollte es wenigstens versuchen …«

»Er hat sich verhalten wie ein Elefant im Porzellanladen«, sagte Sophie kopfschüttelnd. »Benjamin Blümchen ist ja wenigstens noch süß, aber …«

»Aber daran bin ausschließlich ich schuld!«, leierte ich das katholische Bekenntnis meiner Kindheit herunter. Wenn man Schuld zugab, ließen die Anfeindungen irgendwann nach. Dann durfte man bereuen, gute Vorsätze formulieren und diese absegnen lassen.

Sophie war allerdings evangelisch und ließ sich auf diese Gleichung nicht ein. »Wieso bist jetzt ausschließlich du schuld an eurem Zerwürfnis?«

»Jürgen hat alles versucht, um die Beziehung zu retten!« Fröstelnd rieb ich mir die Arme. »Er sagt, er hat das alles aus Liebe getan!«

»Was er für Liebe hält, ist Besitzdenken.« Sophie stieß einen spöttischen Zischlaut aus, der dem von meiner Mutter

Konkurrenz machte. »Er will nur das Gesicht nicht verlieren. Vor den Leuten!« Sie strich sich die Haare hinter die Ohren. Das tat sie immer, wenn sie ihre Worte unterstreichen wollte.

»Ach, Sophie! Für die Leute ist es allein meine Schuld!« Ich sah meine einzige Freundin verzweifelt an. »Nach außen hin sieht es so aus, als hätte ich Jürgen betrogen und meine Familie leichtfertig aufs Spiel gesetzt.«

»Dabei WAR doch gar nichts, nur ein harmloser Kuss! Wenn hier jemand versucht hat, die Beziehung zu retten, dann du! Und die LEUTE sollten dir schnurzpiepegal sein!« Sie strich mir mitfühlend über die Wange.

»Sind sie aber nicht, Sophie! Ich brauche sie! Wenn sie ihre Kinder nicht mehr zu mir in die Musikschule schicken, kann ich stempeln gehen!«

»Wenn die Leute ihr Fähnchen dermaßen nach dem Wind hängen, sind sie deiner nicht wert!« Ihre Stimme bebte vor Empörung. »Vor zwei Wochen haben sie dich noch bejubelt, und jetzt hören sie Gerüchte vom Bäckermeister Gerngroß und schneiden dich, als hättest du die Pest!«

»Aber ich bin abhängig von diesen Leuten!«

»Du weißt, dass dem nicht so ist.« Sophie legte die Hände auf ihr Herz. »Wie es hier drin aussieht, nur das zählt! Nicht die LEUTE!«

»Ich kann nicht einfach aus meiner Beziehung ausbrechen, aus Heilewelt fliehen. Jürgen und ich haben drei Kinder! Wir stehen gemeinsam auf Werbeplakaten!«

»Ja, ihr habt drei Kinder.« Sophie sah mich eindringlich an. »Ich habe mit Bodo zwei Kinder. Und soll ich dir mal was sagen? Bodo ist schon lange bei einer anderen Frau. Kein Mensch hat ihm deshalb die Karriere versaut. Das würde auch niemand wagen. Weil er ein Mann ist.«

»Was?« Ich zuckte zusammen und starrte sie an. »Das wusste ich ja gar nicht!«

»Wir haben uns arrangiert, das ist für alle Beteiligten das

Beste.« Sophie zuckte die Achseln: »Aber das müssen die LEUTE ja nicht wissen.«

»Aber über MICH glauben sie Bescheid zu wissen. Über mich brechen sie den Stab!«, jammerte ich. »Ich bin eine Frau und habe nicht aus der Reihe zu tanzen!«

Sophie lachte. »Tja, da hast du auch wieder recht. Viele denken so. Vor allem Frauen! Die fallen sich liebend gern in den Rücken! So viel zum Thema Gleichberechtigung im einundzwanzigsten Jahrhundert.« Sie schwieg und sagte dann ernst: »Aber wenn es einfach nicht mehr passt mit euch? Es ist doch dein Leben und nicht das der Leute!«

»Ich weiß nicht, das hätte ich mir früher überlegen müssen ...«

Sophie schüttelte mich: »Du hast nur dieses eine Leben! Geh, wohin dein Herz dich trägt!«

»Sophie, du weißt, dass nur Romane so heißen!«, sagte ich wieder einmal.

»Ja. Komisch. Und auch typisch, nicht wahr? Solche Titel verkaufen sich gut. Aber hat eine Frau im wahren Leben den Mut, ihrem Herzen zu folgen, hat sie alle Welt gegen sich!«

»Sophie, ich kann Jürgen nicht verlassen. Alle würden mich verstoßen. Selbst meine Eltern würden nicht zu mir halten. Ich schaffe das nicht, Sophie. So stark bin ich nicht.« Ich hielt mich an meinem Weinglas fest und trank einen großen Schluck. Trübsinnig starrte ich in das Kaminfeuer.

»Willst du denn gar nicht wissen, wie es Christian geht?«, fragte Sophie enttäuscht.

»Ich denke jede Sekunde an ihn«, sagte ich tonlos. »Aber ich weiß, dass ich das nicht darf.«

»Irgendwann bist du erwachsen genug, um zu wissen, was du darfst und was nicht. Und das sollte möglichst bald der Fall sein, denn sonst ...«

Ihr Tonfall hatte einen ganz merkwürdigen Klang angenommen. Ich fuhr zu ihr herum: »Sophie, du führst doch was im Schilde?« Mein Herz setzte einen Schlag aus. »Ist er etwa in der Nähe?« Reflexartig sah ich mich um.

»Nein. Heilewelt ist kein Ort, an dem er sich wohlfühlt.«

»Aber du hast Kontakt zu ihm?!«

Sophie setzte sich auf die Fensterbank und ließ die Beine baumeln. »Mir hat das ja niemand verboten. Ich würde es mir auch nicht verbieten lassen. Ich bin nämlich schon erwachsen.«

Ich sprang auf. »Sophie, sag! Hast du … mit ihm gesprochen?«

Sophie sah mich durchdringend an: »Er war bei mir.«

»WAS … wieso … Aber ich meine … Was hat er …?«

»Am letzten Mittwoch. Nachdem dein Jürgen ihn erst herbestellt und dann wieder weggeschickt hatte. Da stand Christian plötzlich bei mir auf der Matte und fragte, ob er mich mal sprechen könne.«

»Und …?«, fragte ich atemlos und starrte sie mit offenem Mund an.

»Na, als Erstes hab ich ihn ins Gästezimmer geschickt. Der arme Mann war ja die ganze Nacht durchgefahren und konnte nicht mehr vor lauter Erschöpfung. Sein Hotelzimmer in Wien hatte er aufgegeben, und der Wagen war nur geliehen!«

»Er hat bei dir übernachtet?« Die ätzende Säure der Eifersucht gärte in meinem Magen.

»Nein. Er hat sich nur kurz ausgeruht. Und ist anschließend nach Wien zurückgekehrt.«

»Und danach?« Ich zerrte an ihrem Arm. »Habt ihr euch danach noch mal gesprochen?«

»Er hat mich angerufen. Und mich gefragt, ob er noch eine Chance bei dir hat.«

»Und? Was hast du ihm gesagt?«

»Das kannst nur du entscheiden, Lotta.« Sophie sah mich ernst an. »Es steht mir nicht zu, das zu beurteilen. Ich kann nur versuchen, euch beiden zu helfen.« Sie sprang auf und lief nervös im Wohnzimmer auf und ab. »Aber weil er keinen Job und kein Zuhause mehr hat, habe ich …«

Es zerriss mir schier das Herz. »Wo ist er?«, fragte ich und starrte sie mit glasigen Augen an.

»Sagen wir mal so«, hob Sophie an, und ein kleines Lächeln umspielte ihre Mundwinkel. »Ich habe ihm gesagt, wo der Schlüssel zu unserem Ferienhaus am Wolfgangsee ist.«

ANITA

Das war doch absolut grotesk! Es kam mir vor wie ein wirrer Traum. Wir standen in abgerissenen Kleidern und dünnen Schuhen fröstelnd am Donaukanal. Um uns herum lagerten einige Penner mit ihren Schlafsäcken und Plastiktüten, die uns neugierig betrachteten. Ein professioneller Fotograf setzte uns in Szene. Wir waren gerade dabei, das Sauberfrau-Image der rothaarigen Musikschulschlampe gründlich zu zerstören.

»Du, junges Fräulein, kannst du dich mal auf den grünen Koffer setzen?«

Das junge Fräulein war meine Gloria, und der grüne Koffer war leer, schäbig und verbeult und gehörte zur Requisite.

»Und jetzt ganz traurig gucken, und zwar so ins Leere. Ein bisschen mehr den Kopf nach rechts …« Der Fotograf sprang auf, und der Mann, der die Scheinwerfer bediente, schob noch einen Graufilter vor seine grelle Lampe. »Das muss alles noch viel düsterer wirken!«

»Die andere junge Dame jetzt bitte mal an die Brücke lehnen! Ja, aber nicht in dieser schicken Jacke! Warte mal …« Der Fotograf winkte die Kostümbildnerin herbei. »Habt ihr nicht was ganz Abgerissenes?«

»Jetzt nicht so übertreiben!«, rief Ralf Steiner, der rauchend an seinem schnittigen Wagen lehnte. »Muss ja noch glaubhaft rüberkommen!«

»Den furchtbaren Fetzen zieh ich nicht an!« Grazia wühlte in einer Kiste, die ihr eine Dame von der Requisite hinhielt. »Mama, du hast gesagt, es ist ein Modeljob, aber doch nicht so einer!«

»Wo wird das denn veröffentlicht?«, fragte einer der Penner neugierig. »Wenn ich mich als Model hergebe, will ich aber auch Geld dafür sehen!«

»Auf Plakatwänden. Jeder kriegt fünfzig Euro«, sagte Ralf Steiner und warf seinen Zigarettenstummel in den Schnee. »Aber jetzt Klappe halten und weitermachen!«

Die Penner freuten sich über den ungewohnten Nebenverdienst und umringten uns.

Grazia hatte sich inzwischen für ein dünnes, fadenscheiniges Mäntelchen entschieden. »Geiles Teil. Voll retro irgendwie. Darf ich das anschließend behalten?«

»Wenn du weiterhin schön mitarbeitest«, sagte der Fotograf und nickte zufrieden. »Was machen wir jetzt mit der Hauptperson?«

Die Hauptperson war ich. Es war mein erster Modeljob seit siebzehn Jahren. Ich wollte ihn so professionell wie möglich machen.

Nachdem die beiden Mädchen auf dem Koffer beziehungsweise an der Brücke lehnend postiert waren, kam die Maskenbildnerin mit ihren Puderquasten und dem Farbmalkasten zu mir: »Dunkle Ringe um die Augen, ganz blass, tiefe Falten kriegen wir auch noch hin.« Sie schaute mich prüfend an. »Ja, und dann bitte ganz traurig gucken.« Alle Umstehenden waren begeistert.

»Das ist die verlassene Ehefrau mit ihren Kindern an der Donaubrücke, inmitten von Pennern«, bemerkte Ralf Steiner zufrieden. »Im Elend, im Dreck, ganz unten. Das kriegen die Heilewelter Bürger auf ihre Litfaßsäulen. Direkt neben die Vorzeigefamilie von Musikschule und Sparkasse.« Er rieb sich die Hände. Ob vor Kälte oder Selbstzufriedenheit, war schwer zu sagen. Diese Aktion würde der Rothaarigen das Genick brechen. Die Kobaliks waren ganz begeistert gewesen von seiner Idee und bezahlten den Spaß. Sie saßen mit Thermoskannen voll heißem Kaffee und Tee in dem Wohnmobil, das sie für dieses Fotoshooting extra gemietet hatten. Dort durfte ich mich auch umziehen und schminken lassen. Früher elegante Gattin, jetzt obdachlos – das ging ganz schnell! Die Leute glauben nun mal gern an Märchen, an Gut und Böse, Schwarz und Weiß. Sollten sie doch ihre Aschenputtel-Geschichte bekommen!

Der Fotograf begann, mich in Szene zu setzen: »Und jetzt stülpen Sie mal das Innenfutter der Taschen nach außen. Ja, so. Nix drin, kein Geld. Ihr seid alle drei völlig abgebrannt. Du, Kleine, noch viel trauriger gucken. Jetzt der fragende Blick: ›Was soll aus uns werden?‹«

»Wichtig ist, dass ihr herausarbeitet: Wir leben im Elend, während die Familie der feisten Vorzeigemutter vom Geld der Sparkasse ein sorgloses Dasein genießt.« Steiner zündete sich eine neue Zigarette an.

»Danach will keener mehr was mit denen zu tun haben«, sagte Wolfgang Kobalik zufrieden. »Denen legen wir det Handwerk. Die können ihre Musikschule und ihre Sparkasse dichtmachen.«

»Hätten ja bezahlen können!«, hörte ich Ursula Kobalik im Hintergrund quaken. Sie machte sich im Wohnmobil zu schaffen. »Wir haben ihnen ja eine faire Chance gegeben!«

Ja!, dachte ich. Wer meinen Prinzen küsst statt den eigenen Frosch zu Hause, bekommt jetzt die Quittung dafür. Sie hatte es nicht anders verdient! Ein aufregendes Prickeln machte sich in mir breit: Endlich wehrte ich mich, ging in die Offensive. Viel zu lange war ich die Duldende, Passive gewesen. Das Modeln war meine Waffe, und ich setzte sie gezielt gegen sie ein!

Wir schauten wie drei Tage Regenwetter, und die Kinder bewiesen ein großartiges schauspielerisches Talent. Diese Fotos würden nicht nur auf den Heilewelter Plakatwänden kleben: Ralf Steiner hatte schon einen Deal mit dem Lokaljournalisten Schaumschläger gemacht. Er bekam die Story exklusiv, mit einem großen Interview. Wir würden beide auf dem Titel prangen, ich und die Rothaarige daneben. Hoffentlich fanden sie ein ungünstiges Foto von ihr. Eines mit verkniffenem Mund und bösem Blick. So machen sie das doch immer in den bunten Blättern. Daneben ich: zerbrechlich, zart und unschuldig.

Ralf Steiner zitierte genüsslich die Schlagzeile: »Diese Frau hat mein Leben zerstört! Bankiersgattin nimmt uns Ehemann und Vater weg! Wir wissen nicht mehr, wohin!«

»Na ja, ihr habt ja noch uns«, sagte Ursula. »Aber det braucht ja da draußen keiner zu wissen. Klar, dass wir euch finanziell nicht hängen lassen!«

Warum klang das in meinen Ohren nur so wie eine Drohung? Gleichzeitig bemerkte ich plötzlich so etwas Lüsternes in Wolfgang Kobaliks Blick. Er starrte Grazia eindeutig auf den Busen.

LOTTA

Mir war total schlecht. Seit Stunden saß ich in Sophies schwarzem Mercedes und starrte wie hypnotisiert in die graue Winterlandschaft. Gerade hatte ich München hinter mir gelassen und fuhr auf der Autobahn A 8 nach Salzburg. Wahrscheinlich in mein Unglück. Sophie hatte mir vor der Abfahrt noch den Navi programmiert, damit ich das abgelegene Haus am Wolfgangsee auch fand. Es schneite, und die Scheibenwischer quietschten jämmerlich. Was machte ich bloß hier? Ich fuhr doch nicht tatsächlich zu …

»Lotta, trau dich! Bestimmt wartet er auf dich«, hatte Sophie mich noch beschworen.

»Ich weiß nicht …«

»Probier es doch wenigstens aus! Es wird bestimmt gut gehen mit euch beiden!«

»Aber er will es vielleicht gar nicht … Wir sollten nichts erzwingen!«

»Ihr erzwingt ja gar nichts!« Sie hatte gelacht.

»Lass uns lieber noch mal darüber reden.«

»Geredet haben wir lange genug. Du bist doch sonst eine Frau der Tat!«

»Ich kann doch nicht einfach … Sophie, ich trau mich nicht!«

»Vielleicht geht ihr euch schon nach kurzer Zeit auf die Nerven. Dann kannst du Christian endgültig aus deinen Gedanken verbannen!«

»Und wenn nicht?«, hatte ich zitternd und zagend gefragt. Komischerweise war ich mir SICHER, dass wir perfekt zusammenpassten. Und jetzt saß ich in dieser schnurrenden Limousine und rauschte Christian entgegen, der noch nichts davon ahnte. In dem Haus gab es kein Telefon. Möglicherweise war Christian längst nicht mehr dort, sondern wieder bei seiner Frau in Wien. In der Villa mit den Bremer Stadtmusikanten. Ich sah mich schon einsam und verfroren an der Haustür rütteln! Oh Gott, ob das wirklich eine gute Idee war? Eigentlich war es gar keine Idee. Es war ein REFLEX. Und dem hatte ich letztendlich doch gehorcht. Meine Kinder waren mitsamt Caspar bei Sophie. Meine Freundin hatte mir hoch und heilig versprochen, auf sie aufzupassen, bis ich zurück sein und eine Entscheidung getroffen haben würde.

Aber was für eine Entscheidung bitte schön? Wie stellte sie sich das denn vor? Dass ich mit Christian im Schlepptau zurückkam und einfach die Kinder einpackte? Du, sorry, Jürgen, aber a bisserl war das Ganze auch deine Schuld? Nun sei ein fairer Verlierer und gib den Kindern ein paar Computerspiele mit auf den Weg? Wir leben jetzt in einem Ferienhaus am Wolfgangsee? Auch wenn es dort keinen Strom und kein fließend heißes Wasser gibt – wir haben immerhin UNS. Die Kinder werden in St. Wolfgang bestimmt neue Freunde finden. Ein Kindergarten wird die Zwillinge mit offenen Armen aufnehmen, während Paulchen gleich in die Schule für musisch Hochbegabte kommt. Vielleicht in … Dings. Wie hieß die nächste österreichische Kreisstadt gleich wieder, in der man lesen und schreiben kann? Genau. Bad Ischl. Eine … ähm … ehemalige kaiserliche Residenzstadt, in der schon Sissi ihren Nachwuchs aufgezogen hat.

Man muss nur den Mut haben, neu anzufangen!, redete ich mir immer wieder ein, während mein altes, ängstliches Ich immerfort klein beigeben und zu Jürgen zurückkehren wollte. Bestimmt träumte ich das nur. In Wirklichkeit saß ich zu Hause in Heilewelt und wartete darauf, dass dieser schöne Traum ein Ende nahm. In Wirklichkeit hatte ich gar nicht den Mut, mich einfach in Sophies Auto zu setzen und achthundert Kilometer ins Ungewisse zu fahren! In Wirklichkeit rief ich jetzt alle Heilewelter Eltern einzeln an und flehte sie an, mir doch noch eine Chance zu geben.

Die Dame des Navigationssystems unterbrach meine Gedanken: Wenn möglich, bitte wenden! Oh Gott, ich sollte wenden! Sie sagte das auch! Gute Idee. Ich konnte immer noch wenden. Nach Heilewelt, in den Borkenkäferweg zurückkehren. Die Abschiedsszene lief immer wieder wie ein Kurzfilm vor meinem inneren Auge ab: Jürgen hatte befremdet zur Kenntnis genommen, dass ich zu einem Selbstfindungsseminar nach Neuendettelsau in Mittelfranken fahren würde.

»Du willst mich mit meiner Trauer um meine Mutter tatsächlich allein lassen?«, hatte er fassungslos gefragt.

Ich hatte ihn um Verständnis gebeten: »Bitte, Jürgen. Nur zwei, drei Tage.« Und mit einem Seitenblick auf meine Mutter: »Ich halte es hier einfach nicht mehr aus!«

Zu meiner Überraschung hatte sich Jürgen erst ratlos am Arm gekratzt und dann erstaunlich großmütig gesagt: »Bitte. Du bist ein freier Mensch.«

»Danke, ich weiß das sehr zu schätzen. Nur bis sich die Wogen hier wieder ein wenig geglättet haben.«

»Vom Weglaufen glättet sich gar nichts. Aber wer nicht bügeln kann, glaubt so was natürlich … Fahr du nur weiter auf deinem Egotrip!«, keifte meine Mutter dazwischen.

»Na ja, bevor sie wieder tagelang in ihrem Arbeitszimmer sitzt und heult …« Jürgen war verblüffend einsichtig. »Fahr du mal zu deinem Seminar und geh in dich. Und vergiss nicht sicherzustellen, dass du es von der Steuer absetzen kannst!«

Das hatte ich ihm natürlich bereitwillig versprochen.

»Allerdings kann ich mich in deiner Abwesenheit nicht um die Kinder kümmern.«

»Nein. Wo denkst du hin!«

»ICH auch nicht!« Meine Mutter hatte sich bei Jürgen eingehängt: »Ich werde nämlich Walters Einzug überwachen.«

Jetzt, wo Lenchen tot war, würde mein Schwiegervater zu uns übersiedeln, mitsamt Leffers und Unmengen von altem Plunder, der sich bereits in meinem Arbeitszimmer türmte. Ein Grund mehr, Sophies spontanes Angebot, bestehend aus Kinderbetreuung, Wolfgangsee-Ferienhaus und Mercedes mit Navigationssystem, anzunehmen und die Flucht nach vorn anzutreten.

»Ich habe nichts zu verlieren!«, murmelte ich mit zusammengebissenen Zähnen.

»Wenn möglich, bitte wenden.« Die Navi-Dame ließ nicht locker.

»Ach, wissen Sie was? Ich kann auch weiterfahren.«

»Wenn möglich, fahren Sie hundertachtundneunzig Kilometer geradeaus und halten sich dann RECHTS.«

»Ja, danke, wird gemacht.«

In meinem Kopf ging es zu wie in einem Ameisenhaufen.

Umkehren.

Weiterfahren.

Unterordnen.

Rausfinden, was das Leben noch so für mich bereithält.

Zum Lachen in den Keller gehen.

Mit Christian schallend lachen.

Frühstück im Borkenkäferweg.

Frühstück am offenen Kamin.

Spaziergang mit Jürgen in den Schrebergärten.

Spaziergang mit Christian am Wolfgangsee.

Romantischer Abend mit Christian.

Ro… ähm … mit Jürgen.

Kurz vor der Ausfahrt Mondsee meldete sich die Dame wieder: »Halten Sie sich RECHTS.«

Ich schluckte trocken. Draußen war es inzwischen stockdunkel. Den ganzen Tag hatte ich nun in diesem Auto gesessen und fühlte mich völlig eingerostet. Wie musste Christian sich gefühlt haben, als er zu mir aufgebrochen war? War er genauso aufgeregt gewesen? So planlos und verzweifelt? Nein. Er hatte, ganz Herr der Lage, noch rote Rosen besorgt. Im dunklen Anzug den perfekten Auftritt hingelegt. Einen Antrittsbesuch alter Schule. Lässig und souverän. Andererseits hatte er eine persönliche Einladung von Jürgen gehabt.

Christians Frau Anita dagegen hatte mir gegenüber keine Einladung ausgesprochen. Im Gegenteil. Die wusste genau, was sie wollte, und hatte sich einen scharfen Anwalt genommen. Für die Scheidungskosten sollte ich aufkommen, am besten noch für ihren Unterhalt. So nach dem Motto: Ehemann gegen Leibrente. So was muss einem erst mal einfallen! Seinen Alten bei eBay verticken wie Schuhe … Dem war ich nicht gewachsen. Bestimmt würde ich als Verliererin aus diesem Rennen hervorgehen.

Fürs Erste konnte ich nur hoffen, DASS Christian überhaupt in der Hütte war! Dass er ALLEIN in der Hütte war! Vielleicht söhnte er sich dort genau in diesem Moment mit seiner blonden, Blüten streuenden Anita aus. Oder eine Abordnung der Wiener Philharmoniker leistete ihm Gesellschaft! Vielleicht übten sie die launische Forelle oder ein anderes thematisch passendes Streichquartett! Sie würden ihre Brillen auf die Stirn schieben, ihre Geigen und Bratschen weglegen und mich irritiert anstarren: Was wollen Sie denn hier, so mitten in der Nacht? Der Mann gehört Ihnen nicht! Machen Sie, dass Sie wegkommen! Oder Christian hatte sich ein Dorfdirndl angelacht? Eine dralle Bauerntochter aus der Nachbarschaft, damit sie ihn auf andere Gedanken brachte? Doch die Navi-Dame blieb zuversichtlich und schlug mir vor, den Mondsee rechts zu umrunden.

Bald darauf entdeckte ich inmitten von Nebelschwaden auf einem Hügel das Ortsschild »Sankt Gilgen«. Ich bekam Gänsehaut. Was tat ich nur, was tat ich? Ich war verrückt geworden. Absolut verrückt. In meiner Verwirrtheit las ich auf dem nächsten Schild »Sankt Galgen«. Hier konnten sich abtrünnige Familienmütter bestimmt hervorragend aufhängen. Stillgelegte Seilbahnen schaukelten einsam im Wind. Rechts von mir baute sich bedrohlich ein steiler schwarzer Berg auf. Eingeschüchtert sah ich mich um. In dieser Landschaft würde ich niemals Fuß fassen können. Ich brauchte meine ausgetretenen Trampelpfade. Hauptsache, es ging nicht bergauf.

Hauptsache, es ging nicht bergauf? Hatte ich das tatsächlich gedacht? Vielleicht sollte es endlich mal bergauf gehen in meinem Leben! Auch wenn es Mut kostete! Entschlossen trat ich wieder aufs Gas. Ich war hier und würde das jetzt durchziehen. Zurückfahren konnte ich morgen immer noch. Oh Gott, wie lange dauerte das denn noch? Ich wusste nicht, was ich mehr fürchtete: weitere Stunden durch diese dunkle Einöde fahren oder vor der Hütte mit Christian stehen. Und dann?

Der Wolfgangsee lag zu meiner Linken. Vom anderen Ufer leuchtete die Kirche von Sankt Wolfgang herüber. Der spitze Turm spiegelte sich im See. Nicht weit davon lag das Ferienhaus. Auf einmal beflügelte mich ein ungekanntes Selbstbewusstsein, und ich fühlte mich den Gipfeln der mich umgebenden Berge näher als je zuvor.

Die Navigationsdame leitete mich bis ans hinterste Ende des Sees. Die Straße wurde immer enger, die Häuser immer dunkler und abweisender. Im Sommer schmückten hier sicherlich Blumenmeere die Balkone, aber jetzt war alles tot und abgestorben. Das Ortsausgangsschild »Ried am Wolfgangsee« lag hinter mir, danach kam nur noch der finstere Schafberg. Es war dreiundzwanzig Uhr dreiundzwanzig. Keine Uhrzeit, zu der man irgendwo auftaucht und behauptet, man wolle nur mal kurz Hallo sagen. Die Straße wurde zum Feldweg. Im zweiten Gang holperte ich über vereiste Schlaglöcher. Rechts von mir schwarz und schweigend der Wald. Vor mir die noch schwärzere Felswand. Links schwarz der See. Hier war das Ende der Welt.

»Sie haben Ihr Ziel erreicht.« Na toll, vielen Dank auch!

Auf einer schneeverkrusteten Ebene entdeckte ich das Ferienhaus. Jemand hatte Schnee von den Stufen geschaufelt. Die Schaufel lehnte an der Hauswand. Es waren unterschiedliche Fußabdrücke zu sehen. Oder bildete ich mir das nur ein? Mein Herz setzte einen Schlag aus.

Wenn sie jetzt da drin war! Wenn sie eng umschlungen da drinnen schliefen! Was fiel mir dummer Gans ein, hierherzufahren! Als ob er tagelang auf mich warten würde!

Ich hatte nicht den Mut zu klopfen.

Was, wenn Christian mir die Tür vor der Nase zuschlagen würde? Was, wenn Anita mir mit dem Jagdgewehr eins überbraten würde? Was, wenn sie mich beide auslachen würden? Oder, noch schlimmer, bemitleiden! Komm doch rein, du armes verwirrtes Hascherl! Hier hast du eine heiße Suppe, aber bleiben kannst du nicht.

Ich blieb lange im Wagen sitzen, umklammerte das Lenkrad, starrte auf die Holztür, betete und bangte. Ich hatte nicht die Kraft, auszusteigen, nicht den Mut, an diese Tür zu klopfen. Leise schneite die Scheibe zu. Ich würde hier drin noch erfrieren, wenn ich jetzt nicht eine Entscheidung traf! Am liebsten hätte ich meinen Kopf aufs Lenkrad gelegt und einfach aufgehört zu atmen. Ich sollte Sophie anrufen. Ob sie noch wach war? War hier überhaupt Handyempfang? Panik überkam mich. Besser, ich ging ins Hotel. Morgen war auch noch ein Tag. Besser, ich peilte die Lage bei Tageslicht. Irgendein Hotel musste in Sankt Wolfgang doch noch offen sein! Ich ließ den Motor wieder an und legte den Rückwärtsgang ein. Die Räder drehten durch. Mist! Wie schnell konnte man denn hier einschneien? Ich trat aufs Gas, der Motor heulte hysterisch auf. Vor lauter Schreck rollte ich vorwärts und wäre fast im See gelandet. Meine Hände zitterten. Noch einmal ließ ich den Motor aufheulen, wollte im Rückwärtsgang mit Schwung den Hügel hinaufzufahren. Ohne Erfolg. Ein Albtraum. Wann würde ich endlich aufwachen? Das war die gerechte Strafe. Wieder rutschte ich ein paar Meter nach vorn. Ich würde im Wolfgangsee ertrinken. Meine aufgedunsene Leiche würde allerdings erst im Sommer gefunden, wenn spielende Kinder beim Angeln …

Plötzlich ging die Tür des Holzhauses auf. Der warme Schein eines Kaminfeuers fiel auf den verschneiten Feldweg, und eine männliche Gestalt stand in meinem Scheinwerferlicht.

Der Schein einer Taschenlampe huschte über mein Auto.

Es war Christian. Da stand er, im Schneegestöber. Ich hielt den Atem an. Doch keine blonde Frauengestalt im weißen Negligé schob sich fragend neben ihn. Er war allein. Er trug einen grob gestrickten Pullover und hatte einen Schürhaken in der Hand.

Sein erster Blick galt meinem Nummernschild. Sein besorgter Gesichtsausdruck wurde weich, ein fragendes Lächeln schlich sich um seine Mundwinkel, und ehe er es verhindern konnte, stand ihm die helle Freude ins Gesicht geschrieben. Rasch trat er auf meinen Wagen zu. Ich ließ das Fenster hinunterfahren. Seit dem misslungenen Wendemanöver hämmerte mein Herz wie ein Presslufthammer. Aber ich HATTE nicht gewendet! Auch wenn die Navi-Dame mir das nahegelegt hatte.

Sein vertrautes Gesicht kam immer näher. Ich war entzückt. So also sah Christian privat aus. In einem dicken Pullover, ohne weißes gestärktes Hemd, mit ungekämmten, ein wenig zu langen Haaren. Er hatte einen Dreitagebart, der ihn fast schon verwegen wirken ließ.

»Bist du es wirklich?«

In der Eiseskälte stand ihm sein Atem in weißen Wölkchen vor dem Gesicht. Er riss die Tür auf und zog mich behutsam aus dem Auto. Stumm sank ich in seine Arme. Meine Beine hätten mich ohnehin nicht mehr getragen.

»Ich glaube, das mit der Autosuggestion funktioniert tatsächlich«, murmelte Christian mir ins Ohr. »Ich habe intensiv an dich gedacht, und jetzt bist du da.«

»Ja. Ich bin da!«, stammelte ich. »Ich habe dich gefunden.«

»Du bist der Wahnsinn!«

»Ich bin wahnsinnig! Das trifft es eher!«

»Komm rein, du bist ja ganz durchgefroren ...« Christian zog mich mit warmen Händen ins Haus, das eigentlich eher eine Hütte war. Es roch nach feuchtem Holz. Sophie hatte mir schon erzählt, dass sie seit Jahren nicht mehr hier gewesen war und die Hütte bestimmt in einem erbärmlichen Zustand sei. Verstohlen sah ich mich um. Nichts deutete darauf hin, dass noch eine andere Frau zugegen war. Eine Matratze lag vor dem Kamin, darauf eine graue Wolldecke und ein abgewetztes Sofakissen. Auf dem gescheuerten Holztisch stand eine angebrochene Flasche Rotwein. Außerdem sah ich ein Brett mit Käse, Brot und Speck sowie ein Taschenmesser. Weiter hinten konnte ich seinen Flötenkasten und ein paar Noten erkennen.

Christian räumte ein paar Klamotten von der Holzbank und schob mir ein Kissen hin. »Setz dich doch!«

Statt mich zu setzen, fiel ich ihm erneut um den Hals. »Ich bin auch überrascht«, stammelte ich. »Dass du wirklich hier bist! Dass ich dich nicht geträumt habe!«

Er umarmte mich und roch nach Schafwolle, Kaminrauch und Geborgenheit. Sein Dreitagebart pikste ein bisschen. Es kam mir vor, als würden wir uns schon eine Ewigkeit kennen. Auf einmal fühlte ich mich angekommen. Es war verrückt, verboten, absolut unmöglich!

Christian betrachtete lächelnd mein Gesicht, in dem wahrscheinlich gerade tausend Sommersprossen explodierten. In seinen braunen Augen spiegelte sich das Kaminfeuer. Kleine Flammen tanzten in seinen Pupillen, und in den züngelnden Flammen erkannte ich meine roten Haare. Bestimmt war ich schon in der Hölle. Aber wenn, war es dort wunderbar. Ich schloss die Augen.

Sein Kuss war weich und liebevoll. Alle Anspannung fiel von mir ab, und damit verschwanden auch die Selbstzweifel, das Gefühl, etwas Böses zu tun. Christian sah mich nach wie vor an, als wäre ich ein seltener Schmetterling.

»Du bist ein Engel, dich schickt der Himmel! Seit Tagen sitze ich hier und frage mich, was du wohl machst, wie es dir geht, was du denkst und was du fühlst …« Er nahm das Rotweinglas und reichte es mir. »Und auf einmal stehst du vor der Tür!«

Der Wein war samtig schwer und schmeckte wunderbar. Als Engel hatte mich noch nie jemand bezeichnet.

»Wie mutig von dir, einfach herzukommen«, sagte er. »Nach allem, was war.«

»Es ging nicht anders«, antwortete ich.

»Was meinst du damit?«

»Du bist mir einfach nicht mehr aus dem Kopf gegangen.«

»Mir ging es genauso. Dabei habe ich es wirklich versucht.« Christian steckte die Hände in die Hosentaschen und wandte sich ab. »Wir machen so viele Menschen unglücklich, so viele Hoffnungen zunichte, enttäuschen so viel Vertrauen …«

Plötzlich fror ich bis ins Mark. Gleichzeitig schmolz ich dahin. Weil er nämlich alles andere als ein Luftikus war! Ich erzählte ihm vom Tod meiner Schwiegermutter, davon, dass man mir die Schuld daran gab. Ich berichtete von den bösen Blicken, dem Spießrutenlauf durch meine Stadt.

»Mein armes Herz!«, sagte Christian. »Und das alles meinetwegen.«

Ich nahm einen Schluck Wein und sah ihn verzweifelt an: »Ich habe das alles nicht mehr ausgehalten. Es kam der Punkt, wo ich einfach nur noch weg wollte. Sophie hat mich schließlich überredet.«

»Und dein Mann? Weiß er, dass du hier bist?«

»Nein, er denkt ich bin auf einem Seminar.«

»Und die Kinder?«

»Die sind bei Sophie. Mein Au-pair-Junge auch. Für ein paar Tage ist das schon okay.«

»Du kannst froh sein, dass du Sophie hast. Und deinen Caspar. Ein feiner Kerl übrigens! Deine einzigen Verbündeten.«

»Fast!«, sagte ich und schaute ihn vielsagend an. Nach einem tiefen Seufzer fragte ich: »Wie soll es jetzt weitergehen? Was ist dein Plan?«

»Na, für den Moment hätte ich da schon eine Idee …«

Christian strich mir ganz sanft über die Wange und fuhr mit dem Daumen meine Lippen nach. Sie kribbelten wie tausend Stecknadeln.

»Ich bin nämlich auch nur ein Mann, weißt du …« Mein Blick folgte dem seinen zur Matratze vor dem Kamin.

»Und ich nur eine Frau«, flüsterte ich heiser. »Es ist nur ein bisschen kalt hier …«

Christian nahm ein paar Scheite und warf sie ins Feuer. Schlagartig wurde es heiß. Richtig heiß. Christian zog mich an sich, bedeckte mich mit zärtlichen Küssen. Ich fühlte mich nicht bedrängt, nicht überfallen, nicht in der Pflicht, die Sache irgendwie zu Ende zu bringen. Ich ließ meine Jacke von den Schultern gleiten und achtlos zu Boden fallen.

»Ich male es mir schon die ganze Zeit aus«, murmelte Christian, während er mich sanft auf die Matratze zog. »Ich habe jede Sekunde an dich gedacht.«

»Und ich an dich! Kommen wir dafür in die Hölle?«

Er sah mich durchdringend an: »Wenn wir gemeinsam dort landen, kann es so schlimm nicht werden! Liebste, lass dich einfach fallen!«

Und das tat ich dann auch.

Sieben verhaltene Glockenschläge drangen an mein Ohr. Vorsichtig schlug ich ein Auge auf, in Erwartung des Heilewelter Kirchturms und der grauen Reihenhäuser des Borkenkäferweges vor dem Schlafzimmerfenster. Aber ich lag wirklich auf der schmalen Matratze vor dem Kamin in Sophies Hütte. Vor dem Fenster wogten dunkelgrüne Tannen im Wind, und ein Kahn schaukelte auf den Wellen. Christian hantierte bereits fröhlich pfeifend am Herd und brutzelte Eier mit Speck. Ein verführerischer Duft zog mir in die Nase. Als Christian merkte, dass ich wach war, kam er mit einer Tasse Kaffee zu mir, beugte sich zu mir hinab und reichte sie mir lächelnd. Der Kaffee duftete betörend. Er war heiß und stark. Sehnsüchtig zog ich Christian zu mir herunter. Wir liebten uns ausgiebig und zärtlich, fühlten uns wie im siebten Himmel. Bis mein Handy in der Handtasche »Halleluja« sang. Nanu! Wieso hatte mein blödes Handy hier Empfang? Handys haben nur Empfang, wenn man sie gerade nicht braucht!

Christian griff in meine Handtasche, die neben meinem Kopfkissen stand, und reichte es mir. »Geh dran!«, sagte er. »Es könnten deine Kinder sein.«

Mit einem Blick auf das Display stellte ich fest, dass es Caspar war, und nahm den Anruf entgegen.

»Wie geht es dir?«, fragte Caspar mit seinem süßen Akzent. »Bist du gut gekommen?«

Ich musste lachen. »Ja, doch. Danke der Nachfrage.«

Christian grinste ebenfalls. Fürsorglich stopfte er mir das Kissen in den Rücken.

»Und bei euch? Alles in Ordnung?«

»Ich habe gebrochen«, sagte Caspar mit ungewohnt näselnder Stimme.

»Oh! Hast du was Falsches gegessen?«

»Nase gebrochen.«

Erschrocken setzte ich mich auf. »Was ist passiert?«

»Wir sind gestern auf Sophies Trampolin herumgesprungen, und ich bin gegen einen Pfosten gehüpft. Es tut mir furchtbar leid, aber ich bin im Krankenhaus.«

»Nein!«, heulte ich auf. »Bitte, Caspar, sag, dass das nicht wahr ist!«

»Leider wahr. Aber Sophie sagt, sie schafft das auch allein, und du sollst ruhig bleiben. Sie hat mir verboten, dich anzurufen, aber ich denke, ich muss dir die Wahrheit sagen.«

Ich fuhr mir hilflos über die Stirn: »Natürlich, Caspar. Ich danke dir. Ähm … wie lange musst du im Krankenhaus bleiben?« Ich presste die Lippen zusammen, so schäbig kam ich mir vor.

»Leider auch noch Schläfe geprellt und Schulter ausgekugelt«, sagte Caspar.

»Tut es sehr weh?«, sagte ich verzweifelt.

»Stehe unter Schmerzmitteln«, informierte mich Caspar. »Aber der Arzt sagt, ich kann erst mal nicht arbeiten. Es tut mir wirklich leid, Lotta! Du sollst doch Spaß haben!«

Doch wie sollte ich Spaß haben, wenn meine Freundin jetzt fünf Kinder an der Backe hatte? Man kann sein Glück auch überstrapazieren.

Ich wünschte Caspar gute Besserung und rief Sophie an.

Inmitten von tosendem Lärm meldete sie sich betont fröhlich: »Hallo, Lotta! Hier ist alles im grünen Bereich! Ich habe Caspar eingeschärft, dich in Ruhe zu lassen! Sorge dich nicht, lebe!«

Wieder konnte ich mir nicht verkneifen, zu sagen: »Sophie, du weißt doch, dass nur Bestseller so heißen!«

»Wie geht es euch? Ist die Hütte halbwegs wohnlich?«, erkundigte sie sich.

»Es ist alles ein Traum, Sophie! Aber wir können doch nicht …«

»Lotta, wer A sagt, muss auch B sagen. Du bist jetzt da unten und nutzt die Zeit!« Sophie lachte so glockenhell, dass ich mich kurz entspannte.

»Die Kinder sind so gut erzogen, sie helfen mir im Haushalt und … Nicht, Luna, lass das stehen, das geht kaputt …« Ein mittleres Erdbeben drang durch die Leitung.

»Sophie?«

»Ach, das war nur die Blumenvase.« Sophies Stimme klang etwas erstickt »Aber Luna weint jetzt, ich glaube, sie hat sich wehgetan. Vorsicht, Stella, nicht barfuß in die Scherben treten!« Ich hörte Luna und Stella entsetzt aufheulen und weiteres Geschirr zu Bruch gehen. »Paulchen, bring mir schnell den Staubsauger, und du, Clemens, den Verbandskasten …«

Die Leitung wurde unterbrochen.

Das war ein Zeichen: Es sollte eindeutig nicht sein. Mein Glück war nur ein gestohlenes Glück. Mein Herz war schwer wie Blei, als ich Jürgen anrief.

Christian verzog sich wieder diskret in die Küche.

Ich erzählte Jürgen von Caspars Unfall und bat ihn, bei Sophie vorbeizuschauen.

»Gern, sobald ich hier in der Sparkasse ein wenig Luft habe«, ächzte Jürgen. »Allerdings habe ich meinen Vater zu Hause sitzen. Und den Hund. Ständig kommen Trauergäste. Es ist alles ein bisschen viel für mich.« Ich hörte ihn etwas in seinen Laptop tippen. »Und du? Konntest du schon die eine oder andere Erkenntnis gewinnen? Wie läuft dein Seminar?«

Ich wollte im Boden versinken vor Scham. »Oh, ähm. Mein Seminar. Ja, es ist sehr aufschlussreich.«

»Hast du ein bisschen über unsere Beziehung nachgedacht?«

»Pausenlos.«

»Und über deine Mutterpflichten?«

»Jürgen, ich komme fast um vor Schuldgefühlen!«

»Dann scheint das Seminar ja zu wirken.« Seine Stimme klang zuckersüß.

»Ja. Versprich mir, dass du nach den Kindern schaust!«

»Wie gesagt, ich habe Prioritäten. Aber ich könnte deine Mutter darum bitten.«

»Nein, DU sollst nach ihnen schauen!« Meine Stimme nahm einen schrillen Klang an.

Christian steckte besorgt den Kopf durch den Türspalt. Wie gut, dass der Duft nach kross gebratenem Speck und Frühstückseiern nicht durch den Hörer nach Heilewelt wabern konnte.

»Weißt du, Lotta …«, sagte Jürgen, als spräche er mit einer geistig unzurechnungsfähigen Patientin. »Ich finde, du solltest ruhig noch ein bisschen in dich gehen. Lass dir von anderen dabei helfen.«

»Aber ich kann hier nur … ähm … an mir arbeiten, wenn ich weiß, dass bei euch zu Hause alles in Ordnung ist«, stieß ich verzweifelt hervor. »Sonst kann ich mich nicht aufs Wesentliche konzentrieren!«

»Wir werden hier geduldig abwarten, bis du herausgefunden hast, was das für dich ist«, sagte Jürgen einfühlsam.

»Jürgen, ich komme sofort heim«, wimmerte ich. Fast wünschte ich mir, er würde es mir befehlen! Oder weinerlich darum betteln! Alles konnte ich ertragen, nur nicht dieses beschämende Verständnis. »Wenn ich jetzt ins Auto steige, bin ich heute Abend da.«

»Nein, ich schaff das schon«, kam es aus dem Hörer. »Befrei dich von seelischem Ballast. Komm mit dir ins Reine. Was nutzt mir eine unglückliche Frau und den Kindern eine unerfüllte Mutter?«

Oh Gott, ich war gerade so was von glücklich und erfüllt und mit mir im Reinen. Am liebsten wäre ich für immer hiergeblieben. Nur die Kinder waren am falschen Ort

»Leb dich aus. Du bist ein freier Mensch«, wiederholte Jürgen sein neues Lieblingsmantra. Und in dem Moment wurde mir alles klar: Er wusste es, er wusste Bescheid. Diesmal kamen keine Vorwürfe und Drohungen von Jürgen. Diesmal gefiel er sich in der Rolle des Tapferen, der heldenhaft einen Seitensprung ertrug – nur um die Familie zu retten. Man würde ihm in Heilewelt ein Denkmal setzen. Ich wusste, dass ich nicht frei war. Und nie sein würde.

Nach einem sehr schweigsamen Frühstück mit Christian machten wir uns auf nach Salzburg. Ich überließ Christian das Fahren, während ich noch einmal Sophie anrief und mit allen Kindern sprach. Sie versicherten mir, dass alles in Ordnung sei. Und Sophies Stimme hörte sich erholt und ehrlich an, als sie mich aufforderte, noch zu bleiben und es zu genießen.

Ich atmete tief durch und genoss den Anblick der Festung, die majestätisch im Nebel über der Stadt thronte. Was für ein Monument! Wie viele Sorgen, Nöte und Intrigen sie wohl schon gesehen hatte!

Christian parkte Sophies Mercedes in der Felsengarage des Festspielhauses. Feuchtkalte Luft schlug uns entgegen, als wir aus dem Auto stiegen. Fröstelnd klappte ich den Mantelkragen hoch. »Wo gehen wir hin?« Ich kam mir vor wie ein scheues Tier, das mal kurz aus seiner Höhle kommt, um neugierig etwas Freiheitsluft zu schnuppern. Aber bei den geringsten Schwierigkeiten würde es blitzschnell wieder in seiner Höhle verschwinden. Christian war da ganz anders: Er schaute nach vorn. Er glaubte wirklich an uns. An eine gemeinsame Zukunft. Er meinte es ernst.

Als er mein Zögern bemerkte, sagte er: »Komm, mein Herz. Zerbrich dir nicht dauernd den Kopf. Jetzt bist du hier. Genießen wir den Augenblick!«

Christian zeigte mir das Festspielhaus, in dem er schon oft mit den Wiener Philharmonikern gastiert hatte, und den Residenzplatz mit dem Dom. Wir tranken eine Melange im Café Tomaselli, wo wir dicht aneinandergeschmiegt in einer dunklen Ecke saßen und das Für und Wider einer gemeinsamen Zukunft besprachen.

Für Christian war alles klar. »Melange! Du holst die Kinder, und wir gründen eine Patchworkfamilie.«

»Ach, Christian«, seufzte ich traurig. »Wenn das so einfach wäre! Und was ist mit deinen Töchtern?«

»Meine Töchter werden zurzeit einseitig beeinflusst, aber ich vertraue auf ihre Intelligenz und ihr Vermögen, sich in beide Elternteile hineinzuversetzen. Du wirst sie lieben. Sie sind großartig!«

Ich schüttelte ungläubig den Kopf. Diese Modeltöchter würden auf mich spucken!

Doch Christian ließ sich nicht bremsen. »Auch Anita ist im Grunde ein herzensguter Mensch. Sie ist nur so leicht beeinflussbar …«

»Dasselbe sagt Jürgen von mir!«, unterbrach ich ihn lakonisch. Wir mussten beide lachen.

Ich starrte verschämt in meine Kaffeetasse. Die ganze Zeit über fühlte ich mich beobachtet, aber wahrscheinlich war das nur mal wieder mein schlechtes Gewissen.

Nach einem ausführlichen Stadtbummel und dem Besuch von Mozarts Geburtshaus spazierten wir über die Staatsbrücke und schlugen den Weg zum Kapuzinerberg ein. Eisiger Wind schob dunkle Wolken vor sich her. Steil wand sich der Pfad hinauf, gesäumt von reich bebilderten Kreuzwegstationen. Voll die krasse Folterung!, hätte Paulchen begeistert gesagt. Ich mochte gar nicht hinschauen. Genau so würde ich in der Hölle gefoltert werden. Keuchend stiegen wir die mehreren Hundert Stufen hoch und kamen an einem abweisend wirkenden Kloster vorbei, in dessen Kirche ich mich gar nicht hineintraute.

Meine ursprüngliche Hoffnung, Christian und ich würden womöglich gar nicht zusammenpassen, verlor sich auf diesem Spaziergang endgültig. Selbst wenn ich mit diesem Mann auf dem Mond nach einem McDonald's gesucht oder auf dem Mars Golf gespielt hätte – es wäre mir nicht annähernd so sinnlos vorgekommen, wie mit Jürgen durch die Heilewelter Schrebergärten zu spazieren. Christian wärmte meine eiskalte

Hand, indem er sie in seine Manteltasche steckte. Instinktiv suchten meine Finger nach einem schwarzen Filzstift. Aber es war nur ein weicher Lederhandschuh zu spüren. Trotzdem verließ mich mein schlechtes Gewissen für keine Sekunde. Als der einsetzende Eisregen auf mein Gesicht prasselte, fühlte er sich an wie tausend verdiente Ohrfeigen.

ANITA

»Hallo? Ist da jemand?«

Obwohl Grazia zu Benni gegangen war, glaubte ich, seltsame Geräusche aus ihrem Zimmer zu hören. Hatte sie den Fernseher angelassen? Gloria war mit ihren Freundinnen im Reitstall, sodass ich eigentlich allein im Haus sein müsste. Vorsichtig tastete ich mich im Halbdunkel durch den Flur. Unterwegs hob ich zwei achtlos hingeworfene Wäschestücke auf und schüttelte den Kopf über die Unordentlichkeit meiner Mädchen. Ein BH baumelte am Treppengeländer, und ich nahm ihn auch noch mit, um ihn vor die Waschmaschine zu legen. Aber da war doch wieder dieses merkwürdige Geräusch! Eine Art Seufzen und Stöhnen, das mir ganz unheimlich war. Natürlich kam es manchmal vor, dass sie dort mit Benni zugange war, und ich gehörte nicht zu den Müttern, die einfach die Tür aufreißen und rufen: »Was macht ihr da?«

Ein unterdrücktes Grunzen war zu hören. Vorsichtig pirschte ich mich näher an Grazias Zimmertür heran. Sie war geschlossen.

Die Geräusche waren eindeutig. Da hatte jemand Sex. Aber wer? Mit wem? Mir war gar nicht wohl. Sekundenlang kämpfte ich mit mir. Das war Grazias Zimmer. Das ging mich nichts an. Vielleicht hatte sie es an Freunde »verliehen«. Das wäre zwar nicht besonders nett mir gegenüber, und es passte auch nicht zu ihr, da sie Heimlichkeiten nicht nötig hatte. Dennoch würde ich die Freunde in Verlegenheit bringen, wenn ich jetzt die Tür aufriss. Und ich würde ja auch irgendwie reagieren. Sie nach Hause schicken, ihre Eltern anrufen, Grazia zur Rede stellen müssen: »Ich bin kein Hotel und erst recht kein Stundenhotel!« Fast wollte ich den Rückzug antreten und mich mit einer Flasche Wein vor den Fernseher setzen. So nach dem Motto: Was ich nicht weiß, macht mich nicht heiß. Andererseits war es meine Pflicht als Mutter, nachzusehen, wer da sein Unwesen trieb. Es kostete mich einige Überwindung. Im Zeitlupentempo drückte ich die Türklinke herunter. Sie quietschte leicht, aber die Geräusche von drinnen waren lauter. Millimeterweise schob ich meine Nasenspitze durch den Türspalt und spähte mit zusammengekniffenen Augen in Erwartung unschöner Dinge in Grazias Zimmer.

Und sie waren unschön! Auf ihrem Bett saß Wolfgang Kobalik. Er hatte sein Gesicht verzückt in einem ihrer BHs vergraben und schnüffelte sich in Ekstase. Er war so mit sich beschäftigt, dass er mein Erscheinen gar nicht bemerkte.

Mir wurden die Knie weich. Dieser Widerling! Gestern noch hatte er Grazia so angestarrt, und jetzt … Am liebsten hätte ich ihn mit dem BH erdrosselt. Aber ich blieb wie angewurzelt stehen und starrte ihn angewidert an.

In diesem Moment hatte Wolfgang Kobalik das Ziel seiner Bemühungen erreicht. Er grunzte zufrieden und öffnete die Augen. Da sah er mich.

Hallo erst mal, ich weiß nicht, ob du das schon wusstest, aber ich bin scharf auf deine Tochter, und in diesem Zusammenhang freue ich mich sehr, dass wir Nachbarn sind.

Eine unbändige Wut ballte sich in meinem Zwerchfell. Ich holte tief Luft und brüllte mit einer Stimme, die an schneidender Kälte nicht zu übertreffen war: »Du Schwein! Du widerliches Schwein! Raus aus diesem Zimmer! Raus aus meinem Haus!« Ich griff nach dem nächstbesten Buch im Regal – es war Charlotte Roches »Schoßgebete« oder »Feuchtgebiete« – man schaut in so einer Situation ja nicht so genau hin – und drosch damit auf ihn ein, bis das Buch in seine Einzelteile zerfiel. »Du notgeiler Widerling, du verlogener alter Sack …«

»Nu mach mal halblang, Meedchen, und reg dir nich so uff …« Wolfgang Kobalik rappelte sich auf und machte sich an seiner Hose zu schaffen.

Ick sollte mir nich uffregen!? Ick regte mir aber uff!! Ein plötzlicher Würgereiz überkam mich. Ich presste mir die Hand vor den Mund und rannte ins Mädchenbad, wo ich gerade noch vor der Toilette in die Knie gehen konnte.

Ich hörte Wolfgang Kobalik von der Bettkante aufstehen und taumelnd das Weite suchen. Im Vorbeihuschen raunte er mir noch kumpelhaft zu: »Kein Wort zu Uschi! Det jibbt sonst Ärja!«

Nee, ist klar. Was glaubte der denn? Dass ich mit ihm unter einer Decke steckte? Seine Schweinereien tolerieren würde? Oh Gott, mir war so schlecht! Ich musste hier raus. Wir mussten hier weg. Was sollte ich nur machen?

LOTTA

Wir waren fast oben auf dem Kapuzinerberg. Trotz des Schneeregens und des kalten Windes schwitzte ich unter meinem Mantel. »Was sollen wir machen? Sind wir nicht komplett wahnsinnig?«, fragte ich verzweifelt.

»Wir lieben uns, und wir passen zueinander. Wir freuen uns, wenn wir zusammen sind. Was ist daran wahnsinnig?«

»Aber wir kennen uns doch kaum!«

»Wir lernen uns doch gerade kennen!« Christian küsste mich zärtlich. »Du musst es wissen, Lotta. Willst du denn zurück?«

»Und du?«

»Für mich gibt es kein Zurück mehr. Für mich sind die Würfel gefallen.«

»Es tut mir so leid, Christian. Es tut mir so furchtbar leid.«

»Das muss es nicht. Ich bin ein erwachsener Mann. Ich fange neu an. Am liebsten mit dir!«

»Aber die Kinder, Christian. Ich habe drei kleine Kinder!«

»Die gehören natürlich zu dir. Wir werden uns schon anfreunden!«

»Du würdest sie nehmen?«

»Ich würde dich nicht ohne sie nehmen!«

»Aber Jürgen gibt sie nie im Leben her!«

»Kinder sind doch kein Besitz! Ebenso wenig wie Frauen. Wenn es nicht passt, dann passt es nicht mehr!«

»Im Moment ist er so zuckersüß, dass es fast schon unheimlich ist. Ich soll mich selbst verwirklichen und in mich gehen.«

»Taktik? Oder meint er es ausnahmsweise ernst?«

»Ich weiß es nicht. Ich durchschaue ihn nicht. Ich habe bei ihm noch nie gewusst, ob er meint, was er sagt.«

»Bestimmt spielt er hervorragend Schach.«

»Allerdings. Bisher hat er mich immer in drei Zügen matt gesetzt und dabei so mild gelächelt, dass ich ihn am liebsten erwürgt hätte. Er liebt es, mich in der Hand zu haben.«

»Und was liebst du an ihm – nur mal so *by the way*?«

»Die Sicherheit? Ich weiß es nicht. Die Tatsache, dass er mich ernähren kann? Dabei kann ich mich selbst ernähren. Und meine Kinder auch.«

»Warum tust du es dann nicht?«

»Ich bin feige! Und von gestern! Darum!«

»Dann liebe ich einen gestrigen Feigling. Was habe ICH denn für einen Geschmack?!«

»Was habt ihr eigentlich geredet auf eurem Spaziergang? Immerhin wart ihr fast drei Stunden weg!«

»Ich habe ihm versprochen, dir nichts davon zu sagen.«

»Was? Im Ernst? Und du hältst dich daran?«

»Was ich verspreche, das halte ich auch.«

»Wieso hast du dich am Ende wegschicken lassen?«

»Er hat an mein Ehrgefühl appelliert. Ich habe eingesehen, dass ich deine Familie nicht zerstören darf.«

»Dann sind wir jetzt wieder an dem Punkt angelangt, an dem wir schon einmal waren. Nur dass es jetzt noch viel mehr wehtut.«

»Diesmal hast DU plötzlich auf der Matte gestanden!«

»Ich wollte wissen, ob ich dich liebe.«

»Und jetzt weißt du es?«

»Ja.«

»Und?«

»Ja! Das ist ja das Schlimme!«

»Zwei Menschen lieben sich, fangen in ihrer Lebensmitte noch einmal neu an. Dazu gehören nur zwei Dinge: Mut und Entschlossenheit.«

»Aber wir dürfen das nicht, Christian. Wir dürfen nicht zwei Familien zerstören.«

»Lotta. Wir haben nichts zerstört, was nicht schon zerbrochen war. Oder bist du mit Jürgen glücklich? Bitte korrigiere mich, wenn ich mich irre!«

»Nein. Ich bin mit Jürgen nicht glücklich.«

»Deine Kinder haben aber eine glückliche Mutter verdient! Als ich dich kennengelernt habe, hast du gestrahlt. Du hast in diesem Konzertsaal gestanden und ein unglaubliches Charisma versprüht. Warum tust du das nicht auch in deinem Privatleben? Deine Kinder lieben dich und wollen, dass du glücklich bist!«

»Ich trau mich nicht, Christian. Ich halte das nicht durch.«

»Wir wären nicht die Ersten, die eine Patchworkfamilie gründen.«

»Wie soll das aussehen? Anita und ich werden gute Freundinnen, und Jürgen und du geht zusammen Golf spielen? Wir fahren alle zusammen in den Urlaub?«

»Na ja, solange ich nicht mit Jürgen Golf spielen muss, lässt sich über alles reden. Aber Anita könnte dich modisch beraten.«

»Also, Christian! Kannst du nicht einmal ernst bleiben?«

»Aber natürlich. Worum ging es noch gleich?«

»Um unsere Familien. Darum, was die Leute sagen.«

»Lotta. Ich kann nur für mich sprechen. Mir sind die Leute egal. Wenn ich mich für den Menschen entscheide, den ich liebe, kann ich mich morgen sehr wohl noch im Spiegel anschauen. Ich werde deine Kinder lieben und für sie sorgen wie für dich. Mehr kann ich nicht versprechen.«

»Aber wie stellst du dir das vor, Christian? Glaub mir, ich würde nichts lieber tun, als mit dir und den Kindern leben! Ich träume davon, seit ich dich zum ersten Mal gesehen habe! Als du mir das Foto von deiner Frau gezeigt hast, bin ich fast gestorben.«

»Sie hat mich freigegeben. Ich habe es versucht, Lotta. Ich bin sogar noch zu ihr gefahren, nachdem ich zu dem Schluss gekommen war, dass ich eure Familie nicht auseinanderreißen darf. Ich habe sie gebeten, unserer Ehe noch eine Chance zu geben. Sie wollte nicht. Und jetzt will ich auch nicht mehr.«

»Aber wir haben keine Chance, Christian!«

»Hast du das auch gesagt, als du mit hundert Kindern einen Prokofjew in Angriff genommen hast?«

»Danke für das Stichwort! Ich gehöre nach Heilewelt!«

»Ob wir eine Chance haben, kann uns nur die Zukunft zeigen«, sagte Christian. »Die Vergangenheit kennen wir. Die Zukunft nicht. Wir gehen entweder feige zurück oder mutig voran.«

»Oder mutig zurück«, murmelte ich verzagt.

Wir beleuchteten das Thema von allen Seiten und kamen keinen Schritt weiter. Der Weg war so steil! Keuchend blieben wir stehen, um wieder zu Atem zu kommen. Plötzlich blieb mein Blick an einem merkwürdigen Baum hängen. Das heißt, eigentlich waren es zwei Bäume, die so dicht zusammenstanden, dass sie wie einer aussahen. Beide waren schlank und groß gewachsen, beide strebten himmelwärts. War das ein Zeichen, ein Wink des Schicksals? So würde mein Leben mit Christian aussehen.

Christian betrachtete den Zwillingsbaum ebenfalls. Er zog sein Taschenmesser hervor und ritzte unsere Initialen in die Stämme. Ein LT in den rechten und ein CM in den linken. »Was auch immer passiert«, sagte er, während er schnitzte. »Eines Tages werden wir hier stehen und mehr wissen als heute. So, aber jetzt lade ich dich auf ein Bier ein!«

Er legte den Arm um mich und führte mich die letzten Meter hinauf. Dort oben, auf dem Gipfel unserer Ratlosigkeit, dort, wo ich es nie vermutet hätte, stand ein kleines, verwunschenes Schloss. Es hieß Franziskischlössl und hatte eine warme, behagliche Gaststube. Eine blonde Frau im Dirndl bediente uns freundlich. Wir tranken jeder ein Bier und aßen dazu die köstlichsten Kartoffelgröstl. So könnte es immer sein!, dachte ich. Mein Handy lag neben meinem Teller. Verstohlen schielte ich danach. Aber es blieb ausnahmsweise stumm.

ANITA

Ich war fassungslos. Ich hatte alles mit mir machen lassen, war zum Spielball dieser Leute geworden. Ich hatte sie in mein Haus, in mein Leben, in meine Ehe gelassen. Obwohl ich erwachsen war, hatte ich mich wie ein Kind manipulieren lassen: Sie hatten mir Getränke eingeflößt, die ich nicht wollte. Sie hatten mich in eine Scheidung gedrängt, die ich nicht wollte. Sie hatten mein Haus umgestaltet und mich zu einem aberwitzigen Fotoshooting überredet. Sie hatten ihren Spaß gehabt. Auf meine Kosten, was schlimm genug war. Aber jetzt nicht noch auf Kosten meiner Töchter! Auf einmal war Schluss mit lustig. Ich entwickelte ungeahnte Kräfte und musste mich kein bisschen überwinden, schnurstracks zur Polizei zu marschieren. Dort erzählte ich einer Beamtin, was passiert war. Auf ihre Frage, ob ich Anzeige erstatten wolle, sagte ich entschlossen Ja. Noch am selben Abend fuhr ein Polizeiauto bei unseren Nachbarn vor, und ich konnte von meinem Fenster aus sehen, dass dort erhitzte Debatten geführt wurden. Die Polizistin hielt Wolfgang Kobalik die von mir unterschriebene Anzeige unter die Nase. Ursula Kobalik schrie und heulte und verpasste ihrem Mann eine saftige Ohrfeige. Kurz darauf fuhren die Polizisten mit Wolfgang Kobalik weg.

Ich wartete, ob Ursula herüberkommen und »der Lauser« sagen würde, aber sie tat es nicht. Sie kam nicht selbstverständlich in mein Haus, öffnete nicht meinen Kühlschrank und bot mir keinen Champagner aus meinen eigenen Beständen an. Mit dieser Aktion hatte ich mir offenbar Respekt verschafft. Ich hatte mich gewehrt. Ich hatte Grenzen gesetzt. Und es funktionierte! Ich war selbst ganz verblüfft.

Nur eines wusste ich: Ich wollte nicht mehr hier wohnen. Diesen Nachbarn wollte ich nie mehr begegnen. Deshalb machte mir der Gedanke, das Haus zu verlieren, auf einmal gar nicht mehr solche Angst. Jetzt, wo Christian arbeitslos war, konnte er den Privatkredit, den uns die Kobaliks beim Kauf aufgenötigt hatten, nicht mehr zurückzahlen. Und dann waren da noch die horrenden Kosten für den Scheidungsanwalt. Es war also nur eine Frage der Zeit, bis ich es den Kobaliks überschreiben musste.

Als Grazia und Gloria nach Hause kamen, fanden sie eine sehr willensstarke Mutter vor. Ich würde mein Leben ändern, würde es endlich wieder selbst in die Hand nehmen! Ich hatte gerade mal die Hälfte hinter mir. Das konnte doch nicht alles gewesen sein! Was nutzten mir Schönheit, Geld und Villa, wenn mein Kopf und mein Herz leer waren? Wenn Menschen wie die Kobaliks diese Leere für ihre Zwecke missbrauchten? Wie hatte das bloß alles passieren können? Den ganzen Tag über hatte ich nachgedacht. Und zum ersten Mal keinen Tropfen Alkohol angerührt.

Vielleicht lag es daran, dass ich noch nie im Leben hatte kämpfen müssen. Mir war bisher immer alles in den Schoß gefallen: Meine Eltern hatten mich nach Strich und Faden verwöhnt. Ich war immer hübsch gewesen. Christian hatte mich auf Händen getragen, mir alle Sorgen abgenommen. Langsam war ich zu einem Püppchen geworden. Zu einem Püppchen, mit dem man nach Belieben spielen konnte. Was die Kobaliks auch getan hatten. Aber mit meinen Töchtern ließ ich das nicht machen!

»Was haltet ihr davon, wenn ich Psychologie studiere?«, fragte ich Grazia und Gloria, die mich einigermaßen überrascht anstarrten.

»Mama? Geht's dir gut?«

»Na ja. Es könnte mir besser gehen.«

»Bist du sicher, dass du nicht einfach unter Scheidungsschock stehst?«

»Das mit Sicherheit. Aber es wird höchste Zeit, dass ich mich auf eigene Füße stelle. Wenn ich Psychologie studiere, werden mir viele Sachen klar werden.«

»Cool!«, sagte Gloria. »Das kann bestimmt nicht schaden.«

»Mama, du solltest wirklich was Vernünftiges mit deiner Zeit anfangen«, erhielt ich Unterstützung von ihrer älteren Schwester. »Ich habe mir in letzter Zeit echt Sorgen um dich gemacht. Du hast immer nur mit Wein vor dem Fernseher gesessen.«

Ich biss mir auf die Unterlippe. Sie hatten es also sehr wohl gemerkt.

»Kinder, ich wusste lange nicht, was ich will, aber jetzt weiß ich es.«

»In ein paar Jahren gehen wir alle drei auf die Uni! Dann sind wir eine Studentinnen-WG! Wie cool ist das denn!«

»Du, Mama, wir haben schon tolle Angebote von dem Werbefotografen!« Grazia sprühte geradezu vor Stolz. »Ist das okay für dich, wenn wir modeln?«

»Absolut okay. Solange ihr die Schule darüber nicht vernachlässigt … Denn glaubt mir: Schönheit vergeht, Klugheit nicht!«

»Wir werden dich bestimmt nicht enttäuschen, Mama. Wir haben ja selbst gesehen, wohin das führt, wenn man kein eigenes Standbein hat.«

»Ich möchte Pilotin werden!«, teilte Grazia mir stolz mit. »Ich habe mir schon die entsprechenden Unterlagen besorgt. Mit einem Einserabitur schaffe ich das.«

Bewundernd sah ich meine selbstbewusste Tochter an. Wie gut, dass sie nicht ahnte, was sich in ihrem Zimmer abgespielt hatte!

Glücklich schmiegte sie sich an mich. »Mit dem Modeln verdiene ich mir das Geld für die Ausbildung!«

»Tja«, sagte ich. »Mit Modeln kann ich kein Geld mehr verdienen.«

»Dann such dir doch einen anderen Job!«

»Ja, du kannst doch wieder als Stewardess arbeiten!«, schlug Gloria vor.

»Dann wäre ich aber immer unterwegs …«

Grazia griff begeistert nach meiner Hand. »Du brauchst nicht mehr für uns zu kochen. Echt! Du kannst jetzt ruhig wieder in der Weltgeschichte herumfliegen.«

»Ich habe auch schon darüber nachgedacht.« Ich räusperte mich und setzte mich ganz gerade hin: »Es gibt jetzt durch die Scheidung einige Veränderungen: Ich werde den Kobaliks das Haus überschreiben müssen. Nachdem euer Vater arbeitslos ist und auch sonst keine Geldquellen sprudeln, werden wir uns wohl oder übel verkleinern müssen.«

Statt der erwarteten langen Mienen hellten sich die Gesichter der Mädchen immer mehr auf.

»Ach, das Haus … Guck doch mal, was Kobaliks daraus gemacht haben!«

Ich nickte resigniert.

Die künstlichen Blumen auf ihren Plastikstängeln deprimierten mich ebenso wie die spießigen Häkeldeckchen und die grässlichen Bilder.

»Soll doch ihre dicke Rosie mit dem fetten Raffi in diese Spießerbude einziehen! Ich kann's kaum erwarten, von denen wegzukommen!«, rief Grazia.

»Ich mag die auch nicht«, gestand Gloria. »Die neugierige Ursula hat mich immer über dich ausgefragt! Ob du noch Sex mit Papa hattest und so!«

»Was? Und das sagst du mir erst jetzt?« Ich schüttelte mich vor Abscheu.

»Einmal habe ich sie sogar in eurem Schlafzimmer erwischt, wo sie an der Bettwäsche geschnuppert hat.«

»Und der alte Bock starrt mich immer so lüstern an!«, sagte

Grazia. »Überall steckt der seine Nase rein! Sogar in meinem Zimmer stinkt es nach seinem Whisky!«

Mir wurde ganz anders. Wenn du wüsstest, wo der noch seine Nase reingesteckt hat!, dachte ich. Ich hatte sowohl Grazias Bettzeug als auch das Corpus Delicti in einen schwarzen Müllsack gesteckt und ganz unten in die Abfalltonne gestopft.

»Und ihr habt wirklich kein Problem damit, das Haus aufzugeben? Ihr seid schließlich hier aufgewachsen!«, hakte ich nach.

»Nein! Brauchen wir noch einen Garten mit Schaukel und Sandkasten? Von den Bremer Stadtmusikanten ganz zu schweigen. Das ist was für Kinder!«

»Aber ich dachte, ihr hängt daran?« Nun war ich doch einigermaßen verblüfft.

»Mama: Wir hängen am Leben! An der Zukunft! Oder dachtest du, wir wollen hier rumsitzen, bis wir so alt und verschroben sind wie die Kobaliks?«

»Und ehrlich, Mama.« Grazia nahm behutsam meine Hand. »Sei uns nicht böse, aber wir wollen auch nicht so werden wie du.«

Ich schluckte.

»Nein, so war das jetzt gar nicht so gemeint«, verbesserte Gloria ihre Schwester schnell. »Aber wir wollen unser Leben selbst bestimmen. Auch mal Nein sagen, wenn uns was nicht passt.«

»Wir haben ja gesehen, was du dir alles von den Kobaliks gefallen lässt. Die Aktion mit den Obdachlosen und den leeren Koffern war einfach nur scheiße. Im Nachhinein habe ich mich echt geschämt, dass ich da mitgemacht habe.« Grazia senkte den Kopf. »Die Kobaliks haben uns nur benutzt! Mama, dir muss doch klar sein, dass alle an dieser Schlammschlacht verdienen: die Kobaliks, der Anwalt, der Fotograf, die Zeitung in Heilewelt – nur wir nicht! Wie blöd sind wir denn eigentlich?«

Das versetzte mir einen Stich: Meine Töchter hatten mehr Durchblick als ich!

»Ich sollte sogar einen offenen Brief an Papa schreiben!«, verkündete Gloria zu meinem Entsetzen. »Den hat die olle Kobalik mir diktiert. Im Wohnmobil. Als du draußen standst. Den wollten sie im *Heilewelter Tagblatt* veröffentlichen. Sie haben mir tausend Euro dafür geboten. Aber ich verrate meinen Vater nicht!«

Oh Gott. Das wurde ja immer schlimmer! Davon wusste ich ja gar nichts! Mir wurde ganz flau. Die Kobaliks schreckten wirklich vor keiner Geschmacklosigkeit zurück. Trotzdem: Ich war stolz auf meine blitzgescheiten Mädels. Und bald würden sie auch wieder auf mich stolz sein können.

LOTTA

Wir standen im Supermarkt an der Kasse. Wir probten den Alltag. Ich wollte einfach wissen, wie es sich anfühlte, mit diesem Mann Joghurt zu kaufen. Und Milch. Und Bettwäsche. Ja, für diese Nacht hatten wir uns eigene Bettwäsche zugelegt, für sechzehn Euro die Garnitur. Während unsere Waren über das Band liefen und die Kassiererin völlig unbeteiligt den Betrag nannte, schaute ich wie gebannt aus dem Fenster des Großmarkts. Die schneebedeckten Berge leuchteten in der untergehenden Sonne. Das war ein Naturschauspiel! Ein Großereignis! So etwas war in Heilewelt unbekannt. Das war ja ein richtiges Alpenglühen! Die Sonne hatte sich tatsächlich unter die schwarzen Wolken geschoben und das Bergmassiv vor uns in dunkelrotes Licht getaucht. Mich wunderte, dass nicht alle Hausfrauen in der Schlange an der Kasse entzückt zum Fenster eilten und »aaah« und »oooh« schrien wie bei einem Feuerwerk! Stattdessen wühlten sie in ihren Geldbörsen und zahlten, als wäre grauer Alltag. Niemand zückte seine Kamera oder rief weinend zu Hause an. Ich konnte es nicht fassen.

Aber mir war danach, weinend zu Hause anzurufen. Ich musste wissen, wie es zu Hause ging, sonst würde mich mein schlechtes Gewissen noch umbringen. Warum genoss ich es so, mit Christian an der Kasse in der Schlange zu stehen? Wieso glühte dabei ein Berg? Das war doch nicht normal! Das wahre Leben ist nicht so!, hörte ich meine Mutter verbittert sagen. Irgendwann holt dich der Alltag ein. Und dann ist ein Mann so wie der andere.

»Hallo, Jürgen«, flüsterte ich kleinlaut in den Hörer, während Christian unsere Einkäufe im Kofferraum verstaute. »Wie geht es dir?«

»Hier regnet es, und mein Vater sitzt weinend im Wohnzimmer.« Schweigen.

»Hier ist gerade ein sensationeller Sonnenuntergang, und die Berge stehen regelrecht in Flammen«, sagte ich schnell, um die Stille zu füllen. Ups. Ich biss mir auf die Unterlippe. Offiziell war ich ja in Neuendettelsau in Mittelfranken.

»Oh. Genieß den Sonnenuntergang. Tu dir was Gutes.«

Jürgen machte mir keinerlei Vorwürfe und klang so traurig, dass ich kaum noch ein Wort herausbrachte vor lauter Scham. »Wie geht es den Kindern? Hast du sie inzwischen bei Sophie besucht?«, flüsterte ich.

»Dazu hatte ich keine Zeit. Leffers hat ins Wohnzimmer gepinkelt. Hinter das Klavier. Das arme Tier spürt genau, dass etwas nicht in Ordnung ist.«

»Jürgen, nur noch wenige Tage! Ich …«

»Oh, Leffers, NICHT!« Es wurde aufgelegt.

Dieses Telefonat hätte mein Gewissen beruhigen sollen, doch das Gegenteil war der Fall. Ich fühlte mich so … verantwortlich. Irgendwann ist ein Mann wie der andere, hörte ich erneut meine Mutter sagen.

»Packmas?«, fragte Christian.

»Packmas!«, sagte ich. Christian würde NIE grau und langweilig sein, davon war ich überzeugt. Das war biologisch gar nicht möglich! Ich ließ mich auf den Beifahrersitz fallen und starrte auf den inzwischen pechschwarzen Untersberg, den nun keine Abendsonne mehr in rotes Licht tauchte.

»Fahren wir nach Hause.« Entschlossen legt Christian den Rückwärtsgang ein.

Ich sah den Mann, bei dem ich mich glücklich und geborgen fühlte, von der Seite an. Was bedeutete »nach Hause«? Ich wusste es nicht.

Als mein Handy am nächsten Morgen vibrierte, wusste ich, dass meine Zeit mit Christian abgelaufen war. Es war Paulchen, der mich sprechen wollte.

»Mami, der Caspar ist ja jetzt im Krankenhaus, und ich habe niemanden, der mit mir in der Schule zum Tischtennis-Doppel antritt. Mami, du musst kommen, ich brauche dich!«

Die beiden hatten hart trainiert. Es bedeutete Paulchen viel, dieses Turnier zu gewinnen.

»Natürlich, mein Schatz. Um wie viel Uhr bist du denn dran?«

»Um drei. Aber beeil dich. Wenn einer ausfällt, kann es auch eher sein!«

Es war acht Uhr fünfzehn in unserer romantischen kleinen Hütte am Wolfgangsee. Im altmodischen Radio liefen Volkslieder. Ein Frauenchor sang dreistimmig: »Es waren zwei Königskinder, die hatten einander so lieb … Sie konnten zusammen nicht kommen, das Wasser war viel zu tief.« Na toll. Heul doch! Hastig blinzelte ich meine Tränen weg. Jetzt bloß nicht melancholisch werden. Meine Kinder brauchten mich. Meine Zeit mit Christian war im Grunde von vornherein begrenzt gewesen. Und jetzt war sie abgelaufen wie eine Eieruhr.

Das Kaminfeuer prasselte, und das Frühstück stand auf dem Tisch. Christian reichte mir meinen Milchkaffee mit Honig. Ich befand mich auf einer Insel der Seligen, die jedoch mit der Realität nichts zu tun hatte.

Christian sah mir besorgt ins Gesicht: »Es ist so weit, nicht wahr?«

»Ja, ich muss nach Hause. Und zwar so schnell, dass ich heute Nachmittag um drei beim Tischtennisturnier in Paulchens Schule mitspielen kann.«

»Das schaffst du nicht mit dem Auto.«

»Hast du deinen Laptop dabei?«, fragte ich Christian. »Ich brauche einen Flug!«

Ohne zu zögern suchte Christian mir einen Flug von München nach Hannover heraus.

»Elf Uhr fünfzehn. Den schaffen wir. In Hannover nimmst du dir einen Mietwagen.« Auch den organisierte er ohne großes Federlesen. »Er steht bei Sixt für dich bereit.«

Mein Gott, wie wenig überflüssige Worte er machte! Jürgen hätte tausendmal hin und her überlegt, Bemerkungen über die Kosten gemacht und darüber, dass ich keine Automatikschaltung gewöhnt sei. Er hätte mir eingeschärft, dass ich unbedingt eine Vollkasko abschließen müsse, bei meiner Ungeschicklichkeit. Und natürlich hätte er darauf bestanden, dass ich mir die Belege geben ließ, für die Steuer. Ich hätte mir eine Bevormundung nach der anderen anhören müssen, einen Machtkampf ausfechten müssen, aus dem er stets als Sieger hervorging. Genau wie beim Schach. Und auf dieses schäbige Schlachtfeld würde ich in Kürze zurückkehren.

Mit bewundernswerter Gelassenheit half Christian mir, meine Sachen zu packen. Tränenblind stopfte ich alles in meine Reisetasche. Eine Viertelstunde später saßen wir bereits im Auto. Christian fuhr. Routiniert und unaufgeregt.

»Mach dir keine Sorgen um den Wagen. Ich bringe ihn Sophie zurück. Heute Abend bin ich locker da.«

Christian legte nicht sein Veto ein, er versuchte auch nicht, mich zu etwas zu überreden, zu dem ich noch nicht bereit war. Christian würde ein zweites Mal nach Heilewelt kommen. Aber nicht mehr zu mir. Mein Herz zog sich so schmerzhaft zusammen, dass ich glaubte, nie wieder Luft zu bekommen. Wir passten zusammen. Wir liebten einander. Er hatte es mir immer wieder gesagt. Aber es ging nicht. Es durfte nicht sein. Ich warf einen Blick zurück zu der gemütlichen Holzhütte, die sich an den Fuß des Berges schmiegte, zu dem Boot, das vertäut auf dem Wasser schaukelte. Das hier ist Ferienromantik, dachte ich wehmütig, kein Alltag. Der Alltag, das waren die Schrebergärten, Jürgen, die Sparkasse und sein Kredit. Bald bestimmt auch Zahlungsschwierigkeiten, denn wenn die Anmeldungen in meiner Musikschule weiter zurückgingen … Zu Hause wartete eine Menge Ärger auf mich. Aber eben auch meine Kinder.

Im Außenspiegel sah ich mein verheultes Gesicht. Ich konnte nicht aufhören, zu weinen. So wie damals, als ich in meinem Arbeitszimmer gesessen hatte. Nur diesmal war der Schmerz noch schlimmer.

»Was wirst du jetzt tun?«, fragte ich Christian mit brüchiger Stimme. Nicht rüberschauen. Sieh ihn nicht an! Er ist gar nicht mehr da.

»Wenn du uns wirklich keine Chance gibst, gehe ich nach Amerika«, erwiderte er. »In Chicago ist eine Stelle frei.«

»Was?«, entfuhr es mir. »So weit weg?« Ich zuckte zusammen.

»Nun ja, die Kobaliks haben ganze Arbeit geleistet. Ich wollte dich nicht beunruhigen, aber schau mal ins Internet! Alle Spitzenorchester in Europa wissen von meiner sogenannten ›Sexaffäre im Parkhaus‹ – und das vor den Augen Minderjähriger!«

»Aber das stimmt doch gar nicht …«

»Rufmord ist auch Mord.«

Ich starrte verzweifelt aus dem Fenster.

»Die Kobaliks wollten immer meine besten Freunde sein. Aber nachdem ich ihnen klargemacht habe, dass ich mich nicht von ihnen vereinnahmen lassen will …« Er zuckte die Achseln. »Bei Anita hatten sie leichtes Spiel. Sie haben es geschafft, sie auf ihre Seite zu ziehen. Ich habe sie einfach zu oft allein gelassen.«

Panik überfiel mich: Ich rannte freiwillig wieder in die Falle der Bevormundung zurück! War ich wie Anita? Hatte ich mein Leben komplett in fremde Hände gegeben?

Christian sprach weiter: »Und nachdem ihr Scheidungsanwalt fünftausend Euro pro Monat für sie und die Kinder verlangt, werde ich wohl ans andere Ende der Welt gehen müssen, um dieses Geld zu verdienen. Hier in Europa schaffe ich das nicht. Da müsste ich mich mit meiner Flöte unter eine Brücke setzen und den Hut aufstellen.« Ein trauriges Lächeln umspielte seine Mundwinkel.

Nur eine Silbe von mir, und er würde nicht gehen. Nur eine Silbe, und wir würden zurück in unsere warme gemütliche Hütte fahren und uns dort vor der Welt verkriechen. Aber das ging nicht. Meine Kinder brauchten mich. Mütter hauen nicht einfach ab. Christian schaltete die Nachrichten ein. Es war neun. Ich hörte nicht, was der Sprecher sagte. Ich schluckte an einem schmerzhaften Kloß, der einfach nicht kleiner werden wollte. Wir waren so nah dran gewesen an unserem Glück. So nah dran! Wegen eines Tischtennisturniers von Drittklässlern fuhr ich jetzt nach Hause. Damit mein Paulchen nicht allein dastand. Aber wenn es das nicht gewesen wäre, dann etwas anderes. Irgendwann wäre die nächste Träne, die nächste Schramme dran gewesen. Ich konnte nicht länger davonlaufen. Mein Selbstfindungsseminar war zu Ende.

Und? Hatte ich zu mir selbst gefunden? Oder hatte ich nur einen kurzen Blick in meine Seele geworfen, um mir die Tür dann selbst vor der Nase zuzuschlagen?

Lass den Mann ziehen und stell dich ihm nicht länger in den Weg!, meldete sich wieder meine Mutter zu Wort. Er wird eine erstklassige Frau finden, die zu ihm passt. Eine, die elegante High Heels trägt. Du warst nur ein kurzes Intermezzo für ihn. Und hör auf, Jürgen wehzutun! Das hat der Mann nicht verdient. Zu dir passt Jürgen. Wie solide Schnürschuhe. Finde dich damit ab!

»Wir schaffen es locker!«, sagte Christian nach langem Schweigen. »Mach dir keine Sorgen.«

Ich wusste, dass er den Flieger meinte, der um elf Uhr fünfzehn ab München ging. Und nicht das gemeinsame Leben, von dem ich in meiner grenzenlosen Naivität geträumt hatte.

Zwei Tage und zwei Nächte hatten wir im verbotenen Paradies verbracht. Das hinter uns schon längst wieder zugeschneit war. Unsere Fußspuren waren getilgt worden, als wären wir nie da gewesen. Wie schön muss es dort erst im Sommer sein!, dachte ich. Vielleicht traue ich mich in den großen Ferien mit den Kindern hin. Sophie würde mir die Hütte bestimmt noch mal zur Verfügung stellen. Aber würde ich es ertragen können, ohne Christian da zu sein? Ich musste schon wieder weinen. Um zehn Uhr dreißig erreichten wir das Flughafengelände. Es wurde knapp, vielleicht würde ich den Flieger verpassen? Dann hätte das Schicksal für mich entschieden. Nein, zusammenreißen jetzt! Ich würde nach Hause fliegen. In zwei Stunden würde ich meinen kleinen Paul umarmen und es den anderen Tischtennisspielern zeigen. Auch meine Mädchen würde ich in zwei Stunden an mich drücken. Möglichst gefasst lief ich hinter Christian her, der meine Reisetasche trug. Er würde heute Abend in meiner unmittelbaren Nähe sein. Und doch unerreichbar weit weg. Christian reichte mir ein Päckchen Tempos, genau in der Sekunde, als ich an die Reihe kam.

»Frau von Thalgau? Haben Sie Gepäck?«

»Nur Handgepäck. Danke.« Ich schaute verschämt weg, damit die Dame vom Bodenpersonal meine Tränen nicht sah.

»Gate fünfzehn, das Einsteigen beginnt in fünf Minuten. Sie müssen sich beeilen!«

Wir eilten zur Sicherheitskontrolle.

»Okay.« Christian lächelte mich liebevoll an. »Viel Glück beim Tischtennisturnier. Du bist eine Gewinnerin, Lotta. Vergiss das nicht!«

»Ja.« Ein Schluchzer bahnte sich seinen Weg, und ich versuchte, ein Lachen daraus werden zu lassen. »Viel Glück in Chicago.«

Die Leute drängten sich unwillig an uns vorbei. »Mitten im Durchgang ein tränenreicher Abschied, ja muss das denn sein …«

»Letzter Aufruf für den Flug nach Hannover. Die Passagiere werden gebeten …«

Er ließ meine Hand los. »Alles Gute, Lotta. Pass auf dich auf.«

»Du auch auf dich.«

»Vergiss nicht zu leben, Lotta.«

»Ich habe mich noch nie so lebendig gefühlt wie mit dir.«

Ein letztes trauriges Lächeln, die Fältchen um seine Augen kräuselten sich: »Wir gehen jetzt und schauen beide nicht mehr zurück. Abgemacht?!«

»Abgemacht.«

Wir drehten uns gleichzeitig voneinander weg. So, geschafft! Das war wie beim Zähneziehen: Ein kurzer Ruck, und dann ein blutendes Loch, das erst nach einer gewissen Zeit anfangen würde, zu pochen und zu schmerzen. Aber noch nicht jetzt. Dafür war ich noch zu betäubt. Ich eilte durch die Sicherheitskontrolle. »Laptop, Handy, Gürtel, Uhr …?«

Weinend schüttelte ich den Kopf.

»Flüssigkeiten?«

Allerdings. Tränenmeere.

»Können Sie mal Ihre Jacke ausziehen und die Stiefel? Drehen Sie sich um, heben Sie den Fuß …«

Ich drehte mich um. Mein Blick glitt über das Menschenmeer. Da! Da stand er. Er schaute doch zurück. Und sah mir direkt ins Gesicht.

»Geh endlich!«, rief ich verzweifelt und wedelte mit den Armen, als wollte ich ein lästiges Insekt verscheuchen. »Geh!«

»Danke, Nächster.«

Ich raffte meine Siebensachen vom Band und stellte mich auf die Zehenspitzen. Er hatte die Hände in den Manteltaschen vergraben und ging einfach nicht. Das war gegen die Abmachung. NOCH konnte ich umkehren! Mich zu ihm bekennen! Mit ihm gehen! Ich WUSSTE, dass er der Richtige war! Ich konnte die Eieruhr umdrehen und uns neue Zeit schenken!

Die Reisenden rempelten mich an. »Machen Sie doch mal Platz hier! Maulaffen feilhalten können Sie doch auch zwei Meter weiter …«

»Geh!!« Ich warf die Arme in die Luft. »Bitte!«

»Letzter und dringender Aufruf für die Maschine nach Hannover! Wir bitten Frau von Thalgau und Herrn sowieso UMGEHEND …«

Christian hob die Hand. Dann legte er zwei Finger auf seine Lippen.

Ich wollte ihm gerade eine letzte Kusshand zuwerfen, als mich jemand am Arm packte: »Bist du's oder bist du's nicht? Nein! Lodda! Des glaub ich ja jetzt net, dess ich dich hier treff! Fliegst du auch nach Hannover? Du, ich sag dir, ich war in Münchn bei Pro Siebn, und ich hab mit dem Produzenten von *Deutschland sucht das Supertalent* verhandelt. Und was soll ich dir sagn! Die nehme die Vicki! Ganz großes Kino!«

Er war der Letzte, dem ich jetzt begegnen wollte. Aber das Leben hatte mir wieder mal die Arschkarte zugespielt. Und die Arschkarte war ausgesprochen erfreut über unsere Begegnung und kannte wie immer keinerlei Taktgefühl. Im Eilschritt zog mich Bäckermeister Gerngroß zum Flieger. »Bist du erkältet? Du siehst ja aus, als würdst weinen! Ich kann dich nachher im Auto mitnehmen nach Heilewelt!«

Oh, Gott! Wie grauenhaft! Christian war aus meinem Gesichtsfeld verschwunden. Ihn würde ich nie wiedersehen. Den Bäckermeister hingegen jeden Tag. Das Leben war so ungerecht!

»Sagn S' mal, Frollein, könne S' mich upgräidn, mer ham so viel zu besprechn, es geht um die Weltkarriere meiner Tochter, da könne S' net Nein sagn …«

Bitte nicht!, flehten meine verweinten Augen. Bitte setzen Sie ihn in die hinterste Reihe und knebeln ihn dort. Aber das Leben zeigte mir weiterhin die Arschkarte. Kurz darauf stieß ich in der Businessclass mit dem Bäckermeister auf Vickis

Weltkarriere an. »Nichts für ungut, Lodda, samma wieda gut! Ich sach immer, jedä ist seines Glückes Schmied! Von selbä tut sich nix! Man muss halt kämpfen, auch wenn die Widerstände unüberwindbar scheinen«, laberte der grässliche Mensch auf mich ein. »Wenn man ein Ziel vor Augen hat, muss man drauf zugehe und darf net aufgebm, egal, was die Leut sagn.«

Ich nickte unter Tränen.

Eine knarrende, unpersönliche Stimme aus dem Lautsprecher forderte uns auf, wegen aufziehender Turbulenzen angeschnallt zu bleiben – so lange, bis das Anschnallzeichen erloschen sei.

Das wird es nie!, dachte ich. Ich werde für den Rest meines Lebens angeschnallt bleiben.

Und unser Flieger verschwand im wattigen Wolkenmeer.

ANITA

»Meine Damen und Herren, wegen aufziehender Turbulenzen bitten wir Sie, sich zu Ihrer eigenen Sicherheit wieder anzuschnallen …«

Das Klicken von zweihundert Sicherheitsgurten ging mit einem Aufschrei aus panischen Passagierkehlen einher. In derselben Sekunde war der Flieger gut zwanzig Meter tief in ein Luftloch gesackt. Wildfremde hielten sich plötzlich an den Händen.

»Anita? Bist du okay?«

Mein glatzköpfiger Kollege Markus, dessen Kopf so aussah wie ein riesengroßes hart gekochtes Ei, balancierte ein Tablett mit umgekippten Plastikbechern und konnte die Schweinerei gerade noch rechtzeitig in den blauen Abfallsack vor dem Cockpit kippen. »Und das an deinem ersten Arbeitstag, Liebelein!«

»Das bringt bestimmt Glück«, sagte ich lächelnd. Die winzigen weißen Haarstoppeln auf seinem Eierkopf sahen aus wie Salz aus dem Salzstreuer.

Wieder sackte das Flugzeug ab, und die Leute quietschten.

»Hach! Da kriegt man ja Lustgefühle im Unterbauch!« Markus klappte mir den Notsitz herunter und reichte mir den Gurt. »Liebelein, hast du denn gar keine Angst, sach mal?«

»Nein. Ich bin früher mit der Lufthansa Langstrecken geflogen.«

»Ojeee.« Markus zog einen bedauernden Flunsch. »Und jetzt bist du Saftschubse bei Ficki Airline?«

»Vicki Airline heißt das! Benannt nach diesem behinderten

Mädchen, das mit seiner Klarinette bei den Paralympics in London sämtliche Nationalhymnen gespielt hat!«

»Das weiß ich doch, Liebelein!« Markus lachte über meine Naivität. »Dat happisch doch auch im Fernsehen gesehen! Ihr Vater war früher ein einfacher Bäckermeister. Von dem hab ich mal ein Interview gelesen. Er sagt, das Leben seiner Tochter wird verfilmt, und er selbst wird von George Clooney gespielt. Echt geschäftstüchtig, das Kerlchen! Ist mit den Preisgeldern seiner Vicki bei einem namhaften Getränkehersteller eingestiegen und hat ihm schließlich die Airline abgekauft.« Kichernd malte Markus mit Daumen und Zeigefinger den Werbeslogan unseres Billigfliegers in die Luft: »Wer nicht laufen kann, muss fliegen!«

Ich fand es schon ein bisschen krass, sein behindertes Kind auf so marktschreierische Weise zu vermarkten, aber mir sollte es recht sein: Seine Billigfluglinie brauchte neues Personal. So war ich an meinen Job gekommen. Und jetzt zu Beginn der Sommerferien war mein erster Arbeitstag.

Markus schaute besorgt zu mir herüber. »Hat dich die Lufthansa nicht mehr genommen, Schätzchen?«

»Nein. Ich bin über vierzig.«

»So siehst du aber gar nicht aus!« Mein schwuler Kollege schenkte mir einen anerkennenden Blick. »Für mich gehst du glatt als Mitte dreißig durch! Du könntest auch modeln!«

»Das habe ich früher auch gemacht. Jetzt sind meine Töchter dran.«

»Und? Kann dein Kerl dich nicht ernähren, dass du so schuften musst?«

»Bevor ich dich das Gleiche frage: Ich lasse mich gerade scheiden.«

»Oh, sorry, Süße, ich wollte nicht indiskret sein … Aber weißt du, ich bin einfach so noooigierig, wenn neue Kollegen kommen …«

»Macht doch nichts, Markus. Übrigens lerne ich demnächst etwas Anständiges. Ich studiere Psychologie!«

»Was? Echt? Wie sexy!« Markus schnallte sich wieder ab. »Süße, ich glaube, wir müssen wieder …War nett, mit dir zu plaudern!«

»Oje«, sagte ich, als ich die vielen Pfützen am Boden sah. »Ich wische die rechte Seite auf, und du übernimmst die linke.«

Die Passagiere klammerten sich immer noch panisch aneinander. Ich setzte eine betont ruhige Miene auf, ging durch die Reihen und tätschelte dem einen oder anderen beruhigend den Arm. »Es waren nur ein paar Luftlöcher. Bitte entspannen Sie sich.«

»Fräulein, hierher! Hier kotzt jemand!«

»Oh.« Ich zupfte beflissen ein paar Kotztüten aus dem Spender und eilte in die vorletzte Reihe, um dem jungen Mann zu helfen, der offensichtlich zu viel Wodka in unser Gratisgetränk gemischt hatte. Das war die unschöne Seite dieses Berufs. Markus tänzelte hyperaktiv zwischen den Passagieren herum und rief: »Schätzchen, hier ist Kaffee auf einem Damenschoß, dein Job!«

»Bitte bleiben Sie weiterhin angeschnallt. Es ist zu Ihrer eigenen Sicherheit …«

Ups! Jetzt ging das schon wieder los. Ein heftiger Ruck zog mir buchstäblich den Boden unter den Füßen weg. Meinen Notsitz erreichte ich nicht mehr. Ich landete neben einem dicklichen Mann mit Seitenscheitel, der einsam auf dem Mittelsitz saß.

»Entschuldigung.«

»Oh, nichts passiert.« Der Mittelsitzpassagier schaute kaum von seinem Laptop auf. »Sie können hier gern sitzen bleiben, bis die Turbulenzen vorbei sind.« Komisch, diese Stimme … Ein kurzer Seitenblick: Nein, der war mir noch nie begegnet.

In der Reihe vor uns plärrte sich ein Kleinkind die Seele aus dem Leib, und ich arbeitete mich zu der jungen Mutter vor, um ihr den Schreihals abzunehmen. Sie selbst betupfte ihr mit Saftflecken übersätes Kostüm.

»So ein Mist, verdammt, ich fliege zu einer Taufe!«

»Das tut mir schrecklich leid, haben Sie keine Ersatzkleidung dabei?«

»Nein. Nur für das Baby. Nicht für mich!«

Gern hätte ich ihr gesagt, dass die Fluglinie selbstverständlich für den Schaden aufkommt und sie sich gleich nach der Landung neu einkleiden kann, aber das galt nicht für Vicki Airlines.

Markus und ich hatten alle Hände voll zu tun. Ein paar Gepäckstücke waren aus den Ablagefächern gefallen, es gab kleinere Platzwunden. Wir eilten mit Pflastern und Verbandszeug von einem zum anderen. Meine Güte, was für ein erster Arbeitstag! Aber ich fühlte mich toll. Endlich wurde ich wieder gebraucht. Es machte Spaß, wieder eigenes Geld zu verdienen. Nach einer halben Stunde kam die Entwarnung, und wir nahmen den Service wieder auf.

»Der Herr? Was kann ich Ihnen anbieten?« Meine Stimme klang schon wieder so routiniert, als hätte ich nicht zwanzig Jahre lang pausiert. Ich stand vor dem seitengescheitelten Mensch auf dem Mittelsitz, neben den ich vorhin gefallen war.

»Ich hätte gern einen Tomatensaft.«

Meine Finger tasteten auf dem Rollwagen nach dem entsprechenden Getränkekarton, während mein Kopf zu dem Passagier herumschnellte. Er tippte wieder etwas in seinen Laptop und schaute mich gar nicht an. Diese Stimme …

»Möchten Sie Salz und Pfeffer?«

»Ja bitte. Und einen Kaffee.«

Wieder machte ich mich am Rollwagen zu schaffen und überlegte fieberhaft, woher mir diese Stimme nur so bekannt vorkam.

»Milch und Zu…?« Ich starrte ihn an. Jetzt erwiderte er zum ersten Mal meinen Blick. Ich hatte den wirklich noch nie gesehen! Wieso kam er mir so bekannt vor, als hätte ich mich schon stundenlang mit ihm unterhalten?

»Ja bitte. Und wenn's geht, auch noch ein Glas Wasser.«

Das war einer von denen, die – wenn's was umsonst gibt – ja nichts verpassen wollen. Ich riss mich zusammen und hantierte mit Bechern, Tütchen und Plastiklöffelchen. Der Servierwagen rollte ein paar Meter weiter. Mist, ich hatte vergessen, die Bremse anzuziehen! Der Mann hielt mir erwartungsvoll seine hohle Hand hin.

»Hier erst mal der Tomatensaft … mit Eis?« Ich stellte ihn neben seinen Laptop. Nun hielt ich noch den Kaffee und das Wasser in den Händen, während ich die Tütchen unter den Arm geklemmte hatte. Ein bisschen ungeschickt sah das schon aus. Mist!

Der Mann beugte sich vor und starrte auf mein Namensschild. »Freundlich bedient sie Anita Meran.« Plötzlich zuckte er zusammen und wurde blass.

»Nein da-da-danke. Ohne Eis.«

Wieso stotterte er denn jetzt?

Es machte ping!, und die Anschnallzeichen leuchteten auf. Vicki, der Billigflieger, sank in Sekundenschnelle um gefühlte dreitausend Meter. Der Servierwagen schoss wie ein Pfeil zu den hinteren Notausgängen, ich klammerte mich an einen der Sitze und schüttete dem Mann versehentlich den Tomatensaft ins Gesicht. Der Kaffee glitt mir aus der Hand und landete in seinem Schoß. Er schrie auf, fasste sich in den Schritt, und ich prallte mit dem Kopf gegen seine Brille, die ihm daraufhin von der Nase rutschte. Da purzelte auch noch das Wasser hinterher und ergoss sich über seinen Laptop. Ich wischte an dem durchweichten Mittelsitzpassagier herum und entschuldigte mich tausendmal. Er sah aus wie ein begossener Pudel.

Nachdem sich der erste Schreck gelegt hatte, reichte mir der begossene Pudel ungeschickt die Hand und sagte übertrieben förmlich: »Jürgen Immekeppel. Von der Sparkasse Heilewelt.«

»Danke, sehr angenehm«, sagte ich mechanisch. »Anita Meran. Von Vicki Airlines.« Mir stockte der Atem. Oh Gott! Mir schwante Schreckliches. Er war doch nicht etwa …

Rote Flüssigkeit tropfte von seinen Brillengläsern.

»Oh Gott, sind Sie verletzt?« Ich beugte mich erschrocken über ihn.

Er nahm seine Brille ab, und ich reichte ihm eine Papierserviette.

»Ich habe Sie an Weihnachten angerufen.«

Die Situation überforderte mich komplett. Mir fiel nichts Besseres ein als die Höflichkeitsfloskel: »Ja. Danke für den Anruf.«

»Nichts für ungut. Der hat ja eine regelrechte Lawine ausgelöst.«

Er versuchte, sich in seinem Mittelsitz aufzurichten, war aber eingekeilt von Bechern, runtergeklappten Tabletts, seinem Laptop und mehreren Aktenordnern. Ich klemmte neben ihm wie eine Sardine in der Büchse. Mein Herz raste so sehr, dass mein Vicki-Airline-Halstüchlein zuckte. Ich starrte ihn minutenlang an. So sah dieser Mann also aus! Genau so hatte ich ihn mir vorgestellt. Rührend hilflos irgendwie und jetzt auch noch lächerlich ramponiert.

»Was machen Sie denn hier?!«, fragten wir beide gleichzeitig.

»Bitte. Nach Ihnen.«

»Nein. Nach Ihnen.«

»Ich habe gerade meinen Sohn Paul zu seiner Mutter an den Wolfgangsee gebracht.« Er nahm einen Schluck Kaffee und sah mich über den Rand seiner verschmierten Brille an: »Zu meiner Lebensgefährtin. Lotta, Sie wissen schon.«

»Die Musikschullehrerin?« Ich reichte ihm eine frische Serviette. »Wohnt sie jetzt dort?«

Er machte eine wegwerfende Handbewegung. »Vorübergehend! In so einer runtergekommenen Hütte! Jetzt im Hochsommer ist es da ja paradiesisch, aber wenn erst mal der Herbst kommt … Sie ist so naiv, wissen Sie?!«

»Das sagten Sie damals schon.« Ich nickte.

»Soll sie ruhig den Sommer dortbleiben und über ihr Leben nachdenken!« Er machte wieder diese Handbewegung. »Aber spätestens, wenn die Schule wieder anfängt, muss sie nach Heilewelt zurück, dafür werde ich schon sorgen.«

»Haben Sie sich denn getrennt?«

»Na ja, sie will mich verlassen.« Er lächelte milde. »Aber das schafft sie nicht. Dafür hat sie gar nicht die finanziellen Mittel.«

Mir stand der Mund offen. »Nein? Ich denke, sie besitzt eine Musikschule?«

»Nicht mehr. Sie ist vollkommen pleite. Mehr noch: haushoch verschuldet.«

»Bei wem?«

Er stieß ein mitleidiges Lachen aus und tippte sich auf die Brust: »Bei mir!«

»Was ist denn passiert?«, fragte ich und biss mir auf die Lippen vor Aufregung. »Ich meine, seit Ihrem Anruf …«

»Damit habe ich einen Stein ins Rollen gebracht, den ich nicht mehr aufhalten konnte«, seufzte er. »Ich wollte Lotta nur beschützen, wissen Sie! Mit all meinen Aktionen wollte ich sie nur beschützen!«

»Vor wem?«

»Vor sich selbst! Sie ist so gefühlsbetont, so spontan, so sprunghaft … Sie ist im Grunde wie ein ungebändigtes Wildpferd.« Er lächelte unter Tränen. »Manchmal wirft sie ihren Reiter ab und galoppiert davon, das tut dann schon weh …«

Gott, was tat der Mann mir leid. DAS war es also, was Christian mit »chaotisch« gemeint hatte. »Aha«, sagte ich. Was sollte ich auch sonst dazu sagen?

Herr Immekeppel hob umständlich eine Pobacke und versuchte ein Taschentuch aus seiner Gesäßtasche zu ziehen. Es gelang ihm nicht. Er war eingeklemmt. Ich reichte ihm weitere Papierservietten.

»Danke, danke, reicht schon. Und was macht Ihr ... Mann?«, fragte er verlegen. »Ihr Exmann, soweit ich informiert bin?«

»Er ist nach Chicago gegangen, da spielt er als Soloflötist im Orchester. Wir haben keinen Kontakt mehr, das läuft alles über meinen Anwalt.«

Herr Immekeppel zog die Brauen hoch, und ein Tropfen Tomatensaft verkroch sich in seinen Stirnfalten. »Dieser Anwalt hat eine Menge angerichtet!«

»Was denn?«, fragte ich höflich, obwohl ich schon ahnte, was jetzt kam.

»Die Plakataktion. Die konnte ja nicht ohne Folgen bleiben. Lotta ist Hals über Kopf geflohen, nachdem die ganze Stadt mit Ihren Obdachlosen-Plakaten gepflastert war. Sie wissen schon, die, auf denen Sie und Ihre Töchter auf Koffern sitzen und Ihre Taschenfutter nach außen stülpen. Das war ein raffinierter Schachzug von Ihnen.«

»Von meinem Anwalt«, sagte ich beschämt.

Er lächelte mich verbittert an. »Damit haben Sie ihre Existenz zerstört. Und das wollten Sie ja auch, nicht wahr?«

»Sie hat meine ja auch zerstört!«, zickte ich zurück.

Herr Immekeppel seufzte erneut, und seine Augen schwammen in Tränen. »Es war ja irgendwie richtig, ihr einen Denkzettel zu verpassen. Als eine Art erzieherische Maßnahme. Aber da tat sie mir dann doch leid.« Er räusperte sich nervös.

Mich fröstelte. »Aber SIE haben die Lawine doch ausgelöst!«

»Die Sache mit der Plakataktion hat dann zum totalen Bruch geführt«, fuhr Immekeppel traurig fort. »Lotta war nämlich felsenfest davon überzeugt, dass ICH dahinterstecke. Sie hat mir so etwas tatsächlich zugetraut, und das hat mich tief verletzt.« Er hob die Hände: »Dabei hatte ich mit dieser hässlichen Aktion gar nichts zu tun!«

»Meine Idee war es auch nicht«, wehrte ich mich schwach. »Der Anwalt wollte damit Geld von ihr erpressen, damit sie für sein Honorar aufkommt.«

»Was rechtlich überhaupt nicht durchsetzbar gewesen wäre«, sagte Herr Immekeppel traurig.

»Sie haben aber auch nicht mit offenen Karten gespielt! Oder fanden Sie Ihr Verhalten fair?«

»Aber Sie erst recht nicht!«, spielte er den Ball sofort zurück. »Dabei sah damals alles so gut aus! Lotta kam von einem angeblichen Selbstfindungsseminar zurück.« Er zog mit dem Zeigefinger sein Unterlid herunter: »In Wirklichkeit war sie mit IHREM Mann in der Ferienhütte am Wolfgangsee. Ich weiß das, denn ich habe sie beschatten lassen.«

»Und da ist sie jetzt wieder?«

»Ja. Ich habe alles, was mir einmal wichtig war, verloren. Lotta und die Kinder.« Er zog die Schultern hoch und unterdrückte ein Schluchzen. »Sie war nach Hause gekommen, um Paulchen bei einem Tischtennisturnier zu unterstützen. Sie hat beteuert, dass sie jetzt für immer bei mir im Borkenkäferweg bleiben würde. Ich war so glücklich! Sie sagte sogar, dass sie mich heiraten würde! Aber dann hingen da überall diese Obdachlosen-Plakate von Ihnen und Ihren Kindern! Es war wie verhext!« Seine bisher so sanfte Stimme wurde schriller. »Und im *Heilewelter Tagblatt* erschien ein Interview mit Ihnen, in dem Sie sagen, dass Lotta eine eiskalte Frau sei, die Ihnen allen Ernstes angeboten habe, Ihnen Ihren Mann abzukaufen, worauf Sie sich aber nicht eingelassen hätten. Lieber würden Sie und die Kinder hungern und erfrieren.«

»Das hat sich doch alles nur mein Anwalt ausgedacht!«, sagte ich verzagt.

Immekeppel nahm erneut die Brille von der Nase und schaute mich mit rot umränderten Augen an: »An diesem Tag ist alles zerbrochen.«

»Und wie ging es dann weiter?«

»Sie hat mit einer solchen Wut Tischtennis gespielt, dass sie alle Väter der Klasse 3a von der Platte geputzt hat. Dabei hat sie die ganze Zeit geheult.«

Ich musste schlucken.

»Sie haben gewonnen, und Paulchen hat sich wahnsinnig gefreut.«

Immerhin etwas!, dachte ich.

»Aber dann wurde ihnen der Preis aberkannt, der Elternbeirat hat auf die Plakate verwiesen und besonders auf das Interview im *Heilewelter Tagblatt.* Daraufhin hat sie die Zwillinge genommen und ist verschwunden. Zum Glück hat sie vorher noch schnell die Papiere unterschrieben, die ich bereits vorbereitet hatte.«

»Was denn für Papiere? Wollten Sie nicht heiraten?«

»Das war die Variante A. Aber für die Variante B hatte ich vorsichtshalber auch schon was vorbereitet.«

»Nämlich?« Verlegenheit überkam mich. Es war das berühmte Fremdschämen.

»Ich habe sie unterschreiben lassen, dass sie auf das Haus samt Hausrat verzichtet und niemals irgendwelche Ansprüche an mich geltend machen wird. Und dass sie den Kredit der Heilewelter Sparkasse für die Musikschule in hundertvierundvierzig Monatsraten abstottern wird.«

Ich starrte ihn entsetzt an. So langsam bekam ich Mitleid mit dieser Frau. Er hatte einen Plan B vorbereitet? Was hätte sie da erst alles unterschreiben müssen, wenn Plan A funktioniert und sie geheiratet hätten?

»Tja.« Immekeppel fuhr sich mit der Hand durch die Haare. »Und nun ist mein letztes Kind auch noch weg. Paulchen wollte unbedingt zu seiner Mama. Und zu seinem Au-pair-Jungen Caspar. So hat sich mein Leben entwickelt, seit meinem unseligen Anruf bei Ihnen. Hätte ich doch bloß nie zum Hörer gegriffen! Dann säßen wir jetzt als heile Familie in einem netten Ferienhotel in der Eifel!«

»Tja!«, murmelte ich halb mitleidig, halb schadenfroh. »Da ist Ihr Warnschuss wohl gründlich nach hinten losgegangen.«

»Aber in einem hatte ich doch recht: Ihr Mann war nicht ernsthaft an ihr interessiert.« Er schickte ein mitleidiges Lachen hinterher, das wie ein Meckern klang. »Es freut mich jedenfalls zu hören, dass der jetzt über alle Berge ist«, sagte er. »Lotta sitzt jetzt allein in dem verlassenen Bootshaus und kommt hoffentlich wieder zur Besinnung.« Er fuhr sich mit dem Handrücken über die Nase: »Apropos: Haben Sie nicht Lust, heute Abend mit mir zu essen? Meine Haushälterin Brunhilde Zweifel kann hervorragend kochen. Mein Vater würde Sie bestimmt gerne kennenlernen. Und meine Schwiegermutter auch. Die kennen ja die ganze Geschichte. Oder haben Sie schon was anderes vor?«

»Oh ja!«, log ich schnell. »Ich fliege heute noch nach Tokio. Schade.«

LOTTA

Ich hatte es gewusst! Dieses Fleckchen Erde war im Sommer wirklich das reinste Paradies: das leuchtende Türkis des Wolfgangsees, dazu die atemberaubende Bergkulisse, die sich in allen möglichen Schattierungen darin spiegelte! Das konnte mit jedem Südsee-Panorama mithalten. Ich hatte mich unsterblich in diesen Landstrich verliebt, und die neu gewonnene Freiheit schmeckte wunderbar. Ich hatte alles verloren, was mir früher einmal wichtig gewesen war: Meine Musikschule. Meinen Ruf. Die Doppelhaushälfte im Borkenkäferweg. Ich hatte geglaubt, nicht ohne leben zu können, aber das stimmte gar nicht. Ich atmete tief ein, und auf einmal überkam mich ein inniges Glücksgefühl. Ich war genau dort, wo ich sein wollte. Die Hütte am Wolfgangsee war meine Ruheinsel. Wenn auch leider keine Insel des Vergessens. Christians Taschenmesser hatte noch auf dem Tisch gelegen, als wir einen Tag nach dem Tischtennisturnier wieder hergekommen waren! Mit Sophies Firmenwagen, der noch nach Christian gerochen hatte. Christian war am selben Morgen mit der ersten Maschine nach Chicago geflogen. Ich hatte ihn nie wieder gesehen. Auf dieser Fahrt hatte ich so viel geweint, dass meine Tränen für immer versiegt waren. Einerseits war da diese Trauer und Leere in mir, andererseits empfand ich Dankbarkeit. Denn ich hatte meine Freiheit. Und meine Kinder. Und ich war am schönsten Fleck der Welt. Alles andere würde sich finden.

Inzwischen war es Hochsommer. Ich lag mit den Zwillingen in der Hängematte und las ihnen die Geschichte vom Aschenputtel vor. Caspar tobte im seichten Wasser mit Paulchen herum. Sie hatten ein Krokodil aufgeblasen. »ROAAAAH«, schrie Paulchen. »Ich krieg dich!« Caspar tauchte unter und kam auf der anderen Seite wieder hoch. Die beiden spritzten und tobten, dass es eine Freude war. Paulchen war gerade erst angekommen. Sein kleiner Körper war noch ziemlich weiß, während wir anderen schon brutzelbraun waren. Wir hatten unseren Pauli gestern am Salzburger Flughafen in Empfang genommen, und mein fast Neunjähriger hatte sich an mich geklammert wie ein Äffchen. Ich hatte ihn zum Auto tragen müssen! Caspar war ausnahmsweise mal nicht hilfsbereit herbeigesprungen. Er hatte nämlich einem glatzköpfigen Steward nachgeschaut, dessen glatt rasierter Schädel ausgesehen hatte wie ein hart gekochtes Ei. Dabei war die blonde Stewardess, die auch dabei gewesen war, viel hübscher gewesen! Mit Jürgen hatte ich nur kurz ein paar verlegene Worte gewechselt. Er war gleich wieder zurückgeflogen. Und das war auch gut so.

Wir hatten uns hier häuslich eingerichtet, waren viel gewandert und hatten träumend im Gras gelegen. Caspars Verletzungen waren verheilt, und er genoss es hier ebenfalls.

»Das Salzkammergut ist echt besser als Heilewelt!«, hatte er gesagt. »Wenn es hier nur ein paar Schwule gäbe!«

Ich wollte bloß nicht an den Tag denken, an dem hier die Blätter von den Bäumen fallen und die Ferienhäuser ihre dunkelgrünen Fensterläden schließen würden. An dem hier der erste Schnee fiele. Ich hatte keine Ahnung, wohin wir dann gehen sollten. Irgendwann würde ich mit den Kindern in eine geheizte Behausung ausweichen müssen. Und wenn ich Klavierstunden gab, putzen ging oder im Gefängnis von Salzburg einen Gefangenenchor gründete: Ich würde es schaffen! Jürgen ging davon aus, dass wir zum Schulbeginn zurückkommen würden. »Mit deinen Schulden bei der Sparkasse und ohne eigenes Einkommen schaffst du es sowieso nicht«, hatte er bei seiner Stippvisite gesagt und dabei so mitleidig gelächelt, als hätte er soeben im Schach gewonnen. »Ich weiß, dass du spätestens im September wieder im Borkenkäferweg vor der Tür stehst. Dann müssen die Zwillinge schließlich auch in die Schule.«

Aber noch war der Sommer nicht vorbei. Der zweite Ferientag war gerade erst angebrochen. Außerdem war Jürgen in guten Händen: Brunhilde Zweifel wohnte inzwischen in unserem Haus im Borkenkäferweg. Schon während meines angeblichen Seminars damals hatte sie Jürgen angeboten, ihn mit den Trauergästen zu unterstützen. Und nachdem die Musikschule hatte schließen müssen und meine Mutter auch nicht jünger wurde, war sie einfach als Haushälterin geblieben. Sie war jetzt die Grande Dame des Hauses, umsorgte Jürgen und seinen Vater, ging mit Leffers Gassi und erklärte jedem, der es hören wollte, wie sich alles wirklich zugetragen hatte. Sie war ja von Anfang an dabei gewesen und kannte jedes Detail! Ihr Bekanntheitsgrad in Heilewelt war um dreihundert Prozent gestiegen. »Herr Immekeppel zahlt mir dasselbe Gehalt, das ich in der Musikschule verdient habe«, posaunte sie überall herum. »Es ist eine rein berufliche Verbindung.« Dabei fand ich, dass die beiden eigentlich ganz gut zusammenpassten. Während ich darüber nachsann, kam Caspar aus dem Wasser. Sein Deutsch war inzwischen exzellent. »Du hast uns doch versprochen, dass wir einmal nach Salzburg fahren, wenn Paulchen da ist …«

»Habt ihr dazu wirklich Lust?«, fragte ich die Kinder. »Die Stadt ist vollkommen überfüllt, die Festspiele haben schon angefangen. Wollt ihr euch wirklich durch das Gewühl schieben? Bei der Affenhitze?!«

»Oh ja, bitte, Mamaaaaa!« Die Zwillinge hüpften auf und ab. »Du hast gesagt, du zeigst uns die Festung, auf die man mit der Zahnradbahn fahren kann. Und den Zauberflötenspielplatz mit dem Tanzglockenspiel!«

Ich hatte ihnen von dem Spielplatz im Mirabellgarten erzählt, wo man auf einem Xylofon Melodien nachhüpfen kann.

Mir wurde ganz wehmütig ums Herz: Christian und ich hatten darauf »Ein Mädchen oder Weibchen wünscht Papageno sich« gespielt.

»Ich will in Mozarts Geburtshaus!«, sagte Paulchen.

»Und wir wollen ins Tomaselli, eine Mehlspeise essen!«, bettelte Luna.

»Und Kutsche fahren, oh bitte, Mama!«

Ich seufzte. »Aber hier haben wir unsere himmlische Ruhe!« Ich war noch nicht so weit, wieder unter Leute zu gehen. Nach wie vor glaubte ich, die verächtlichen Blicke meiner Mitmenschen zu spüren.

»Die haben wir seit fünf Monaten«, sagte Caspar grinsend. »Und nachdem es hier keinen einzigen Schwulen gibt …«

Also gut. Ich ließ mich breitschlagen. Wir konnten hier ja schlecht zu weltfremden Einsiedlern werden. Am späten Nachmittag schlenderten wir tatsächlich durch Salzburg. Ich hatte einen Parkplatz in der Tiefgarage unter dem Festspielhaus bekommen. Der modrige Geruch rief Erinnerungen wach, und ich musste mit den Tränen kämpfen. Aber dann traten wir in den Sonnenschein hinaus. Wo im Februar vereinzelte Passanten mit hochgeschlagenen Mantelkrägen und Schirmen zwischen Schneeresten und Eispfützen herumgestapft waren, zogen nun Heerscharen von Touristen Eis schleckend durch die Gassen. Vor dem Tomaselli hatten sich Gaukler postiert. Ein silberner Mozart mit Puderperücke saß auf dem Alten Markt quasi in der Luft und ließ sich für dieses Wunder Münzen in seine Silberschale werfen. Noch mehr staunendes Publikum zog ein Marionettenspieler an, dessen Puppe mit fliegenden Händen auf einen Pappmascheeflügel eindrosch, während aus einem Kassettenrekorder virtuose Klänge ertönten. Jedes Mal, wenn eine Münze in seinen Hut fiel, bedankte sich der Pianist, wobei das Klavier von selbst weiterspielte. Die Kinder waren verzückt, und selbst die Erwachsenen strahlten. Die Terrasse des Tomaselli bog sich vor

Cafébesuchern. Eine Kuchenmamsell in gestärkter Rüschenschürze eilte mit einem Tablett voller köstlicher Mehlspeisen von Tisch zu Tisch. Wir hatten keine Chance, dort einen Platz zu ergattern.

Ich dachte an den kalten Februartag mit Christian zurück: Hier hatten wir gesessen! Mein Gefühl, beobachtet zu werden, hatte mich damals übrigens nicht getrogen: Inzwischen wusste ich, dass es ein von Jürgen engagierter Detektiv gewesen war. Sein Honorar hatte Jürgen auch noch zu meinen Schulden hinzuaddiert. Ich musste beinahe lachen: Liebe sah anders aus, so viel war mir inzwischen klar.

Die Kinder zerrten mich weiter, Caspar schaute hübschen Kerlen hinterher, und ich bestaunte die tollen Abendroben der Damen, die heute Abend zu den Festspielen gehen würden. Eine Menschentraube bildete sich, als Anna Netrebko auf dem Fahrrad vorbeifuhr! Oh, wie traumhaft sah sie aus in ihrem wehenden Sommerkleid! Sie strahlte glücklich in die Menge.

»Sie singt heute Abend ›*Les nuits d'été*‹ von Berlioz«, hörte ich jemanden sagen.

Eine Gänsehaut überzog mich. Das war ein herrlicher Liederzyklus! Doch die Schwarzmarktpreise fingen bei tausend Euro an, das sah ich auf den Pappschildern, die Interessenten an den Eingängen des Festspielhauses hochhielten. Auf einem stand sogar: »Suche Karte. Zahle alles.«

Ja, das hätte ich auch gern getan. In einem anderen Leben. Knapp über tausend Euro hatte ich gerade mal pro Monat, und auch das nicht mehr lange. Meine letzten Ersparnisse schwanden dahin. Trotzdem: Ich war dem Schicksal dankbar für jeden einzelnen Tag, den ich hier verbringen durfte. Hier gehörte ich hin, das spürte ich.

Überall hingen riesige Plakate. Aber zum Glück keine von einer obdachlosen Frau mit ihren frierenden Töchtern, die mir die Schuld an ihrem Schicksal gab. Sondern Plakate, die für das Anna-Netrebko-Konzert warben. Und auch nicht mein Name stand groß als Ehebrecherin darauf, sondern … Ich erstarrte. Das Orchester unter dem fett gedruckten »Anna Netrebko« … Mein Herz setzte einen Schlag aus. Die Chicago Philharmonics! Nein, das konnte doch gar nicht … Das war doch nicht … Meine Beine gaben nach, und ich konnte mich gerade noch an einer Hauswand festhalten. Er war hier. Er war VIELLEICHT hier. Wenn er Dienst hatte. Aber wenn … Wenn er wirklich hier wäre … Wie sollte ich ihn dann … Wo würde er … Ins Festspielhaus kam ich nie und nimmer in diesem Aufzug, und schon gar nicht mit den Eis essenden Kindern! Ich warf einen Blick auf den Künstlereingang. Dort standen uniformierte Wachleute, die nicht so aussahen, als würden sie eine Touristenmutti mit drei Kindern und einem Au-pair-Jungen mal eben reinlassen. Der Pförtner hockte in seinem Glaskasten wie ein Späher, der feindliche Mächte auskundschaftet. Es stand ihm förmlich auf die Stirn geschrieben, was er dachte: Du Landpomeranze im Blümchenkleid wirst die Netrebko noch nicht mal von hinten sehen!

Gut, dass er mein Anliegen so falsch deutete. Ich nahm all meinen Mut zusammen und fragte den Uniformierten so beiläufig wie möglich: »Ist das Orchester schon da?«

»Hat gerade eine Stunde Pause.«

Eine Stunde. Wo sollte ich ihn finden? Es gab nur eine einzige, winzig kleine Möglichkeit. Eine Stunde. Die Zeit arbeitete gegen mich.

»Mami! Was glotzt du denn so? Können wir bitte weitergehen?«

»Was ist?«, fragte Caspar. »Du bist ja ganz blass geworden! Willst du etwa in das Konzert? Das kannst du vergessen, so wie du aussiehst …« Er grinste mich entwaffnend an.

»Nein, das ist mir viel zu teuer«, stammelte ich, und mein Blick schweifte suchend über die Menschenmenge. »Ich weiß nicht, ich hatte nur gerade so eine Idee …«

Die Menschentrauben wurden dichter, Pferdekutschen ratterten gefährlich dicht an uns vorbei, die Polizei begann das Gebiet abzuriegeln. Ich fühlte mich umzingelt. Die Menschenmenge war mein Feind, sie durfte mich nicht noch einmal verurteilen. Sie hatte kein Recht dazu!

»Kinder, lasst uns irgendwo hingehen, wo es ruhiger ist!« Hastig zerrte ich sie weiter. Ich fing an, zu rennen, und wusste plötzlich, dass ich um mein Leben lief.

»Mami, was soll das, bist du verrückt geworden?«

»Ich will doch nur noch ein bisschen Sonne genießen«, flunkerte ich harmlos. »Merkt ihr denn nicht, dass hinter uns schon alles im Schatten liegt?«

Auf einmal hatte ich Bärenkräfte, und die trieben mich an. Wir rannten lachend über die Staatsbrücke. Die Ampel vor dem Hotel Stein empfing uns mit Grün. Na bitte, wenn das kein Zeichen war! Die warme Abendsonne tauchte den Kapuzinerberg in flüssiges Gold, und die Vögel sangen in den Bäumen. Wir schwitzten, und meine Aufregung übertrug sich auf die Kinder. Ich nahm immer zwei Stufen auf einmal.

»Boah, Mama, guck mal, voll die krasse Folterung!« Paulchen hatte die Kreuzwegstationen entdeckt. Ich musste lächeln. Fast spürte ich wieder Christians Hand in meiner, so wie damals im Februar.

»Können wir uns ein bisschen beeilen?«

»Warum denn, Mama? Wo willst du denn so plötzlich hin?«

»Ich weiß nicht, es könnte … dunkel werden. Und dann haben wir nichts mehr von der schönen Aussicht.«

Vom Kloster wehten Orgelklänge herüber.

»Wer zuerst oben ist!«, rief ich übermütig.

Für die Kinder war es ein Spiel. Für mich ein Wettlauf mit der Zeit. *Feuerschuh und Windsandale*, das war mein Lieblings-Kinderbuch gewesen. Ich war Feuerschuh. Windsandale sollte die Klappe halten. Ich musste da jetzt rauf.

Vom Kloster wehten Orgelklänge herüber. Ein junger Hund

spielte im Gras, und ein Kind warf ihm Stöckchen. Mehrere Familien kamen plaudernd in kurzen Hosen den Berg hinunter. Die Luft strich lau über unsere Arme. War das hier wirklich derselbe steile Weg, den ich damals im Februar mit Christian gegangen war? Als alles grau und abweisend gewesen war? Die grünen Blätter der Bäume rauschten im Abendwind. Sie winkten mich gütig heran und raunten mir zu: »Man darf die Hoffnung nie aufgeben!« Ich wurde immer schneller.

»Mama, renn doch nicht so! Wie weit ist es denn noch? Wir haben Hunger!«

»Und voll steil ist es hier!«

»Wir sind gleich oben«, beschwor ich sie. »Auf dem Gipfel gibt es ein Schlössl mit den besten Gröstln der Welt. Und für Caspar und mich ein Bier.«

»Gibt's da auch Schwule?«

»Was sind Gröstl?«

»Na, so eine Art Bratkartoffeln mit Speck.«

»Und für die müssen wir so rennen?«

»Wir wollen doch noch einen guten Platz bekommen, oder?«

»Der frühe Vogel fängt den Wurm!«, sagte Caspar zu den Kindern, als könnte er Gedanken lesen.

»Ich hab Seitenstiche!«

Kurzerhand setzte sich Caspar Luna auf die Schultern, und ich nahm Stella huckepack. Mit Paulchen lief ich um die Wette. Ich mobilisierte ungeahnte Kräfte, als befände ich mich auf den letzten Kilometern eines Marathons. Auf halber Strecke gab es einen Brunnen. Kaltes Wasser plätscherte in einen Holztrog. Die Kinder erfrischten sich. Ich zwang mich, ihnen die Pause zu gönnen. Meine Beine waren wie aus Watte, gleichzeitig fühlte ich mich so leicht, als könnte ich fliegen.

»Hier gibt's auch keine Schwulen!«, sagte Caspar enttäuscht.

»Der Berg der Entbehrungen«, verkündete ich ungeduldig.

Wir stiegen weiter bergan. Rennen ging nun beim besten Willen nicht mehr, nur keuchen.

»Gleich kommen Hänsel und Gretel vorbei!«, spornte ich die Kinder an. Morgen würden wir alle Muskelkater haben. Und ich Katzenjammer. Morgen würde ich endgültig begreifen, dass man sich keine törichten Illusionen machen darf. »Gib ihr Zeit zum Nachdenken!«, hatte Jürgen alle beschworen. »Sie kommt zurück, spätestens wenn die Schule anfängt.« Bald würde ich aufgeben müssen, weil ich kein Geld mehr hatte, um uns alle über Wasser zu halten. Dann würde ich soooo kleine Brötchen backen, genau wie Oma Margot es mir prophezeit hatte. »Der Zustand, in dem nichts mehr zu erwarten ist …«, hatte Opa Dietrich einmal gesagt, »… ist ein Zustand der Gnade. Aber noch wollte ich nicht an morgen denken, daran, dass das Leben keine Sonderbehandlung für mich parat hielt.

»Mama, wann sind wir endlich da?« Paulchen hieb frustriert mit einem Stock auf einen Baum ein, während Luna und Stella stehen blieben, um nach Hänsel und Gretel Ausschau zu halten.

»Nur noch zwanzig Meter!«, keuchte ich und sah mich prüfend um. »Du müsstest das Dach vom Franziskischlössl schon sehen können.«

»Ich seh kein Dach und kein Schlössl«, maulte Paulchen. »Ich habe Hunger!«

Im Februar hatte man das Dach von hier aus durch die kahlen Zweige schimmern sehen. Jetzt sah man nur ein grünes, lichtdurchflutetes Blätterdach.

Aber hier war er gewesen, unser Baum.

Ich blieb stehen. Kniff die Augen zusammen. Ja, hier war die Stelle.

»Mama? Was soll das? Erst hetzt du uns so, und dann stehst du hier in der Gegend rum.«

Der Baum befand sich genau dort, wo ich ihn vermutet hatte. Besser gesagt, die zwei Bäume, die sich zu einer üppigen Krone vereint hatten. Eine Gänsehaut überzog mich. Ich trat näher. Da waren unsere Initialen. LT auf dem rechten und CM auf dem linken Stamm.

»Mama? Ist alles in Ordnung?«

»Weinst du etwa?«

»Nein. Quatsch.« Ich putzte mir hastig die Nase, schließlich kam da jemand. Auf dem Kapuzinerberg herrschte ein reges Kommen und Gehen. Späte Jogger versuchten sich noch hier, und weinselige Gestalten taumelten von oben herunter. Ich tastete nach dem Taschenmesser in meiner Jacke. Vielleicht würde ich gleich noch ein bisschen was dazuschnitzen. Ein Herz oder so. Ich warf einen verstohlenen Blick auf meine Uhr. Halb acht. Was bildete ich mir eigentlich ein? Selbst wenn Christian wirklich hier war, stand er jetzt im Frack in der Garderobe und spielte sich ein. Plötzlich fühlte ich mich so müde, dass ich mich am liebsten hingelegt hätte, um nie mehr aufzustehen.

Eine athletische Männergestalt in Schwarz kämpfte sich den Weg zu uns herauf. Ich konnte sie nicht genau erkennen, weil mich die Sonne blendete und ich mir gerade die Tränen aus den Augen blinzelte. Mist, jetzt sah der mich hier auch noch flennen! Ich sank so würdevoll wie möglich auf eine Bank. Im Winter war sie wegen des festgefrorenen Altschnees gar nicht zu sehen gewesen. Doch sie stand genau vor unserem Baum.

»Kinder, geht schon mal vor, ich will nur kurz einen Moment hier sitzen.«

Und den Mann vorbeilassen. Der brauchte ja nicht zu sehen, dass ich hier sentimental wurde und über mein verpfuschtes Leben weinte. Ich wischte mir über die Augen.

»Bestellt euch schon mal Gröstl. Und mir ein großes Bier.« Mit einer müden Handbewegung scheuchte ich sie weg.

Caspar zog die Kinder weiter. Ich blieb allein zurück und schaute auf den Baum. Irgendwie hatte ich gehofft, bei ihm Rat zu finden. Zur Not taten es auch ein paar Stellen- oder Wohnungsangebote. Ich stand auf und berührte die Baumrinde.

Der Mann in Schwarz kam mit großen energischen Schritten auf mich zu. Auch so ein Abendsportler!, dachte ich. Irgendwas wehte hinter ihm her. So eine Art Schwalbenschwanz. Komisches Fitnessoutfit. Doch statt eilig an mir vorbeizuziehen, wurde er plötzlich langsamer. Ich blinzelte. Hatte er etwa bemerkt, dass ich im Begriff war, den Baum mit einem Taschenmesser zu beschädigen? Wollte er mich zurechtweisen?

»Grüß Gott«, murmelte ich verlegen und trat einen Schritt zur Seite.

Wieso blieb der denn jetzt stehen und starrte mich so an? Ach so, klar. Vermutlich leuchtete mein zu Berge stehendes rotes Haar jetzt in der Abendsonne, sodass ich aussah wie eine Waldfee oder Kräuterhexe. Verschämt strich ich mir das Haar aus dem Gesicht. »Ähm. Tja. Bitte nach Ihnen. Ich habe Zeit.«

»Also, jetzt bin ich doch a bisserl überrascht«, ertönte plötzlich Christians Stimme. »Das mit der Autosuggestion funktioniert ja wirklich!«

Er packte mich an den Schultern und drehte mich so, dass ich ihn endlich erkennen konnte.

Christian! Christian im Frack und mit Fliege. In diesem Aufzug war er hierhergejoggt?!

»Lotta!«, sagte er. »Du bist es also wirklich.«

Wenn das keine Szene aus einem Sissi-Film war!

»Sissi!«

»Franz!«

Klappe, danke. Und jetzt noch mal von vorn.

»Ich hab dich vom Fenster des Festspielhauses aus …«

»Ich war zufällig …«

»Ich dachte, vielleicht erwische ich dich noch.«

»Ich hatte gerade ein bisschen Zeit …«

»Bevor ich gleich mit meinem Orchester auftrete.«

»Mit den Chicago Philharmonics«, stammelte ich. »Ich habe nämlich die Plakate gesehen und gehofft …«

»›*Les nuits d'été!*‹«, sagte Christian verträumt. »Mit Anna Netrebko.«

»Äh ja, klar.« Ich Mauerblümchen wollte im Boden versinken. Wahrscheinlich waren die beiden schon für nachher verabredet.

Christian strich mir mein feuerrotes Haar aus dem Gesicht, in dem gerade mal wieder alle tausend Sommersprossen explodierten. »Was treibt dich in die Festspielstadt?«

»Ich mache Urlaub in unserer Hütte«, sagte ich mit zitternder Stimme. »Mit den Kindern. Am Wolfgangsee.«

Ich öffnete die Handflächen. Christians Taschenmesser blitzte darin auf.

Um Christians Mundwinkel zuckte es. »Das habe ich schon vermisst. Aber behalt es ruhig! Dann denkst du wenigstens ab und zu an mich.«

»Ab und zu«, sagte ich beiläufig. »Das lässt sich einrichten.«

»Und? Ist dein cooler Sparkassendirektor auch hier?« Christian hatte die Hände in die Hosentaschen vergraben. »Der ist doch immer für eine Überraschung gut! Sitzt er schon oben im Schlössl und wartet auf dich?«

»Nein, der hat sein Pulver verschossen«, sagte ich. »Weißt du, im Nachhinein kann ich ihm gar nicht böse sein. Er hat wirklich alles versucht, um sein Glück zu retten.« Verlegen trat ich von einem Fuß auf den anderen. Für langes Geplänkel war keine Zeit, der Mann musste auf die Bühne. »Aber was echtes Glück ist, hast erst du mir gezeigt«, entfuhr es mir: »Die schönsten Momente meines Lebens habe ich mit dir verbracht.«

Christian wurde ernst. Er nahm mir das Taschenmesser aus der Hand und ritzte etwas in unseren Baum.

»Weißt du noch, was unsere letzten Worte waren?«

»Ähm … Ruf mich nie wieder an? Fahr vorsichtig? Mach's gut?« Ich scharrte verlegen mit den Füßen. »Ähm, nein, ich glaube, du hast gesagt, ich bin eine Siegerin …«

Und in diesem Moment fühlte ich mich auch so. Zum ersten Mal in meinem Leben. Christian schnitzte und schnitzte. Es dauerte lange, bis er irgendetwas Lesbares fabriziert hatte.

»Musst du nicht längst zu deiner Anna Netrebko?«, flüsterte ich in alter Künstlernervosität.

»Manche Dinge brauchen eben Zeit«, sagte er. »Außerdem bin ich erst nach der Pause dran. Ich glaube, ich habe sogar eine Freikarte für dich.« Er zog sie beiläufig aus der Tasche.

Mein Herz machte einen ganz verrückten Luftsprung. »Christian, das ist ja der Wahnsinn, die Netrebko, ich meine, das war immer mein Traum …« Die Freudentränen liefen mir nur so über das Gesicht. »Aber was mache ich mit den Kindern? Sie sind oben im Schlössl …Caspar hat mir schon ein großes Bier bestellt …«

»Caspar soll sie nach Hause in die Hütte fahren. Und dich nehme ich nach dem Konzert mit ins Sacher. Da wohnen wir fahrenden Gesellen.«

»Oh … Christian, das Festspielhaus, das Sacher … Ich habe gar nichts anzuziehen …«

»Das hattest du doch noch nie«, sagte Christian schelmisch. »Daran habe ich mich gewöhnt.« Ein feines Lächeln kräuselte seine Mundwinkel: »Im Sacher gibt es übrigens auch Bier. Nur aus der Flasche darf man dort als feine Dame nicht trinken. Außer wir gehen in die Tiefgarage …«

»Aber ich …«

»Dort können wir dann noch einmal über den Stand unserer Beziehung reden. Es sei denn, du legst entschieden dein Veto ein.«

»Aber …«

Als Nächstes spürte ich Christians Lippen auf meinem Mund. Sie waren so warm, so weich, so … vertraut. Das musste ein Traum sein. Ein Wunschtraum. Ich blinzelte verstohlen. Doch da stand er, der Mann meines Lebens, und hielt mich in seinen Armen. Die grünen Baumkronen begannen, sich über mir zu drehen, und mein Herz schlug im Dreivierteltakt. Ich ließ mich mitreißen, gab mich ganz seiner Umarmung hin.

Gestern war gestern. Und Morgen war morgen …

Ich küsste zurück, immer wieder. Bis Christian sich behutsam von mir löste und einen Schritt beiseite trat. Endlich konnte ich lesen, was er in den Baum geritzt hatte.

Es war nur ein Wort. Ein Wort, das ich glatt schon vergessen hatte:

»Jetzt.«

ZWÖLF JAHRE SPÄTER

Christian und Lotta sind seit zehn Jahren glücklich verheiratet. Sie mussten noch viele Hürden überwinden, aber das war es ihnen wert. Glücklich sind sie vielleicht auch deshalb, weil sie eine Fernbeziehung führen. Christian spielt über acht Monate im Jahr bei den Chicago Philharmonics, während Lotta mit ihren Kindern in Salzburg in einer Mietwohnung lebt. Sie hat tatsächlich einen Gefangenenchor im Männerknast gegründet. Der geht zwar nicht auf Welttournee, aber dafür ist ihr Gehalt ganz ordentlich. Ihre Schulden bei der Heilewelter Sparkasse hat sie fast abbezahlt. Nur noch vier Monatsraten von hundertvierundvierzig, dann hat sie es geschafft. Sie würde den Preis für Christian wieder zahlen. Männer sind wie Schuhe: Manchmal sind sie teuer. Aber wenn es die richtigen sind, muss man zugreifen.

Paulchen studiert Medizin in London und hat gerade sein Physikum mit Bravour geschafft. Lotta sagt oft lachend, dass er die Intelligenz vom Vater geerbt hat.

Luna ist in die Schauspielklasse des Mozarteums aufgenommen worden, und Stella studiert Kunst.

Anita hat ihren Doktor in Psychologie gemacht. Das Thema ihrer Doktorarbeit war »Ungleiche Paare in der Öffentlichkeit«. Sie lehrt inzwischen an der Universität Wien. Wegen ihrer Eloquenz und ihres guten Aussehens wurde sie schon oft zu Talkshows eingeladen. Inzwischen schreibt sie die Kolumne »Unter vier Augen« für das Magazin *Modern Woman.*

Sie hat nie wieder geheiratet und schwört auf ihre Selbstständigkeit.

Ihre ehemaligen »Freunde«, die Kobaliks, hat sie aus den Augen verloren. Sie weiß nur, dass Rosie mit ihrem dicken Sohn in ihr ehemaliges Haus eingezogen ist. Und dass die Bremer Stadtmusikanten immer noch im Garten stehen.

Grazia ist Pilotin geworden. Benni und sie fliegen für eine private Airline aus Dubai. Gloria betreibt nach einem abgeschlossenen Psychologiestudium ein Fingernagelstudio, wo sie die dollsten Geschichten erfährt. Die Leute zahlen wesentlich williger, wenn sie dabei die Nägel lackiert bekommen.

Jürgen hat Brunhilde Zweifel geheiratet. Bei dem jungen Glück im Borkenkäferweg wohnt auch Oma Margot. Die beiden Opas sind gestorben. Leffers ebenso.

Bäckermeister Gerngroß gehört nach wie vor Vicki Airlines. Die Fluggesellschaft ist so erfolgreich, dass sie jetzt auch Langstreckenflüge nach Amerika anbietet. An Bord gilt »All you can eat«, solange die Anschnallzeichen noch nicht erloschen sind. Als Snack gibt es für jeden Passagier Vicki-Kipferl und zuckerhaltiges Kaltgetränk. Der Slogan »Wer nicht laufen kann, muss fliegen« kommt bei den Übergewichtigen besonders gut an.

Die Musikschule in Heilewelt fiel dem Gerngroß-Großkonzern »Vicki-Kipferl« zum Opfer. Dort riecht es nun nicht mehr nach Schülerschweiß, sondern nach Mehl und Hefe. Das Vicki-Kipferl kostet drei Euro neunzig, von denen ein Prozent der Behindertenhilfe zugutekommt. Es ist wahlweise mit Puderzucker oder mit Sauerkraut zu haben.

Vicki moderiert eine Volksmusiksendung im ZDF. Ihren Manager hat sie rausgeschmissen: Von ihrem Vater will sie nichts mehr wissen.

Justus Schaumschläger lebt in der Schrebergartensiedlung. Er ist Alkoholiker und Hartz-IV-Empfänger geworden.

Caspar hat den glatzköpfigen Flugbegleiter Markus in Amsterdam geheiratet. Beide sind eng mit Lotta befreundet und beraten sie in Modefragen.

Sophie hat in Heilewelt ein exklusives Internet-Partnervermittlungsinstitut gegründet, das sie gemeinsam mit ihren Söhnen erfolgreich führt. Sie nennen sich die Manolo Blahniks.

DANK

Personen und Handlung dieses Romans sind wie immer frei erfunden. Sollte sich irgendjemand irrwitzigerweise irrtümlich erkennen, so kann es sich nur um einen bedauerlichen Zufall handeln.

Dank gilt jenen Menschen, die ich hier nicht namentlich nennen möchte, die mich mit ihrem Eifer und ihrem Ringen um das Wahre, Schöne und Gute doch nachhaltig beeindruckt haben.

Bedanken möchte ich mich bei meiner Tochter Franziska, die mit 16 Jahren diesen geistreichen Prolog geschrieben hat.

Inniger Dank auch meinen anderen Kindern, Felix, Florian und Fritzi, die ihrer alten Mutter ab und zu mal den Computer überlassen und den Fernseher leise stellen.

Dank meinem wundervollen Ehemann, der kein Mann großer Worte, dafür aber großer Taten ist. »Wenn's passt, dann passt's.«

Mein Dank gilt auch meinen Freundinnen Monika Hoffmeister und Brigitte Brandstötter, die sich auf langen Sommerwanderungen in soliden Wanderschuhen, aber auch bei Konzertbesuchen in hochhackigen Pumps meinen Plot nicht nur wohlwollend angehört, sondern durch eigene Vorschläge konstruktiv bereichert haben.

Von Herzen möchte ich mich wie immer bei meinem Team vom Diana Verlag bedanken. Ganz besonders bei meiner strengen, aber gerechten Lektorin Britta Hansen.

Am allermeisten bedanke ich mich natürlich bei meinen treuen Leserinnen – auch jenen, die mir immer wieder ihre mitreißenden und spannenden wahren Geschichten schicken, damit mir die Ideen nicht ausgehen.

Hera Lind im März 2012